한국 현대소설의 현실인식

저자 **임 기 현**

1968년 경북 의성 출생
충북대학교 국어국문학과 및 동 대학원 졸업(문학박사)
현재 충북대학교 국어국문학과 강사

주요 저서

「황석영 소설 연구」(충북대 박사학위 논문, 2007)
『황석영 소설의 탈식민성』(역락, 2010)
『충북 근대문학 산책』(고두미, 2010)

한국 현대소설의 현실인식

초판 인쇄 2010년 3월 18일
초판 발행 2010년 3월 25일

지은이 임기현
펴낸이 최종숙
편 집 이태곤 안혜진 추다영
마케팅 문택주
펴낸곳 글누림출판사
  서울 서초구 반포4동 577-25 문창빌딩 2층
  전화 02-3409-2055(편집), 02-3409-2058(영업)
  FAX 02-3409-2059
  이메일 nurim3888@hanmail.net
  등록 제303-2005-000038호(등록일 2005년 10월 5일)
ISBN 978-89-6327-062-3 93810

정 가 26,000원

* 잘못된 책은 교환해 드립니다.

한국 현대소설의 현실인식

임기현 저

글누림

최근 3년간의 학문적 관심을 반영하는 글들을 한데 묶어 보았다. 학회지에 실은 글들을 모아보니 어느덧 책 한권 분량이 되었다. 어느 연구자나 더 선호하는 작가와 작품들이 있기 마련이다. 따라서 최근의 내 학문적 관심 영역을 오롯이 보여주는 셈이 된다.

「몽조」는 애국계몽기문학의 다소 유다른 작품으로, 개신 유학자에 의해 발표된 '신소설'이라는 점 등에서 여러 의미가 있는 작품이다. 하지만 작가의 정체를 비롯해 여전히 규명되어야 할 부분이 많아 대학원 석사 시절부터 줄곧 관심을 가져 왔었다. 이 과정에서 그가 남긴 '한시집'을 비롯하여 3편의 텍스트를 새롭게 발굴하게 되었다. 작가와 작품을 관련시켜 새롭게 「몽조」를 해석할 수 있는 단초를 마련했다는 점에 의미를 둘 수 있다.

이무영은 성실한 작가였고, 소탈한 성품으로 많은 존경을 받고 있다. 그럼에도 그는 일제 강점기 말에 국책문학에 협조하는 여러 편의 글과 작품을 남겼다. 국책문학 혐의는 풍문에 비해 그 실체규명이 잘 드러나지 않고 있다. 한 작가를 두고 극단의 평가가 오가는 것도 이 때문이라고 생각한다. 친일과 관련된 객관적 평가를 위해서는, 日文을 포함한 그가 남긴 모든 글들에 대한 실증적 검토며, 텍스트 대조작업이 선행되어야 한다고 생각한다. 『매일신보』에 발표한 『향가』의 원 텍스트를 돋보기를 들고, 해방공간에서 발표한 개작본과 일일이 대조하면서 고생했던 적이 있다. 또한 이무영은 많은 일문작품을 남긴 것으로 알려져 있는 것에 비해, 실체

규명을 위한 전제가 되어야 할 그 번역은 몇 작품에만 국한되어 있다. 따라서 우선 급한 대로 필자가 번역한 자료 중에 일부를 가려서 공개해보기로 하였다. 문학 연구도 일종의 해석학이라면, 우선 정확한 1차 자료의 바탕위에서 진행되어야 한다는 생각에 변함이 없기 때문이다. 이 자리를 빌려 일문 번역에 도움을 마다하지 않은 이수경 선생님께 감사의 말씀을 전한다.

해방공간의 작품들을 읽다가 우연히 허준의 「잔등」을 새롭게 발견하게 되었다. 해방공간에서 직조해낸 이야기의 세계가 우울하면서도 고왔다. "남을 핥아 업새이지도 아니하고 제 자신 꺼져 없어지는 법도 없이 종용히" 혼란스런 해방정국을 밝히고 있는 「잔등」은 필자에게 하나의 경이로 다가왔다. 이 책에 실은 논문은, 앞으로 필자가 '허준' 나아가 「잔등」을 밝히기 위한 일종의 전제로 기획된 것이다.

박사논문을 '황석영'으로 쓰면서 황석영은 내 학문의 오랜 화두가 되었다. '20세기 한국문학사 최고의 소설가'에 값하는 작가로 70 나이 가까운 현재에도 그는 양질의 작품을 왕성하게 발표하고 있다. 역시 실증주의에 기반을 둔 연구가 선행되어야 한다는 생각 때문에 이 방면에 많은 공을 들였다. 이 와중에서 황석영이 고교시절에 발표한 「팔자령」을 마이크로 필름으로 읽었던 기억이 새롭다. 기독교 잡지를 뒤지다가 1970년대 황석영의 작품 「동행」을 새롭게 발굴하는 소득도 얻었다. 탈식민주의를 원용한 분석은, 박사논문에서 시도한 '탈식민성' 논의를 좀 더 심화 확장시켜 본 것이다. 또한 황석영 문학은, 오늘날 우리 시대의 화두가 되고 있는 '통섭'에 제격이다. 작가로서 그의 재능은 소설에 국한되지 않고, 희곡(마당극), 시나리오 등에 걸쳐 광범위하며, 그의 작품 속에는 미술, 음악, 음식, 전통유희, 민속, 민요, 설화, 지리 등의 다양한 예술적·문화적 코드가 잠재해 있으며, 그의 작품들은 영화, 음악, 연극, 만화, 블로그 소설로 그 경계를 넘어서고 있다. 통섭의 시대에 그에 걸맞은 황석영 문학을 제대로 이해하기 위해서라도 연구자들 역시 인접 문화로의 관심영역 확장과 아울러, 비교 문화론적인 관점을 가지지 않으면 안 될 것이라고 생각해 보았다. 이러한 생각의 한 출발점으로 황석영의 희곡을 생각해본 것이다.

조금은 이질적인 성격의 각 편의 글들을 묶으면서, 그래도 어떤 공통점이 전혀 없지는 않았다. 애국계몽기소설 「몽조」에서부터 황석영의 소설과 희곡에 이르는 작품들은, 그 시대를 살아간 작가들의 치열한 자기 응전의 결과물이라는 생각이 들었다. 현실과 문학과의 팽팽한 긴장감 이것이야말로 '진정한 서사문학'을 위한 전제가 될 수 있다고도 생각해보았다. 그래서 '한국현대소설의 현실인식'이라고 이름 붙여 본 것이다. 그러고 보니, 최근 2-3년의 내 학문적 관심을 고스란히 드러내는 것 같아 쑥스럽기도 하다. 부끄럽지 않은 결과를 초래하지 않도록 더욱 분발해야 되겠다.

나는 한 대학에서 학부와 대학원 시절을 보냈다. 연구를 독려해주신 학과 선생님들이 계시지 않았다면, 이 책의 머리말을 쓰는 기회가 오지 않았을지도 모른다. 같이 동문수학한 대학원 선후배들의 고마움 또한 새삼 각별하다. 열심히 학문에 정진하는 것으로 보답하겠다.

올 어린이날만은 함께 놀이공원에 가자는, 그 약속을 몇 차례 미루었더니 이제 큰놈은 중학생이 되었다. 아비의 살뜰한 보살핌 없이도 꿋꿋하고 똘똘한 석진, 석희, 시윤에게 새삼 고맙다는 말을 전한다.

엉성한 원고를 근사한 책으로 엮어준 '글누림' 식구들에게 감사의 마음을 전한다.

2010년 초봄, 개신골에서 임기현

차 례

제3장 이무영의 친일문학과 그 내적 논리 / 75

제4장 이무영 관련 日文 번역 자료 / 109

제5장 해방공간에서의 잔류 일본인 귀환 문제 / 137

차 례

제2부
현실인식과 문학의 변주

차 례

제1부

시대적 위기와 문학의 대응

제1장

반아 석진형의 「몽조」 연구

- 인물탐구를 중심으로 -

1. 머리말

계몽기 소설에 대한 기존 연구들은 주로 알려진 소설 중심이거나, 알려지지 않은 작품들은 신문소재별로 묶어서 함께 살피는 것이 일반적이었다. 이런 관행 탓에 계몽기 소설 「몽조」는 우리가 충분히 주목해야할 만한 작품임에도 꼼꼼한 텍스트 분석조차 이루어지지 못한 실정이다.

계몽기 소설은 1906년 이인직의 「혈의 누」를 필두로 1910년까지 활발히 창작되었다. 「몽조」는 1907년 『황성신문』에 24회로 연재되었던 중편 분량의 소설이다.

이 작품에 대한 평가는 북한이 더 적극적이었다고 할 수 있다. 은종섭은 『소설사 연구』에서 "당대의 첨예한 정치현실을 취급한 제재의 적극성과 형상의 사실주의적 특성으로 이 시기 소설문학에서 중요한 의의를 가진다"고 하였으며,1) 『조선문학사』에서는 "나라의 독립을 위해 희생된 남편의 뜻을 꿋꿋이 이어나가는 조선 녀성의 고상한 품성과 굳은 지조를 진실하게 보여준 것으로 의의가 있는 작품"이라고 평가하였다.2) 그러나 이러한 우호적인 평가의 이면에는 분명한 오독이 보이는데, 이 작품이 가진 기독교와 친일적 성격에 대해서는 외면하고 있다는 점이다.

남한에서 이 작품에 대한 면밀한 연구는 송민호, 이재선, 조남현, 최원식, 양진오 교수에 의해 진행되었다. 송민호 교수는 결말부분에 주목하여 일종의 종교소설의 유형이라 할 만한 작품3)이라고 평가했고, 이재선 교수는, 다른 개화소설과 달리 친일에 대한 두드러진 성격과 색채를 가지지 않은 점에서 이색적인 작품4)이라고 평했다.

조남현 교수는 새로운 시대가 낳을 법한 인물설정과 작중 사건이 당시의 현실 속에서 충분히 개연성을 지니는 것으로 설정된 점 등에서 주목할 만한 작품이라고 평하였다.5) 특히 최원식 교수는 학제 간의 연구를 통해서 '반아'의 정체를 밝힘으로써 「몽조」를 작가와 관련하여 살필 수 있는 길을 열어놓았다.

하지만 이러한 성과들에도 불구하고, 텍스트를 면밀히 분석하지 않음으로써 이 작품에 대한 구체적인 연구가 이루어지지 못한 점이 있다. 조남현은 소설의 말미에 등장하는 주요인물인 전도부인을 '정동교회'가 아니라 '명동교당' 소속으로 오독하여(정환국에 이어짐) 작품의 정확한 해석을 어렵게 하고 있다. 양진오 역시 균형잡힌 시선으로 작품을 살폈음에도 작자가 직접 주제의식을 노출하고 있는 마지막 24장을 외면함으로써 소설의 전모를 살폈다고 하기 어렵다.6) 필자는 최대한 『황성신문』의 원

---

1) 은종섭, 『조선근대 및 해방전 현대 소설사연구』, 김일성종합대학출판사, 1986, 36면.
2) 과학백과종합출판사, 『조선문학사2』, 도서출판 역락, 1999, 77면.
3) 송민호, 『한국개화기 소설의 사적 연구』, 1975, 121면.
4) 이재선, 『한국개화기소설연구』, 일조각, 1993, 52면.
5) 조남현, 「개화기 소설의 생성과 전개」, 『소설과 사상』 1995, 여름, 394면.
6) 양진오, 「기독교수용의 문학적 방식과 그 의미에 관한 연구」, 『한국소설의 시학과 해

텍스트를 면밀히 읽어 이러한 오독에서 벗어나 보고자 한다.

　오독과 해석의 차이에도 불구하고, 남북한 연구물들은 공히 「몽조」가 '현실에 바탕을 둔 작품'이라는 일치된 해석을 보이고 있다. 지금으로부터 100년을 격한 지점에서 발표된 이 소설을 통해 우리는 반아가 빚어낸 '개화기 현실'의 실체에 다가가 보게 된다. 이 현실의 한 가운데 결국 '주체로서의 인간'이 존재했다고 할 수 있다. 범박하게 말해 개화기의 문학은 집단과 계층이 아닌 개별적 인간으로 관심이 전이되던 시기의 문학이라고 할 수 있다. 필자는 개화기의 현실적인 인물상을 잘 구현한 이 소설의 분석을 통해 격변기에 처한 그들의 고민을 따라가 보기로 한다.

　「몽조」는 1907년(융희 원년) 8월 12일부터 9월 17일까지 『황성신문』 1면 소설란에 24회에 걸쳐 연재되었다. 러일전쟁 이후 일본의 병탄이 가시화되어가던 기간인 1905년에서 1910년은 애국계몽의 시대로 언론의 역할이 중요하게 부각된 시기이다. '소설란' 역시 언론의 한 부분으로 기능했다고 볼 수 있다. 그만큼 시류성이 강하게 반영되었다고 할 수 있다. 주지하다시피 『황성신문』은 여타 신문과 달리 단 두 편의 소설만 실었다. 이는 황성신문매체가 당시 신문으로는 드물게 국한문혼용체를 지향했고, 이미 '소설'은 '한글'로 된 서사체라는 공감대가 형성된 뒤였으므로, 소설이라는 양식의 글쓰기와 잘 맞지 않았기 때문이다. 특히 『황성신문』이 표방한, 개신유학자의 입장을 대변할 마땅한 작품을 구하기 어려웠던 것도 한 원인이 아닌가 한다. 「神斷公案」(1906.5.19~12.31.)이 한문현토체로 되어 있는 것에 비해, 「몽조」는 순 한글로 표기된 소설이다. 따라서 「몽조」는 『황성신문』 유일의 '소설'이라고도 할 수 있다. 그럼에도 「몽조」에 관한 기존 어떤 연구도 『황성신문』과의 관련성 아래서 살펴보지 않았다. 필자는 여타 계몽기 소설에 드러나는 인물들과 상당히 다른 면모를

석』, 새미, 2004.

보이는 「몽조」의 인물들이 『황성신문』의 매체 성격과 관련이 있다고 보았다. 또한 근대계몽기의 서사체가 그런 것처럼, 「몽조」 역시 작가의 정치적 의식이 깊게 투영되어 있다고 할 수 있다. 기존의 반아 석진형에 관한 자료는 최원식에 의해 단편적으로 드러났을 뿐이다. 필자는 새로 발굴한 자료를 통해, 반아 석진형의 면모를 좀 더 구체적으로 밝히고 이를 토대로 작품을 보다 포괄적으로 읽는 시선을 제시하고자 한다.

2. 반아 석진형과 『황성신문』

1) 석진형은 어떤 인물인가?

『황성신문』에 실린 「몽조」에는 작가의 실명 없이 '반아'라고만 기록되어 있다. 최원식 교수는 1997년 베일에 가려있던 반아의 정체를 학제 간 소통을 통해 호를 '반아'로 썼던 인물이 석진형이라는 사실을 밝혀내었다.[7] 석진형(石鎭衡. 1877~1946)은 일제 강점기에 충남(1924)과 전남의 도지사(1926)를 지낸 최고위급 관료였음이 밝혀졌다.

석진형은 경기도 광주 출신으로 일본에 건너가 도쿄의 화불법률학교를 졸업하고, 한국에 돌아와 법학자로 강단에 섰고, 개화기의 여러 계몽 단체에 가입해 계몽운동을 펼쳤다.

최종고와[8] 이명화의 글[9]을 참고하여 반아의 생애를 살핀 최원식 교수는 반아가 결정적인 시기, 예컨대 대한제국의 강제 합병 전후와 일제 말처럼 직접적 친일행동이 강제될 때에는 그로부터 일정하게 거리를 두

---

7) 최원식, 『한국계몽주의 문학사론』, 소명, 2002, 309면.
8) 최종고, 「최초의 국제법학자 석진형」, 『한국의 법률가상』, 길안사, 1995, 198면.
9) 반민족문제연구 편, 『친일파99인, 돌베개』, 1993, 275-278면.

었다는 사실에 주목하여 그를 '온건친일파'로 규정했다.

필자는 최근 국립중앙도서관에서 석진형이 쓴 세 건의 자료를 추가로 발굴하였다. 기존의 소개된 그의 글이 법학전공자로서 주로 법학과 관련된 것이었다면, 이번 자료는 1920년대에 그가 종교와 실업에 관해 남긴 논설 유형의 글과 한시집이라는 사실에 주목을 요한다.

우선 『儒道』라는 잡지(1921.12.)에 실린 '시대와 유교'라는 글이 있다. 이 글은 전라남도 참여관으로 재직 시에 지방 순회강연에서 한 연설을 그대로 옮겨 실은 것으로, 석진형의 종교관을 비교적 소상히 읽을 수 있다는 데 의미를 둘 수 있다. 최근까지 「몽조」의 결말에 등장하는 기독교(입교)에 대한 서술자(작가)의 입장을 이해할 수 없어 이 작품을 해석하는 데 어려움이 많았다. 이 자료를 통해 그가 동서양의 종교에 대해 해박한 지식을 가지고 있으며 상당히 개방적인 태도를 취하고 있음을 알 수 있다.[10] 이 글에서 그는 각 종교의 역사를 소상히 짚었고, 특히 각 종교의 향후 전망을 내놓았는데, 유교의 침체와 불교의 消長, 이슬람교의 躊躇, 기독교의 융성으로 정의내리고, 특히 파죽지세로 세계의 구석구석을 파고드는 기독교의 전파를 唐詩의 '行盡江南數千里'구절에 비유하며, 피곤상태에 있는 유교가 이러한 기독교의 태도를 배워야 한다는 논지를 펴고 있다. 여기에서 그가 기독교에 대해 우호적인 자세를 취하고 있음을 확인할 수 있다. 하지만 석진형은 유교를 도덕을 넘어선, 하나의 당당한 종교로 인정하고 있다(46면). 또한 연설 중간의 발언 예컨대, "우리는 대개 儒林에 置籍한 者인 故로(46면)"나 "他敎는 姑舍하고 吾人이 日常 信仰하며 且 常行하는 儒敎"(50면)에서, 또 자신 또한 각 군 순회 시마다

---

10) 儒敎 以外의 敎에 對하여는 異端이라고 하는 傾向이 잇슬뜻 하온바 儒林을 本位로 生覺하시는 時는 或然 할 点이 有할는지는 未知하나 世界에 儒敎만 存在하면 모르거니와 如何間 儒敎以外 宗敎가 自古로 明白히 存在한 以上은 是等狀態도 多少間 會得以置할 必要가 有한줄로 生覺하나이다. (석진형, 시대와 유교, 儒道, 1921.12. 41면.)

빠뜨리지 않고 문묘참배를 한다(43면)는 사실을 강조함으로써, 자신이 유교주의자임을 드러내고 있다는 것이다. 그리고 결론 삼아 그는 유교가 타성에 젖지 말고, 시세에 순응하고 대세에 통하는 자세로 '삼강오륜'을 적극적으로 전파해야 한다는 말도 빠뜨리지 않는다.

그런데 이 글에서는 석진형의 친일적 면모가 드러나고 있음도 눈에 띈다. 조선의 유교와 관련하여 과거제를 설명하는 대목에서, 세거지와 세습을 기초로 한 조선의 과거제도를 부정하고, '일한합방의 대업'이 성취되고 나서 인재등용에 획기적인 개선이 일어나고 있음에 찬사를 보이고 있음이 바로 그것이다.[11]

두 번째 글은 1921년 1월 개벽사의 『개벽』지에 발표한 글로서 '實業界를 爲하야'라는 제목의 논설이다. 이 글은 실업을 농업, 상업, 공업으로 나누어 설명하면서, 각각의 과거와 현재와 미래를 짚어보고 있는 글이다. 또한 일각에서 '실업'을 고리대금업과 혼동하고 있다면서, 고리대금업의 폐해를 지적하고, 금융업을 그 대안으로 제시하고 있다. 특히 이 글은 공업을 강조하는 것으로 마무리 되고 있다.

> 此火力을 能히 利用하는 人類는 他人類를 排除하고 覇權을 掌握하며 此를 不完全하게 使用하는 人類는 劣等됨을 未免하야 各方面으로 他의 支配를 受하게 되는데 특히 工業에 至하야는 此는 專히 火力使用의 最極點인 故로 火의 使用이 不完全한 野蠻人類에 在하야는 火力에 依한 機械를 使用하야 工業의 振興이 有함을 未聞하얏노라(띄어쓰기 필자)[12]

인간은 타 동물과 달리 불을 이용할 수 있는 천부의 권리를 받았다고

---

11) 日韓合邦의 大業이 成就하여갓치 一家의 春을 爲하는 國家에서 人材를 登用하기에 何等墻壁이 無하나니 國民된다음야하 何者던지 相當히 學識을 具備하고 國家가 所定한 試驗에 及第한 境遇에는 國家에 登用될 거이외다.(앞글, 45면)
12) 석진형, 실업계를 위하여, 개벽, 1921.1, 개벽사, 20면.

했다. 이 불의 사용의 극점이 공업인데, 화력을 통한 기계의 사용, 그리고 공업의 진행 정도에 따라 문명인류와 야만인류가 갈라진다고 했다. 공업과 실업(금융업)에 대한 해박한 지식을 통해 실력양성론자의 면모를 잘 보여주고 있다고 할 수 있다.

그리고 필자가 확인한 세 번째 자료는 그가 충청남도지사 시절인 1926년에 편찬한 漢詩集으로 총 72면의 『扶餘古今詩歌集』이다. 석진형은 글의 서문에서 부여가 2,000년의 역사를 가진 곳인데다가 워낙 경치가 뛰어난 곳이라 고금의 여러 사람이 노래했으며, 자신 역시 을축년(1925) 봄에 부임한 이래 여러 번 찾았다고 했다.13) 석진형은 부여의 명소를 노래한 옛 한시를 찾아 소개하고, 소개한 시 뒤편에다 자기의 감회를 읊은 시를 새로 창작하여 덧붙이면서 시집을 꾸렸다. 시는 7언 절구나 율시로 이루어져 있으며 석진형의 창작시는 모두 13편이다. 대부분 부여의 흥망성쇠와 자연의 풍광을 노래한 시로 보인다. 그런데 우리는 이 시집에서도 그의 친일적인 면모를 발견할 수 있다.

우선 이 시집은 사이토 총독의 題字와 스즈키 조선군 사령관14)의 시(鈴木參謀總長閣下詩)를 서문 앞에 배치하고 있는 점도 눈길을 끈다. 특히 본문의 시에는 스즈키 조선군사령관과 석진형의 각별한 관계를 보여주는 시도 두 편이나 발견된다. 우선 스즈키와 석진형이 합작으로 지은 7언 절구(앞의 두 구는 스즈키가, 뒤에 두 구는 석진형이 지었다고 부기되어 있다)를 보자.

千年營耀過如夢 斷礎僅存半月城 蓋世將軍今到此 山川草木總新情
천년의 영광이 꿈과 같이 지나고/반월성이 겨우 초석으로만 남았구나/
세상을 뒤흔드는 장군이 이곳에 이르니/산천초목이 모두 새로운 정으로
넘쳐나는구나

---

13) 석진형, 『부여고금시가집』, 大和商會印刷所, 1926, 6면.
14) 鈴木莊六(1865-1940) 1924年에 육군대장·조선군사령관을 거쳐, 1926년에는 육군참모총장을 지냈다. 1930년에 퇴임했다.

필자의 과문한 해석으로도 앞 스즈키의 두 구절이 자연을 예찬한 시로서 평상심을 유지했다면 후반부의 석진형이 쓴 부분은 다분히 아첨하는 태도로 쓰인 것임을 한눈에 알 수 있다.

또 한편의 시는 대정 15년(1926.3), '동경으로 떠나는 스즈키 참모총장을 떠나보내면서(送鈴木參謀總長之東京)'라는 제목이 붙어 있는 역시 7언절구다.

> 槿域司令今二年 四方使命也能全 將軍克體聖君意 身不在鮮心護鮮
> 조선의 사령관으로 이제 이년/도처에서 사명을 능히 완수했다네/
> 장군은 성군의 뜻을 잘 받들어/몸은 조선을 떠나나 마음은 조선을 지켜
> 주네

인간적 교분이야 어떠했든 간에, 우리는 이 시를 읽고 실망감을 감출수 없다. 우리 민족의 탄압과, 독립운동 회유에 앞장섰던 조선군사령관을 최고의 찬사로 칭송하고 있기 때문이다. 특히 마지막 구절은 석진형이 이 시기에 조선의 독립을 깨끗이 포기하고 있는 듯한 인상마저 준다. 이러한 측면에서 위의 시는 분명히 친일시라고 할 수밖에 없고 이 시만으로도 그를 친일파라고 규정할 수 있을 것이다. 이 두 편의 시를 제외하고는 모두 자연을 예찬한 시로 보아도 좋을 듯하다.

한시집에서 우리가 느낄 수 있는 것은, 그가 고금의 시에 익숙한 인물이었다는 점이다. 부여를 노래한 옛 시를 찾아 소재별로 묶고 자신의 창작시를 덧붙였다는 점에서, 「몽조」의 작품 속에 '한대홍'을 설명하는 구절처럼, "詩와 賦는 남의 손 빌지 아니ᄒ고 自作自筆홀 만한 문력을 갖춘"(5회) 인물이었음을 알 수 있다. 하나 더 눈에 띄는 것은 그의 호 '槃阿'와 관련되는 것인데, 최원식 교수는 이 '반아'라는 호가 詩經의 시편에 등장하는 시구에서 유래함을 밝힌 바 있다. 석진형은 일반 논설 글에서

는 '석진형'의 이름만 쓰다가 이 '한시집'에서는 매 시편(13편)마다 '반아 석진형'을 굳이 밝히고 있다. 그 자신 역시 '반아'라는 문학적인 별호가 자신의 창작 작품에 어울린다고 생각했기 때문이 아닌가 한다. 「몽조」에서 석진형이라고 쓰지 않고 '반아'로만 썼던 것도 일종의 문학 창작 행위라는 사실을 자각했기 때문이 아닌가 한다.

세 개의 자료를 통해 보면, 각각 다른 문체와 문장을 쓰고 있음도 한눈에 드러난다. 시집을 통해서는 한문문장(서문)과 한시를, '실업계를 위하여'나 그의 연설문 '시대와 유교'를 보면 완전한 漢主國從의 문체를 구사하고 있음을 알 수 있다. 이 글들에 비해 「몽조」는 십여 년이나 전에 쓴 글임에도 완전한 한글 문체에 가깝다는 사실이 특기할 만하다.

> 다른 집 절문 여편너덜 갓고 보면, 금세 그 자리에서 검둥어멈더러 이 년이니 져년이니 심부럼을 잘 힛나니 못힛너니 나거라 들거라 별 악증의 소리를 다 홀것이오, 곳 중남이를 텬디를 뒤줍고 동네가 써들게 찻져 놋코 머리치를 휘여잡고 눈에 뵈고 손에 것치는 더로 아무게나 빨네방치나 싸리비나 되는 더로 훔처들고⋯(9회)

비록 만연체이긴 하지만, 거의 구어체에 가까운 한글을 자유롭게 구사하고 있다. 「몽조」에는 한자가 괄호 안에 아주 제한적으로 부기되고 있을 뿐이다. 이러한 문체가 자연스럽게 나온 것은 그의 언어능력에도 말미암는 것이지만, 적어도 그가 '소설'이라는 장르만큼은 한글로 창작된 것이라는 인식을 분명히 하고 있었기 때문이 아닌가 한다.

발굴된 세 자료를 통해, 석진형이 종교에 대해 개방적 시각을 가진 유교주의자였다는 사실, 실업 강조를 통한 실력양성론자였다는 점, 또 자작자필이 가능한 한학적 소양을 가지고 있었다는 점 등을 확인할 수 있다.

2) 개명유학자를 대변했던 『황성신문』

『황성신문』은 1898년 9월 5일에 창간된 일간신문이다. 장지연의 '是日也放聲大哭'이라는 논설이 크게 알려져, 『황성신문』하면 "항일적인 논지를 굽히지 않은"15) 언론으로 또 당시의 대표적인 민족언론지 중의 하나로 평가받아 왔다.16) 『황성신문』은 대중을 대상으로 했다기보다 조선의 지식인, 즉 유생 양반계층을 겨냥한 신문이었다. 유교를 부정하지 않으면서 점진적 문명개화론과 유교개혁론을 폈으며, 특히 신구의 짐작절충을 강조했던 것도 『황성신문』의 이러한 매체 성격과 관련된다. 그들은 士林은 국가의 원기로서 사림이 망하지 않으면 국가 또한 망하지 않는다는 인식을 가졌으며,17) 양명학에 바탕을 둔 지행합일의 사상이야말로 실천적 지식인을 요구하는 당대의 사회에 반드시 필요한 것이라고 강조했다. 이러한 점에서 주로 기독교 인사들이 관여하여 유교전통을 부정하고 신학과 신문물 수용에 적극적이었던 『독립신문』과 구분된다. 『황성신문』이 당시 개화기의 대부분 신문이 한글을 지향한 것에 비해 국한문 혼용체를 표방하고 이에 자부심을 가졌던 것도 개명한 유학자들을 대상으로 한 신문이었기 때문이었다.

『황성신문』은 유학자들을 향해 개진문명을 통해 자강과 실력을 기르지 않으면 약육강식의 논리가 지배하는 국제사회에서 독립을 보존하기 어렵다고 역설하였다. 『황성신문』은 그 논설에서 '優勝劣敗는 天然의 公例'라든가, '생존경쟁은 진화의 원동력'이라고 주장했으며,18) 이처럼 우승열패, 생존경쟁을 사회진화의 철칙으로 받아들일 때, 그 경쟁의 사회

---

15) 민족사바로찾기국민회의, 『언론학예투쟁, 독립운동총서7』, 민문고, 1995, 59-60면.
16) 최원식, 앞글, 291면.
17) 박찬승, 『한국근대정치사상사 연구』, 역사비평사, 1993, 78면.
18) 윗글, 37면.

에서 살아남을 수 있는 유일한 길은 스스로의 실력을 갖추는 것밖에 없다는 결론으로 나아갔던 것이다.

사회진화론에 바탕을 둔 실력 양성의 구체적인 방법은 교육과 산업의 진흥이었다. 석진형은 일제 강점 하에서 정치가로서 뿐만 아니라 교육자와 교육지원 사업의 길을 걸었으며, 또 촉망받은 실업인의 길을 걸었다. 이는 그가 택한 자강운동 노선의 한 실천이었다고 할 수 있다.

따라서 자유연애와 남녀평등의 반봉건의 기치를 내건, 예컨대 이인직이나 이해조, 안국선 등이 쓴 여타의 계몽기 소설과 크게 다른 「몽조」의 성격은 이 작품이 실린 『황성신문』의 매체 성격과도 깊은 관련을 가지고 있다고 하겠다.

3. 개신유학자의 좌절과 그 가족의 불행

「몽조」는 개화를 역설하던 개신유학자 '한대흥'이 별순검에게 잡혀가 수년 동안 옥살이를 하다가 처형당하고 난 뒤 남은 가족들이 겪는 고난을 이야기하고 있다. 우선 그 인물 설정에서 『황성신문』의 독자층과 겹쳐 있음을 알 수 있다. 이 소설에는 이미 고인이 된 한대흥과 그의 부인 정씨, 한대흥의 남은 가족들을 도와주는 친구 박주사, 상심한 정씨부인을 기독교로 인도하는 전도부인, 그리고 한대흥과 정씨부인 사이에 난 자식 증남이와 간난이, 정씨부인 집에 살고 있는 충복형 노비 검둥어멈이 등장하고 있다.

「몽조」는 여타의 개몽기 소설과 비교했을 때, 서술시간(24회의 중편 분량)에 비해 서사시간(늦여름에서 가을까지)이 대단히 짧은 편이라고 할 수 있다. 또한 대부분의 계몽기 소설들이 동서양을 넘나들고, 최소한 일본으로 공간적 배경을 확장하고 있는 것에 비해 이 소설은 정씨부인이 한 대흥의 성묘를 위해 나들이 할 때를 제외하고는 정씨부인이 살고 있는 집을 배경으로 하여 진행되고 있다. 서사시간이 지연되고, 등장인물의 동선이 짧은 만큼 등장인물의 심리와 사건의 디테일이 섬세하게 드러나 있다고 할 수 있다.

1) 좌절한 개신유학자 – 한대흥

대부분의 계몽기 소설들이 개화인물의 계몽적 성취를 목표로 서사를 진행하고 있는 것에 비해 이 작품은 '개화'와 '애국'이라는 이상을 품고 분투했던 개화주의자 한대흥의 죽음에서 시작된다. 이렇게 보면 '한대흥(大興 : 크게 일어난다)'이란 명명(appellation)은 역설로 읽힌다. 또한 한대흥을 거꾸로 읽으면 '흥대한(興大韓)'이 되는데, 이는 대한제국의 병탄이 가시화되던 현실에서 작가의 염원을 비유적으로 드러낸 것으로도 읽힌다.

우선 한대흥은 유림사회의 한학자에서 출발해서 개화지식인의 길을 걸었다는 점이 눈에 띈다.

① 유림샤회(儒林社會)에 일흠이 뎨일류(第一流)에 잇는 김학자(金學者)의 수뎨자(首弟子)며 김학자에 뒤지지 않을 범절을 갖춘 한학자의 둘째 아들로(…중략…)시(詩)와 부(賦)논 남의 손 빌지 아니ᄒ고 자작자필(自作自筆)홀 만ᄒ 문력(文力)으로(5회)/이 한더흥씨의 집은 학자의 집안이라, 가풍이 엄슉ᄒ야 다만 학업을 심쓸뿐이오, 싸아온 지산은 잇지 아니ᄒ야 아참밥 저녁죽에 겨오겨오 지니던 집안이라(7회).

② 일직이 바다 밧게 놀아 우리 나라이 쳥국에 속방이 되야 긔반을 벗지 못ᄒ고 세계에 병신구실홈을 분이 녁여 동양에 몬져 열인 이웃 나라와 셔로 손을 잇끌고 세계 여러 나라의 틈에 드러가 한 가지 반렬에 참녜ᄒ기 위ᄒ여 정치를 긔혁ᄒ야 국가의 긔초를 든든히 ᄒ고(2회).

①을 통해 그가 최고의 덕망을 가진 유림가에서 자랐을 뿐만 아니라, 한학적 소양도 뛰어나며 그의 현재 생활을 지배하는 것 역시 유교적 가풍과 행실이라는 점을 확인할 수 있다. 물론 우리는 한대흥의 삶에서 석진형의 모습을 읽을 수도 있는데, 석진형 역시 『한시집』을 낼 정도로 한학에 소양이 깊었다는 사실은 앞장에서 확인할 수 있었으며, 또한 그는 엄숙한 가풍으로 일관, 고위급 관료생활을 하면서도 늘 청렴했다고 전해진다.[19]

그는 뜻한 바 있어 ②에서처럼 해외유학을 통해 개화주의자로 거듭난다. 『황성신문』은 留學에 대해 "文明新氣를 흡인하고 각종 실학을 수입하여 조국을 발전시키고 동포에게는 복리를 줄 수 있을 것"[20]이라고 하여 옹호한 바 있으며, 한대흥의 유지를 받은 박주사 역시 "증남이를 잘 교육시켜 열 살이 지나면 외국에 유학도 시켜 20세기의 세계적 인물"(15회)로 만들 계획을 가지고 있다. 이를 통해 우리는 당시 개명 유학자들의 해외 유학에 대한 인식을 읽을 수 있다. 물론 일본유학 1세대로서 그 위상에 걸맞게 조선에 들어와서도 적극적인 계몽활동을 하고 있던 석진형 자신을 투영한 것이라고 할 수 있다.

또한 ②를 통해서 우리는 그는 유림출신이면서도 '반청친일적' 사고를 분명히 하고 있다는 사실을 확인할 수 있다. 당시의 많은 지식인들은 일본이 청일전쟁을 통해 조선을 독립시켜 주었다고 믿었고, 일본을 문명개화로 근대화를 이룬 모범국이라고 상정하고 있었다.[21] 또한 "동양에 몬져 열인 이웃나라와 셔로 손을 잇끌고" 세계의 반열에 들어가고자 한 한대흥의 생각은 당시의 개화지식인들 사이에 전파되었던 '일한 동맹론'과도 관련이 있다. 1904년 러일전쟁을 전후에서는 일본이 이 전쟁을 백인

---

19) 최종고, 앞 책, 198-199면.
20) 황성신문, 1908.7.25. 논설 卒業生 歡迎.
21) 안정임, 「대한제국전기 언론계의 대외인식 연구」, 이화여대석사논문, 1990, 36면.

종의 침략으로부터 황인종을 보호하기 위한 선전이라고 미화했고, 상당 수 지식인이 이 주장에 동조했다. 물론 일한동맹론이 일본과 한국의 대등한 입장에서의 동맹, 즉 독립국의 지위를 유지하는 선에서의 양국동맹을 뜻하는 것으로 받아들였기 때문이었다. 그러나 이는 당시의 상당수 지식인들조차 일본 중심의 일한 동맹론이 '일본 맹주론'을 동반하고 있으며, 나아가서는 그 맹주의 문명지도를 빙자한 침략까지도 긍정하는 이론임을 알지 못하고 있었다는 사실을 반증하는 것이라 할 수 있다.

또한 화자는 한대흥의 죽음에 대해 안타깝고 억울한 입장을 강조하고 있는데, "뜻잇고 일우지못홀쑨 아니라 도로혀 죄의 일흠을 씨고 도라가니 진실로 어여뿌다."(2회)라는 말 속에 압축되어 있다. 불쌍하고 안타깝다는 화자의 심정표출은 '어여뿌다'라는 서술어에 직접적으로 노출되고 있으며, 한대흥의 죽음이 어이없고 부당하다는 생각은 '도로혀'라는 부사어에 잘 드러나 있다. 또한 여기에는 당대최고의 법률학자로서의 반아의 의식이 투영되어 있다고 할 수 있다. 어처구니없는 투옥과 무자비한 고문을 당한 뒤 참혹한 시체로 변한 한대흥을 보며 화자는 법치주의를 염원하는 자신의 의식을 유로시키고 있다.

그러면 한대흥은 과연 어떤 일 때문에 처형을 당했을까. 우리는 역시 1907년 『태극학보』 6, 7호에 발표된 백악춘사의 「다정다한」을 통해 그 사정을 짐작해 볼 수 있다. 만민공동회가 독립협회로 변하여 근대적 각성을 부르짖을 무렵(1898)을 시간적 배경으로 하여 시작되는 이 소설의 서두에 수구파의 당국이 경무국장에게 민회를 해산하고 회원을 도륙하려는 명을 내리는 장면이 나온다. 한대흥의 면면, 일본 유학을 다녀왔으며, 반청친일적인 사고를 가지고 개화에 열성이었다는 점에서 그 역시 '수구파'에 의해 희생된 것으로 볼 수 있을 것이다.

2) 기독교에 귀의한 현모양처 – 정씨부인

한대홍의 아내 정씨부인은 이 소설의 핵심적 인물이다. 「몽조」는 화자시점 서술에 의존하면서도 인물의 시점으로 전환되기도 하는데, 24회 중 대부분은 정씨부인의 인물시점이 전경화되어 그녀의 심경이 독자들에게 직접적으로 전달된다.

우선 정씨부인의 명명이 주목된다. 가족의 일원 중 한대홍과 증남 등이 구체적 이름을 얻고 있는 것과 대조적이다. 이는 그녀가 신여성이 아니라 구여성이며, 전통적인 아녀자상임을 의미한다. 정씨부인이 태어난 집은 그 가풍으로 볼 때 몰락한 양반가로 보인다. 일찍이 어머니를 잃고 계모로부터 갖은 구박과 학대를 당한 정씨부인은 시집을 도피처로 생각한다.

> 화루우에 찌기놋코 두쥬우에 상보아 두엇다가 얼는 나와 마지면서 「시장ㅎ시지오」하고 옷갓바다 의장에 글고 듯기실코 상심될만ㅎ 말은 다 피ㅎ고 듯기좃코 말ㅎ기조흔말로만 만단 위로ㅎ면서 만이 '잡수시오'하고 위로ㅎ고(3회).

정씨부인은 개화운동을 하는 남편을 양처의 말과 행동으로 지성으로 뒷받침한다. 그러나 한대홍이 처형되고 나서는 걷잡을 수 없는 상황에 빠진다. 정씨부인은 이러한 환경에 맞서 현모의 덕을 통해 극복하려고 한다.

정씨부인은 남편을 지성으로 뒷바라지했던 것처럼, 증남을 교육하면서도 현모양처로서의 상을 발휘한다. 특히 아들 증남이 자신 몰래 돈을 가져간 일이 벌어졌을 때도 화를 억누르고 좋은 얼굴로 인내를 가지고 인격적으로 훈계, 잘못된 행동에 대해 개심을 유도한다. 이 장면에서 서술자는 정씨부인의 말을 일러 "스람이 목석이 아니어던 이 부인의 이 말을 듯고 누가 감동치 아니ㅎ리오."(11회)라는 주석적 개입을 통해, 정씨부인의 자녀 교육 방법이 대단히 만족스러운 것임을 드러내고 있다. 따라서 정씨부인은 계몽기 소설 중에 전통적 사고를 가지고서도 악인형에 속하지 않은 드문 사례에 속한다고 할 것이다.

그러나 이러한 현모양처상의 실현에도 불구하고 경제적 어려움과 고립감은 벗어날 길이 없다. 우선 정씨부인이 당면하게 되는 것은 경제적 어려움이다. 그녀는 양반가의 아녀자를 포기하고 "병술이나 콩나물이나 색실이나 성적분 장사라도 시작하려고" 하지만 이도 밑천이 없어(7회) 실천으로 옮길 수 없다.

> ① 철냥이 업셔 자식을 잘갓츄어 옷희쥴수 업고 다달이 강미 달라고 말홀 씨에 즉시 쥴수업고 신발 사쥬오. 츄렴니오. 홀씨에 마암과 갓치 희쥴수업고 자식의 비곱하ㅎ는 얼골 보는것갓치 쎠옵흐고 속쓰린 일은 쏘다시 업시리로다.
> ② 니 한아쑨이며는 쏘 오히려 관계치아니련만 싱각다 싱각하야 요견에 바던돈을 결단코 씨고 십지 안치므는 두엇든곳을 차져니여 펴보고 펴보다가 조금씨고 치여놋치 긴밤을 쌀게알고 멋칠밤 바누질노 시여보지 ㅎ고 그 박쥬ㅅ의 쥬던돈을 펴보지만(8회).

①에서는 경제적 어려움 때문에 자식교육의 뒷바라지를 제대로 하지 못하는 어머니의 '쎠옵흐고 속쓰린' 심정이 진솔하게 표현되어 있다. 이러한 상황에서 ②는 박주사가 어떠한 설명도 하지 않고 건네고 간 돈을 가지고 정씨부인이 쓸지 말지를 고민하는 내용이다. 용처를 알 수 없는 돈을 함부로 쓸 수 없다는 양반가 아녀자로서의 원리와 당장 경제적 곤궁 앞에 처한 현실원리 앞에서 정씨부인이 심각한 갈등을 일으키고 있는 것이다. 여기에서 정씨부인의 내면은 화자의 담론에서 독립해 자신의 인

물시점으로 전달되고 있다. 이 정씨부인의 흔들리는 내면의식은 더 이상 전통적인 현모양처의 상을 포기하고 돈을 쓰기로 한 현실적 상황을 택함으로써 일단락된다.

작품에서 정씨부인은 추석을 맞아 아들 증남과 함께 동소문 밖 남편의 산소를 찾아가면서 바깥외출을 감행한다. 여기에서 우리는 개화의 시기로 명명된 변화된 바깥세상과 접촉하지 못한 몰락한 양반가의 한 여성을 만나게 된다. 남편의 산소를 찾지 못해서 헤매는 일이며, 반드시 아들인 증남을 시켜서 길을 물어보는 것은 다 이러한 '아녀자'로서의 정씨부인의 면모를 잘 드러내 준다.

남편이 보낸 옥중 편지를 보고 기절한다거나, 낯선 사람에게 길을 물어 무안을 당하자 울렁증을 일으키는 정씨부인의 소심한 성격과 자살까지 염두(3회)에 둔 고립감은 그녀가 곧 종교에 안착하게 될 것이라는 일종의 동기부여(motivation)의 역할을 한다고 할 수 있다. 정씨부인은 아쉽게도 자신이 처한 문제를 사회적으로 확대하지 않는다. 모든 문제를 자신의 내면으로 침잠시키고, 결국 자신의 죄로, 회개를 통한 기독교 입교로 해결한다. 따라서 "나라의 독립을 위해 희생된 남편의 뜻을 꿋꿋이 이어나가는 조선녀성의 고상한 품성과 굳은 지조를 진실하게 보여준 것으로 하여 의의가 있다"22)는 북한 쪽 해석은 과장된 것임을 알 수 있다.

화자의 규범적 수사학에서 벗어나 인물이 주체적인 심리학을 얻는 순간 고소설은 근대소설로 이행된다.23) 근대소설의 인물은 관념적 동일성으로 회귀하는 형이상학적 환경 대신 현실의 모순을 드러내는 '사회학적' 환경에 대면함으로써 자신의 주체적 내면을 갖게 된다. 당시 계몽기 소설 작가들의 작품, 예컨대 이인직이나 이해조의 작품들이 개화에 대한 집착으로 현실을 단순화한 것과 달리 환경 속에서 끊임없이 고민하고 회

---

22) 과학백과종합출판사, 『조선문학사 2』, 역락, 1999, 76-77면.
23) 나병철, 『소설의 이해』, 문예출판사, 1998, 114면.

의하는 인물상을 섬세하게 그려내었다는 점에서 이 소설은 근대적 면모에 한걸음 더 다가섰다고 할 수 있다.

3) 국가주의를 강조한 개신유학자의 전형 — 박주사

박주사는 한대흥의 절친한 친구로 서당시절에서부터 죽마고우로 '쌍둥이'로 불릴 정도로 가까운 사이였다. 한대흥의 귀국 후에는 '逐日相從'했고, 한대흥의 유지에 따라 한대흥의 가족을 성심성의껏 돌본다. 이러한 측면에서 박주사는 한대흥의 분신이자, 작가 반아의 또 다른 분신으로 읽어도 좋을 것이다. 이미 사형당한 인물로, 등장인물들의 회상을 통해 소개되는 한대흥과 달리 박주사를 통해 우리는 개화기 계몽활동의 한 실체를 만나게 된다.

우선 작품 내에서 박주사는 한대흥의 가정을 도와주는 조력자(the helper)의 역할을 하며, 서사 진행에 있어서도 결정적 역할을 하고 있음을 알 수 있다. 박주사는 한대흥의 영결서를 전하고(2회), 남편의 편지를 읽고 기절한 정씨부인을 사향수아반으로 깨어나게 하고(4회), 경제적으로 어려운 처지에 있는 정씨부인의 집에 돈을 놓고 가는가 하면(7회), 한대흥의 묘소를 참배하고 돌아오던 길에 증남과 그 어머니가 한대흥의 무덤을 못 찾아 난처해 하는 것을 보고 길을 안내하는(14회) 역할을 한다. 결정적인 순간에 나타나 도움을 주는 이러한 박주사를 데우스엑스마키나(deus ex machina)형 인물로 볼 수도 있다. 하지만 어린 시절부터 의가 좋아 선생님으로부터 '쌍둥이'라는 평을 들었으며, 특히 죽음을 앞두고 한대흥이 아내에게 쓴 마지막 글에서 "이 편지를 뎐ᄒᆞᆫ 박쥬ᄉᆞᄂᆞᆫ 이 스람과 뜻을 갓치 ᄒᆞᄂᆞᆫ 스름이니 집안에 어려온 일이 잇거던 빅스를 의논ᄒᆞ시오"(2회)에서 드러나듯 박주사는 친구와의 의리, 즉 '朋友有信'을 실천하는 인물로 보는 것이 좋을 듯하다. 박주사 역시 한대흥과 마찬가지로 개화주의자이면서도 유교적 생활이 몸에 밴 인물로 등장하고 있다. 특히 남녀유별의 각별한 예를 보여준다.

> 박쥬스는 부인이 씨여남을 보고 자긔가 잇시면 도로혀 편편치 아니홀가 ᄒ야(4회)/니가 압셔셔 멀지감이 천천이 갈 터이니 어머니이 뫼시고 천천이 오나라야(15회).

박주사는 친구의 부인과 동행은 고사하고, 한 자리에 있는 것조차 회피하는 태도를 취한다. 그래서 수십 년을 '축일상종'한 절친한 사이지만, 친구가 결혼하고 십수 년이 지나도록 그 부인을 보지 못했다고(4회) 한다. 하지만 이러한 상황을 가지고 "작품기반이 완전히 근대화하지 못한 제2단계의 소설이란 점을 반증해 주는 것이 된다."는 송민호의 해석은24) 지나치지 않은가 한다. 당시 개신유학자들 대부분이 유교적 행실을 개화의 근본으로 생각했다는 사실을 염두에 둘 때, 개화기의 시대 상황에서 엄연히 한 부류로 존재했던 지식인들의 생활태도를 정확히 반영한 것이라고도 할 수 있기 때문이다.

> 大凡 守舊란 것은 國家에 舊規를 膠守하야 搖改치 勿하자는 主論이라 此主論를 執한 者 必曰 我國에도 美法良規가 自在하여 幾百年 文明之治를 開하였으니 何必外國의 新法을 採用하야 政綱을 紛雜케 하리오 하나니 誰가 謂하되 我國에 美法良規가 無하다던가 美法良規가 古에는 有하다가 今에는 無하니 此或守舊者의 過失이 아니런가 其法規를 一遵守來 하였으면 今에도 如舊한 文明國일 것이어늘25)

『황성신문』은 신문 초기부터 다른 신문들과 달리 전통문명에 대한 긍

---

24) 송민호, 『한국개화기 소설의 사적 연구』, 일지사, 1975, 22면.
25) 황성신문, 1899.6.28. 논설.

정적 입장을 분명히 했다. 오히려 그 미법양규로 표현되는 전통문명이 사라져 우리나라가 문명국의 지위를 잃게 되었다는 논리를 폈다. 이 '미법양규'의 문명이란 무엇인가. 유교문화로 지칭할 수 있는 동양의 보편문화를 의미하는 것이라 할 수 있는데, 특히 그들은 덕육의 차원에서 유교교육이 필요함을 역설하였다.[26] 그들은 행실을 바로 해야 허명개화가 되지 않을 수 있다고 했다.

> 近世에도 五倫의 行實을 純篤히 行하야 人의 道理를 知한 則 行實의 改化오 學術을 窮究하야 理致를 格한 즉 學術의 改化오 國家의 政治를 正大히 하여 百姓이 太平한 樂이 有한 則 政治의 開化오 <중략> 然하나 行實開化는 天下萬國의 通同한 規模라 千萬年閱歷하여도 長久不變하고 政治以下 諸開化는 時代를 隨하여 改變하여 地方을 從하여 殊異도 하는 故로[27]

학술, 정치, 법률, 기계, 물품의 개화는 시대에 따라 변할 수 있으나, 오륜의 행실개화는 천만년이 흘러도 불변하는 것으로 보았다. 이러한 입장을 이해할 때 우리는 박주사의 엄격한 내외구별과 한대흥이 생활원칙으로 삼은 엄숙한 유교적 가풍과, 무엇보다 현모양처로서의 정씨부인 상을 제대로 이해할 수 있다. 물론 『황성신문』도 여성 교육을 어느 정도 인정했지만, 그 목적을 여성이 교육받음으로써 어머니와 아내로서 가질 수 있는 이점에서 찾고 있었다.[28]

그럼 개화주의자로서 박주사가 강조하고 있는 것은 무엇일까. 경향각지를 다니면서 한 한대흥의 개화 연설의 실체가 드러나지 않은 것에 비해 박주사의 연설은 비록 증남의 말을 통해 간접화되어 있지만 그 내용의 일단이 드러나 있음이 주목된다.

---

26) 황성신문, 1908.8.30. 勸讀論語說.
27) 황성신문, 1898.9.23. 논설.
28) 황성신문, 1898.11.3. 논설.

(사람사는 데는-필자) 목뎍이 세가지가 있다구 제몸위ᄒᆞᆫ목뎍 제집위ᄒᆞᆫ는목뎍 ᄯᅩᄒᆞ나는 제나라를 위ᄒᆞᆫ는 목뎍이랍듸다 그란데 그중에도 나라를 위ᄒᆞᆫ는목뎍이 질 크다구합듸다… 나라는 집이랍듸다… 세상에 이일누히셔 죽은스롬두 만타구 합듸다(6회).

증남의 이 말을 듣고 증남어머니는 "증남아버니가 항상ᄒᆞ던 말을 들은 것 같다"고 한 데서 드러나듯이 박주사의 말을 통해 한대홍의 연설내용도 짐작할 수 있다. 비록 국가를 집으로 등치시킨 소박한 정도의 수준이지만, 그 핵심은 '국가주의의 강조'라고 할 수 있다. 한대홍 역시 별순검에 끌려가면서, 증남이에게 "어서어서 자라서 나는 웃지 될지 모르지만 나라에 충성ᄒᆞ라"(10회)라는 말을 남긴 바 있다.

실지로 상당수 개화지식인들은 당시의 시대적 상황, 즉 보호국화의 일차적 책임을 국가의식의 부재라고 보았고, 『황성신문』도 보호조약 체결 직후 "현금 경쟁시국을 당하여 국력이 위패하고 국권이 추락하야 구경 타인의 노예가 된 원인은 즉 아국민의 애국사상이 천박한 연고"라고 단언하는 논설을 발표한 바[29] 있다. 그들은 경쟁의 시대에 위기에 처한 나라를 살리기 위한 방책의 으뜸으로 자국정신을 강조했다.[30]

國之幸福도 卽 一民族이 共之오 國之禍孽도 즉 一民族이 共之니 一左一右를 一民族이 豈可不共謀며 一動一靜을 一民族이 豈可不共審이리오 唯其全國民族이 無不愛國을 如身하며 視國을 如家하야 智者는 竭腦力하며 愚者는 竭肢力을하고.[31]

국가는 한두 사람의 사유물이 아니라 민족 공유의 것이고, 따라서 애

---

29) 황성신문, 1905.2.16. 國家思想論.
30) 황성신문, 1907.5.10. 保國論.
31) 황성신문, 1907.6.20. 民族主義 續-.

국을 내 몸과 같이하고(如身), 나라를 집처럼 여겨야 한다(如家)는 『황성신문』의 논리는 박주사의 연설내용과 겹쳐 읽힌다.

이렇게 볼 때 박주사와 한대홍은 '나라 붓들기'(5회)에 주의한 인사로, 처음부터 합방에 찬동한 노골적 친일인사는 아닌 것이 드러난다. 비록 실력 양성론자의 편에 서 있었지만, 기본적으로 일제의 사주를 받으면서 日鮮同化의 입장에서 일본인과 대등한 대우를 받기 위해 실력을 양성해야 한다는 친일주구가 아니었다는 점이다. 한대홍의 궁극적 지향점이 프랑스, 영국, 미국의 외교관이 되어 "'틱극긔'를 넙히 달고 나라의 빗을 세계에 날리고져"(2회) 한 데서도 이러한 입장은 충분히 드러난다. 따라서 이러한 국가주의는 계몽기 소설의 공통적인 주제인 신교육사상과 신윤리관으로서의 자유연애사상의 주장과는 다른 '국가의식의 강조'라는 점에서 주목할 만한 것이라 할 수 있다.

박주사의 횡적 연대가 한대홍에 닿아 있다면 종적 연대는 한대홍의 아들 증남에 닿아 있는데, '교육'이란 매개를 통해서이다. 죽은 친구와의 신의를 지키는 방도로 그는 "증남이를 잘 교육시켜 열 살이 지나면 외국에 유학도 시켜 20세기의 세계적 인물"(15회)로 만들 계획을 가지고 있다. 한대홍 역시 아내에게 쓴 마지막 유언장에서 "증남이를 도라보아 교육을 심써 행ᄒ야 황텬에 도라간 이 ᄉ람으로도 혼이 평안ᄒ게 ᄒ기를 바라읍"(2회)이라고 했다. 이 작품에는 '교육'이라는 단어가 수차례 등장한다.

반아 역시 앞의 장에서 살폈듯이 교육 계몽 단체에 임원으로 활동했으며, 이 소설을 쓰고 난 직후 교육계몽을 목표로 한 흥사단과 기호흥학회에 가입하여 임원으로 활동했고, 1920년대부터 직접 학교 지원 사업에 뛰어들기도 했다. 아마 이 소설이 일반적 의미의 계몽기 소설과 깊이 관련된 부분이 있다면 바로 이 '교육'에 대한 강조라고 할 수 있을 것이다. 이 같은 교육에 대한 강조는 당시 많은 지식인들이 실력양성론 편에 있었고, 실력양성의 한 가운데 '교육'이라는 가치가 놓여 있었음을 새삼 말해준다.

4) 전도부인의 기독교 전파와 그 의미

정동교회에서 나온 전도부인은 누가복음을 들고 와서 실의에 빠져있던 정씨부인을 설득, 끝내 기독교로 입문하게 만든다. 이 작품은 기독교 수용 문제와 관련하여 여러 해석의 여지를 남기고 있다. 우선 전도부인을 통해 정씨부인이 기독교에 귀의했는가 하는 여부다. 이런 혼란스러운 해석이 있게 된 데는 주석적 서술을 빈번하게 하던 화자가 이 부분에 와서 말을 아끼고 있기 때문이다.

> 증남어머니는 가다가 엇덧 말은 지미잇기도 ㅎ고 쏘 엇던 말은 자긔의 당훈 경우와 속에 잇넌 싱각을 쎄 소아 말ㅎ는 것갓ㅎ야 … 말이 모다 다 쎄에 사못치고 가삼에 시겨 들녀 더 더욱 정신업시 말ㅎ는 닙만 츠다보고 벙벙히 안졋실 쑨이러라(23회).

적어도 위의 내용을 통해 정씨부인이 기독교에 크게 공감하고 있음을 인정하는 화자의 음성을 읽을 수 있다. 이러한 사실도 확인된다. 정씨부인의 기독교 입문을 강력하게 말리려는 인물이 바로 검둥어멈인데, 검둥어멈은 "텬쥬악쟁이는 스롬호리는 약을 가지고 스롬을 혹ㅎ게" 한다고 경고한다. 그러나 정씨부인은 전도부인의 말이 "이젼에 나라마님 기신 쎄에 나라마님두 일상 말심ㅎ신게라네"(18회)라고 잘라 말한다. 평상시에 남편 한대흥에 대한 신뢰가 절대적인 정씨부인의 입장에서 볼 때, 기독교가 생소하거나 거부감의 대상은 아닌 것으로 볼 수 있다. 정씨부인이 검둥어멈의 만류에도 불구하고 결국 기독교에 귀의하게 되었음은 아래 인용에서 확인이 된다.

> 「엇덧케 회기ㅎㄴ아… 잘 밋고 구ㅎ면 **도라갓던 ㅅ롬이라두 다시 살아 올 수가 잇깃소.. 네에… 그라면 밋다쑨이깃소 이ㄴ몸이 부서져서 콩가루 세모뤼가 되다라두 밋다 쑨이깃소**… 네에… 이ㄴ머리를 버여 신을 삼아 신 고라두 가다쑨이깃소 이구우 엇지ㅎ면 ㅎ기ㅎ나아 하나님 마압소셔」ㅎ고 뷧치사 북지ᄂ 안지마ᄂ 쥬홍갓튼 피눈물이 눈에서 평평평 소사ᄂ다(23회, 강조 필자).

조남현 교수는 강조된 부분을 예로 들면서 정씨부인은 전도 마누라의 전도를 결국 완곡하게 거절하게 된다고 하였다. 하지만 이 대목은 정씨부인이 나름대로 이해한 기독교 구원의 의미를 말한 것이라 보는 것이 옳을 것 같다. '하나님 마옵쇼서' 역시 부정어라기보다는 오늘날의 '하나님 맙소사'에 해당하는 말로 감동이 격해졌을 때 하는 감탄사로 보는 것이 좋을 것이다. 이 '하나님 마옵소서'는 이해조의 「화의혈」에서도 같은 의미로 쓰이고 있다.[32]

그러면 정씨부인의 기독교 귀의가 어떤 의미를 가지고 있는지 살펴보기로 하자. 이를 위해서는 1907년에 정점을 이루었던 기독교 대부흥 운동에 대한 이해가 있어야 한다고 생각한다. 특히 부흥운동의 핵심이 '죄의 자복과 눈물을 통한 회개'였을 때, 정씨부인의 기독교 입문과정과 그 특징을 상당 부분 공유하고 있기 때문이다. 작품 속의 전도부인이 소속된 정동교회는 감리교파로 1906년의 구정부흥운동, 1907년 평양대부흥운동의 서울지역 교회 중에 그 핵심에 있었음을 교회사를 통해 확인할

---

[32] 선초 어머니가 주먹으로 땅바닥을 땅땅 치며, "에구, 하나님 마옵소서. 생사람을 이렇게 죽여도 관계치 않은가. 왜 죽여 왜 죽여. 무슨 죄를 범했길래 죽이려 들어." 하며…

수 있다.[33] 1903년 8월 원산에서 촉발된 이 부흥운동은 특히 1907년에 그 절정을 이루었다. 이 해에 기독교를 직접적으로 다룬 「다정다한」이 나왔고, 「몽조」가 발표되었던 것이다.

'한국교회 대부흥운동'은 한국교회의 신앙양태가 '종교성 강화', '내면화 성향'으로 전환되는 중요한 기점이 되었다.[34] 따라서 이 작품에 대해 정씨부인의 기독교 입문을 개화의식의 패배로 보는 시각과 함께, 한국 기독교의 내면화에 호응하는 한 개인의 구원으로 보는 시각이 양립해 왔다. 특히 후자로 이 작품을 해석하면 「몽조」는 기독교 소설로 볼 수 있을 것이다.

필자는 앞 장에서 발굴된 자료를 검토하면서, 석진형이 기독교의 적극적인 전파노력에 대해 우호적인 시각을 갖고 있다는 사실을 밝힌 바 있다. 문맥 속에 드러난 "뎐도ᄒᆞᄂᆞᆫ 말이 딕통에 물 흐르넌 것갓고 소반에 구슬 구르넌 것갓다."(22회)는 표현에서도 서술자는 기독교 자체에 대해 결코 부정적인 입장을 취하고 있다고는 볼 수 없다. 그렇다고 그가 기독교 수용을 적극 인정하고 개화의 한 대안으로 생각했던 것은 아니었다. 그는 끝까지 유교주의자임을 포기하지 않았기 때문이다.

마침 이 무렵『황성신문』에 실린 논설 중에 기독교 관련 내용이 있어 이를 소개해 보면 다음과 같다.

> 或者는 一身의 利欲을 爲하야 堂堂한 國土를 外人에게 賣渡하며 或者는 外人의 勢力에 依支하여 我同胞를 欺弄하며 <중략> 혹자는 耶蘇愛我하오 하야 天主事라 世上事라 하면서 云云하는 說이 國은 興하던지 亡하던지 사후천당은 我所居라하며(강조 필자)[35]

---

33) 이덕주,『한국토착교회 형성사 연구』, 혜안, 2001, 89-132면.
34) 서정민,『한국교회의 역사』, 살림, 2003, 20-21면.
35) 황성신문, 1907.7.31. 大呼國魂.

정미 7조약 이후에 발표된 이 논설은 국가가 풍전등화에 처해 있음에도 예수교에 빠져 세상사를 불관하는 자를, 매국노와 같은 동급으로 강하게 비판하고 있다. 이러한 『황성신문』의 입장을 염두에 두면서 24장을 살펴보기로 하자. 화자는 세 가지 유형의 인물을 등장시켜 개화시대의 인물관에 대한 자신의 입장을 피력하고 있다.

화자는 한대흥의 상대되는 인간유형으로 시류를 좇아 영달하는 사람 즉, 기회주의자를 첫 번째 행복가로, 자기 잇속만 차리는 이기적인 인간을 두 번째 행복가로 들고 있다. 행복가 운운한 것은 '비꼼(sarcasm)'의 강한 의도가 숨어 있다고 할 수 있다.

> 이 세상에 데일 험모(欽慕)홀만 ㅎ고 불상ㅎ고 가얍신 스롬은 뜻이 잇셔 이러훈 데일류 이류의 스롬과 갓지아니ㅎ야 자긔의 잡은 싱각을 이르기 위ㅎ여 이 세상의 이러한 풍죠를 거슬러 노논 사람이라 이 스람만 공연히 불힝훈 디경에 쌔질 뿐아니라, 그 스람의게 짜러잇던 스람도 모다 다 그 스람과 갓흔 디경에 쌔질는도다. 갓흔 디경에만 쌔질 뿐일까, 쏘한칭 더 불상훈 디경에 쌔지는도다(24회).

화자는 가장 존경할 만한 인물로 한대흥 같은 인물을 꼽고 있다. 그런데 이러한 인물은 불행하고, 그의 가정까지 불행하게 만든다고 이야기한다. 결국 작가는 이러한 결말을 통해 무엇을 이야기하고자 하는가? 화자는 이 세상에 제일 흠모할 만한 인물과 가족-그 가족은 유교적 도리에 바탕을 두고 있는 가족이었다.-을 매우 불행하게 만든, 그리하여 결국 기독교에나 의지할 수밖에 없도록 만든 시대적 상황을 개탄하고 있다고 보아야 할 것이다. 그리고 이러한 불안한 내면 심리를 파고든 기독교를 작가는 '객관적'으로 제시하고 있는 것이다.

그럼, 시대적 상황이라는 것은 무엇인가. 이 연재소설이 실리기 직전에 벌어졌던 사건과 관련이 있다. 일제는 1907년 6월 헤이그 밀사사건을 계기로 고종을 강제퇴위 시켰고, 7월 24일 정미 7조약으로 본격적인 대한제국의 병탄에 나섰다. 일제는 정미 7조약을 한국에 강요함으로써 통감의 한국내정 지휘에 관한 근거를 확실히 하였다. 이 조약의 제1조에서는 "한국 정부는 시정 개선에 관하야 통감의 지도를 받을 것"을 분명히 하고 있기 때문이다.[36) 이날 이완용 내각의 1호 법률인 '광무신문지법'이 시행되어 민족 언론이 본격적으로 탄압받기 시작했다. 특히 『황성신문』은 고종의 특별한 후의를 입어 왔던 신문이다. 고종은 재정적 곤란 속에 빠져있던 황성신문사에 사옥을 하사하고(『황성신문』, 1904.5.27., 恩賜家屋), 4천 원의 내탕금을 하사하기까지 하였다(1904.7.27.). 주지하다시피 황성신문계열의 인사들은 황제 중심의 입헌군주제를 지지해 왔고, 그만큼 제국(국가)과 황제의 안위를 등가로 여기고 있었다. 따라서 『황성신문』은 일본이 황실을 모욕하는 데 대한 분노를 강하게 표출했다. "문명신의국이며 동양평화의 주창국인 일본을 믿었더니 이제 유일무이한 권위는 오직 통감뿐이라고 개탄하고, 1차 보호조약 때는 외교권만이더니 이젠 내정 일체가 넘어갔다고 하면서 단지 국민과 더불어 울 뿐"이라고 한탄하였다.[37)

우리는 한대흥과 그의 분신인 박주사가 펼친 개화 운동(연설)의 요체 중에 하나가 국가주의라는 사실을 지적하였다. 그들은 일본의 힘을 빌려서라도 외교권을 가진 독립 국가를 소망하였다. 실력 양성론자의 편에 섰던 석진형을 비롯한 인사들은 1905년의 '보호국화'만 하더라도 일본의 선진문명 지도로 받아들인 측면이 있었던 것이다. 그러나 1910년의 병탄으로 가는 길목에서 맞닥뜨린 1907년의 일련의 사건들은 전혀 새로운 국면이었던 것이다.

따라서 이러한 사실과 관련하여 이 작품을 다시 읽을 때, 작품에 세

---

36) 박찬승, 윗글, 45면.
37) 황성신문, 1907.7.22. 揮淚一言.

번씩이나 반복되고(1회, 3회에 두 번) 있는 "세상이 꿈인지 꿈이 세상인지 도무지 알기 어렵다"는 토로, 텍스트의 관문이라고 할 수 있는 작품의 제목이 '夢潮'라는 점, 작품의 서두에서 등장하고 있는 "어두컴컴하게 모여 넘어오는 거문 구름"은 모두 반아 자신은 물론 황성신문계열을 포함한 자강론자들이 추구하고 있던 계몽운동에 심각한 위기가 도래했음을 보여주는 환유라고 할 수 있다. 따라서 「몽조」는 이러한 혼란 속에서 기독교에서나 위안을 찾을 수밖에 없는 안타까운 시대적 상황과 그에 상응하는 작가를 포함한 등장인물들의 내면을 드러낸 작품이라고 할 수 있다.

4. 맺음말

2007년도 친일반민족행위 진상규명위원회에서는 석진형이 1912년 일본정부로부터 한국병합기념장을 받은 사실, 동척과 식산은행에 깊게 관여한 점을 밝혀내어 친일 반민족행위자로 규정하였다.[38] 반아와 황성신문 계열의 인사들이 강조한 계몽의 핵심은 교육과 실업이었다. 이미 반식민적 상태로 떨어진 상황에서 교육과 실업에 대한 강조는, 개량적 성격을 지닐 수밖에 없으며, 어느 정도의 친일을 노정하고 있었다고 할 수 있다. 하지만 그가 처음부터 附日輩로서 동화주의 입장에 서 있지는 않았다는 사실, 그는 '나라붓들기'를 전제로 한 실력양성론자였다는 사실만큼은 기억해 둘 필요가 있다. 이러한 면모를 견지했기에 그가 일제 강점기 시기 관료로서나 실업인으로 행세하면서도 늘 청렴한 인사로, 또 해방 정국에서도 친일을 이유로 두문불출, 최소한의 양심을 지킨 인사로 생을 마감할 수 있었다고 할 수 있다.

---

38) 친일반민족행위진상규명위원회, 「친일반민족행위 결정이유서」, 『2007년도 조사보고서2』, 977-978면.

「몽조」는 新=善이요, 舊=惡이라는 도식적인 인물구도를 넘어섬으로써, 개화의 신념에 사로 잡혀 서구적 논리를 맹신하는 인물이 아닌 그만큼 현실적인 인물을 등장시킬 수 있었다. 여타의 계몽기 소설이 계몽의 서사를 향해 줄달음치는 양상을 보인 것과 달리 우리는 열렬한 개화주의자였던 한대흥이 옥 속에서 부인에게 보낸 영결서에 토로한 "이제에 일으러 싱각ᄒ니 도모지 흘러가는 물거품과 사라지는 봄눈과 갓치 되얏도다"(2회)라는 언술을 통해, 계몽의 좌절 뒤에 오는 개화주의자의 허무를 느낄 수 있다. 그만큼 이 소설은 등장인물들의 개성이 살아 숨 쉰다. 우리는 이 소설에서, 충복형 노비였음에도 주인이 기독교에 빠져 들어가는 것만큼은 최선을 다해 막아보려는 검둥어멈이며, 산술이며 지리 숙제에 여념이 없는 그러면서도 온갖 장난질이며 군것질로 끊임없이 어머니의 속을 썩이는 평범한 개화기의 소학생(증남)을 만날 수 있다.

무엇보다 우리는 이 소설에서 자신의 삶에 대해 끊임없이 고민하고 회의하는 내면을 가진 등장인물을 만날 수 있었다. 이성 중심의 고정된 관념으로 존재하는 주체가 아니라 외부의 상황에 따라 새롭게 구성되고 언제나 변화의 과정 속에 있는 '구성되는 주체'로서의 개념에 다가섰다는 의미에서 충분히 개성적인 면모를 확보한 개화기의 소설로 평가할 수 있다. 이러한 사실은 등장인물들이 여타 계몽기 소설들의 인물들이 관념 속의 해외를 맴돈 것과 달리, 구체적 지리적 공간에 대응한 것이기도 하다. 우리는 정씨부인을 따라 동대문 안에서 통안 박석고개를 지나 동수문 삼각산 동편 문어미 양지짝 산 모롱이에서 한대흥의 묘소를 직접 찾을 수 있을 정도다. 이 모든 것은 개화와 계몽의 미망에 사로잡히지 않은 리얼리티의 값진 승리로 기록되어도 좋을 것이다.

(『한국현대소설연구』 39호, 현대소설학회, 2008년 12월 全載)

▌참고문헌

1. 기본자료

반아, 「몽조」, 『황성신문』, 1907.8.20.~9.17.
『황성신문』, 1899.6.1.~1908. 7.31.
석진형, 「시대와 유교」, 『유도』, 유도진흥회, 1921.12.
석진형, 「실업계를 위하야」, 『개벽』, 개벽사, 1921.1.
석진형, 『부여고금시가집』, 대화상회인쇄소, 1926.

2. 단행본

과학백과종합출판사, 『조선문학사2』, 도서출판 역락, 1999.
김윤환 외, 『언론학예투쟁』, 독립운동총서7, 민문고, 1995.
박정신, 『한국기독사 인식』, 혜안, 2004.
송민호, 『한국개화기 소설의 사적 연구』, 일지사, 1975.
양진오, 『한국소설의 시학과 해석』, 새미, 2004.
은종섭, 『조선근대 및 해방전 현대 소설사연구』, 김일성종합대학출판사, 1986.
이덕주, 『한국 토착교회 형상사 연구』, 한국기독교역사 연구사, 2001.
반민족문제연구 편, 『친일파 99인』, 돌베개, 1993,
이재선, 『한국개화기소설연구』, 일조각, 1993.
최원식, 『한국계몽주의문학사론』, 소명출판, 2002.
최종고, 『한국의 법률가상』, 길안사, 1995.

3. 논문

안정임, 「대한제국전기 언론계의 대외인식연구」, 이화여대 석사논문, 1990.
오세경, 「황성신문의 자강개혁사상」, 이화여대 석사논문, 1993.
조남현, 「구한말 신문소설의 양식화방법」, 『건대학술지』 제24집, 1980.

제 2 장

이무영의 친일소설과 일본어 사용 문제

─『향가』를 중심으로 ─

1. 문제제기

우리 문학사에서 '농민문학의 선구자'라는 칭호를 받고 있는 이무영은, 1926년 「달순의 출가」로 『조선문단』을 통해 등단한 이래, 1960년 타계하기까지 30여 년간의 창작기간을 통해 장·단편을 180여 편 남겼다. 그는 무엇보다 성실한, 다작의 작가였다. 자기 문학에 대한 끊임없는 회의와 모색 그 열정으로도 충분한 의미를 부여할 수도 있을 것이다.

하지만 이러한 평가는 그의 작품에 대해 비역사적인 텍스트의 구조 자체만을 문제 삼을 때 가능한 것이다. 만약 역사적이고 발생론적인 사회조건과 작품과의 친족 관계를 전제로 한다면 그의 문학에 대한 평가는 사뭇 다를 수밖에 없다.

1931년 9월 일본 관동군이 일으킨 만주사변은 1945년 8월 일제 패망 시까지 15년에 이르는 일본의 대중국 침략전쟁의 시작이었다. 일본의 대륙침략은 1937년 7월 노구교사건을 계기로 전면으로 확대되고, 1941

년 12월 8일부터는 태평양전쟁으로 이어지게 된다.

일본은 끈질긴 중국의 저항에 한국의 병참전진기지화를 강화하였고, 1936년 8월 취임한 미나미 지로(南次郞)는 '내선일체'를 적극적으로 강조한다. 그가 통치한 6년 동안 내선일체의 구체화로 일본어 상용, 창씨개명, 지원병제도를 실시했다. 무영은 중일전쟁이 한창이던 1939년 경기도 군포로 내려가 정착한 뒤 작가로서의 '황금기'를 맞게 된다. 무영은 1930년대 후반에서 해방 전까지, 우리가 흔히 암흑기라고 명명하는 이 공간에서, 30여 편에 해당하는 방대한 소설을 쓰게 되고, 「제일과 제일장」을 비롯한 대표작도 발표한다.

일제의 국책이 강요된 시대적 상황에서 왕성한 작품활동을 한 이무영은 친일의 논란을 비켜갈 수 없다. 물론 친일/반일의 이분법적 구도로 작가를 설명하는 것도 문제이고, 설혹 그가 친일의 혐의를 지녔다 할지라도 비난과 매도로 일관하는 관점도 올바른 태도는 아닐 것이다. 무엇보다 실증주의적 태도로 정확하게 자료를 검토, 정리하고 이를 토대로 한 객관적 해명이 우선되어야 할 것이다. 우선 필자는 '농민문학의 선구자'라는 풍문 뒤에 가려진 이무영의 실체를 파악하기 위한 가늠자로서 1943년 이무영이 『매일신보』에 남긴 『향가』를 주목하고자 한다.

우선 이 작품은 일제 강점기 이무영의 마지막 우리말 장편 농민소설이라는 데 의미가 있다. 1939년 귀농 후 하나의 종합적인 결실이라고 할 수 있는 이 작품은 많은 연구자들로부터 이무영 득의의 문학인 농민문학의 한 완성작으로 평가받아 왔다. 이동희는 이 작품을 민족주의적 작가 의식의 영역에서 설명하기도 하였고,[1] 오양호는 「제일과 제일장」에서 『향가』에 이르는 일련의 이무영의 농민소설은 30년대 말 민족문학의 주류를 형성한 김정한 등과 함께 민족문학의 중앙부에 놓여 '문학과 사회'를 암시한

---

1) 이동희, 『흙과 삶의 미학』, 단대출판부, 1993, 89-91면.

다고 했다.[2] 그런가 하면 일부 연구자들은 『향가』의 존재를 무시하고 1939년 「제일과 제일장」, 1940년 「흙의 노예」에서 1950년대의 『농민』 연작 시리즈로 연구대상을 건너뛰어 이무영 문학을 설명해 왔다.

이렇게 된 데에는 1943년 『매일신보』 소재 『향가』의 원문 해독이 어려운 장편이라는 점이 작용했다고 할 수 있다. 이무영 문학은 친일의 혐의를 가지고 있지만 이에 대해 정확한 실체가 명확히 규명되지 못한 채 있다. 『향가』 역시 그 논란의 한가운데 있을 수 있다. 따라서 작가 의식을 규명하기 위해서 『향가』의 면밀한 분석은 반드시 이루어져야 한다. 일제 강점기 시대의 문학을 역사적으로 논의할 경우 개작된 전집의 텍스트보다는 식민지 상황에서 쓰인 원 텍스트를 우선적으로 검토해야 한다. 필자는 원 텍스트의 꼼꼼히 읽기를 통해 『향가』가 민족주의적 관점에서 해석될 수 없으며, 일제의 국책인 농업정책 요강을 작품화했다는 지적 역시 개작된 텍스트에 국한한 주제규명이라는 사실을 밝히고자 한다.

2. 『향가』 텍스트의 실증적 검토

『향가』는 『매일신보』 1943년 5월 3일에서 9월 6일까지 총 13장 122회로 연재된 장편 소설이다. 1943년의 원 텍스트서 출발한 이 작품은 해방 후 텍스트에 와서 큰 폭의 개작이 일어났음을 확인할 수 있다.

해방 후 최초 텍스트는 1949년 민중서림판의 '농민문학선집' 2권 『향가』로 알려져 왔다. 하지만 필자는 이보다 2년 앞선 1947년 11월 동방문화사에서 펴낸 『향가』가 있음을 확인할 수 있었다. 그런데 1947년의 이 텍스트는 1949년판과 비교했을 때, 표지그림이 서로 다른 점과 1949년판

---

2) 오양호, 암흑기(말) 문학의 주류, 어문학 31집, 1974, 64-68면

에는 있는 총 3쪽 분량의 작가의 選集卷末記가 없는 점을 제외하고 본문 텍스트가 동일함을 알 수 있다. 본문글자의 판형이며, 페이지까지 완전히 동일하다. 여기에서 우리가 참고할 점은 『향가』의 텍스트 개정이 정부수립 후(1948. 8. 15.)가 아니라 해방 공간(1947)에서 작가에 의해 직접 이루어졌다는 사실이다. 해방 공간의 이 텍스트는 1943년의 『매일신보』판과 비교했을 때, 결말의 스토리가 달라져 있는 등 상당 폭의 변화가 있음을 확인할 수 있기 때문이다.

해방 직후의 이 개작본(1947)은 1975년 신구문화사의 『이무영대표작전집』, 2000년 국학자료원의 『전집』에서 『향가』가 수록될 때 그 근간이 되었다고 할 수 있다. 1975년 신구문화사판에서는 이전 판에 있던 인명오기를 바로 잡는 등의 내적인 고려로 인한 수정이 없는 것은 아니지만, 대체로 당시 표기법에 맞춘 정도라고 할 수 있다. 2000년의 국학자료원판 역시 신구문화사 판을 그대로 옮겨오면서 달라진 어문규정에 따라 어법을 손본 정도라 할 수 있다.

이 작품은 장래희망이 작가인 '엄준섭'이라는 젊은이가 만주에서 이상을 실현하려다가 문득 아버지와 흙이 그리워서, 고향인 충주 팔선동(목계나루 근처)으로 내려오면서, 또 지주 성낙중의 딸로 서울에서 전문학교를 나온 '성명옥'이 고향인 팔선동에 내려와 이상촌을 건설하려는 계획을 가지고 돌아오면서 시작된다. 이 두 젊은 남녀가 한날한시 귀향길 나루터에서 만나면서 이야기는 전개된다. 일견 연애 소설의 외피를 하고 있지만, 등장하는 청춘남녀들은 결혼도 접어두고 '행복된 팔선동에 대한 건설'에 대한 일치된 견해를 가지고 의기투합하여(49회) 결국 '부락의 갱생'을 이룬다는 내용을 담고 있다.

신문 연재소설인 점을 감안하여, 작가는 독자의 흥미를 유발하기 위해 여러 겹의 갈등을 만들었다. 성명옥의 부친 성낙중과 엄준섭의 아버지 엄달근을 앙숙지간으로 설정했는데, 성낙중은 당시 일본이 비난하던 정태지주이고,3) 소작인 엄달근은 면에서 통고해 온 일이면, 소금을 물로 끓이라고 해도 하고야 마는, 이제까지 무영이 공들여 형상화해 온 전형적인 순응형 농부의 상을 하고 있다.

더 많은 재물을 얻기 위해 지주 성낙중은 딸 명옥이를 자신보다 더 재력을 가진 조준식(조참봉)의 아들 조용훈과 결혼시키려다가 끝내 뜻을 이루지 못한다. 여기에다 성명옥을 짝사랑하다가 살인미수에까지 이르는 성낙중 집안의 머슴 정도령을 등장시킨다. 준섭과 명옥의 열정으로 장자늪 공사가 어느 정도 진척 되자, 이에 대한 이권을 둘러싸고 돈을 투자한 조용훈의 부친 조참봉과 자신의 개인 토지가 희생된 데다가, 공사를 주도한 성명옥의 부친이라는 이유로 성낙중이 첨예하게 부딪치면서, 조참봉과 성낙중은 소설 후반부에서 큰 갈등관계를 형성하게 된다.

작가는 결말에 이르러서, 농업진흥의 일환으로 시작된 장자늪 공사가 성공리에 마무리되게 하고, 일본인 관리의 권유를 받아들여 조참봉네가 스스로 토지를 내놓으면서 자작농 창설이 이루어지게 했다. 무엇보다 성명옥이 끝내 이루려고 했던 국어강습소 일이 성공적으로 진행되는 것으로 소설을 맺고 있다.

이에 걸맞게 인물의 갈등 또한 모두 화해에 이른다. 엄달근과 성낙중의 관계도 그러하거니와 남녀 간의 사랑도 모두 행복한 결말에 이르도록 했다. 성명옥과 엄준섭의 결혼을 암시하는 것으로, 또 조용훈을 성명옥의 절친한 친구로 강습소 일을 돕고 있는 교사 박진순과 결혼하게 하고, 정도룡 역시 '나무랄 데 없는 계집'과 짝을 지어주기로 한 것이다.

---

3) 일제는 식량증산이라는 일제 시책에 적극 협력하는 지주들과 그렇지 않은 지주들을 구분했다. 전자인 동태적 지주는 농사 개량과 농민 지도, 관의 시책 등에 협력적인 인물이고, 후자는 농사 개량에는 관심이 없고, 농민 수탈과 개인적 부의 축적에만 관심을 둔 지주이다.(이주형, 『이무영』, 건국대출판부, 2001, 176면)

  그런데 결말 부분, 마지막 장인 13장의 '鄕歌'에서 해방 전의 원 텍스트와 비교했을 때 해방 후의 개작본에서 크게 변화하고 있는 부분이 있다. 해방 전의 텍스트에서는 전시 비상시국의 분위기를 거스르면서 무리한 투자로 패가망신한 성낙중이 평범한 농민이 되어 자작 농지를 배분받음으로써 팔선동의 주민으로 거듭나게 만들었다. 그는 자작농 배분에서 마을 주민들이 우선권을 주려고 하자, 이를 거절하고 공정한 추첨으로 땅을 배분받음으로써, 명옥이나 마을주민들로부터 '호감'과 '친근감'을 얻어 새사람으로 거듭난다.

  하지만, 해방 후 텍스트에는 딸과 엄달근의 순정어린 충고에도 불구하고, 성낙중은 정태지주로서의 버릇을 고치지 못해 농사를 포기하고 그릇된 길(유람)을 걸을 것임을 성명옥의 독백을 통해 암시되고 있다. 작가는 왜 이런 개작을 했을까. 해방 전에 작가가 제시했던, 이상촌 건설을 위해 갈등을 가진 인물들의 화해, 부정적 인물의 완전한 개심이 작위적이라고 생각했기 때문일 것이다. 물론 이 때 모든 갈등관계가 무화되고 "마음껏 풍년가를 부를 수 있는"(109회) 이상촌은 일제의 국책을 위해 작가가 만들어 낸 허구의 공간이었다고 할 수 있다.

  이 작품은 기왕에 친일문학 연구에 선편을 쥔 임종국에 의해 친일적 혐의가 단편적으로나마 지적되어 왔다.

  이무영의 『향가』는 대동공영권수립이라는 목적을 위해서 국민이 총력을 집결하는 전시 하에서 부락의 갱생이라는 하나의 목적을 위해서 협력하는 농촌을 그렸으며, 자작농 창정이라는 국책협력이 논의될 수 있다.[4]

  이를 바탕으로 좀 더 심화된 연구가 이주형에 의해 이루어졌다. 일제는 기존에 해오던 농촌진흥운동을 태평양전쟁을 일으킨 뒤에는 식량 공

---

4) 임종국, 『친일문학론』, 평화출판사, 1966, 311면.

급지로서의 역할을 확고하게 하기 위해서 농촌 재편성 운동으로 확대하였다. 기존의 농촌진흥운동에서 현실에 맞는 실천 세칙에서의 변화를 반영, 1943년 7월 조선총독부 농업계획위원회를 통해 조선농업계획 요강을 발표하였고, 이무영의 『향가』는 이런 요강을 바탕으로 한 것이라는 지적이다.

실제로 이 작품은 이 농업요강5)의 전 영역을 고루 망라하고 있다. 장자늪 공사를 통한 농지의 확보와 개량, 개심한 지주의 자발적 참여로 인한 소작농의 자작농 창설을 보여줄 뿐만 아니라 생산관련 국책의 다양한 세목들을 보여준다.

> 조사해보니 팔선동에서 우리 조합에 가입돼 있는 분이 칠팔명에 불과하군요. 이번일을 계기로 해서 전농민이 다 조합이 되도록 명옥씨의 협력을 빕니다.(72회) → 조건은 팔선동민이 연대책임을 진다는 날인장 한 장만 내주시면 됩니다.(73회) → 식산계(殖産契)를 통해서 처음 안대로 동민들의 연대보증동민들의 연대보증으로 자금을 제공하겠다는 것이다(103회).

이 작품은 전 동민의 조합원 가입과 식산계를 통한 연대보증제6)를 일목요연하게 보여주고 있으며, 근로봉사대와 부인근로대 등을 통한 '공동 작업'으로 장자늪 공사의 난관을 헤쳐 나가는 과정이 소상히 드러나 있다.7)

일제는 기존의 부역제도의 강제성을 근로봉사로 대체하여 집단성과

---

5) 관련 항목을 정리해보면 다음과 같다. 1.황국농민도의 확립 2. 농촌 생산체제의 정비 ① 농지의 확충, 확보 ② 농지의 개량, ③ 농지의 적정 이용 ④ 자작농의 유지, 창설 ⑤ 소작관계의 조정 ⑥ 농촌 노무의 공출과 조정 ⑦ 협동산업의 확충 ⑧ 개척사업의 촉진 ⑨ 농업금융의 확립 7. 지주의 활동 촉진.(이주형, 앞책, 174면)
6) 이를 통해, 일제는 농민모두를 금융조합의 통제 하의 공동 사업에 묶어두려 했다.
7) 난공사라 하던 본간수로의 대부분이 뚫리었고 이백여명의 근로봉사대가 매일 근동에서 몰려들어 그짓말처럼 일은 진척이 되었다.(86회)

공공성을 크게 강조했다. 일제는 만 12세부터 40세까지의 남녀를 대상으로 근로보국대를 조직 황무지 개간, 도로 하천의 개수, 저수지 등의 공공사업과 농번기의 공동작업에 동원했다. 이는 물론 일제가 조선인 노동자를 무임금으로 동원하여 전쟁수행을 위한 생산 현장에 투입하여 생산 확충을 도모하기 위한 술책이었다.8) 이 작품은 장자늪 저수지 공사와 학교 건립, 농번기의 작업 등에서 일사불란한 공동작업의 형태를 보여준다. 하지만 모든 주민들이 이에 쉽게 호응한 것은 아니었음을 알 수 있다.

> 근 오년동안이나 구장을 보앗스니까 팔선동에 그만한 공사가 잇다고 부역을 거절해오던 김판수란 영감도 동민들의 합의로 배급을 일체 정지해 버린 후부터는 매일처럼 한명씩 내어보내엇다(86회).

일제는 배급이라는 제도를 통해 공동작업의 이탈에 대해 엄격한 통제를 가했음을 알 수 있다. 이 작품은 팔선동 주민들의 식산계를 통한 연대보증, 부인반, 근로봉사대를 통한 공동작업 등을 통해서도 일제의 국책을 충실히 그려냈다고 할 수 있다.

하지만 이 소설은 농업생산 강조 이외에도 또 다른 주제를 함의하고 있다고 할 수 있다. 전술했듯이 이 작품은 해방 공간에서 큰 변화가 일어나고 있다. 우리는 이제 원 텍스트를 복원함으로써 이 작품이 단순히 농업생산과 관련된 주제만 가진 것이 아니라는 사실을 밝혀보고자 한다.

사실 1943년 『매일신보』의 원 텍스트는 작품 내적인 일관성을 고려하여 고쳐야 할 부분이 있었다. 예컨대, 부정적 인물인 '조준식'을 그의 아들인 '조용훈'으로 잘못 표현한 점(1947년판, 254면), 성명옥의 공명자이면서 일어교육에 가장 큰 협조자인인 '박진순'(매일신보 85회, 1947년판 233면)이 후반부에서 '유진순'(매일신보 120회, 1947년판 329면)으로 바뀌어

---

8) 곽건홍, 『일제의 노동정책과 조선노동자』, 신서원, 2001, 72면.

있는 점, 텍스트의 전반부에서 마을 주민의 계몽교육에 큰 역할을 하던 '승선이'가 후반부에 가서 이유 없이 실종된 점, 이러한 텍스트 내적인 여러 문제가 있었음에도 이무영은 우선 외적인 고려를 통한 개작, 시국·친일과 관련된 부분을 손을 댔다. 물론 이러한 내적 텍스트의 오류는 이무영의 사후에 나온 전집에서는 대부분 수정되었음을 알 수 있다.

이 작품은 해방공간의 개작과정에서 어휘와 단락의 교체, 나아가 본문의 삭제와 첨가가 수시로 일어나고 있다. 개변의 내용은 크게, 1) 당시 시국적 상황을 묘사한 부분, 2) 국가관을 문제 삼고 있는 부분, 3) 국어(일본어 사용)를 문제 삼고 있는 부분 등으로 유형화할 수 있다. 물론 이 세 가지 유형 구분은 편의상일 뿐이고 서로 중첩되어 있는 경우도 많다.

3. 해방공간에서의 텍스트 개작

1) 시국적 상황의 제거

『매일신보』의 원 텍스트	해방 후의 개작 본(해=해방, 1947년 판) (신구=신구문화사, 1975년 판)/강조 필자
① 달근이는 분연히 일어나서 다시 호미를 잡았다. 마침 농촌진흥운동에 당국이 두팔을 걷고 일어섯을 째엿다(5회).	달근이는 …잡았다. 소위 우원총독의 농촌진흥운동을 당국이 두 팔을 걷고 일어섰을 째엿다(해 11면, 신구 296면).
② 명옥이는 이번 나온 공출수량을 어써케 채워야겠는가가 큰 두통이다. **이것도 교육의 힘만 빈다만 훨신 수얼할 것 갓다**(64회).	명옥이는 …큰 두통이다. 하늘이 두 쪽이 나는 한이 있더라도 절대명령인 이 공출 수량을 내지 않고는 견디어 낼 재주가 없다. 여기에는 변명도 없고 연기도 없다. 공출 수량을 못 채운 사람을 위해서 주재소에는 수백 수천 장의 호출장이 와서 쌓였고, 또 그들을 위해서 들창 높은 마루방이 즐비하게 대비하고 있다(해 177-178면, 신구 376면).

③ 그들은 이래 인류의 태반이 새로운 질서를 건설하기 위해서 싸우고 잇다는 사실조차도 모르는 채 살아왔고… 그러고 보니 자연 전황에 어둡고 어찌해야만 싸우는 **국민의 태세를 가추는것인지도** 몰르는 채 그날 그날을 살아왔다. 그들이 안다는 것은 오직 우리가 이기고 잇다는 것뿐이다(79회).	그들은 …살아왔고… 그렇고 보니 자연 전황에 어둡고 어찌해야만 **조선백성이** 잘 살아가는 길인지도 모르는 채 그날그날을 살아왔다. **그들이** 안다는 것은 오직 살기가 점점 더 어려워지고 있다는 것뿐이다(해 217면, 신구 395면).
④ 그날밤 면장 친구는 겨우 술 석잔을 들고는 "지나 사변이 슷나기까지는 어썬 경우든지 석잔 이상 술을 하지 안키로 햇네" 무얼 제가 가장 애국잔것처럼… 안먹긴 뭘 안먹어.. 이야기를 하는 동안에 자기만이 지나 사변이고 전시하 국민도덕에 너무도 무관심했다는 반성을 비로소 느껴보는 것이었다. 그는 갑작이 종태가 보기에도 붓그러워…(87회)	"전쟁이 끝나기까지는 난 어떤 경우든지 석잔 이상 술을 하지 않기로 했네" 뭘 제가 가장 애국잔 것처럼.. 안 먹긴 뭘 안먹어. 세상은 모두 이렇게 탈을 쓰고 살어야 하는겐가(해 186면, 신구 380면).
⑤ 쌔는 마침 제국의 조야가 함쎄 대동아를 잠식해온 미영두나라를 처 물리치자는 강경론이 대두할쌔다. 아세아 사람의 아세아를 건설하기위해서는 아세아의 적인 미영을 두고는 제국의 천년대게도 수포로 돌아간다는 것이다. 은인(隱忍)을 다한 제국의 최후의중안도 오만한 그들을 반성시키는 못했다. 민심은 극도로 흥분이 되엇다. 경제게도 이에 보조를 마추어 흥분 햇다(119회).	삭제함
⑥ "미영격멸의 의기로" 이런 표어를 내걸고 일로 읍에서 출발한 강행대는 정오에 상상봉에 올라 안개에 퍼진 자연을 감상하고 만세를 놉히놉히 불렀다(120회).	"미영격멸의 의기로" 이런 표어라도 내걸지 않고서는 산에도 못 오를 시절의 일이다(해 328면, 신구 448면).
⑦ 리사는 다시 어려운 말에는 일일이 주석을 해가면서 "오늘날 우리나라에 **대동아공영권 건설의 성업을 완성하기 위하여** 얼마나 큰 기대를 농촌에다 실고 잇다는 것을 설명하고…" (103회)	삭제함
⑧ 자작농 창설이 슷나고 뒤니어 춘추이기로 나누어 해오는 위문대와 애국저금통의 배당을 하고 금년 최초로 지원병에 응모한 여섯 명의 여비와 기타준비며 보리 공출 배급 등 전시하의 동회다운 긴장 속에서 진행이 되엇다(122회, 마지막회).	삭제함

앞의 예문들을 통해 우리는 개작 본에서 전시하의 상황이 강조되는 문맥들을 삭제하고 있음을 알 수 있다. ①의 '소위'나 ④의 '이렇게 탈을 쓰고 살아야 하는 겐가'의 삽입을 통해 당시의 시대적 상황으로부터 거리를 두려는 서술자의 태도가 드러난다. 특히 ④는 일본국민으로서의 자기를 돌아보게 하고 부끄럽게 만든 면장의 행위가 개작본에서는 '허위'로 바뀌었다. ②의 '들창 높은 마루방'이나 ⑥의 '이런 표어라도 내걸지 않고서는' 등에서 느껴지는 것은 그러한 일련의 부일적 행위들이 시대적 강압에 의해 불가피하게 이루어졌다는 사실을 드러낸다.

③과 ⑤는 전쟁을 치르는 일제의 입장을 명시적으로 드러내 주는 부분으로, 모두 삭제하였다. 특히 ④에서는 중일전쟁에 대해 무지한 농촌 사람들이 '전쟁에서 일본이 이기고 있다는 사실을 알 뿐'이라고 했다가 개작에서는 '오직 살기가 점점 더 어려워지고 있다는 것을 알 뿐'이라고 했다. 개작된 부분, 전쟁 후의 농민들의 삶이 피폐해졌다는 사실을 통해서 우리는 『향가』가 내세운 이상촌이 허구였음을 알게 된다.

마지막 ⑦과 ⑧의 인용부분은 소설의 결말에 드러나 있는 부분으로, 일제가 전시하와 관련하여 생산확충 기반으로서의 자작농 창설, 농업의 재편성에 얼마나 큰 기대를 걸고 있는지 알게 해주는 대목을 생략하고 있으며, 특히 마지막 인용부분은 최종회로 소원하던 지원병 배출 문제와 주민들의 이에 대한 자발적인 지원 역시 이상촌 건설의 한 목표였음을 드러내 준다. 하지만 개작본에서는 이를 삭제함으로써 시국에의 협조를 통한 이상촌의 건설이라는 중요한 주제의식을 감추고 있는 것이다.

이처럼 시국관련 부분을 삭제하거나 수정함으로써, 주의 깊게 이 작품을 읽지 않으면 『향가』는 기존 이무영의 농민소설과 친연성이 두드러지는 '그냥 농촌소설'로 읽히게 된다.

2) 일본 국가관(황국사관)의 삭제

『매일신보』원 텍스트	해방 후의 개작 본
① 명옥이는 입버릇처럼 동리와 **나라**를 위해서 일을 하겠노라 했다(52회).	명옥이는 입버릇처럼 **동리와 조선**을 위해서 일을 하겠노라 했다(해 142면, 신구 359면).
② 그는 동리를 위해서 살고 **국가**를 위해서 사는 여자다(91회).	그는 동네를 위해서 살고 **민족**을 위해서 사는 여자다(해 248면, 신구 410면).
③ 팔선동에 이렇게 큰 **국기**가 달려 본것도 이번이 처음이엇다. 그들 말짜나 하늘 꼭째기를 찔르는 기人대에다 홋이불만한 **국기**가 있는 둥마는 둥한 봄바람에 펄렁허들겁스럽게 날리고 잇다(97회).	큰 **기가**… 홑이불만한 **기가**(해 264면, 신구 417-418면)
④ 이렇듯 팔선동은 기쁨에 찻다. 강습소에서는 아침부터 **어린이들의 국가**가 들려왓고 낭랑한 글소리에 마추듯 장자늡에서는 일꾼들의 노랫소리와 곡갱이 소리가 한데 어울어젓다(105회).	… **어린이들의 노랫소리**가 들려왔고(해 286면, 신구 428면)
⑤ 무진장인 장자늡의 봇물은 혈관처럼 퍼진 도랑을 흘런 질펀하니 논에 채이고 요 근년에 구경 할 수도 업던 **농기 상상목에는 국기**가 펄펄 날린다. 그 미퉤서는 모내기 소리가 흥겨웠고 논둑 머리에 풍겨젓던 농부들의 한숨도 금년에는 어디론지 스러져 버렷다(109회).	…농기 상상목에는 **기다란 기폭**이 펄펄 날린다…(해 297면, 신구 433면)

①이나 ②에서 보듯이 소설의 주인공인 성명옥을 설명하면서, '국가를 위해서' 사는 여자를 '조선과 민족'을 위해 사는 여자로 바꾸었다. 원

텍스트에서 거듭된 수사 '국가를 위해서 사는 여자'를 삭제한 것은 결코 사소한 부분이라고 할 수 없다. "국가를 위해서는 개인의 여하한 리권도 즐기어 바치는 것이 국민의 가장 큰 의무"(104회)를 충실히 수행한 인물이 민족주의자로 탈바꿈하는 결과를 가져오기 때문이다

텍스트에서 성명옥은 최재서가 말한 대로, "자신은 일개 개인이 아니라 한 사람의 국민이라고 하는 의식, 따라서 자기 한 사람으로는 의미도 가치도 없는 존재이며, 국가에 의해 비로소 의미를 가치를 부여받는"9) 국민의식에 충실한 인물이었다. 총력전의 시대에 전쟁을 승리로 이끌기 위해서 후방의 여성 역할이 강조되었다. 이를 반영하듯 당시의 『매일신보』 도처에는 지원병제 정착을 위해 어머니의 역할을 강조하는 글이 실려 있다. 『향가』의 연재가 시작된 1943년 5월 3일자에도 '국어상용의 열쇠, 어머니의 노력에 잇다'는 장문의 글이 실려 있다. 이 작품은 농촌을 소재로 한 이무영 소설 중에서 드물게 여성을 전면으로 내세운 것이다. 성명옥은 "일생에 가장 의의있는 결혼까지도 물리치고 공동체를 위해서 희생"(80회)하는 여성 지도자로, 팔선동을 '명옥동'으로 부르자는(109회) 동네주민의 말에서 드러나듯 이 작품의 중심부에 확고히 서 있다.

③, ④, ⑤에서 우리는 국가관을 드러내는 상징으로서, 작가가 삭제한 國旗(日章旗)와 일본의 國歌(기미가요)를 문제 삼을 수 있다. 이를 통해 우리는 당초에 작가가 이상화된 팔선동 마을에 한 가운데 위용을 드러내는 일장기를 구체적으로 묘사함으로써, 농기 위에까지 펄럭이는 일장기를 강조함으로써, 또 아침부터 어린아이들의 기미가요가 들려오게 함으로써, 농촌재편성운동으로 이상촌화된 팔선동이 곧 황국화(일본화)된 팔선동임을 나타내고자 했음을 알 수 있다.

여기에서 우리는 이 연재소설과 함께 실린 삽화를 이야기해볼 수 있

---

9) 최재서, 국민문학의 요건, 국민문학, 1941.11., 36면.

다. 삽화는 尹古山이 그렸다. 호를 고산으로 썼던 이 인물은 향가를 소개하는 글을 통해 일제강점기 화가 윤희순(1903~1947)임을 확인할 수 있다.10) 윤희순은 미술가로 그리고, 미술평론가로 왕성한 활동을 펼친 것으로 알려져 있다. 하지만 민족주의미술가와 친일화가의 극단적인 평가로 엇갈린다.11) 윤희순을 판단하는 단초로 우리는 이 삽화를 살펴볼 수도 있다. 총 122회의 삽화 어디에서도 친일의 혐의를 발견할 수 없다. 활기에 차 있는 분문과 달리 삽화는 차분하게 가라앉아 있다. 아래 삽화는 각각 위의 예문 ④, ⑤번이 실려 있는 회차의 작품이며 맨 우측의 것은 이 작품의 최종회인 122회에 실린 것이다. 위에서 보듯 본문 ④와 ⑤는 작품 중에 가장 분위기가 고조된 부분이라고 할 수 있다. 일장기 아래로 팔선동의 활기를 그릴 수도 있었다. 하지만 자연을 그리거나 마을 풍경을 원경으로 처리하고 있다. 122회 역시 본문에 나오는 稻香이 풍기는 이상촌으로서의 팔선동을 묘사했을 수도 있을 것이다. 하지만 등을 보이는 주인공들을 그림으로써 삽화는 오히려 쓸쓸함마저 준다.

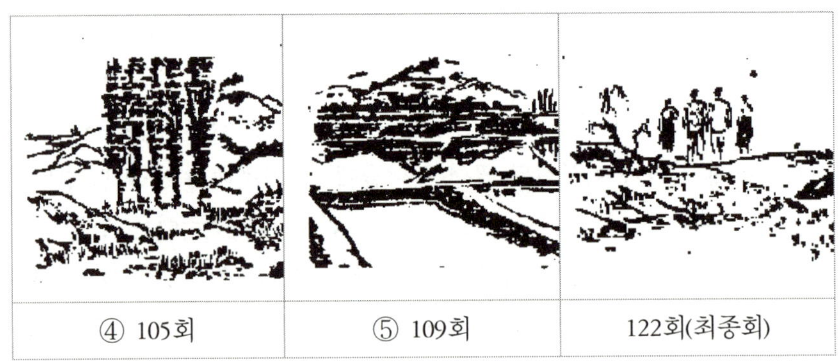

| ④ 105회 | ⑤ 109회 | 122회(최종회) |

---

10) "다음의 조간소설 '향가'", 『매일신보』, 1943.5.1., 2면.
11) 최정주, 『한국근대미술사학』, 10권, 2002, 33-59면.

3) 일본어 강조의 삭제와 수정

『매일신보』의 원 텍스트	해방 후의 개작본
① 준섭이는 혹은 이민들의 자녀를 모아노코 **가나**와 아라비야 수ㅅ자도 아르켰고(6회)	준섭이는 혹은 이민들의 자녀를 모아놓고 **가나**를 그리고 아라비아 숫자도 가르쳤고..(해 14면)/준섭이는 혹은 이민들의 자녀를 모아놓고 **가나다**를 그리고 아라비아 숫자도 가르쳤고.. (신구 298면)
② 승선이는 중학도 삼년까지는 다녓고 몇해째 농한기를 이용해서는 **국어강습**도 몇차례 해온 터라 금후의 모든일을 좀 상의하잔 것이다(32회).	승선이는 …**학술강습**도…(해 91면, 신구 335면).

③ 지금까지의 팔선동에서는 공동작업이니 부인 근로대니 말만 낫지 한번도 실행이 되지 못햇섯다.
 	
    그것은 김구장이 다른데 구장만큼 구변이 업서서도 아니고 동리 사람들이 특별히 코가 세어서 그러케 된것도 아니다. **다만 무식한 째문에 통제하기 어려운 점도 잇섯거니와 글자를 아는 사람치고는 김구장 하나 쑨이래도 과언이 아닌지라 김구장이 공연히 허들겁을 썰고 다니는것 처럼 들려 버린데 원인이 잇다**(59회).
	지금까지의… 못했었다.
	
	    그것은 김구장이 다른 데 구장만큼 구변이 없어서도 아니고 동네 사람들이 특별히 코가 세어서 그렇게 된 것도 아니다. **피땀을 흘려서 농사를 지엇자 별 신통한 꼴을 못 본 데 원인이 있다**(해 163면, 신구 369면).

④ 명옥이는 의외ㅅ일을 수업시 당했다. 첫째 이만한 대동이고 보면 **국어**를 아는 사람도 수얼차니 잇서야 마쌍하겟는데 상하동을 통털어야 열 명이 못된다(59회).	명옥이는 이읫 일을 수없이 당했다. 첫째, 이만한 대동이고 보면 **제 성명 석자**를 쓸 줄 아는 사람도 수월찮이 있어야 마땅하겠는데 상하동을 통틀어야 열 명이 못 된다(해 163면, 신구 369면).
⑤ "**부쓰런 말 이지만 안적 우리 팔선동에선 지원병두 하나 못 내 보냇대유. 국얼 해야 말 이지유.**" 하고 김구장은 한탄을 했다. 인저 난 명옥씨와 준섭이 두 선생님들이 왓스니가 미더유(59회).	삭제함
⑥ 한편 수리조합을 경영하면서 수세의 일부를 쩨어 학교를 경영하되 나제는 학령아동을 교수하고 밤에는 부인과 노인들에게 **국어강습**을 시켜서 삼개월씩 나누어 만 잇해 동안에 한사람도 국어를 이해 못하는 사람이 업도록 할것과 청년 훈련소를 세워서 위선 기본적인 교습을 가르키	한편 수리 조합을 경영하면서… 밤에는 부인과 노인들에게 **한글 강습**을 시키되 삼 개월씩 나누어 만 이태 동안에 한 사람도 글자를 이해 못하는 사람이 없도록 할 것과 자작농 창설과 고리채를 쓴 사람의 부채 정리, 하옇든 어떻게 계획이 큰지 모르겠네. 만일 그대로만 나간가면,

『매일신보』의 원 텍스트	해방 후의 개작본
어 우수한 청년을 쏩아 지원병에 응모시킬것이 며 자작농창설과 고리채를 쓴 사람들의 부채정 리, 어쩌케 개획이 큰지 모르겠네. 만일 그대로 만 나간다면 오년후엔 훌륭한 이상촌이 될 겔세 (69회).	오 년 후엔 훌륭한 이상촌이 될 겔세(해 190면, 신구 382면).
⑦ 명옥이는 그날그날 우울을 겨우 부인반한테 **국어강습**을 시키는 것으로 헤치고 지났다(70 회).	명옥이는 그날그날 우울을 겨우 부인반한테 **일 어 강습**을 시키는 것으로 헤치고 지났다. **살짝 살짝 가갸 거겨도 알으켰다.**(해, 193면)/명옥 이는 그날그날 우울을 겨우 부인반한테 들러 **강 습**을 시키는 것으로 헤치고 지났다. **살짝살짝 가갸 거겨도 가르쳤다**(신구 383면).
⑧ 그러고 뒷말을 업새기 위해서라두 강습소와 **청년훈련소**는 제손으로 만들어봐야겟서요 (78회).	그러구 뒷말을 없애기 위해서라두 **강습소**는 제 손으로 만들어봐야겠지요(해 215면, 신구 394 면).
⑨ 면장은 다시 오늘날 전시하 농촌의 중임 을 말하고 조선민초가 갈망하던 지원병제도 가 실시된지도 수년에 이쌔껏 단 한 사람의 지원병도 내 보내주 못한 지금짜지의 불명예 도 쌔씻이 씨처주리라 결론을 지었다. 　"언제쯤이나 팔선동에서도 동리사람을 모 아노쿠 국어로 이야길 하게 될른지. 말을 하 다말구 동강동강 쓴허노닛가 안타싸웁기 가…" 하면서 부장이 주최자측을 바라본다. 　성낙중이가 끼어 잇는 자리에서는 되도록 탄 하지 안턴 준섭이가 이러케 설명을 했다. 　"여러분이 그러케 열을 내서한다면 이삼년만에 **전 동민이 국어를 이해할 수 잇게 될른지도 모르지요** 　하는 것은 면장이다. 　"그만한 시일만 가지면 충분할줄 압니다. 지금 명년봄까지애는 무슨일이 잇던지간에 **청소년들 에게는 웬만한 일상용어만이라도 해독시킬려** 고 서둘기는 합니다만, 그들의 대부분이 이번 공사에 참여하게 되고 보니까 결과가 어쩔른지 걱정입니다" 　"하여튼 열을 식히지 말고 쭈준히 나가 주십 시요, 공사만해도 쾅쾅 얼어 붓터노면 그것도 어려울테니까 자연 시간도 좀 나어지겠지요. 그	〈삭제함〉 　언제쯤이나 … 안타까웁기가. 순사부장이 그것을 무엇보다도 원통해한다. 〈삭제함〉 　그만한 기일만 갖이면 충분할 줄 압니다. 지 금… **성명삼자**는 해득시킬려고 서들기는 합니 다만… 　하여튼 열을 식히지 말고 꾸준히 나가주십시 요. 공사만 해도 쾅쾅 얼어붙어놓면 그것도 어 려울께니까 자연 시간도 좀 나어지겠지요. 그런 다면 어떻게든지 위선 급한대로 지원병 적령자 에게만이라도 단기강습은 맞우게 해주십시오.

『매일신보』의 원 텍스트	해방 후의 개작본
런다면 어써케든지 위선급한대로 지원병정령자에게만이라도단기 강습은 마추게 할게획입니다." "고맙습니다. 고맙습니다" 부장과 면장은 이러케 몇번이나 번가라가며 치하를 하고 그들의 사업을 격려하는 의미라하며 금 일봉씩을 두고 갓다(80회).	〈삭제함〉 〈삽입된 부분〉 네 알았습니다. 속으로야 무슨 맘을 먹었든 이렇게 대답해야 할 시대의 일이다(해 220면, 신구 396면).
⑩ 그러나 그들이 놀란 것은 저수지를 비롯하여 강습소니, **청년훈련소**니 하는 시설에 보다도 그 공적이 큼에서였다. 마침 장자늡 수문턱에서 논을 갈던 늙은 농부가 서툴르기는 할망정 국어로 응대하는 것을 보고는 모다 쌈짝 놀랏다. 점심밥을 날르런 여인싸지도 쉬운 국어는 알아듯는다(120회).	그러나 그들이 놀란 것은 저수지를 비롯한 강습소니, 하는 시설에서보다도 그 공적이 큼에서였다.(해 329면, 신구 449면) 〈삭제함〉

위에서 본 바와 같이 가장 많은 빈도의 개작이 일어난 부분이 일본어 교육부분이라고 할 수 있다. 우선 ①에서처럼 일본의 '가나'를 1975년의 전집판에서부터 한글 '가나다'로, '국어교육'은 ②에서는 '학술강습'으로 ⑦에서는 '한글교육'으로, ④나 ⑨에서는 국어(일본어)를 '성명 석자'로까지 바꾸어 놓았다. 물론 이러한 개작은 텍스트를 내적 모순에 빠뜨린다. 일제의 만주국을 "왕도낙토라 생각하고, 마소가 될지언정 만주의 이상사회에 한 몸 바치겠다"(6회)는 주인공이 한글(가나다)을 가르쳤다는 것은 상식에 맞지 않는 일이기 때문이다. 또한 ④에서처럼 100가구가 넘는 큰 마을에서 일본어를 아는 사람이 열 명이 안 된다는 것은 말이 되지만, 단순히 제 성명 석자 쓸 줄 아는 사람이 열 명도 안 된다고 한 것은 심한 왜곡이라고 할 수 있다.

삭제되지 않은 원 텍스트의 문맥을 살펴보면, 작가가 왜 이렇게 일본어에 집착했는지도 드러난다. ③에서처럼 우선, 국어를 이해 못함으로써 빚어지는 농민들의 무지함이다. 현 시국을 정확히 이해할 수 없고, 국가 시책인 공동작업이며 부인 근로대 등을 실천으로 옮기기 어렵고, 하다못해 관에서 전달된 공출 관련 공문도 이해가 어려워 불소통을 낳고 있다는 것이다. 결국 일제에 대한 동민들의 비협조의 원인을 일본어 능력의 부재라고 보고 있는 것이다. 하지만 개작본에서는 피땀을 흘려서 농사를 지어보았자 별 신통한 꼴을 못 본 것이 원인이라고 했다. 굳이 소통이 원인이라면 일인 순사부장 하나가 조선어를 배웠으면 쉽게 해결되었을 것이다. 그러나 일제는 일본어를 포기할 수 없었다. 비록 무력으로 피식민지에게 황민화와 내선일체를 끊임없이 주장한다고 해도 자신들이 알아들을 수 없는 조선어로 대화하는 조선민들은 어떤 위협으로 다가왔을 것이다. 그 집단의 언어는 언어의 특성 상 그들의 정신과 문화를 함의할 수밖에 없다. 그럼에도 작가는 순사부장의 입장에서 수차례 안타까움을 토로하고 있다.

또한 작가는 ⑤와 ⑨에서처럼 일본어능력 부재로 인해 팔선동 주민들이 부끄러워한다고 했다. 일본어 능력부재로 일제가 실시한 지원병제에 한 명도 못 내보냈기 때문이라는 것이다.

⑨ 부분의 원 텍스트에서 일제의 일본어 정책에 마을 지도자들이 자발적으로 나설 것을 밝히자 순사부장과 면장이 감사를 표한 것으로 되어 있었다. 하지만 개작본에서는 일제의 강요에 의해 마을 지도자가 마지못해 일본어 교육에 나서는 것으로 고쳐 놓았다.

소설의 결말에 해당하는 ⑩의 복원을 통해 우리는 풍년가를 부르는 갱생한 팔선동에 "드디어 동네 주민들도 간단한 일본어 의사소통이 가능하게 되었고, 마을에도 당당히 지원병이 여섯 명이나 생기게 되었다"는 사실을 알 수 있다. 특히 결말에 일본어 소통을 의도적으로 배치함으로써 이 작품의 주제를 보다 분명히 드러내고자 했다고 할 수 있다.

이렇게 보면 이 소설의 중요한 주제는 일본어(학술교육)를 통한 의사소통의 원활과 함께 국책인 지원병 응모에의 협조라고 할 수 있다. 일본어 상용의 궁극적인 목적 중의 하나가 지원병 응모였음도 드러난다. 작가가 이 부분에 상당 부분 신경을 쓰고 있었음을 우리는 원 텍스트에 반복적으로 드러나 있다가 삭제된 '청년훈련소'를 통해 알 수 있다. 조선총독부는 모자란 인적 자원을 충당하기 위해 1938년 2월 26일 조선육군지원병령을 공포했고, 그해 4월 2일에는 육군병 지원자 훈련 규정과 훈련생도 채용 규칙을, 다시 두 달쯤 지난 6월 12일에는 지금의 태능 육사 자리에 육군 특별지원병 훈련소를 만들었다. 자원입대제도의 기준이 엄격하였으며, 무엇보다 일본어 의사소통이 자유로운 청년들에 한정되어 있었기 때문이다.

따라서 이 소설의 중요한 두 축은 엄준섭의 농촌 장자늪 공사로 대변되는 농촌재편성과 성명옥의 강습소로 대변되는 일본어교육이었다. 기존의 연구는 개작된 해방 이후의 텍스트를 삼았기에 전자에만 주목하였다. 그러나 텍스트를 복원하면, 지원병을 위한 강습과 국어교육이 숨은 주제였음이 문맥 속에서 쉽게 드러난다.

언어는 문화의 총체로서 개별성을 획득한 집단 혹은 민족 국가에 의해서 존재할 수 있다. 이러한 '언어＝문화'는 일반적으로 개별성에 있어 개인 혹은 집단, 민족, 국가로 하여금 대타관념으로서의 자기 확인을 내포시키기 때문에 다른 문화에 대한 배척감으로 작용하여 문화의 보수성으로 나가는 경향이 있다. 이것은 언어의 민족주의 측면이라 할 수 있는 것으로써, 일제는 식민지 한국을 지배함에 있어 실로 이와 같은 발상에서 조선어의 폐지와 일본어 상용을 통한 황국신민의 양성을 목표로 설정하지 않을 수 없었다.12)

---

12) 정창석, 「친일문학의 언어문제」, 『일본문학연구』 1권, 1999, 1-3면.

일제는 '국어는 국민정신의 원천'이라는 명목으로 일본어의 학습을 강요하는 '국어 상용령'을 강조했다. 이 국어상용령은 교육기관은 물론, 관공서에서 일반 민중에 이르기까지 전 민족적으로 강요되었다. 이는 한국어 폐지로 연결되어 선택과목이었던 조선어 과목이 1941년 3월부터 초등학교에서 완전히 모습을 감추었고, 1942년 10월의 조선어학회 해산, 1943년에는 모든 학교에서 한국어가 금지되는 결과를 낳게 되었다. 이러한 시대적 흐름에도 불구하고, 문화적 충격을 감내해야만 하는 언어의 교체는 쉽게 완성될 수 없었고, 민중들의 저항에 부딪쳤다고 할 수 있다. 이러한 사실을 반영하여 무영은 조선의 농촌마을까지 국어상용화가 앞당겨졌으면 하는 바람을 1943년의 『향가』에서 드러냈다고 할 수 있다.

일본어 사용에 대한 강조는 단순히 국책의 협조 여부를 떠나, 모국어 그것도 가장 토속적인 방언으로 작품 활동을 해왔던 그에게 그렇게 만만치 않은 문제로 다가왔을 것이다. 우리는 『향가』의 중요한 주제 중의 하나가 일본어 사용에 대한 강조였다는 사실을 염두에 두면서, 이무영의 일본어 관에 대해 좀 더 면밀히 살펴보도록 하자.

4. 이무영의 일본어 인식

비상시국하의 문필보국을 내세운 조선문인협회(1939.10.)의 결성 초기만 하더라도 무영은 문단의 전면에 나서지 않았다. 하지만 무영은 1942년 9월 소집된 상임간사회의 기구혁신 및 간부 개선 논의 때 소설 희곡부회에 유진오, 유치진 등과 함께 간부진 명단에 이름을 올리게 된다. 이 무렵 조선문인협회가 가장 역점을 둔 것은 그 실천요강에서 드러나듯 '문단의 국어화 촉진'이었다.13)

호테이 토시히로에 의하면 1939년부터 1945년 8월 15일까지 한국에서 발표된 일본어 작품은 55명의 작가가 쓴 총 202편이다. 이 중에 이무영은 14편의 작품과 2권의 단행본을 내어, 세 번째로 많은 일문 소설을 남긴 작가로 기록된다. 무영보다 많은 작품을 남긴 이석훈(24편), 정인택(19편)이 우리 소설사에서 크게 주목받지 못한 작가라고 한다면, 이무영은 우리 소설사에서 가장 많은 일문 소설을 남긴 작가로 평가될 수 있다. 호테이 토시히로가 밝힌 편수를 참고하여 필자가 추적한 이무영의 일문소설 목록을 밝혀보면 다음과 같다.

1. 「情熱の書」〔단편집 『情熱の書』(동도서적 1944.4.)에 수록〕
2. 「土龍」(國民文學, 1943.4) → 〔단편집 『情熱の書』에 재수록〕
3. 「婿」(綠旗 1942.9) → 〔단편집 『情熱の書』에 수록〕
4. 「肖像」〔단편집 『情熱の書』에 수록〕
5. 「母」〔단편집 『情熱の書』에 수록〕
6. 「果園物語」(新女性, 1943.1) → 〔단편집 『情熱の書』에 재수록〕
7. 「初雪」〔단편집 『情熱の書』에 재수록〕
8. 「第一課第一章」(人文評論, 1939.10.) → 〔단편집 『情熱の書』(1944)에 일문으로 개작 수록〕
9. 「宏壯氏」(文化朝鮮, 1944.5.) →해방 후 한글 소설 「굉장소전」(백민, 1946.12.)으로 개작
10. 「花窟物語」(國民總力, 1944.4.) → 〔『半島作家短篇集』(조선도서출판사 편, 1944.5.)에 수록〕
11. 「峠」(綠旗, 1944.5.)
12. 「驛前」(『매일신보』 1943.8.5., 9면) →朝光(1943.9.)에 수록
13. 『靑瓦の家』(『부산일보』 1942.9.8.~43.2.7.)
14. 『海への의 書』(京城日報 1944.2.29~8.31.)

---

13) 임종국, 『친일문학론』, 평화출판사, 1966, 105-106면.

이무영은 총 14편의 일본어 소설을 남겼다. 그가 남긴 단편집 『情熱의 書』에는 총 8편의 일문소설이 실려 있다. 하지만 작가는 발문에서 목차에는 없는 「挑戰」과 「桃」를 포함하여 총 10편을 싣겠다고 밝히고 있다.14) 사정이 있어 8편밖에 실지 못했지만, 작가가 원래 의도했던 작품은 열 편이라고 할 수 있다. 그렇다면 무영이 쓴 일문소설은 총 16편이 된다.

텍스트가 확인되는 14편 중에 두 편의 장편 신문연재소설, 『靑瓦의 家』, 『海への의 書』가 포함되어 있어 눈길을 끈다. 장편 분량을 매일매일 처리해 나갔다는 점에서도 그러하거니와 일본작가와 경쟁에서 지면을 확보했다는 측면에서 그의 일본어 능력을 인정할 수밖에 없기 때문이다.

1942년과 1943년에 걸쳐 『부산일보』에 연재되어 조선인 작가의 최초 일본어 신문 연재소설로 주목받았던 『靑瓦의 家』에 대해 심사위원이었던 테라다 에이는 『청기와집』은 시국과 함께 일본화해가는 반도인 가정의 생활을 통속소설적 템포를 무시하고, 자연스럽게 묘사한 점을 인정하지 않을 수 없다고 했다.15)

그의 스승 가토 다케오는 이 작품을 경계로 무영이 더 이상 언문(한글)에 집착할 필요가 없다고 했다.16) 무영은 『靑瓦의 家』를 일본의 '신태양사'에서 단행본으로 냈고, 이것으로 1943년 3월 일본의 신태양사에서 수여한 제4회 조선예술상을 받게 된다.

이무영은 위에서 잠시 언급했던, 또 한 권의 일본어 단행본 『情熱의

---

14) 最近四五年間の短編の中から、十篇だけをえらんで一冊に纏めてみた。(이무영, 『情熱의 書』, 東都書籍, 1944. 251면).

15) しかも時局と共に日本化しつゝ行く彼等の生活が、いはゆる通俗小說的テンポを無視して、自然に描かれてゐることを認めずにはゐれない (寺田 瑛, 「文學賞의 作家たち -朝鮮藝術賞의 李無影君」, 『國民文學』, 1943.5, 72-73면.)

16) 李無影君の「靑瓦의 家」も、スケエルの大きい野心作だが、その國語の表現には、さして目ざはりになる點は無かった。技術の面から見ても、諺文に戀々たる必要はなささうである。(加藤武雄, 「朝鮮의 文學について」, 『國民文學』, 1945.3. 11면.)

書』를 1944년 4월 서울의 東都書籍京城支店에서 냈다. 이무영은 이 발문에서도 이 작품집이 일본어로 된 최초의 단편집(國語で書かれた短編集としては、これが第一卷目になるが)이라는 사실을 강조하고 있다. 일본어 소설 창작집에 자부심을 가지고 있었음을 알 수 있다. 무영은 일제 강점기 말에 이처럼 두 편의 신문 연재 장편 소설과 두 권의 단행본을 낸 사실만으로도 당국으로부터 인정을 받은 작가의 지위를 누렸다고 할 수 있다.

무영은 휘문고보를 중퇴하고, 1925년 17세의 나이로 일본으로 건너갔다. 이곳에서 그는 일반 작가들의 유학과는 구별되는 체험, 즉 일본농민작가 가토 다케오家에서 4년간에 걸친 '사숙'을 통해 작가로 거듭난다.

> 그러나 지금의 나에게 어지간한 문학용어를 사용할 수 있게 한 것은, 역시 加藤武雄 선생님이었다. 중학교를 4학년 때 그만두고 소년시절 3년간을 선생님의 집에서 머물며, 문학서를 가까이하게 된 것이다. '토쿄'를 '도쿄'라고 발음하거나, '잔넨'을 '산넨'이라고 말하면, 사모님으로부터 일일이 지적받아 무척이나 부끄러워하곤 했었는데, 지금은 매우 감사하고 있다.[17]

그는 가토로부터 구체적으로 글 쓰는 법, 원고 작성법, 교정 따위의 일을 익혔고,[18] 가토의 부인으로부터 일본어 발음을 꼼꼼히 익혔음을 밝히고 있다. 가토는 1916년 무렵부터 농촌에서 취재한 인도주의풍의 작품을 발표하기 시작하여 鄕土藝術家로 불리며, 일본의 소위 신현실주의 시대의 농민문학작가로 주목을 받고 1922년 무렵부터는 대중작가로 전향,

---

17) しかし、今日、私にして一寸した文學用語を使へるやうにしたのは、矢張、加藤武雄先生だった。私は、中學を四年でやめると少年時代の三年間を先生のお宅で暮し、文學書にも親しめられたのである。東京をどうきょうと發音したり、殘念をさんねんと言ったりすると、奧樣から一々指摘され、大分恥かしい思ひをしたものだが、今はとても感謝してゐる。(『國民文學』, 1943.1. 54면)

18) 김주연 편저, 『이무영』, 지학사, 1985, 273면.

무영이 들어갈 무렵에는 이미 유행작가가 되어 있었다.[19] 무영은 귀국한
뒤 일본어의 사용을 한동안 멀리하게 된다. 하지만 1937년의 중일전쟁을
계기로, 그는 일본어에 대해 재고하기 시작한다.

> 부끄러운 일이지만, 내가 우리 조선의 장래를 진정으로 생각하기 시작
> 한 것은, 중일전쟁 이후의 일이다. 물론, 조선의 행복, 조선인의 행복을 생
> 각하지 않은 날은 없었지만, 중일전쟁을 계기로, 조선인으로서 어떻게 살
> 아가는 것이, 자신의 행복이고, 조선의 행복인가에 열중하기 시작했다고
> 해도 좋을 것이다. 조선인은 좋은 皇民으로 살아갈 길 밖에 없다고 생각했
> 다.[20]

상당수의 작가들이 중일전쟁을 계기로 훼절의 길을 갔듯이 무영 역시
중일전쟁 이후, 황민화의 길을 걷게 되었음을 고백하고 있다. 또한 무영
은 1942년 4월 『國民文學』지가 마련한 '恩師에게 보내는 편지' 코너에서
가토에게 다음과 같이 말한다.

> 우리들에게 남은 중요하고도 긴급한 과제는, 어떻게 해서든 보다 나은
> 황국신민이 한시라도 빨리 돼야 한다고 생각합니다. 유일한 방법은, 加藤
> 武雄이 늘 말씀하셨던 내선일체의 굳은 신념을 토대로, 내선인이 모두 다
> 같이 좋은 협력자가 되는 것 말고 다른 길은 없다고 생각합니다.[21]

---

19) 세리카와 데츠요, 「1920-30년대 한일 농민문학의 비교문학적 연구」, 서울대박사논문,
1993, 181면.

20) 恥かしいことではあるが、私は私等朝鮮の將來を眞面目に考へ始めたのは、支那事
變以後のことである。勿論、朝鮮の幸福朝鮮人の幸福を、想はぬ日とてなかったら
う、とは言ふものの、支那事變勃發を契機として、朝鮮人としてどう生き抜くこと
が、自分の幸福であり、朝鮮の幸福であるかにこり出したといっていゝだろう。朝
鮮人はよき皇民として生き抜く道しかないと思った。(이무영, 「國語問題會談」, 『國
民文學』, 1943.1., 53면)

21) たゞ私達に殘された重要、且つ緊急なる課題は、如何にしてよりよき皇國臣民に一
時でも早くなれるかといふことだと思ひます。この唯一の方法は、先生の何時も
語ってゐられる內鮮一體の固く信念のもとに、內鮮人が共によき協力者であること

황민화의 길을 인정한 무영은 조선인들이 내선일체의 굳은 신념으로 한시라도 빨리 황국신민이 되기를 염원했다. 그는 견실한 황국신민으로 내선일체의 굳은 이념을 실천하기 위해서는 무엇보다 일본어의 사용이 불가피하다고 보았다. 조선인의 행복은 일본어의 사용으로 가능하기 때문이다.

> 국어의 보급화에 의해 적어도 조선인은, 행복을 얻는 것은 명백했다. 이 것의 실천에 따라, 자신이 행복하고 우리가 행복해지는 것을 깨달으면, 이제, 주저할 필요가 없다. 곧장, 그 이념에 따라서, 최선의 노력을 기울이는 것만큼 좋은 것은 없을 것이다.[22]

1942~3년에 걸친 이무영의 이러한 입장을 뒷받침한 한글 소설이 『향가』라고 할 수 있을 것이다. 황도이념을 잘 실천하는 것이 조선인의 행복을 담보하는 것이라면, 일어의 일상화가 관건이라고 생각했던 것이다. 작가였던 만큼 무영은 일본어 창작 문학을 통해 보다 나은 '국민으로서의 생활'을 독려코자 했으며, 자신의 소질을 마음껏 발휘해 보려는 계획을 가지고 있었다.[23] 그의 많은 일본어 소설은 이러한 배경 아래 창작된 것이라 할 수 있다. 또한 그는 이광수, 최재서 등과 마찬가지로 한

のほかに、途はないものと思ひます。(「加藤武雄　先生へ」、『國民文學』、1942.4. 70면)

22) 國語の普及化に依って、少くとも朝鮮人は、幸福をかち得ることは判った。之の實踐に依って、自分が幸福になり吾々が幸福になれると判れば、もう、躊躇の餘地のあらう筈もない。まつしぐらにから得た理念に沿うて、最選の努力を傾けるのにこしたことはない。(이무영,「國語問題會談」、『國民文學』、1943.1.53면)

23) よき皇國臣民として生き拔く方法には、人と環境と素質に依って種々あると思ひますが、取敢へず私に課せられた課題は、やはり、文學修業によくいそしむことに依って、國民をしてよりよき生活者たらしめるにあると存じます。かういふ大それたことは私のやうな凡人には出來さうもないのですが、せめて、忠實に文學に囓りついて眞實を探求しつつ、自分に與へられた素質を思ふ存分發揮しやうと思っては居ります。(「加藤武雄　先生へ」、『國民文學』、1942.4. 70면.)

국인 작가의 일본어 창작을 조선 문학의 확대로 보는 시각을 가졌음을
알 수 있다.

> 창작이 국어로 이루어지면, 조선 문학은 망한다고 보는 견해도 있지만,
> 나는, 그렇게는 생각하지 않는다. 언어의 세력은, 정치에 의한 것이 많다.
> 이미 오늘날의 일본어는, 일본만의 국어가 아니라 동아 십억의 국어로 하
> 고 있다. 종래, 조선반도의 협소한 지역만의 조선어에서 벗어나, 그 지역에
> 거처를 소유하고 있는 것(사람에게)만으로 가까이 할 수 있는 조선 문학은,
> 이후, 일본 內地는 물론, 멀리, 중국, 남쪽방면까지 전파될 가능성이 생긴
> 다. 그러므로 조선 문학은 지금부터 크게 발전할 것으로 생각한다.[24]

이는 일본의 식민주의 문학가들이 시장이 넓은 일어창작으로 조선문
학을 진흥시키자는 논리에 포섭된 것이라 할 수 있다. 상당수 친일작가
들이 일본어가 아시아의 공용어라는 사실에 동의한 것처럼, 이무영 역시
일본어가 동양의 국제어라는 사실에 동조했다. '일본어로 쓰인 조선문학'
은 동아시아 십 억의 문학이 될 수 있다고 생각했으며, 이를 통해 조선문
학이 발전해 나갈 것이라 전망했다.

이무영의 황민화에 대한 입장과 일본어에 대한 입장들은 대체로
1942년과 1943년에 정리된 것이라 보아도 무방하다. 이를 반영하듯 이
무영의 첫 일문소설 「婿」와 한국인이 쓴 최초 일본 신문 연재소설 『청기
와 집』이 나온 것도 바로 1942년이며, 이후 이무영의 해방 전까지의 소
설은 『향가』를 제외하고는 대부분 일문소설이었음을 확인할 수 있다.

---

24) 創作が國語でなされれば、朝鮮文學は亡ぶと見る向きもあるやうだが、私は、さう
    は思はない。言語の勢力は、政治に據ること夥しい。もう今日の日本語は、日本の
    みの國語ではなく東亞十億の國語たらむとしてゐる。從來、朝鮮半島のみの狹小な
    地域だけの朝鮮語で？かれ、その地域に居を有するもののみに親まれた朝鮮文學
    は、今後、日本內地は勿論、遠く、支那、南方方面にさへ傳播される可能性が生じ
    て來た。だから、朝鮮文學はこれから大に發展するものと思ふ。(「國語問題會談」、
    『國民文學』、1943.1. 54면.)

이무영의 일본어 창작이 그렇게 쉬웠던 것만은 아닌 것으로 보인다. 이무영은 방언(충청도)을 고집했던 작가였다. 그는 도회지보다는 지방(시골)의 농민을 즐겨 다루었으며, 그만큼 그의 문학은 농민들의 풍부한 방언이 빛을 발하고 있다. 그리고 그는 한국의 구비 속담을 작품 속에서 자유자재로 활용하여 자신의 작품을 개성 있게 만들었다. 하지만 그의 일본어 능력은 민중들의 방언이며 속담에까지 이르지는 못했다. 처음부터 그의 소설적 정체성은 일본어로 표현되기에 '한계'가 많은 것이었다. 역설적으로 그는 전통에 기반한 한국의 농촌을 그리려고 하면 할수록 소설은 엉터리가 되는 아이러니를 빚게 된 것이다. 농촌을 배경으로 하지 않은 『청기와집』이 인정을 받은 것에 비해 오히려 농부와 농촌을 그린 「토룡」이 엉터리 일본어가 되어 지적을 받은 것은 이러한 사실과 관련된 것이라 할 수 있다.25) 테라다 에이(寺田 瑛)는 일치감치 이러한 사실을 날카롭게 지적한다.

> 나는, 자네(이무영-필자)가 항상 농민 등 생활 정도가 낮은 지방 사람을 국어로 묘사할 때, 이른바 백성언어 내지는 방언에 대해서, 고심하고 있는 것을 알고 있다. 그래서 지방 사투리의 특색을 나타내려고 노력하면 할수록, 내지언어의 선입견에 방해받아서, 기옥사투리와 관서사투리가 뒤죽박죽 섞이거나….26)

테라다 에이는 이무영에게 차라리 방언에 집착하지 말고, 새로운 국어를 창조해서 쓰라고 충고한다. 자기 소설의 정체성이라고 할 수 있는

---

25) 정창석, 「친일문학의 언어문제」, 『일본문화연구』 1권, 1999, 25면.
26) 私は、君が常に農民など、生活程度の低い地方人を國語で描くに際し、いはゆる百姓言葉乃至は方言について、一方ならぬ苦心をしてゐることを知ってゐる。そして地方辯としての特色を出さうとつとめればつとめる程、內地のそれの先入感に邪魔されて、埼玉辯と關西辯とがごっちゃになったり、(寺田 瑛, 「文學賞の 作家たち － 朝鮮藝術賞の 李無影君」, 『國民文學』, 1943.5., 73면.)

농민들의 삶을 그려내는 것은 그만큼 그 지역민의 방언을 필요로 하는 것이었다. 그러나 이러한 제재를 일어로 쓸 때 큰 걸림돌이 된다는 사실을 이무영 역시 일어 창작을 통해 깨닫게 되었던 것이다. 아래 내용은 그러한 그의 고민의 일단을 드러내 주는 대목이라고 할 수 있다.

> 아무튼, 나처럼 주로 농민을 취재하는 작가로서는, 백성언어를 사용할 방법이 없다. 노트를 아무리 봐도 어느 지방의 사투인지, 짐작조차 할 수 없어, 최근에는 그만두어 버렸다. 적어도 백성언어가 통일되지 않는 한, 나는 이제 백성을 상대로 하는 소설은, 보류하기로 한 상태이다.27)

그는 적어도 일문으로 조선 농민들의 삶을 그려낼 수 없다는 사실에 봉착한 것이다. 이러한 고민 끝에 그는 결국 일문의 농촌 소설은 포기하게 된다. 무영은 조선인의 행복을 위해서라는 명분으로 모국어를 포기했으며, 또한 이무영 소설의 특징인 지역 농민의 방언을 포기하면서까지 그는 일본어 소설을 창작하려고 했다. 적어도 이무영에게 있어 모국어의 포기는 그대로 자기 문학의 정체성 상실과 직결된다는 것을 증명한 것이며, 나아가 문학자의 문자행위란 결국 자기정체성의 확인 작업이라는 사실을 새삼 일깨워 준 사례라 할 만하다.

5. 맺음말

이무영은 중일전쟁을 계기로 '친일'에 대해 고민하기 시작했다. 때맞

---

27) とりかけ、私にやうに、主として農民から取材する作家にとっては百姓言葉の使へ やうがない。ノートをとっても見たが、どの地方の訛なのか、まるで見當がつかなく なり、最近は止めてしまった。せめて、百姓言葉が統一されぬ限り、私はもう百姓 相手の小說は、見あはせることにしてゐる。(「國語問題會談」,『國民文學』, 1943.1., 53-54면)

취 이무영은 군포에 정착한다. 하지만 정착 직후부터 친일작품을 썼던 것은 아니다. 1942년『국민문학』3월「문서방」에 와서 국책문학적 성격을 분명히 띠게 되었다. 이전 소설들이 대부분 작가의 신변을 둘러싼 우울한 일상을 표현한 것과 달리 무영은 이 작품에 와서 어떤 시련에도 희망을 잃지 않은 농부를 등장시켜 희망의 플롯으로 반전시키고 있다.

「문서방」이후 그는 일본어 소설로 나갔고, 그 한가운데 우리말 작품『향가』를 썼다. 1943년의『향가』는 1947년 해방 공간에서 단행본으로 '거듭'났다. 1947년의 텍스트와 1943년의 원 텍스트를 대조해 볼 때 상당 부분이 개변되었음을 알 수 있다. 우리는 감추려 했던 텍스트를 복원함으로써 그의 작가의식을 좀 더 면밀히 들여다 볼 수 있다.

이 작품의 주제는 농촌진흥이라는 일본의 국책을 표현하는 것 이상으로 일본어 상용과 교육을 통한 지원병에의 적극 협조였음이 드러난다. 이무영은 내선일체에 대해 동조했고, 내선일체의 실현을 위해서는 우선적으로 일본어 상용이 전제되어야 한다고 보았다.

실지로 그는 일본어 상용이 강조될 무렵 문단의 전면에 나섰고, 가장 많은 일본어 소설을 남긴 작가 중의 하나가 되었다. 이렇게 볼 때 그의 친일은 강요한 의한 것이었다기보다는 자발적이고 적극적인 것으로 확인된다.

그럼에도 그는 해방 공간에서 텍스트를 改漆하는 것으로, 또 정부수립 후에는 좌익계열의 문인들이 대거 월북한 상황에서 한국어를 모국어로 하는 문총 최고위원으로, 펜클럽 중앙위원이 되어 한국문학을 대표한 것으로 한국어를 부정한 지난날들에 대한 반성을 대신했다.

(『比較文學』제47집, 韓國比較文學會, 2009년 2월 全載)

▌참고문헌

1. 기초자료

이무영, 『情熱の書』, 동도서적, 1944.4.
이무영, 『향가』, 『매일신보』, 1943.5.3.~ 9.6.
이무영, 『향가』, 동방문화사, 1947.
이무영, 『향가』, 민중서관, 1949,
이무영, 『향가』, 『이무영 전집1』, 신구문화사, 1975.
이무영, 『향가』, 『이무영 전집2』, 국학자료원, 2000.
『국민문학』, 1942.~1945.
『인문평론』, 1939.~1941.

2. 단행본

곽건홍, 『일제의 노동정책과 조선노동자』, 신서원, 2001.
김주연 편저, 『이무영』, 지학사, 1985.
이동희, 『흙과 삶의 미학』, 단대출판부, 1993.
이주형, 『이무영』, 건국대출판부, 2001.
임종국, 『친일문학론』, 평화출판사, 1966.
조진기, 『일제말기 국책의 문학적 수용』, 2003.
최정주, 『한국근대미술사학』, 10권, 2002.
호쇼 마사오 외(고재석 譯), 『일본현대문학사』 상, 문학과지성사, 1998.

3. 논문

노상래, 「『국민문학』소재 한국작가의 일본어 소설 연구」, 『한민족어문학』 44, 2004.
세리카와 데츠요, 「1920-30년대 한일 농민문학의 비교문학적 연구」, 서울대 박사논문, 1993.
정창석, 「친일문학의 언어문제」, 『일본문화연구』 1집, 1999.
호테이 토시히로, 「일제말기 일본어소설 연구」, 서울대 석사논문, 1996.

제 3 장

이무영의 친일문학과 그 내적 논리

1. 문제제기

이무영은 일제 강점기인 1926년에서 자유당 말기인 1959년까지 30년 남짓한 기간 동안 무려 180편의 장·단편 소설을 남겼다.[1] 창작 양으로만 따진다면 우리 문학사에서 무영이 첫자리에 갈 것이다. 또한 그는 농민문학과 관련하여, 「제일과 제일장」, 「흙의 노예」 등 우리 문학사에 기록될 작품을 남겼다. 그리고 사후에도 무영제(1994~)나 무영문학상(2000~)을 통해서 그의 삶과 문학은 활발하게 재생산되고 있다.

하지만 풍문에 비해 이무영 문학에 대한 연구는 정심하지 못한 편이라고 할 수 있다. 무영의 문학에 대한 열정과 소박한 인간성에 매료된 연구자들은(김봉군, 김주연, 이동희, 오양호 등) 그의 삶과 문학을 적극 옹호한다. 많은 연구자들은 그가 국민 중 대다수를 다루는 농민의 입장을 대변했다는 데에 큰 의미를 부여한다. 특히 오양호는 이무영의 농민 소설은 1930년대 말 민족문학의 주류를 형성한 김정한과 함께 민족문학의 중앙부에 놓여 문학과 사회관계를 암시한다고 했다.[2]

---

1) 이주형, 『이무영』, 건국대출판부, 2001, 51면.
2) 오양호, 「암흑기(말) 문학의 주류」, 『어문학』 21, 어문학회, 1974, 64면.

하지만 이무영의 대한 부정적 평가도 만만치 않다. 이른 시기 임종국은 그의 『친일문학론』에서 『향가』, 「초설」, 「모」, 「토룡」 등의 작품을 소개하며 무영을 친일작가의 목록에 포함하였다.3) 이주형 역시 「제일과 제일장」에서 시작된 일제 강점기 시대의 이무영 문학이 일본의 어용 농민문학론과 깊은 관계를 가지고 있음을 밝힌다.4)

2000년 들어 친일문학에 대한 논의가 활발해졌다. 2002년 『실천문학』과 민족문제연구소 등이 친일문학 작품목록을 공개한 자리에 이무영은 모두 6편을 남긴 것으로 발표하였다.5) 하지만 「토룡」과 『향가』만 문학에 해당하고 나머지 네 편은 이무영이 신문에 남긴 단편적인 글로, 친일문학으로서의 대표성을 갖기 어렵다고 할 수 있다.

조진기는 일제 말기 생산소설 연구6)에서 1935년 이후의 농민문학은 '국책문학'이라는 틀 속에서 나타난, 생산문학으로서의 농민문학이라는 점에서 이전의 문학과 다르다고 지적하였다. 또한 일본어 소설의 측면에서도 이무영 소설에 대한 언급이 있었다. 노상래7)는 '국민문학' 소재의 일본어소설을 유형화하여 분석하였다. 이무영의 「토룡」을 '오족협화론과 만주 개척의 장'에서 다루면서, 주인공 춘보의 땅에 대한 보편 심리 뒤에 도사리고 있는 일제의 만주개발정책을 놓쳐서는 안 된다고 지적했다. 일문학자 정창석8)은 「토룡」을 만주개척이라는 일본의 국책을 실천한 작품으로, 엉터리 국어(일본어)가 난무한 작품으로 지적했다.

이러한 성과에도 불구하고 기존 이무영 문학 연구는 한계를 노정하고

---

3) 임종국, 『친일문학론』, 평화출판사, 1963, 307-316면.
4) 이주형, 「일제강점시대 이무영소설 연구」, 『국어교육연구』 31, 국어교육학회, 1999.
5) 친일문학 작품목록, 실천문학 2002, 가을호, 139면.
6) 조진기, 「일제말기 생산소설 연구」, 『우리말글』 42집, 우리말글학회, 2008.4.
7) 노상래, 『국민문학』소재 한국작가의 일본어 소설 연구, 『한민족어문학』 44, 한민족어문학회, 2004, 353-411면.
8) 정창석, 「친일문학의 언어문제」, 『일본문화연구』 창간호, 1999, 1-31면.

있다. 그의 문학을 긍정하는 연구자들은 1939년 「제일과 제일장」, 1940년 「흙의 노예」에서 1950년대의 『농민』의 연작 시리즈로 연구대상을 건너뛰어 이무영 문학을 해명해 왔으며, 그의 문학을 부정적으로 보는 연구, 즉 친일문학과 관련하여서도 몇 편의 작품을 부분적으로 언급하는 데 그치고 있다. 이러한 측면에서 이무영의 일제 말 문학은 여전히 공백기에 가깝다고 할 수 있다. 한 작가의 정신사를 제대로 규명하고, 작품의 변모과정을 제대로 밝히기 위해서는 공백기는 성립될 수 없는 개념이다.

민족문제 연구소에서 발표한 6편의 친일 작품 목록에서 드러나듯, 많은 연구자들이 이무영 친일문학의 목록조차 제대로 구성하지 못한 것은 『매일신보』 소재 등의 원 텍스트 독해가 어렵고, 무엇보다 그가 남긴 친일 글들이 상당수 日文으로 표기되어 있었기 때문이라고 할 수 있다.

필자는 우선 실증에 바탕, 특히 그가 일제 강점기 말에 남긴 (일문)자료 등을 검토하여, 이 시기 그의 '친일문학'에 대한 실체를 드러내고자 한다. 물론 이 시기는 체제협력이 강조되던 시기였다. "무엇을 쓰면 안 되는" 강점 초기와 달리 "무엇을 써야만 하는" 엄혹한 시기였던 것이다. 따라서 친일에 대한 표피적인 이해를 넘어서기 위해서 그의 친일이 시대적 강압에 의한 불가피한 것이었는지, 친일의 그 내적논리를 따라가 봄으로써 이무영 친일문학에 대한 보다 중층적인 시선을 확보해 보고자 한다.

2. 이무영 친일문학의 실체

1) 한글소설 – 절망에서 희망의 플롯으로

무영을 옹호하는 연구자들은 그를 일제 강점기를 대표하는 농민문학 작가로 또 민족주의적 작가라는 평가까지 내리고 있어9) 그만큼 그의 친일 행적을 다루는 작업을 주저하게 한다. 이 머뭇거림이 지속되는 한 이무영 문학의 실체는 쉽게 드러나지 않을 것이다.

> 부끄러운 일이지만, 내가 우리 조선의 장래를 진정으로 생각하기 시작한 것은, 중일전쟁 이후의 일이다. 물론, 조선의 행복, 조선인의 행복을 생각하지 않은 날은 없었지만, 중일전쟁을 계기로, 조선인으로서 어떻게 살아가는 것이, 자신의 행복이고, 조선의 행복인가에 열중하기 시작했다고 해도 좋을 것이다. 조선인은 좋은 皇民으로 살아갈 길 밖에 없다고 생각했다.(일문)[10]

1943년 1월에 참가한 한 좌담에서 이무영은, 상당수 작가들이 중일전쟁(1937)을 시점으로 친일의 길을 갔듯이, 이 시기부터 황민화에 대해 고민했고, 결국 조선인의 행복을 위해서는 훌륭한 皇民으로 사는 길밖에 없다는 확신을 내렸다고 술회하고 있다. 그렇다면 과연 무영은 중일전쟁에서부터 주저 없이 친일로 나갔을까. 그것은 아닌 것 같다. 1930년대 후반에서 40년대 초반의 작품에서 그 혐의를 명확히 밝히기는 어렵기 때문이다.

1939년 군포 정착 이후 발표된 「제일과 제일장」(인문평론, 1939.10.)에서 「승부」(인문평론, 1941.4.)에 이르는 작품에서 뚜렷한 친일의 혐의를 발견하기 어렵다. 하지만 1942년 『국민문학』 3월 「문서방」에 와서 국책 문학적 성격을 보다 분명히 띠게 된다. 물론 「제일과 제일장」, 「흙의 노예」와 같은 작품에서 체제 순응적 인간형이 등장하고, 등장인물의 언술에서 부조리한 현실을 '억지로 생각지 않으려 했다는'(「제일과 제일장」, 164면) 구절이 발견되는 것은 사실이지만, 「문서방」 이전 시기의 작품들은 작가의 신변을 둘러싼 우울한 일상을 표현했다고 하는 것이 더 정확할

---

9) 이동희, 『흙과 삶의 미학』, 단대출판부, 1993, 89-91면.
10) 이무영, 「國語問題會談」, 『國民文學』, 1943.1., 53면.

것이다. 이는 일종의 모색기였다고 할 수 있다.

이무영은 태평양 전쟁의 발발 직후인 1942년 봄에 발표한 이 「문서방」에 어떠한 시련에도 신념을 포기하지 않는 우직한 농부를 등장시킴으로써 이전 소설과는 다른 희망을 역설한다. 총독부는 병참기지화 정책에 따라 수송의 주요한 도구인 가마니를 부락마다 공출량을 할당하여 강제 부역하게 했다. 『매일신보』는 초가지붕으로 쓴 짚까지 통제할 정도로 가마니 공출량이 강조되고 있었음을 보여준다.11) 서술자가 직접 나서 문서방이 아내의 삼우제날에도 남은 가족과 함께 음악적 분위기를 연출하며 가마니를 짠다고 했다. 또한 문서방을 내세워 부당하게 책정된 공출량에도 불만을 갖지 말아야 한다고 장광설을 펼친다. 모두 하느님의 명령이기 때문이다.

이 시기 이무영 농민소설의 결정판이라고 할 수 있는 『향가』는 『매일신보』에 1943년 5월 3일에서 동년 9월 6일까지 총 122회 연재된 소설로, 청춘 남녀가 귀향하여 여러 가지 고난을 무릅쓰고 마침내 부락의 갱생을 이룬다는 내용으로 되어 있다. 이 소설은 오양호와 이동희에 의해 긍정적으로 평가되어 왔지만, 이주형에 의해 자작농 창설, 농촌진흥운동으로 대변되는 일제의 농업정책요강을 충실히 수행한 작품으로 재해석되었다.12) 『향가』를 예고하는, 신문사의 소개 글과 작자의 말에서도 이러한 혐의는 드러나고 있다. "식량보국의 일념을, 전시하의 농촌"을 통해 그리려고 했다는 것이다.13)

하지만 이 소설은 1943년의 『매일신보』 소재의 원 텍스트를 복원하면 친일의 혐의가 훨씬 짙게 드러난다. 1943년을 원 텍스트로 출발하고 있는 이 소설은, 해방 후 큰 폭의 개작이 있었음을 알 수 있다. 해방 후

---

11) "벼집 집웅을 제한. 부득이한째는 면장승인이 필요", 『매일신보』, 소화 십팔년, 5. 15.
12) 이주형, 『이무영』, 건국대출판사, 2001.
13) "다음의 조간소설 '향가'", 『매일신보』, 1943.5.1., 2면.

최초 텍스트는 일반적으로 1949년의 '이무영농민문학선집' 2권의 민중서림판으로 알려져 왔다. 하지만 필자는 이보다 2년 앞선 1947년 11월 동방문화사에서 발행한 『향가』를 찾을 수 있었다. 이 두 개의 텍스트는 표지 그림만 제외하고 완전히 동일하다. 요는 『향가』의 텍스트의 개작이 정부수립 후가 아니라 해방 공간(1947)에서 작가의 손으로 직접 이루어졌다는 점이다.

해방 공간의 이 개작본(1947)은 1975년 신구문화사의 『이무영대표작전집』, 우리가 많이 접하는 2000년 국학자료원 『이무영문학전집』의 그 근간이 되었다고 할 수 있다.

해방 전후의 텍스트 대조를 통해 우선, 시국적인 상황을 묘사한 부분이 많이 개작되었음을 확인할 수 있다.

① 째는 마침 제국의 조야가 함께 대동아를 잠식해온 미영 두나라를 처 물리치자는 강경론이 대두할째다. 아세아사람의 아세아를 건설하기위해서는 아세아의 적인 미영을 두고는 제국의 천년대게도 수포로 돌아간다는 것이다. 은인(隱忍)을 다한 제국의 최후 의중안도 오만한 그들을 반성시키는 못했다. 민심은 극도로 흥분이되엇다. 경제게도 이에 보조를 마추어 흥분햇다(매일신보, 119회).

② 명옥이는 이번 나온 공출수량을 어쩌케 채워야겠는가가 큰 두통이다. 이것도 교육의 힘만 빈다만 훨신 수얼할 것 갓다.(64회) → 명옥이는 … 큰 두통이다. 하늘이 두 쪽이 나는 한이 있더라도 절대명령인 이 공출 수량을 내지 않고는 견디어 낼 재주가 없다. 여기에는 변명도 없고 연기도 없다. 공출 수량을 못 채운 사람을 위해서 주재소에는 수백 수천 장의 호출장이 와서 쌓였고, 또 그들을 위해서 들창 높은 마루방이 즐비하게 대비하고 있다(해방공간, 177-178면, 신구문화사판 376면).

① 유형은 주로 '삭제한' 부분으로 美·英과 전쟁을 치르는 일본의 입장이 명시적으로 드러나 있다. ②계열은 '수정된' 것으로, 등장인물의 자

발적인 일제 협력을 시대적 강요에 의한 불가피한 것으로 탈바꿈시켰다. 둘째, 皇國史觀을 직접적으로 드러낸 부분을 수정했음을 알 수 있다.

　① 그는 동리를 위해서 살고 **국가를 위해서 사는 여자다.**(91회) → 그는 동네를 위해서 살고 민족을 위해서 사는 여자다(해 248면, 신구 410면).
　② 이렇듯 팔선동은 기쁨에 찻다. 강습소에서는 아침부터 **어린이들의 국가가 들려왓고** 낭랑한 글소리에 마추듯 장자늡에서는 일꾼들의 노랫소리와 곡갱이 소리가 한데 어울어젓다.(105회) → … 어린이들의 노랫소리가…(해 286면, 신구 428면)/ 무진장인 장자늡의 봇물은 혈관처럼 퍼진 도랑을 흘런 질펀하니 논에 채이고 요 근년에 구경 할 수도 업던 **농기 상상 목에는 국기가** 펄펄 날린다.(109회) →…기다란 기폭이 펄펄 날린다…(해 297면, 신구 433면)

　① 부분의 개작은, 국가를 민족으로 대치함으로써 여주인공 성명옥이 개인적 희생을 감내하고 일본 국가주의에 맹신한 것을 감추고 있다. ② 의 원 텍스트를 복원을 통해, 특히 소설의 결말 부분에 어린이의 입에서 일본 국가 기미가요(君が代)가 울려 퍼지게 함으로써, 마을에 일장기가 휘날리게 함으로써 농촌재편성운동으로 이상촌화된 팔선동이 곧 황국화된 팔선동임을 강조하고 있음을 알 수 있다.

　셋째, 지원병과 관련된 일본어 상용을 강조한 부분이라고 할 수 있는데, 특히 이 부분의 개작이 가장 많은 분량을 차지하고 있음을 알 수 있다.

　① 밤에는 부인과 노인들에게 **국어강습**(→‘한글강습’으로 수정, 해방 190면·신구 382면)을 시켜서 삼개월씩 나누어 만 잇해 동안에 한사람도 국어를 이해 못하는 사람이 업도록 할것과 **청년훈련소를 세워서 위선 기본적인 교습을 가르키어 우수한 청년을 뽑아 지원병에 응모시킬것이며** (강조부분 삭제함) 고리채를 쓴 사람들의 부채정리, 어쩌케 개획이 큰지 모르겠네(69회).

② 마침 장자늪 수문턱에서 논을 갈던 늙은 농부가 서툴르기는 할망정 국어로 응대하는 것을 보고는 모다 쌈짝 놀랏다. 점심밥을 날르런 여인싸지도 쉬운 국어는 알아듯는다(120회).

①의 복원을 통해 국어의 일본어교육과, 이를 통한 지원병 응모가 주인공 성명옥의 귀향동기였음을 알 수 있다. 하지만 개작본에서는 국어강습을 한글강습으로 고쳤으며, 지원병 운운은 모두 삭제하고 있음을 알 수 있다. 조선총독부는 부족 병력을 충당하기 위해 1938년 2월 26일 조선육군지원병령을 공포하고, 6월 12일에는 육군 특별지원병 훈련소를 만들었다. 자원입대제도의 기준이 엄격하여 일정 수준 이상의 교육을 받은 청년들, 즉 일본어 의사소통이 자유로운 청년들에 한정되어 있었기 때문이다.

②는 개작본에서 완전히 삭제된 부분으로, 역시 결말 부분에 동네 주민들이 일본어를 사용할 수 있게 되었다는 이야기를 의도적으로 배치함으로써 이상화된 농촌에는 일본어 상용이 전제되어야 함을 강조했다고 할 수 있다.

따라서 이 작품은 국책인 농촌진흥운동뿐만 아니라 일본어 상용의 강조와 이를 통한 지원병에의 협조라는 훨씬 짙은 친일의 혐의를 지니게 된다. 모든 갈등이 무화된 이상화된 농촌마을에 어린이들의 기미가요가 울려 퍼지도록 한 『향가』는 기존 이무영의 농민소설과는 큰 차이점이 있는 것이다.

2) 14편의 국책 일문소설

조선문인협회(1939)의 결성 초기만 하더라도 무영은 문단의 전면에 나서지 않았다. 발기인 명단에도 이무영은 빠져 있다. 하지만 무영은

1942년 9월 소집된 상임간사회의 기구혁신 및 간부 개선 때 소설 희곡 부회의 간부진 명단에 이름을 올린다. 이 무렵부터 조선문인협회가 가장 역점을 둔 것은 그 실천요강에서 드러나듯 '문단의 국어화 촉진'이었다.[14]

조선문인협회는 1943년 4월 17일 문학자의 총력을 대동아전쟁의 목적에 결집하여 황도세계관을 현현하는 일본문학(규칙 제3조)에 진력할 것을 취지로 내건 조선문인보국회에 흡수 통합된다. 무영은 소설 희곡부회의 간사(1943.6.)로 출발하여 소설부 간사장(1944.6.)을 거쳐 해방이 되던 그해 그 달 초에 소설부 회장의 지위에 오르게 된다.[15]

이무영은 조선 문인보국회 시기에 와서 적극적인 활동을 펼친다. 1943년 8월 4일 부민관에서 징병제실시감사 결의 선양을 위한 '낭독과 연극의 밤'에서 콩트를 발표했고, 1944년 6월 13일 일본문학보국회 주최로 도쿄의 군인회관에서 열린 일본문학자총궐기대회(6.18.)에 참가했다. 문인보국회가 1944년 11월 말까지 "국체 본위에 철저하여 미영의 모략을 파쇄하고 국민의 사기를 앙양할 국어로 제작된 결전소설과 희곡"을 신인 및 기성으로부터 공모했을 때 무영은 심사위원을 맡았다.

이 무렵은 일본어 사용이 가장 강조된 무렵이었고, 이무영의 역할 역시 일본어 사용과 관련이 있다고 할 수 있다.

> 국어의 보급화에 의해 적어도 조선인이, 행복을 얻는 것은 명백했다. 이 것의 실천에 따라, 자신이 행복하고 우리가 행복해지는 것을 깨달으면, 이 제, 주저할 필요가 없다. 곧장, 그 이념에 따라서, 최선의 노력을 기울이는 것만큼 좋은 것은 없을 것이다.(일문)[16]

---

14) 임종국, 『친일문학론』, 평화출판사, 1966, 105-106면.
15) 임종국, 앞 책, 149-165면.
16) 이무영, 「國語問題會談」, 『國民文學』, 1943.1., 53면.

이무영은 조선인이 행복하려면 일본어 사용은 불가피하다고 생각했다. 호테이 토시히로에 의하면 1939년부터 1945년까지 한국에서 발표된 일본어 작품은 55명 작가에 의해 발표된 총 202편이다. 이 중 이무영은 세 번째로 많은 총 14편의 작품을 남겼다.17)

이무영의 일문소설은 대부분 국책 소설의 성격을 띠고 있다.18) 이무영은 일본어 소설집 『情熱の書』를 1944년 4월 서울의 東都書籍京城支店에서 냈다. 이 단행본은 총 253쪽으로 8편의 단편이 실려 있다.

『정열의 서』의 표제작인 '정열의 서'는 기자로 이름을 날리던 '牛笑'가 실종된 지 10년, 서술자인 '나'가 깊은 산골에서 나무꾼이 된 우소를 만나 그의 지난 이야기를 듣는 것으로 전개된다. 우소는 가난을 이유로 애인에게서 파혼당하고 난 뒤 실의에 빠져 지내던 중, 일개 광부였다가 금광왕이 된 인물의 기사를 읽고 금광 일에 뛰어들어 많은 돈을 모으게 된다. 하지만 자신이 묵고 있는 하숙집 창돌이가 지원병에 실격한 후에도 독학을 통해 끝내 지원병이 되고 싶어 하는 정열에 놀라고, 이를 통해 그는 오랫동안 시국적 현실과 유리된 생활을 한 지난날을 반성하며, 창돌에게 자신의 생각을 관철하라고 격려한다. 이 소설은 당시 무영이 강조하던 '힘과 정열'을 지원병의 염원을 가진 청년을 통해서 풀어냈다고 할 수 있다.

「母」(『情熱の書』에 수록)는 전시 동원 체제에 있어 어머니의 역할을 그린 것이라 할 수 있다. 일반적으로 이무영의 농민소설에서는 老農으로 대표되는 남성(아버지)의 역할이 강조되지만, 이 소설은 여주인공 성명옥을 등장시킨 『향가』와 함께 여성을 전경화시킨 드문 예에 해당한다고 할 수 있다. 물론 이 시기는 전시 체제하에서 총후의 여성 역할이 강조되던

---

17) 호테이 토시히로, 「일제말기 일본어소설 연구」, 서울대 석사논문, 1996, 51면.
18) 필자는 무영이 『綠旗』(1944.5)에 남긴 「峠」의 원문을 구하지 못하였다. 그리고 어떤 연구 성과도 찾을 수 없었다. 이 작품에 대한 분석은 차후 과제로 남겨 둔다.

시기였고, 작가는 이를 작품에 반영한 것이라고 할 수 있다. 이 작품은 시골의 어머니를 등장시켜, 어떤 고난 속에서도 일제의 산미증산 정책에 따른다는 내용을 그렸다. 일제의 식량증산 정책에 호응하여 애써 가꾼 복숭아밭을 파헤치고 보리로 바꿔 심는다. 조진기는 이 소설을 전형적인 생산 장려소설로 파악한 바 있다.[19] 오 과부가 보리농사로의 轉業 면제를 받을 수 있는 기회를 포기하고 국책에 적극적으로 나선 것은 지원병을 희망했던 아들 대근이가 갑작스럽게 죽음으로써 국민으로서의 의무를 다하지 못했기 때문이라고 했다. 이러한 측면에서 이 소설은 지원병 협조라는 주제로도 읽을 수 있게 된다.

엉터리 일본어로 지적되곤 했던 「土龍」 역시 생산 장려소설의 계열에 들 수 있다. 이 소설은 인물설정이나 사건 전개에서 이무영이 그려 온 기존 농민소설과 유사한데, 다만 무대를 만주로 바꾸었을 뿐이다. 오족협화를 내세운 만주국이었던 만큼 그만큼 역설적으로 민족적 갈등, 특히 만주족과의 갈등이 드러날 수밖에 없었을 것이다. 이기영이나 이태준의 만주 개척소설 등에서 보이는 타자화된 만주족을 이무영의 소설에서는 전혀 발견할 수 없다. 가족(세대) 간의 갈등이 중심이 되기 때문이다. 「토룡」은 무영의 소설 가운데 만주를 배경으로 한 유일한 작품으로 작가가 『情熱の書』의 跋文에서 밝힌 것처럼, 1942년 말에서 1943년 초까지 동간도를 돌아보고 난 뒤 착안한 소설이다.[20] 작가는 순응적 농민상에 가장 부합한 춘보를 내세워 만주 개척민의 문제를 다루었다고 할 수 있다. 빚에 쪼들리면서도 결코 만주의 땅을 포기하지 않으려는 춘보와 그 땅을 벗어나고 싶은 아들 삼룡의 대립을 보여주며, 결국 아들이 개척민으로서의 자존심과

---

19) 조진기, 「일제말기 생산소설 연구」, 『우리말글』 42집, 2008, 343면.
20) 「土龍」은 一昨年の暮から新年にかけて、東間島を見て廻った時の土産である。 또한 무영은 간도를 다녀온 소회를 "개척촌을 보고"란 형태로 매일신보 1943년 2월 25일부터 28일까지 4회에 걸쳐 연재하였다.

인간으로서의 품위를 잃지 않는 아버지를 존경하게 됨으로써, 어떤 경우에도 만주를 지킨다는 것으로 결말을 삼았다.

「토룡」을 비롯한 이무영의 이전 농민소설에서는 철없는 아들이 긍정적 인물인 아버지를 통해 거듭나는 것으로 설정될 때가 많았다. 이와 달리 국책에 모범적인 아들과 유한지주로 일제의 비협조적인 아버지를 등장시킨 이채로운 소설이 「初雪」(『情熱の書』수록)이다.

경성 가까운 마을 萬石里의 모범 면서기인 李山은 공출, 부역, 세금 등으로 사사건건 아들을 괴롭히는 아버지를 두고 있다. 이산의 아버지는 도에서 사찰대(경제경찰)가 조사를 나오지만 모범적인 아들 덕분에 면제를 받는다. 하지만 사찰대는 복귀 도중 역에서 수상한 행동을 하는 사람을 발견하고, 주재소와 합동으로 승객 수하물의 일제 조사를 벌인다. 적발된 야미쌀(암거래미)의 출처가 자기의 아버지임을 눈치 챈 이산은 정신없이 자리를 박차고 나가 전신주를 붙들고 오열한다. 이를 부끄러워 한 이산은 고향을 떠나 만주로 향한다. 일제는 공출을 엄격하게 관리했지만, 농민 입장에서는 공출보다는 암거래를 통해 높은 수익을 얻을 수 있었고, 다른 잡곡으로 바꾸어 식량을 확보할 수도 있었기에 암거래는 쉽게 근절되지 않았다. 따라서 이 작품은 암거래 근절이라는 일제 정책에 협조를 표방한 것으로 읽을 수 있다.

원래 넉넉지 않은 식량사정에서 공출로 수탈당한 한국의 농촌은 식량 확보가 큰 문제로 대두될 수밖에 없었다. 「花窟物語」(國民總力, 1944.4. → 『半島作家短篇集』조선도서출판사 편, 1944. 5.)에 재수록)는 "쌀 한 톨은 바로 탄환 한발인 것"이라는 문맥에서 잘 드러나듯, 전시 하의 식량 문제, 특히 대용식을 다루고 있는 작품이다. 1943년도의 『매일신보』는 당시 총독부가 이 부분에 큰 관심을 가지고 있었음을 한눈에 알 수 있게 한다.21) 고구마가 주 생산물인 장연에서, 고구마를 대용식으로 쓰려면 오랫동안 보관하는 것이 관건이었다. 군수와 군의 과장이, 그 지역의 명소이면서도 흉흉한 소문으로 공포의 대상이 된 동굴을 답사하고 연구하여, 고구마를 장기간 보관하는 것이 가능하게 됨으로써 증산문제에 크게 기여했다는 실화를 바탕으로 한 소설이다. 이 소설에는 "화굴을 방문한 것은 카도마츠가 아직 치워지지 않은 채인 1월 3일이었다."에서 드러나듯 일본식 세시풍습인 카도마츠[22]까지 등장시키고 있다.

이에 비해 「婿」(綠旗 1942.9.→『情熱の書』에 재수록)나 「肖像」(『情熱の書』에 수록), 「果園物語」(新女性, 1943.1.→『情熱の書』에 재수록)는 위의 소설만큼 친일적 요소가 크게 드러나지 않는다. 하지만 현실을 문제 삼는 소설의 특성상 시대적 편린이 드러나지 않을 수 없다. 「서」에서는 도회지의 아름다운 규수를 마다하고 농촌의 처녀 금례에게 마음을 두는 경성출신 인텔리 남선생을 주인공으로 등장시켰다. 하지만 금례의 아버지 '춘갑'은 금례를 25세의 혈기왕성한 소작농 청년 창돌과 혼인시킨다.[23] 이 소설은 해방 후 농민문학전집 『산가』에 와서 「사위」(1949)로 다시 작품화된다. 등장인물 남선생과 금례는 그대로 두고 춘갑을 문서방(문만갑)으로, 소작인 청년 창돌을 장돌로 바꾸었다.

> 도로개설과 같은 공동작업을 할 때 마을 사람들은 감독의 눈을 피해 적당히 일을 하고 임금을 타가지만 춘갑은 백성으로 태어나 일하지 않는 것은 웃기는 일이라며 마을 사람들을 재촉한다(106-107면).

---

21) 대용식량 확보에 주력하기 위해 일제는 남선 특산주식회사는 별도의 회사를 설립했다.(매일신보, 1943.5.3. 4면, '대용식량에 총노력' 참조)

22) 카도마츠(門松)는 일본에서 새해를 맞이할 때 꾸미는 장식으로 집 앞이나 회사 입구에 소나무를 세워두는 풍습이다.

23) 해방 이전에 쓴 일본어 소설을 해방 공간에서 한글소설로 탈바꿈시킨 경우가 더 있다. 해방이전의 일문소설 「宏壯氏」(文化朝鮮, 1944.5.)는 해방 후 한글 소설 「굉장소전」(백민, 1946.12.)으로 개작되었다.

물론 위와 같은 시국적인 발언은 삭제한 것으로 드러난다. 1938년부터 일제는 종래 부역제도의 강제성을 근로보국운동으로 전개, 집단성과 공공성을 크게 강조했다. 물론 생산노동력을 최소의 비용으로 확보하기 위한 일제의 술책이었다. 춘갑은 이러한 일제의 국책에 적극 협력하는 인물상으로 설정되었다고 할 수 있다.

「초상」은 이무영이 이전 농촌 소재의 한글 소설 「만보노인」(1935) 등에서 아주 익숙하게 등장시키던 정미소와 물레방아의 대립구조를 통해 이야기를 전개하고 있다. 물론 화자는 "물레방아와 박첨지의 행복을 빌었다"는 결말 표현에서 잘 드러나듯, 물레방아와 노농부 박첨지의 편에서 있다. 특히 이 소설에는 "지나사변 발발 이후 발동기를 돌릴 수 없게되자 박첨지의 물레방아는 다시 중요하게 여겨지는 시대가 되었다."(132면)는 표현에서 드러나듯 일제의 전시체제하에서 전력을 비롯한 자원 절약을 최대한 독려하고자 했던 시대적 상황이 투영되어 있다.

필자가 읽은 일문 작품 중 가장 친일적인 성격이 덜한 것이 「과원물어」였다. 이 '과수원 이야기'는 조혼의 풍습으로 오랫동안 조강지처를 멀리하며 방황을 일삼던 '林君'이 보다 더 낳은 조건의 경제적 능력을 갖춘 도회지의 처녀를 마다하고 결국 고향의 전처에게로 돌아간다는 이야기를 담고 있다.

또한 이무영이 남긴 일문소설에는 일본의 소설 양식이라고 할 수 있는 쯔지소설(辻小說) 「驛前」(『매일신보』 1943.8.5. 9면, 『朝光』 1943.9.)도 포함되어 있어 눈길을 끈다. 비슷한 시기에 신문과 잡지에 중복하여 실린만큼 이 작품은 많은 주목을 받았다고 추정해 볼 수 있다. 전시하 일본 문학보국회 소설지부는 원고용지 1매의 쯔지소설을 가두에 발표하고, 국민 사기고양의 재료로 썼다. 이 작품 역시 지원병을 문제 삼고 있다. 역전에서 쌀의 암거래에 말참견을 한 力士가, 자신의 행위가 정당한데도 일방적으로 뭇매를 맞는 장면을 그리고 있다. 그가 맞상대 하지 않은 이유를 묻자, 서술자는 역사가 다음과 같이 대답하며 지원병 출신자임을 밝히는 것으로 소설을 마무리하고 있다.

> "나는 언젠가는 부르심을 받을 몸입니다. 물러서지 않고 싸워서 상처라도 생긴다면 그것이야 말로 뭐라 변명할 여지가 없는 일입니다."
> 다카모토는 지원병출신자였다.[24]

무영은 일본의 쯔지소설 양식을 차용하여, 지원병은 일반의 젊은이와 다른 고매한 품격을 가져야 하며 이와 함께 몸가짐이 남달라야 한다는 사실을 강조하고 있는 것이다.

이무영이 남긴 일문소설 14편 중에 두 편의 장편 신문 연재소설, 『靑瓦の家』(『부산일보』, 1942.9.8.~43.2.7.), 『海への의 書』[25]가 포함되어 있다는 점도 간과되어서는 안 될 것이다. 장편 분량을 매일매일 처리해 나갔다는 점에서도 그러하거니와 일본작가와 경쟁에서 지면을 확보했다는 측면에서 그의 일본어 능력을 어느 정도 인정할 수밖에 없기 때문이다. 그의 스승 가토는 이 작품을 경계로 무영이 더 이상 언문(한글)에 집착할 필요가 없다고 했다.[26]

1942년과 43년에 걸쳐 『부산일보』에 연재되어 조선인 작가의 최초 일본어 신문 연재소설로 주목받았던 『靑瓦の家』를 무영은 일본의 '신태

---

24) 이무영, 「驛前」, 『조광』, 1943.9., 67면.
25) 『海への의 書』는 『京城日報』(1944.2.29~8.31) 석간에 총 110회 분으로 연재되었다. 이무영은 이 소설을 통해 해군지원병제도가 공포, 시행되어 거기에 지원하는 조선의 청년과, '관념'을 버리고 '신념'을 얻게 되는 그의 형을 그리면서 지원병제를 현실로 받아들이게 되는 과정을 그렸다.
26) 국어의 표현에 그다지 눈에 거슬리는 점은 없었다. 기술적인 면에서 보더라도, 언문에 연연할 필요는 없을 것 같다.(일문), 加藤武雄, 朝鮮の文學について, 國民文學, 1945.3. 11면.)

양사'에서 단행본으로 냈고, 이것으로 1943년 3월 20일 일본의 신태양사에서 수여한 제4회 조선예술상을 받게 된다. 조선예술상은 일본의 문화를 위해 조선에서 이루어지는 각 방면의 예술 활동에 대해 표창하는 것을 목적으로 했다.27) 이 상의 심사위원이었던 테라다 에이(寺田 瑛)는 舊慣에 집착하는 반도인 가정의 일을 暗示表徵한 것으로도 생각할 수 있지만, 그 곳에 몇 시대를 흐르는 사조의 기복, 게다가 시국과 함께 일본화해 가는 그들의 생활을, 통속소설적 템포를 무시하고, 자연스럽게 묘사하고 있는 점을 인정하지 않을 수 없다고 지적했다.28)

이 상의 영예는 여기에서 그치지 않았다. 조선문인보국회가 결성 기념으로 1943년 5월 4일부터 9일까지 미쓰코시(三越) 백화점에서 연 문인보국회 결성 문예전에서 상장과 원고 등이 출품되어 전시되기도 한다.29)

전술했듯이 무영은 두 편의 신문 연재 장편 소설, 『靑瓦の家』와 『海への의 書』를 남긴데다가 두 권의 단행본 『情熱の書』, 『靑瓦の家』를 펴냈다. 이러한 사실만으로도 무영은 당국으로부터 보증을 받은 작가로서의 지위를 갖게 되었다고 할 수 있다.

언어는 문화의 총체로서 개별성을 획득한 집단 혹은 민족 국가에 의해서 존재할 수 있다. 이것은 언어의 민족주의 측면이라 할 수 있는 것으로써, 일제는 식민지 한국을 지배함에 있어 실로 이와 같은 발상에서 조선어의 폐지와 일본어 상용을 통한 황국신민의 양성을 목표로 설정하지 않을 수 없었다.30)

일제는 '국어는 국민정신의 원천'이라는 명목으로 일본어의 학습을 강

---

27) 윤소영 외 역, 일본잡지, 모던 일본과 조선 1939, 어문학사, 2007, 490면.
28) 문학상의 작가들-조선예술상의 이무영군(일문), 國民文學, 1943.5. 72-73면.
29) 임종국, 앞 책, 151면.
30) 정창석, 「친일문학의 언어문제」, 『일본문학연구』 1권, 1999, 1-3면.

요하는 '국어 상용령'을 강조했다. 이 국어상용령은 한국어 폐지와 맞물려 교육기관은 물론, 관공서에서 일반 민중에 이르기까지 전 민족적으로 강요되었다. 하지만 이러한 시대적 흐름에도 불구하고, 문화적 충격을 감내해야만 하는 언어의 교체는 일제의 생각보다 쉽게 완성될 수 없었고, 민중들의 심각한 저항에 부딪쳤다고 할 수 있다. 이러한 사실을 반영하여 무영은 조선의 농촌마을에까지 국어 상용화가 앞당겨졌으면 하는 바람을 『향가』에서 드러냈다고 할 수 있다. 또 일본어의 보급을 통해서 조선인이 행복할 수 있다고 확신했던 그는 작가로서 일문소설 창작에 앞장섰던 것이다. 이런 일본어에 확산에 대한 갈망은 일문소설 「화굴물어」에서 "발음이 분명하고 좋은 국어(일본어)는 도깨비도 현대화했다면 그 정도는 된다"는 표현을 통해 드러나기도 한다.[31]

일본어에 비교적 능숙한 이무영이었지만, 어려움이 없었던 것은 아니다. 주지하다시피 이무영의 기존 소설은 농촌 지방민의 언어(충청 방언, 구비속담의 활용)를 특징으로 하는 것이었다. 하지만 그의 일본어 실력으로도 이러한 유형의 소설을 제대로 소화해 낼 수 없었다. 자신의 본령인 지방의 농부를 등장시킬수록 그의 소설은 엉터리가 되는 아이러니에 직면하게 된 것이다. 특히 농부를 전경화한 「土龍」은 발표당시부터 엉터리 일본어로 되었다는 지적을 받아 왔다.[32] 아래 내용은 이러한 방언의 활용을 소설의 특장으로 삼아왔던 이무영의 고민을 잘 드러내주는 술회라고 할 수 있다.

> 아무튼, 나처럼 주로 농민을 취재하는 작가로서는, 백성언어를 사용할 방법이 없다. 노트를 아무리 봐도 어느 지방의 사투인지, 짐작조차 할 수

---

31) 조선도서출판주식회사편, 花窟物語, 반도작가단편집(노상래 역), 제이앤씨, 2008, 123면.
32) 임종국, 앞 책, 315면.

없어, 최근에는 그만두어 버렸다. 적어도 백성언어가 통일되지 않는 한, 나
는 이제 백성을 상대로 하는 소설은, 보류하기로 한 상태이다.(일문)[33]

　일문으로는 자신의 본령이었던 지방 농민들의 생생한 삶을 더 이상
그려낼 수 없는 딜레마에 봉착한 것이다. 이러한 고민에 대해 테라다 에
이는 이무영에게 백성언어며 지방 사투리에 집착하지 말고, 새로운 국어
를 창조해서 쓰라고 충고하고 있다.[34]
　그는 농촌 배경소설을 아예 포기하거나 농촌을 배경으로 하더라도 대
부분 화자를 지식인으로 내세워, 농민들의 이야기를 간접화(액자화)하는
방식(「母」, 「果園物語」, 「肖像」, 「壻」, 「情熱의 書」, 「初雪」 등)으로 처리해 나갈
수밖에 없었다. 기존의 출세작 「제일과 제일장」(人文評論, 1939. 10월)을
『情熱の書』에 일문으로 재 수록한 것도 이러한 사실과 관련이 있다고 할
수 있다.[35]
　무영은 조선인의 행복을 위해서라는 명분으로 모국어를 포기했으며,
또한 자신 소설의 특징인 지역 농민의 방언을 포기하면서까지 일본어 소
설을 고집한 것이다. 적어도 이무영에게 있어 모국어의 포기는 그대로
자기문학의 정체성 상실과 직결된다는 것을 증명한 것이며, 나아가 문학
자의 문자행위란 결국 자기정체성의 확인 작업이라는 사실을 새삼 일깨
워 준 사례라 할 만하다.

---

33) 「國語問題會談」, 『國民文學』 1943.1., 53-54면.
34) 寺田 瑛, 「朝鮮藝術賞の 李無影君」, 『國民文學』, 1943.5., 73면.
35) 日譯 『제일과 제일장』은 일제의 식민지 농업정책으로 궁핍에 시달리는 농촌의 현실
　　과 그로 인한 생활의 고통과 현실에 대한 울분의 감정이 묘사된 부분, 예컨대 작품
　　의 끝 부분인 타작마당에서 고율의 소작료와 시세로 인해 수확의 대부분을 떼이는
　　장면 등을 완전히 삭제했다.

3) 일문 비해독자를 위한 『大東亞戰記』의 번역

1943년 1월 무영은 이태준과 더불어, 일본 육군성이 감수하고, 일본의 誠文堂新光社에서 1942년 펴낸 『大東亞戰記』를 각각 육군과 해군으로 나누어 번역했다(인문사, 총 237면). 이태준의 「해방전후」에서는 작자의 분신인 '현'이 일본 관헌의 압력에 못 이겨 '대동아전기'의 번역에 참가한 것을 괴로워하다가 결국 강원도로 낙향한다는 대목이 나온다. 과연 이 책은 어떤 성격을 가지고 있는가. 국민총력연맹의 하타시게카즈(波田重一)의 추천 발문이 있어 그 취지를 한눈에 알 수 있게 한다.

> 大東亞戰爭의 참된 意義를 徹底히 認識시키고 또 開戰以來의 赫赫한 皇軍의 活躍을 目睹함과 같이 明白히 알게 하여 써 大元帥陛下(필자-일왕)의 股肱(다리와 팔)으로써 또 皇國臣民으로써 挺身御奉公을 다하는 心機를 透徹케 하는 目的으로 半島 文壇의 中堅作家인 이무영, 이태준 兩氏가 이에 '大東亞戰記'를 上梓함으로 보게 된 것은 時局下 極히 有意義한 企劃임을 반기며 특히, 本書가 아직 國語를 解讀하지 못하는 讀書層이 時局下 읽을 좋은 글임을 믿어 敢히 이에 序하여 推去하는 바이다(2면).

결국 일문을 해독하지 못한 독자에게 황국신민의 신념을 고취시키기 위한 방편으로 이 책의 번역이 의도되었음을 알 수 있다. 이 책은 홍콩, 필리핀, 싱가폴, 인도네시아, 버마에 이르는 일제의 아시아 침략을, 美英으로부터 해방과 '대동아'라는 하나의 '민족' 논리로 위장하고 있다.

> 과거 4백 오십년간 피도 감정도 생활도 인연이 없는 백인종에게 지배를 받아오던 비도(필리핀-필자)는 지금이야말로 오백 년 전의 진정한 대동아 민족으로 환원하는 것이다(28면).

위의 예문에서처럼 시종일관 동서양의 대립구도를 통해 대동아 전쟁의 목적이 영미의 착취로부터 동아를 해방시키는 데 있다고 역설하고 있으며, '대동아 성전'의 승리를 확신하는 내용으로 되어 있다. 비록 번역물이기는 하지만, 당시 일본어를 해독할 수 없던 조선 민중에게 일제의 '대동아주의'를 가장 적극적으로 전파하였다는 점에서, 이무영의 친일행적목록에 포함되어야 할 것으로 보인다.

3. 친일문학의 내적 논리

1) 강조된 농촌과 농민문학작가로서의 새로운 전기

이무영이 귀농할 무렵의 문단 상황을 살펴보자. 1931년 9월 일본 관동군이 일으킨 만주사변은 1945년 8월 일제의 패망 시까지 15년에 이르는 일본의 대중국 침략전쟁의 시작이었다. 일본의 대륙침략은 1937년 7월 노구교사건을 계기로 전면으로 확대되며, 1941년 12월 8일부터 시작되는 태평양전쟁으로 이어지게 된다. 끈질긴 중국의 저항에 일본은 한국에 대한 병참전진기지화를 강화하였고, 그만큼 식량공급지로서 농촌이 강조되었다. 따라서 당시의 농민문학은 생산문학의 성격을 지닐 수밖에 없었다. 소설의 소재는 농촌이지만, 주제는 생산이었기 때문이다.36)

또한 농촌에 대한 강조는 소비와 환락에 대한 일종의 경계로서 '도시의 농촌화'라고 하는 보다 심층적인 배경까지 가지고 있었다. 임화는 이를 소상히 밝히고 있다.37) 전시체제 아래서는 도시의 화려함보다 농촌이 가지고 있는 소박함과, 원시성이 강조되고 있으며, 농촌에 관심을 갖는 문학은 한 작가의 개성과 관심이라기보다는 총후 후에 강조되는 성실

---

36) 하정일, 『탈식민의 미학』, 소명출판, 2008, 357면.
37) 임화, 「일본농민문학의 동향」, 『인문평론』, 1940.1., 13면.

을 위한 불가피한 것이라는 견해를 펼치고 있다. 당시 일제로서는 가능한 한 많은 도시 인구를 생산의 현장으로 이동시키지 않을 수 없었다. 도시의 유휴인력이었던 지식인의 귀농 운동도 이렇게 하여 일어난 것이었다. 도시는 허망, 허약, 타락한 곳으로 선전되고, 농촌생활이 찬미되었다.[38]

중일전쟁을 지나면서 일본문학사에서 농림대신 아리마 요리야스(有馬賴寧)가 전면에 대두하게 되는 사실도 이와 무관하지 않다. 이무영의 「제일과 제일장」이 실려 있는 『인문평론』 1호(1939. 10.)의 '모던문예사전'에서 최재서는 '농민문학'을 다음과 같이 규정한다.

> 널리 농촌을 배경삼아 농민의 생활을 그리는 문학이면 무엇이나 농민문학이겠지만, 요새 씌어지는 이 말은 특히 有馬農相을 顧問으로 昭和 13년(1938년) 10월 4일에 성립된 <農民文學懇談會>員들의 作品을 指稱한다. <중략>이 그루-프에서 가장 중요시되는 점은 흙에 對한 農民의 愛着을 強調하는 同時에 明朗한 農村을 그리자는 것이다. <太古의 神들과 같이 寡默하고 손이 굵은 農耕人의 깊은 叡智와 情緒와 生活의 探究에 있어 實體를 把握하는 同時에 그것을 時局乃至, 時代와의 關聯下에 處理하여 나가는 것이 今日 農民文學의 重要한 課題라>고 鎚田研一氏는 말하였다.[39]

일본의 문단은 아리마 요리야스를 고문으로 하는 '농민문학간담회'의 직접적 영향 아래 놓이게 되었음을 알 수 있다. 중일전쟁 이후 한국문단 역시 이러한 일본문단의 동향을 예의주시할 수밖에 없었다. 기왕에 농촌을 제재로 농민문학의 일가를 이루어 왔던 무영에게 새로운 전기가 찾아온 것이다. 유진오가 "요새야말로 무영적 작가가 크게 활약하여야 할 때

---

38) 宮田節子, 「한국에서의 농촌진흥운동」, 『한국근대민족운동사』, (안병직, 박성수 편), 돌베개, 1980, 219면 참조(이주형, 이무영, 건국대출판부, 165면에서 재인용)
39) 최재서, 모던문예사전, 『인문평론』, 1939.10., 107면.

가 아닌가"라고 한 것은 바로 이러한 시대적 상황 속에서 나온 발언이라고 해야 할 것이다.40) 그만큼 이무영의 농민문학은 이 시기의 생산문학에 쉽게 호출될 수밖에 없는 여건에 있었다고 할 수 있다.

농민문학간화회에서는 흙에 대한 애착과 함께 특히 태고의 신들과 같이 과묵하고 손이 굵은 농경인의 깊은 예지를 시국과의 관련 하에서 그려나갈 것을 주문했다. 이무영은 「제일과 제일장」과 「흙의 노예」에서 가난한 시골농부 김영감을 훌륭한 '철학자'로 올려놓음으로써, 또 배우지 못한 농부 문서방(「문서방」)이나 엄달근(『향가』), 춘보(「土龍」)를 등장시켜 시대에 대해 적극적으로 발언하게 함으로써 이를 반영했다고 할 수 있다.

2) 반근대주의로서의 신체제론

이무영이 군포로 정착하여 본격적인 활동을 펼치던 1930년대 후반과 1940년대 초반은 신체제론이 문단의 화두가 된 시기였다. 당시의 문학지들은 앞 다투어 신체제와 신질서를 특집으로 다루었다.

> 바야흐로 탄생중에 있는 신동아는 일방에 있어 공산주의를 배제하는 동시에 타방에 있어 자본주의적 제국주의를 엄숙히 경계하고 있다. 이렇게 구미류의 패도정치를 청산한 후 동양본래의 왕도정치에 의하여 질서화될 것이 예상된다.41)
> 물론 新體制가 自由主義라던가 個人主義 내지는 階級主義와 對蹠的의 것이라는 것은 自明하다고 하나 獨逸이나 伊太利의 政治思想이라고 할 수 있는 全體主義를 그대로 옮겨다 놓은 것이라고는 斷定할 수 없을 것이다. 오히려 新體制는 일본의 國情이 固有하게 要求하는 새로운 體制를 指稱하는 것.42)

---

40) 김용성, 『한국현대문학사 탐방』, 현암사, 1991. 192면.
41) 신질서와 문학, 『인문평론』, 1940.6., 2면
42) 윤규섭, 신체제와 문학, 『인문평론』 1941.1., 43면

위에서 드러나듯 신체제 논의의 핵심적인 모토는 첫째, 자본주의와 계급주의의 동시적 거부, 즉 '근대(서구)의 초극', 둘째, 동아시아 통일을 통한 '근대'를 대치할 새로운 문명의 건설 이 두 가지로 정리될 수 있다. 이런 내용은 동양 변방의 피식민지 민족의 일원으로서 근대(서양) 따라잡기와 그것의 극복이라는 모순적 과제와 싸워왔던 당시 지식인들에게 충분한 호소력과 설득력을 발휘할 수 있었다. 우선 대동아 공영권의 건설을 명분으로 한 신체제론은 친일 지식인들에게 일본과 동일한 위치, '서양의 타자'로서의 자기동일성을 확립할 기회를 제공하였다고 할 수 있다.43) 그는 『대동아전기』를 번역하면서 반서양주의에 보다 적극적으로 동화되어 갔다고 할 수 있다. 우리가 『향가』에서 화자가 "아세아 사람의 아세아를 건설하기 위해서는 아세아의 적인 미영을 두고는 제국의 천년대게도 수포로 돌아간다는 것"(119회)과 같은 담론을 명시적으로 펼친 것도 이러한 인식의 연장선에 나온 것이라 할 수 있다. 상당수의 훼절한 작가가 각자의 처지에 따라 신체제의 이해와 수용을 달리 했듯이, 이전 문학에서부터 반근대주의, 반자본주의, 반개인주의를 표방해 왔던 이무영에게는 신체제의 논리가 친숙한 개념으로 다가왔을 것이다.

① 갈난다! 서울 좋다는놈들 모두 미친놈이지! 서울이 뭬 좋어! 압 뒤ㅅ집에서 사람이 죽어도 못본체하고 에이! 흉한 놈의 인심들! 그보다도 난 흙이 그리워 못살겠다 길도 돌 집도 돌 아니면 쇠. 나무한개가 잇늬. 풀한 폭이가 잇늬. 그저 우리는 두더지 모양으로 땅이나 파먹구 사는것밖에 딴 자미가 없느니라 너의들두 나려오너라! 흙없이 사람은 못사느니라(「'흙'을 그리는 마음」, 신동아, 1932. 9., 110면).
② 세상이 변한 탓이지, 옛날에야 먹을 것과 입을 것과 그리고 예의범절만 있으면 살았느니라. 그러든 것이 이 근년에 와서 집신이 없어지고,

---

43) 최현식, 「문학가의 이상과 생활인의 비애」, 『채만식 문학의 재인식』, 소명 출판사, 1999, 219면.

고무신이 생기고, 감발이 없어지고, 지까다비가 나왔지. … 화차, 자동차가 생겼으니, 어디 갈 땐 타야 백이지?… 결국은 기계가 사람을 죽이느니라(「흙의 노예」, 인문평론, 1940. 8. 190-191면).

①은 이무영 농민소설의 출발점인 1932년 「흙을 그리는 마음」의 한 대목이다. 출세한 도회지의 아들집을 방문한 아버지가 화단을 밭으로 일구는 데서 드러나듯 농업에 대한 집착을 보여주며, 이웃집에 누가 죽어도 들여다보지 않는 도시인의 개인주의에 대한 반감을 강하게 드러낸다. 도시문명을 돌과 쇠로 표현하면서 그 거부감을 분명히 하고 있다. ②를 통해 우리는 이무영이 공들여 창조한 老農, 김영감으로부터 성토의 대상이 되고 있는 것 역시 근대로 지칭되는 것임을 알 수 있다. 그는 농촌의 몰락을 고무신, 농기계, 병원 등 소위 문명의 이기 탓이라고 보았다. 이 인직으로 대변되는 초기의 친일 명분이 근대문명에의 열망이었던 것과 달리, 그는 농촌 피폐화의 원인을 근대문명의 탓이라고 본 것이다.

김영감은 "사람이란 법만 가지고 사는 게 아니라"고 한다. 그렇다면 무엇으로 살아야 하는가. 아버지는 동양의 전통적인 윤리 도덕과 인정의 회복을 내세우고 있다. 내집에 찾아든 도둑까지도 품어 안으려고 했던 인정과 휴머니즘의 세계가 강조된다. 태평양전쟁 발발 후 서구적 근대의 횡포, 자본주의의 속악함에 의해 훼손된 유무형의 가치들을 동양의 고유한 가치와 질서 회복을 통해 회복하자는 논리는 이무영에게 낯설지 않은 것으로 다가왔다고 할 수 있다. 앞선 시기부터 그의 작품 속에서 일관되게 희망해오던 것이었기 때문이다.

따라서 그의 소설이 근대적 속성을 대변한 도시를 부정한 것은 당연한 것이었다. 그는 '도시＝악, 농촌＝선'이라는 구조를 답습했다. 하지만 이러한 도시부정 역시 일제의 국책(생산문학)에 호명될 수밖에 없는 속성을 가지고 있었다고 할 수 있다. 전체주의(파시즘)가 도시성을 배격하는 까닭은 임화가 지적했듯, 향토와 민족과 국가에 대한 애착이 결여되어 있기 때문이다. 파시즘이 도시의 문학을 배격하고 농촌의 문학을 높이 평가하는 것도 바로 농촌에 담긴 향토성의 전통, 피의 전통 때문인 셈이다.44)

신체제론은 서구라는 보편을 부정하는 데에 유효하고, 그 점에서 조선의 작가와 지식인들에게 헤게모니를 획득하지만, 그 스스로 일본=동양이라는 또 다른 보편을 창출하는 까닭에 정작 보편으로서의 동양과 개별자로서의 조선의 관계를 생각할 때는 부정되어야 할 또 하나의 보편이 될 수밖에 없다.45) 서구 보편주의에 대한 반대가 어떤 저항의 지점이 될 수 있는 것은 사실이지만, 그것 역시 이미 일본(어) 중심의 분명한 위계 질서와 타자로서의 조선(조선어)에 대한 배척을 전제하고 하고 있다는 사실을 간과했다고 할 수 있다.

이무영의 이러한 인식은 언어관에도 고스란히 이어진다. 그가 한국어를 부정하고 일본어를 옹호할 수 있었던 것은 일본어를 서양어에 대응하는 동아 십 억의 보편 언어로 보았기 때문이다.

> 창작이 국어로 이루어지면, 조선 문학은 망한다고 보는 견해도 있지만, 나는, 그렇게는 생각하지 않는다. 이미 오늘날의 일본어는, 일본만의 국어가 아니라 동아 십억의 국어가 되고 있다.(일문)46)

이무영은 동아 십 억의 언어인 내지어로 작품을 쓰는 것을 조선문학의 외연을 넓히는 것이라고 생각했다. 그는 오족협화를 표방한 만주국 체험을 다녀와서 쓴 글의 마무리에서도 일본어 학습에 대한 염려로 끝맺

---

44) 하정일, 『탈식민의 미학』, 소명출판, 2008, 356면.
45) 한수영, 『친일문학의 재인식』, 소명출판, 2006, 33면
46) 「國語問題會談」, 『國民文學』, 1943.1., 54면.

고 있거니와,47) 『향가』의 주인공 엄준섭이 왕도낙토의 만주국을 건설하기 위해 '가나'를 가르치다가 귀국하게 한 것도 이러한 동아시아의 보편 언어로 일본어관을 반영한 것이라고 할 수 있다.

4. 창작 배경으로서의 恩師, 가토 다케오

이무영의 친일문학을 논함에 있어, 이러한 내적 논리와 아울러 보다 사적인 층위에서도 해명이 필요하다고 할 수 있다. 일제 강점기 말 국책 문학으로 한국에 영향을 미쳤던 일본인 작가 가토 다케오와의 각별한 인연이 바로 그것이다.

이무영은 가토 다케오(加藤武雄)를 문학의 길을 열어준 恩師라고 자주 술회하고 있다. 작품 序跋에서도 가토에 대한 감사를 잊지 않았다.48) 또 무영은 해방 이후 한 작품집 서문에서 자신이 농민 작가가 된 이유를 다음과 같이 들었다.

> 첫째는 내가 농촌출신이오, 둘째는 내 아버지께서 독실한 농군이셨기 때문이다. 아니 그보다는 내게 문학의 길을 열어준 恩師 K氏가 또한 농민 작가인 때문이기도 하다.49)

가토가 K씨로 바뀐 것을 제외하고는 한결 같다. 가토는 과연 이무영에게 어떤 존재였는가. 가토 다케오(加藤武雄, 1888~1956)는 1925년 휘

---

47) 지금이 여러분의 부락에서는 지금 막 국어강습회가 끝날 시간입니다. 오늘은 무슨 말들을 배웠슬까 혼자 이런 생각을 해보면 붓을 놋습니다.(이무영, 개척촌을 보고, 『매일신보』, 1943.2.28. 4회, 4면)
48) 끝으로 이 책 한 권을 은사 가토(加藤武雄) 선생에게 드린다.『취향』, 서문, 조선문학사 출판부, 1937.
49) 이무영, 選集卷末記, 『향가』, 민중서관, 1949, 1면.

문고보를 중퇴하고 일본으로 건너간 가난한 고학생 무영을 기꺼이 거두
어준 일본의 작가였다. 무영은 유학시절 제도교육을 거친 일반 작가와
달리 4년간의 加藤武雄家의 '사숙'을 통해 작가로 거듭났다고 할 수 있
다. 가토는 1916년 무렵부터 농촌에서 취재한 인도주의풍의 작품을 발
표하기 시작하여 鄕土藝術家로 불리우며, 일본의 소위 신현실주의 시대
의 농민문학작가로 주목을 받고 1922년 무렵부터는 대중작가로 전향,
무영이 들어갈 무렵에는 이미 유행작가가 되어 있었다.50) 가토의 평전
에는 이무영과 관련된 다음과 같은 일화가 소개되어 있다.

> 砧村에 이사하고 얼마되지 않았을 때, 어느날 현관에 보따리 하나 든 초
> 라한 소년이 찾아왔다. 어, 잘 찾아왔구나, 어디서 왔어, 다누키에서 왔습
> 니다. 矢來에 있을 때, 갑자기 서생으로 써달라고 경성에서 직행해왔다는
> 소년이 나타났다. 거절했더니 울기 시작했기에, 좀 더 넓은 집으로 이사
> 가면 두겠다고, 麴町에 있는 조선인 宿舍를 소개해 주었다. 그 후 귀국한
> 것 같아서 소식이 없어졌는데, 다시 여기서 나타난 것이었다.51)

의지가지 할 데 없는 가난한 조선 소년을 기꺼이 거두어들인 과정이
소상하게 기록되어 있다. 이무영은 그의 집 서생으로 일하면서, 습작훈
련을 받았으며, 加藤武雄이 관계하고 있던 신조사에서 번역한 톨스토이,
도스토예프스키 등의 작품을 접하면서 좀 더 원숙한 문학세계로 나아가
게 된다. 성실한 성품과 문학적 재능을 가지고 있던 무영을 가토는 자신
의 아들과 같은 중학교에 입학시킬 정도로 아꼈다.

지금의 나에게 어지간한 문학용어를 사용할 수 있게 한 것은, 역시 加藤

---

50) 세리카와 데츠요(芹川哲世), 「1920-30년대 한일 농민문학의 비교문학적 연구」, 서울대
　　　박사논문, 1993, 181면.
51) 安西愈, 「鄕愁の人 評傳・加藤武雄」, 昭和書院, 1979, 200면.

武雄 선생님이었다. 중학교를 4학년 때 그만두고 소년시절 3년간을 선생
님의 집에서 머물며, 문학서를 가까이하게 된 것이다. '토쿄'를 '도쿄'라고
발음하거나, '잔넨'을 '산넨'이라고 말하면, 사모님으로부터 일일이 지적받
아 무척이나 부끄러워하곤 했었는데, 지금은 매우 감사하고 있다.(일문)[52]

위의 글을 통해 우리는 무영이 가토의 부인으로부터 일일이 발음교정
을 받아가며 일본어에 눈떠 갔고, 무엇보다 가토를 통해 소설가로 거듭
났음을 확인할 수 있다. 훗날 일본어가 문단 내외적으로 강조될 때 그
전면에 나설 수 있었고 가장 많은 일문소설을 남길 수 있었던 단초가 이
곳에서 마련되었다고 할 수 있다.

그 때는 너무나 많은 폐를 끼쳐드렸습니다. 훌륭한 인물이 되어 선생님
의 은혜에 보답할 수 없는 제 자신을, 몹시 슬퍼하고 있지만, 이제 어찌해
도 할 수 없는 일이지요. 시집간 딸에게의 편지로 요코에게 보내는 편지를
공개한 것인데, 그 안에 담겨진 아버지의 애정은, 바꿔 말하면, 제게 주셨
던 스승의 애정이기도 했습니다.(일문)[53]

스승의 애정을 아버지의 애정과 동가에 놓을 만큼 은혜를 입었던 이
무영은 가토에게 일관되게 존경심을 표현했고, 스승의 기대에 어긋나지
않으려 했다. 따라서 필자는 이무영이 일제 말에 보인 체제 순응적인 행
동을 살피는 데는 가토와의 관련성을 배제할 수 없다고 생각한다.

기존 연구에서는 이무영과 가토의 관계는 유학시절 사숙 이후에 절연
된 것으로 보았다. 하지만 이는 가토와 이무영의 본격적 재회는 가토가
일본 내뿐만 아니라, 한국과 만주에 이르는 국책문학 확산에 전면으로
나선 戰後에 보다 본격적으로 이루어진다는 사실을 간과한 것이다.

---

52) 『매일신보』, 1943.1. 54면.
53) 「加藤武雄 先生へ」, 『國民文學』, 1942.4, 69면.

누구에게나 존경하는 스승이 있을 수 있다. 하지만 여기서 문제는 전시라는 비상시국의 상황과 맞물리면 그 해후도 다른 각도에서 볼 수 있다는 점이다. 각별한 관계를 맺은 식민지 모국의 은사와 피식민지의 제자가 갖는 위계적 질서가 간과될 수 없기 때문이다.

가토는 농림대신 아리마 요리야스의 요청을 받아들여, 1938년 10월 일본 전시 국책문학의 선두가 되었던 '農民文學懇話會'의 주간(상담역)을 맡았다.54) 이 농민문학간화회의 결성으로 각광을 받지 못했던 농민문학이 한층 활기를 띠게 되었고, 동시에 국책 방향에 따라 국민들을 교묘하게 유도하는 역할을 했다. 이후에도 가토와 농민문학간화회는 민족협화의 이상국가를 건설하려는 국책에 협력하는 농민문학가의 지위로 만주에 파견되어 '대륙개척'의 역할도 했다. 가토는 일본문인보국회가 도쿄에서 개최한 제1회 대동아문학자대회(1942.11.2.)에서 '大東亞における小國民敎化の方策'을 주제로 기조강연을 할 만큼 아시아의 문인들에게 영향력을 가진 인물이기도 했다. 『일본 문학 대사전』 역시 그가 전후에 국책에 편승하였다는 비판을 면할 수 없다고 지적하고 있다.55)

'모던일본' 창간 10주년을 기념하는 '새로운 조선에 관한 좌담회'56)에서 사회를 맡은 하마모토 히로시(濱本浩)는 가토를 조선에 대한 애정이 남다른 인물로 소개하고 있다. 그의 조선에 대한 애정은 지난날 각별히 아꼈던 조선 출신의 이무영을 서생으로 둔 인연도 한몫을 했을 것이다.

1930년대 말에서 해방 직전까지 가토는 문인보국회의 초청으로 한국을 방문했으며, 문인보국회에서 중요한 역할을 했던 이무영과의 접촉도 빈번해진다. 가토는 1943년 5월 25일 징병제 실시와 해군특별지원병 제도 실시에 따른 조선 청년들을 독려하고자 조선의 전국을 순회하고

---

54) 久松潛一 외, 現代日本文學大事典. 平成 元年(1989), 明治書院, 248면.
55) 호쇼 마사오 외(고재석 譯), 『일본현대문학사』 상, 문학과지성사, 1998, 221-222면.
56) 윤소영 외 역, 『일본잡지, 모던 일본과 조선 1939』, 어문학사, 2007, 130면.

난 뒤 경성으로 입성했으며, 보국회원 이무영의 환영을 받으며 함께 조선 신궁을 참배했다.57) 이날 문인보국회에에 무영과 함께 內鮮作家交驩會에 참가했다. 또한 가토는 1943년 6월 4일 조선보국회가 체신회관에서 연 全鮮視察綜合座談會를 주도했으며, 1943년 8월에는 『국민문학』지가 마련한 '국민문화의 방향'이라는 토론 프로그램에 함께 참여했다.58)

가토의 조선에 대한 각별한 감정은 그가 1939년 평양을 방문하고 쓴, 사소설 「평양」에도 잘 드러나 있다. 이 소설의 결말 부분에 서술자는 함께 여행을 한 기생 차某가 스스로 '일본여자'라고 발언하게 하고, 작자의 분신인 '나'는 "그렇다마다. 조선도 일본도 옛날에는 같은 나라였는걸. 같은 나라가 두 개로 나뉘어졌어. 그것이 다시 원래의 자리로 돌아간 것뿐"59)이라는 말로 응대한다. 그는 소설에서뿐만 아니라 논설을 통해서도 이 같은 내선일체의 논리를 강하게 폈다.

> 이것은 내가 이무영에게도 시종 견고하게 말해 온 것인데, 나는 조선인과 내지인은 완전히 같은 민족이라고 생각하고 있다.(일문)60)

그의 소설 「평양」은 조선을 여행하는 일본의 지식인 '나'를 통해 조선을 건설하는 일본인의 모습을 적극적으로 미화하면서도 정작 소설에 등장하는 조선의 안내자, 기생 등의 인물들은 마치 풍경처럼 대상화하고 있다. 내선일체의 논리에도 엄연한 종주국 중심의 위계질서가 있다는 것, 결국 조선을 타자화함으로써 완성되는 것이었음에도 무영은 이런 실상을 꿰뚫어보지 못했다. 여기에는 자신과 스승의 각별한 관계가 그 기저에 작용하고 있었다고 할 수 있다. 조선인과 일본인이 한 민족이라는,

---

57) 『매일신보』, 소화 18년(1943년) 5월 26일자.
58) 『국민문학』, 1943.8, 16-24면.
59) 윤소영 외 역, 『일본잡지, 모던 일본과 조선 1939』, 어문학사, 2007, 89-103면.
60) 國民文化の 方向, 『국민문학』, 1943.8. 24면.

내선일체를 강조했던 스승 가토의 생각에 이무영은 적극적인 공감을 표하고 자신의 신념으로 내재화한다.

> 우리들에게 남은 중요하고도 긴급한 과제는, 어떻게 해서든 보다 나은 황국신민이 한시라도 빨리 돼야 한다고 생각했습니다. 유일한 방법은, 加藤武雄이 늘 말씀하셨던 내선일체의 굳은 신념을 토대로, 내선인이 모두 다같이 좋은 협력자가 되는 것 말고 다른 길은 없다고 생각합니다.(일문)[61]

내선일체의 굳은 신념으로 내선인이 좋은 협력자가 되어야 하고, 그 실천으로서 작가였던 그는 일문 창작으로 최대한 자신의 포부를 펼치고자 했다.[62] 가토는 1945년까지도 '조선문학에 관하여' 등의 글을 통해, 조선 문인들에게 적극적인 일본정신을 독려하는 것으로 조선 문단에 영향력을 끼치려고 했다.

> 문학은 혈액에 호소하는 것이다. 대중의 혈액에 잠재하는 일본정신, 그것을 동요시켜 일깨우는 문학, 그러한 의미의 문학은 조선에 있어서 특히 필요하다고 생각하는데, 이 점도 역시 준비도 열의도 부족한 듯 보인다.(일문)[63]

가토는 조선 작가들이 대중의 피에 잠재하는 일본정신을 일깨우는 데 준비도 열의도 부족하다는 진단을 내리고, 이에 대한 분발을 촉구하고 있는 것이다. 무영은 식민모국의 지식인이자 은사였던 그의 이러한 입장으로부터 자유로울 수 없었으며, 오히려 그의 논리에 자연스럽게 동화되어 갔다고 할 수 있다.

---

61) 「加藤武雄 先生へ」, 『國民文學』, 1942.4, 70면.
62) 윗글.
63) 加藤武雄, 朝鮮の文學について, 국민문학, 1945.3, 13면.

5. 맺음말

이무영의 일제 강점기 말 문학에 대한 기존 연구는 상당한 한계를 노정해 왔다고 할 수 있다. 그 원인으로 그가 남긴 대부분의 친일 관련 글들과 작품이 일문으로 되어 있었기 때문이라 할 수 있다. 필자는 최대한 원문 자료를 성실히 검토하여 일제 말 이무영 문학의 실체를 밝혀보고자 했다.

중일전쟁(1937)부터 황민화에 대해 고민했다는 자신의 말과 달리, 3-4년의 모색기를 거쳐 이무영은 태평양전쟁이 발발한 이듬해인 1942년부터 본격적인 친일작품을 썼고, '조선문인보국회'의 활동 등을 통해 소위 '국민문학'의 전면에 나섰다. 이때는 일본어 사용이 문단 내외적으로 강조되던 때였다. 한글소설인 「문서방」과 『향가』뿐만 아니라, 14편의 일문소설을 남겼고, 두 권의 일본어 작품집과 『대동아전기』라는 번역물을 남겼다. 일본어 소설을 쓴 것만으로 단순히 친일작가로 규정할 수는 없을 것이다. 일본어를 통해 친일의 사례를 남기지 않은 김사량을 제대로 평가하기 위해서도 그러하다. 하지만 일제의 내선일체를 위한 주요 국책으로 일본어 사용이 강조되었다는 점에서, 작가로서 일본어 선택은 또 다른 평가를 요한다고 할 수 있다. 무영은 전시하의 국책협력, 농업생산과 진흥, 지원병제 협조, 특히 일본어 상용에 적극 협조하는 소설을 남겼다. 따라서 기존의 연구에서 알려진 것보다 그의 친일문학의 범위는 훨씬 넓다고 할 수 있다. 또한 그의 친일문학은 그 성격이나 양적인 측면에서 자발적이고 적극적인 것이었다고 할 수 있다. 그는 『향가』와 같은, 일본어 상용을 명시적으로 강조한 작품을 남겼다는 점에서도 특별히 기록될 수 있을 것이다.

이무영이 귀농할 무렵에는 생산문학으로서의 농민문학이 강조된 때였다. 태평양 전쟁 발발 후 일본은 반서양 반근대의 동양적 질서와 함께 반개인주의적 전체주의가 강조되었다. 기왕에 농민소설을 써왔고, 반근대적 소설 세계를 표방해 왔던 그에게 이러한 신체제의 논리는 친숙한 것이었고, 그만큼 일제의 논리에 포섭되기 쉬운 조건에 있었다. 그는 기왕에 써 오던 작품에 적당히 시대적 분위기를 적당히 넣기만 하면 충분히 일제의 구미에 맞는 소설을 양산할 수 있었다. 또한 이러한 사정 때문에 특히 한글표기 소설은 상당 부분 해방 공간에서 쉽게 개변될 수 있었다. 특히 우리가 『鄕歌』와 「婿」 등에서 보았듯, 시국적 상황을 적당히 삭제하면 기존 이무영 농민문학과 차별 없는 것이 되기 때문이다.

또한 무영에게는 의지가지 할 데 없던 일본 체류시절 기꺼이 아버지의 역할을 한 스승 가토가 있었다. 무영의 은사(恩師) 가토는 일제 말 수시로 한국을 오가면서 강연이나 글을 통해 국책문학을 설파하였으며, 이무영의 문학에도 많은 관심을 가졌다. 따라서 이무영은 식민모국의 지식인인자 무엇보다 은사로 존경해 왔던 가토가 강조한 국책의 논리에 자연스럽게 동화될 수밖에 없었다고 할 수 있다.

(『어문학』 103집, 한국어문학회, 2009년 3월 全載)

▮ 참고문헌

1. 기본자료

이무영, 「문서방」, 『국민문학』, 1942.3.
이무영, 『향가』, 『매일신보』, 1943.5.3. ~ 9.6.
이무영, 『情熱の書』, 동도서적, 1944.4.
이무영, 『향가』, 동방문화사, 1947.
이무영, 『향가』, 민중서관, 1949.
이무영, 『향가』, 『이무영 전집1』, 신구문화사, 1975.
『국민문학』, 1942.~1945.
『인문평론』, 1939.~1941.

2. 단행본

김주연 편저, 『이무영』, 지학사, 1985.
이동희, 『흙과 삶의 미학』, 단대출판부, 1993.
이주형, 『이무영』, 건국대출판부, 2001.
임종국, 『친일문학론』, 평화출판사, 1966.
하정일, 『탈식민의 미학』, 소명출판, 2008.
한수영, 『친일문학의 재인식』, 소명출판, 2006.
호쇼 마사오 외(고재석 譯), 『일본현대문학사』 상, 문학과지성사, 1998.

3. 논문

노상래, 「『국민문학』소재 한국작가의 일본어 소설 연구」, 『한민족어문학』 44, 2004.
오양호, 「암흑기(말) 문학의 주류」, 『어문학』 21, 어문학회, 1974.
이주형, 「일제강점시대 이무영 소설 연구」, 『국어교육연구』 31, 국어교육학회, 1999.
정창석, 「친일문학의 언어문제」, 『일본문화연구』 창간호, 1999.
조진기, 「일제말기 생산소설 연구」, 『우리말글』 42, 우리말글학회, 2008.
세리카와 데츠요, 「1920~30년대 한일 농민문학의 비교문학적 연구」, 서울대 박사논문, 1993.
호테이 토시히로, 「일제말기 일본어소설 연구」, 서울대 석사논문, 1996.

제4장

이무영 관련 日文 번역 자료

1. 加藤武雄 先生へ

－ 출전 : 『國民文學』, 1942.4.

加藤武雄 선생님께

　「국민문학」지로부터 선생님께의 편지를 부탁받았습니다. 어쩐지 〈은사께 올리는 말〉이란 주제로 여러 사람들이 쓰고 있는 것 같고, 왠지 수만 독자 앞의 경쟁에 내몰려지는 것 같아서 부끄러운 기분이 들어, 정말이지 그만둘까도 생각했었지만, 꼭 부탁한다는 말도 있었고, 부탁을 받고 보니 선생님께 말씀드리지 않으면 안 되는 여러 가지 사항이 많이 있을 것도 같아서, 역시 써야겠다고 생각을 하고 있었습니다.

　선생님의 곁에서 조선으로 돌아온 것이 昭和 30년이었으니까, 벌써 그럭저럭 14~5년이 흘렀습니다. 돌아와서 10년간은 無心을 여쭙는 것 이외에는 거의 소식 편지를 보내지 않아서, 선생님의 은혜에 감사 말씀도 제대로 드리지 못했기 때문에, 그 10년간 선생님은 저를 완전히 잊어버리게 되셨으리라 생각합니다. 왜 그렇게 망은을 저지르게 되었나 하고 당시의 일을 되돌아보면, 다만 죄송할 따름입니다만, 그래도 그 당시의 저에게는 그에 상응하는 변명거리가 없는 것도 아닙니다. 썩 훌륭하게 될 거야, 정말 — 이렇게 거듭 말씀해 주신 분에 넘치는 격려의 말씀을 평생 가슴속에 담고, 선생님의 기대에 부합하기 위한, 정말로 훌륭한 사람이 되기 전에는 소식도 전하지 않겠다, 이런 소년 같은 자존심도 있었고, 또 머지않아 그런 인물이 될 것 이라고 믿고 있었기 때문에 소위 '그때'를 기다리고 있었습니다. 그것이 지금과 같은, 단단한 사람이 되어 있다 것을 느끼고 보니, 벌써 14~5년이 지나버려서, 이제 와서 감사 인사를 전하기는 늦었다고 완전히 체념(?)하고 있었습니다. 몹시 늦었지만, 한마디라도 감사인사를 여쭐 수 있게 해주십시오.— 그 때는 너무나 많은 폐를 끼쳐드렸습니다. 훌륭한 인물이 되어 선생님의 은혜에 보답할 수 없는 제 자신을, 몹시 슬퍼하고 있지만, 이제 어찌해도 할 수 없는 일이지요.[1]

그러나 현재까지의 저는, 선생님께서 기대를 걸고 있었던 훌륭한 인물에는 한번도 이르지 못했지만, 그래도 견실하게 살아나가고 있는 것만은 아무쪼록 알아주시기 바랍니다. 좋은 생활이나 일은 못하고 있지만, 적어도 사람들에게 손가락질 받는 삶은 살지 않겠다고 생각하고 있습니다.

얼마 전 볼일이 있어 테라다(寺田) 씨를 만나서, 마침 책상위에 있는 선생님의 수필집 「靑草」를 빌려와 새벽녘까지 모두 읽었는데, 제가 착실한 생활인(제 입으로 말하는 것이 왠지 우습지만)이 될 수 있었던 것도, 제 자신의 노력이 아니라 선생님 덕분이라는 것을 느꼈습니다. 시집간 딸에게의 편지로 요코에게 보내는 편지를 공개한 것인데, 그 안에 담겨진 아버지의 애정은, 바꿔 말하면, 제게 주셨던 스승의 애정이기도 했습니다.[2] 선생님의 이야기가 나올 때마다 아내에게 놀림 받지만, 여러 가지 당치 않은 일에도 불구하고, 한번도 꾸짖는 말씀을 하지 않고 선생님께서 살아오신 인생의 현명한 신념을, 선생님의 「生」을 통해서 본보기가 되었던, 그 애정의 ○○이었던 것을 깨달았습니다. 동경에서 대지진을 겪게 된 선생님께서, 어느 때인가 강진으로 대지가 흔들리는데도 평소와 같이 의연히 일을 하시던 그 대담함, 슬픈 외래사상이 범람하던(?) 때 청년기를 보내면서도, 엄연하게 흔들리지 않았던 선생님의 사상 ― 그러나 공개된 편지에서 이런 것이 알려지는 불쾌함을 헤아려서 이제 그만하도록 하겠습니다. 단지 저는 선생님으로부터 견실하게 살아가는 것에 대해서, 칭찬받으면 그만이니까요.

「조선의 문화인으로서 오늘의 바람직한 자세 및 이후 나아갈 길」이라는 것이 편집장의 또 한 가지 주문이었는데, 이것에 대한 대답은 정말 간단하다고 생각합니다. 내선일체의 이념을 잘 파악하고, 닮아서, 견실한 황국신민으로서, 강하고, 바르고, 그리고 아름답게 살아가는 것 이외에 우리들이 살아갈 길은 없습니다.[3] 너무나도 상식화되어 있어서, 지극히 평범하게 들리겠지만, 진리라는 것은 결국, 그러한 평범함이나 보편성과 만나는 것이라고 생각합니다. 단지 우리들에게 남은 중요하고도 긴급한 과제는, 어떻게 해서든 보다 나은 황국신민이 한시라도 빨리 돼야 하는 점이라고 생각합니다. 유일한 방법은, 선생님께서 늘 말씀하셨던 내선일체의 굳은 신념을 토대로, 내선인이 모두 다 같이 좋은 협력자가 되는 것 말고 다른 길은 없다고 생각합니다. 내선일체는 조선 민중에게만 주어진 과제라고 생각하는 사람도, 어쩌다가 있는 것 같은데, 상호 간의 협력을 아끼고서 완전한 일체를 기약하는 것은 어렵다고 생각합니다.[4]

진심으로 선생님의 협력을 삼가 바라고 있습니다.

좋은 황국신민으로서 살아가는 방법은, 사람과 환경과 소질에 따라서 여러 가지가 있을 수 있다고 생각하지만, 일단 저에게 주어진 과제는 역시, 문학 修業에 힘을 써서, 국민으로 하여금 보다 나은 생활인으로 다잡는 것에 있다고 생각합니다. 이렇게 먼 이야기는 저와 같은 범인에게는 불가능한 일이지만, 적어도 충실하게 문학에 정진하여 진실을 탐구해 가

며, 자신에게 주어진 소질을 마음껏 발휘해 보리라고 생각하고 있습니다.5)

지금의 저는, 이 편지를 쓰기 조금 전에 문학의 진실성에 관한 신문 3회분의 小論을 막 마쳤는데, 중복될 우려가 있어, 따로 쓰지는 않겠지만, 좋은 국민으로서 좋은 생활에서 ○○는 건전한 문학만이, 좋은 국민문학으로서의 자격을 가진다고 생각합니다. 결국 時局이야기와 국민문학과의 혼동입니다만, 국민으로서, 인간으로서, 좋은 생활인이 아니면서 국민을 이야기하고, 인간을 탐구하려는 의욕만이 앞서는, 앞뒤가 맞지 않는 빗나간 경향은, 당연히 경계해야 할 것입니다. 戰時의 見聞을 바로 전시문학 내지는 국민문학에 응장(凝裝)하려는 것에는 무리가 있다고 생각합니다. 강하게, 바르게, 아름답게 살아가려고 노력하는 국민의 생활의욕과 추진력만이 강하고, 바른, 아름다운 문학을 낳게 하는 것이겠지요. 저는 이렇게 생각하고 있습니다.

전에, 농민작가로 이름 높은 W씨의 작품집에서, 백성이 생산 확충의 일을 계속 입에 올리고 있는 부분을 읽고, 어떤가하고 생각한 적이 있습니다. 물론, 국가의 대계인 생산 확충과는 서로 다르지 않지만, 그러나, 그러한 국책에는 거의 개의치 않고 묵묵히 일하는 것이 진정한 농민의 모습이 아닐까요? 이치를 따지자면, 결국 그렇지 않겠습니까? 백성의 업이 몸에 밴 농민은, 제삼자가 열중할 정도의, 그러한 관념에는 어둡다고 생각됩니다. 스스로는 이것이 국책이라든지, 이렇게 하지 않으면 非국민이라든지, 그러한 자각조차 없이 행한 언동이, 실로 충분히 국민의 도리에 부합하지 않는다면, 거짓이라고 생각합니다.6)

그러므로, 좋은 국민문학자가 되기 위해서는, 무엇을 묘사하든 우선, 국민으로서 진실한 생활을 몸에 익히는 것이 급선무라고 생각합니다.7) 좋은 국민이 될 수 없는 작가에게, 좋은 문학은 기대하기 어렵지 않을까요?

제가 왠지, 이런 위대한 국민문학자가 이미 된 듯한 말투가 되어버려서 죄송합니다만, 필경 좋은 국민으로서의 좋은 생활자의 모습을, 충실하게, 추구하는 것이, 국민의 좋은(올바른) 도리라는 저의 생각을 말씀드리기 위한 것입니다. 이것만이 제게 주어진 건전한 삶의 태도라고 믿고 있습니다.

선생님께서 무엇인가, 충고해 주실 점은 없나요? 저로 하여금 진실하게, 그리고 견실하게, 강하고 바르고 아름답게 살아가게 하기 위해서.

쓸 기회를 놓쳤지만, 일전에 보내주신 편지 감사하게 받아보았습니다. 恒雄님의 근황을 접하지 못해 걱정입니다. 일전에(벌써 작년 늦은 가을경입니다만) 편지 올렸을 때, 어찌된 일인지 되돌아왔습니다. 주소가 바뀐 것이 아닐까 생각하고 있는데, 간단하게나마 알려주시겠습니까?

저는 항상, 잡무에 쫓겨 눈이 돌아갈 지경입니다. 아침 6시에 일어나고, 귀가는 밤7시나 9시이기 때문에 글쓰기는커녕 다달이 있는 창작란을 대충이라도 훑어보지 못할 정도입니다. 아무튼 ′작년부터는 기차가 혼잡해서 초만원이 되는 것은 그나마 참을 만한데, 때로는 태우지 않고 떨어뜨려놓고 가서 곤란한 경우도 있습니다. 일요일 이외에는, 아이들의 자는 얼굴밖에 볼 수 없습니다.

이번 여름쯤에는 무리를 해서라도 찾아뵙고, 산장에서의 며칠간을 기대하고 있겠습니다. 石原씨가 쓴 홍차를 종일 먹게 해서 힘들었던 것도 그립고 생각나서 못 견디겠습니다. 부인과 健嗟씨에게도 안부 전해 주십시오.

---

1) あの節は隨分お迷惑をおかけ致しました。偉いものになって先生に御恩誼にお報ひ出來ない自分を、いとも悲しく思っては居りますが、もうどうとも致し方がござゐません。

2) 嫁せる娘への手紙で葉子樣へのお手紙を公にされてゐられるのですが、あの中にこめられた父の愛情は、とりもなほさず、私に泣いで下すった師の愛情でもあったのでした。

3) 「朝鮮の文化人としての今日のありかた並びに今後進まんとする道」といふのが次に課せられた編輯氏のもう一つの注文なのですが、これに對する答へは實に簡單なものだ

　　*가토 다케오(加藤武雄, 1888~1956)는 1925년 휘문고보를 중퇴하고 일본으로 건너간 가난한 고학생 무영을 기꺼이 거두어 준 일본의 작가이다. 무영은 유학시절 제도교육을 거친 일반 작가와 달리 4년간의 加藤武雄家의 '사숙'을 통해 작가로 거듭났다고 할 수 있다. 가토는 1916년 무렵부터 농촌에서 취재한 인도주의풍의 작품을 발표하기 시작하여 鄕土藝術家로 불리며, 일본의 소위 신현실주의 시대의 농민문학작가로 주목을 받고 1922년 무렵부터는 대중작가로 전향, 무영이 들어갈 무렵에는 이미 유행작가가 되어 있었다. 성실한 성품과 문학적 재능을 가지고 있던 무영을 가토는 자신의 아들과 같은 중학교에 입학시킬 정도로 아꼈다.

　　일반적으로 이무영과 가토의 관계는 유학시절 사숙 이후에 절연된 것으로 보았다. 하지만 이는 가토와 이무영의 본격적 재회는 가토가 일본 내뿐만 아니라, 한국과 만주에 이르는 국책문학 확산에 전면으로 나선 戰後에 보다 본격적으로 이루어진다는 사실을 간과한 것이다.

　　가토는 농림대신 아리마 요리야스의 요청을 받아들여, 1938년 10월 일본 전시 국책문학의 선두가 되었던 '農民文學懇話會'의 주간(상담역)을 맡았다. 이 농민문학간화회의 결성으로 각광을 받지 못했던 농민문학이 한층 활기를 띠게 되었고, 동시에 국책 방향에 따라 국민들을 교묘하게 유도하는 역할을 했다. 이후에도 가토와 농민문학간화회는 민족협화의 이상국가를 건설하려는 국책에 협력하는 농민문학가의 지위로 만주에 파견되어 '대륙개척'의 역할도 했다. 가토는 일본문인보국회가 도쿄에서 개최한 제1회 대동아문학자대회(1942.11.2.)에서 '大東亞における小國民敎化の方策'을 주제로 기조강연을 할 만큼 아시아의 문인들에게 영향력을 가진 인물이기도 했다. 『일본 문학 대사전』 역시 그가 전후에 국책에 편승하였다는 비판을 면할 수 없다고 지적하고 있다.

　　1930년대 말에서 해방 직전까지 가토는 문인보국회의 초청으로 한국을 여러 차례 방문했다. 가토의 한국에 대한 각별한 감정은 그가 1939년 평양을 방문하고 쓴, 사소설 「평양」 등에서 잘 드러나 있다. 문인보국회에서 중요한 역할을 했던 이무영과의 접촉도 빈번해진다. 1943년 8월에 가토와 이무영은 『국민문학』지가 마련한 '국민문화의 방향'이라는 토론 프로그램에 함께 참여하기도 했다.(참고, 임기현, 「이무영의 친일문학과 그 내적 논리」, 『어문학』 103집, 2009. 3.)

2. 「情熱の書」[8]

 – 출전 : 『情熱の書』, 1944.4., 東都書籍京城支店(서울)

と思ひます。よく、內鮮一體の理念を把握し、似て、良實な皇國臣民として强く、正しく、そして美しく生き拔くことの以外にはわれらの生きる道はありません。

4) 眞理とは結局、さういふ平凡性とか、普遍性を持ち合わせてゐるぢやないかとも思はれます。ただ私達に殘された重要、且つ緊急なる課題は、如何にしてよりよき皇國臣民に一時でも早くなれるかといふことだと思ひます。この唯一の方法は、先生の何時も語ってゐられる內鮮一體の固く信念のもとに、內鮮人が共によき協力者であることのほかに、途はないものと思ひます。內鮮一體は、朝鮮民衆にのみ與えられた課題であるかのやうに思ふ人も、たまにはゐるやうですが、相互の協力を惜しんで完全な一體を期することは難しいと思ひます。

5) よき皇國臣民として生き拔く方法には、人と環境と素質に依って種々あると思ひますが、取敢へず私に課せられた課題は、やはり、文學修業によくいそしむことに依って、國民をしてよりよき生活者たらしめるにあると存じます。かういふ大それたことは私のやうな凡人には出來さうもないのですが、せめて、忠實に文學に嚙りついて眞實を探求しつつ、自分に與へられた素質を思ふ存分發揮しやうと思っては居ります。

6) 國策には殆んど介意せずに默々として働くのが本當の農民の姿ではないでせうか。理窟を言へば、結局さういふことにはなるのでせうか。百姓の業を身につけた農民は、第三者が凝るほど、さういふ觀念にはうといと思はれるのです。自分ではこれが國策だとか、かうしなければ非國民だとか、さういふ自覺もなしに言った言動が、實は立派に國民の務めに副ふてゐたといふところまでにゆかねば噓だと思ひます。

7) だから、よき國民文學者たらんとするものは、何を描いても先づ、國民としての眞實な生活を身につけることが急先務だらうと思はれます。

8) 이무영은 1944년 4월 서울의 東都書籍京城支店에서 자신의 최초 일문소설집 『情熱の書』를 펴냈다. 이글은 이 책의 발문에 해당한다. 이 단행본은 총 253쪽으로, 실려 있는 단편은 「情熱の書」를 비롯하여, 「土龍」, 「婿」, 「肖像」, 「母」, 「果園物語」, 「初雪」, 第一科第一章 등 총 8편이다. 필자는 이 중에서 우리 학계에서 전혀 언급이 없는 작품, 「과원물어」, 「사위」, 「초상」 등의 번역문을 싣고자 한다.

발문

　동경에서 단편집을 내지 않겠느냐고 해서, 최근 4, 5년간의 단편 중에서, 열 편을 골라 한 권의 책으로 한데 묶어 보았다. 국어로 쓰인 단편집으로서는, 이것이 제일 첫 번째이지만, 나의 창작집으로서는 제4권째에 해당한다. 여기서는 주로, 이른바 「힘의 문학」만을 모으기로 했다. 「도전」을 시작으로 「제일과 제일장」, 「초상」이 그것이고, 「사위」, 「토룡」, 「복숭아」 등도 그러한 의미로 쓴 것이다. 「토룡」은 1년 전 연말부터 새해에 걸쳐서, 동간도를 돌아볼 때의 토산이다.

　「첫눈」과 「복숭아」는 전시하 농촌에서 소재를 얻었고, 「정열의 서」는 이 책을 위해 써 내려간 것이다. 그 외에는 대부분 이미 발표한 것으로 다른 단편집과 중복되지 않도록, 이 책을 위해서 언문으로 쓰인 작품을 직접 번역했다.

　어차피, 지금만큼 「힘」이 요구되는 시대는 없을 것이다. 신념이 없는 곳에 「힘」은 없고, 신념이 있더라도 그 신념을 발휘시킬 정열이 없다면 「힘」이 될 수는 없다. 이러한 의미에서, 나는 이 책에 「정열의 서」라는 이름을 붙였다. 그리고 또, 이 책은, 나에게 있어 「힘」으로의 동경과 신념으로의 선망을 경주한 「정열의 서」이기도 하기 때문이다.

　나는 이후에도 당분간, 이러한 의미에서의 소설을 엮어 쓸 것이다.

19년 1월 2? 원에서

발(跋)

　東都から短編集を出さないかといってくれたので、最近四五年間の短編の中から、十篇だけをえらんで一冊に纏めてみた。國語で書かれた短編集としては、これが第一巻目になるが、私の創作集としては第四巻目に當るわけである。「挑戰」を始め「第一課第一章」「肖像」がそれであり「婿」「土龍」「桃」などもその意味で書かれたものである。「土龍」は一昨年の暮から新年にかけて、東間島を見て廻った時の土産である。「初雪」に「桃」は、戰時下農村から取材したもの、「情熱の書」は、特にこの書の爲めに書下されたものでした。その他は大方發表されたもので他の短編集と重複にならないやう、この書の爲めにその諺文作を自譯をした。「初雪」「挑戰」がこれである。いずれにせよ、今日ほど「力」が要求される時代はなかろう。「力」は信念から生れる。信念の無いところに「力」なく、信念はあってもその信念を活かす情熱がなければ、「力」とはなり得ない。この意味で、私はこの書に「情熱の書」といふ名をつけた。そしてまた、この書は、私にとって「力」への憧れと信念への羨望とを傾注した「情熱の書」でもあるわけである。私は今後も當分、この意味での小説を書き綴ることだらう。

(十九年一月二?園にて)

3. 婿(사위)

－출전 : 情熱の書』, 1944.4., 東都書籍京城支店(서울)

　아내는 남선생이 최근 이상하게 쾌활해졌다고 한다. 아내는 무엇인가 알고 있는 듯한 미소를 지으며 말하지 않는다.

　남선생은 2개월 전부터 그의 집에서 요양하고 있는 그의 친구이다. 천재형이 늘 그렇듯 '남'은 혈색 없는 얼굴에 가느다란 손, 왜소한 체격을 가지고 있어 연민을 느끼게 하는 친구이다. 중학교 때부터 수재 소리를 듣던 남군은 교원생활을 하며 지병인 위병으로 고생하다 농촌에서 요양을 하기로 한다. 도시에서 자란 남군은 그를 따라 시골로 내려온다. 차차 시골생활에 적응한 남군은 이곳에 정착하고 싶다는 말을 자주 한다. 그날 밤 남군은 소박한 사람들, 모략 없는 자연이 좋은 이곳 '궁촌'에서 논, 밭을 사서 스스로 농사도 짓고 집을 지어 살고 싶다는 구체적인 생각을 늘어놓는다.

그는 발랄하고 현대적인 성악교사 'A'양과 정숙하고 품위 있는 여의사 '류'를 사이에 두고 남군의 결혼 상대로서는 '류'가 어울린다며 추천한다. 그러나 '남'이 자신이 마음에 두고 있는 상대는 이 마을의 '금례'라며 그에게 나서서 도와달라고 요청한다.

금례의 아버지 춘갑은 닭이 미처 세 번을 다 울기 전부터 일어나서 하루 종일 일만하는 부지런한 사람이다. 춘갑은 융통성이 없어 마을사람들에게 미움을 받는 경우도 있다. **도로개설과 같은 공동작업을 할 때 마을 사람들은 감독의 눈을 피해 적당히 일을 하고 임금을 타가지만 춘갑은 백성으로 태어나 일하지 않는 것은 웃기는 일이라며 마을 사람들을 재촉한다.**

그가 도시생활을 접고 시골로 들어와 느긋한 생활을 즐기고 있던 3일째 되던 날 춘갑이 찾아와 아침 늦도록 일어나지 않고 게으름을 피운다면 마을에 좋지 않은 영향을 미친다며 이런 생활이 계속 지속된다면 마을에서 같이 살 수 없다고 충고한다. 그와 춘갑은 그 이후 친해지게 되었다.

18세가 되는 금례는 가난한 집에 태어나 어려서부터 일을 손에 달고 살아서 집안일뿐만 아니라 농사일에 있어서도 모르는 것이 없다. 성미 급한 춘갑의 호령에도 불평 한마디 없이 일을 척척 해낸다. 마을 곳곳에서 돈 많고 배움이 많은 신랑감들이 줄을 서지만 춘갑은 모두 마다한다. 그들의 농부와 농사일을 무시하는 듯한 태도에 화를 낸다.

마을 사람들은 금례를 불쌍히 여기고, 이러한 사정을 알고 있는 그로서는 '남'의 부탁이 불편하기만하다. 그는 도시에서 나고 자란 '남'이 금례의 소박한 아름다움에 마음을 뺏길 수도 있다고 여기고, 진실성을 의심한다. 아무리 아름다운 자연에 감격한다지만, 땀 흘리고 열심히 일하면서 느끼는 감격에는 비길 수 없다며, 고위고관, 백만장자도 전혀 부럽지 않은 그런 기분을 느낄 수 없다면 백성-윤춘갑의 딸을 얻을 수 없다고 설득해 보지만 소용이 없다. 그는 금례를 얻기 위해 땅을 가까이하는 것이 아니라 백성의 딸에게 사람을 느낀 그 자체가 땅에 대한 감격을 대변하는 것이라며 더 이상 경박한 사람으로 몰지 말라는 '남'의 말에 그를 깊이 믿게 된다. '남'은 바라는 대로 되지 않더라도 이곳 궁촌에 정착하겠다고 한다.

그와 그의 처는 미리 금례의 마음을 알아보기 위해 노력한다. 그의 처는 금례와 '남' 사이에 이미 약속된 일일지도 모른다는 생각을 한다. 드디어 춘갑을 찾아간 그는 남군에 관한 이야기를 꺼낸다. 묵묵히 듣고 있던 춘갑은 고맙다는 대답과 함께 금례에게는 과분한 혼담이라고 한다. 춘갑은 금례와 의논해보겠다며 잠시 생각해보기로 한다. 승낙으로 여긴 그는 춘갑으로부터 일주일이 지나도 소식이 없자 직접 찾아가 물어보지만 '과분하다'는 말만 되풀이 한다. '남'은 그가 춘갑을 처음 찾은 다다음날 경성으로 돌아가 어머니의 반대를 설득한 끝에 함께 궁촌으로 돌아오지만 사정을 알게 된 어머니는 그날 밤 경성으로 떠난다.

가을이 되어 추수가 한창일 때 '남'도 결심을 굳힌다. 무슨 일이 있어도 금례를 데려오겠다며 새집을 짓고 땅을 사며 결혼준비를 한다.

그러던 어느 날 춘갑은 경성에 가서 '남'의 거대한 저택을 확인하고 돌아온다. 그동안 내내 혼담문제로 망설여 왔던 춘갑은 그와 '남'에게 경성에 다녀온 이야기를 하면서 과분한 혼사이므로 금례를 하녀로 들인다면 주겠다고 한다. 그게 아니라면 없었던 일로 하자고 한다.

> 춘갑이 다녀간 사나흘 뒤, 마을에 보름쯤 뒤에 금례가 창돌과 결혼한다는 소문이 퍼진다. 창돌은 땅이 없는 소작인으로 25세의 혈기왕성한 청년이다. 윤춘갑은 이 사위를 이렇게 자랑하고 다닌다. '창돌은 20두락이나 땅이 있고, 월급을 50원이나 받는다.' 50원은 춘갑의 허풍일지도 모르지만……

4. 果園物語

— 출전 : 『情熱の書』, 1944.4., 東都書籍京城支店(서울)

> 임군이 결혼한다는 편지에 '목석'이란 별명을 갖고 있을 정도로 웬만한 일에는 동요하지 않는 그의 부인이 서운해 한다. 소녀 과부 여동생 현순과 임군을 연결 짓고 싶어 했던 그들 부부는 못내 서운하다. 임군의 의향을 알아보기 주저하다 3년이 흘러갔다. 그는 '임;의 결혼 소식에 여동생과 이어주려고 했던 욕심에 농담이기를 바라지만 곧 동생의 불행만을 생각하고 친구의 불행을 외면한 자신의 비열함을 반성하며 축복하기로 한다. 임은 12세에 결혼, 학교 입학 후, 대학을 졸업하고 일단 고향으로 돌아오지만 얼마 지나지 않아 경성을 시작으로 남지일대, 대륙을 여기저기 돌아다니다 29세가 되어서야 고향으로 돌아온다. 방랑생활을 하면서도 아내의 환영에 괴로워한다.
>
> 임군은 12세에 17세의 아내를 맞았다. 아내를 만난 순간 너무 큰 그녀에게서 두려움을 느낀다. 그러나 임군의 불행은 그 자신에게 있었다. 그는 아내가 싫었지만 그녀를 미워할 수는 없었다. 그래서 다른 사람들처럼 축첩이나 외도도 할 수 없었다.
>
> 방랑생활을 마치고 돌아오니 본처가 제적당해 있었다. 아내는 자신의 의지로 제적시켜 달라고 했다면서 다른 사람과 결혼을 종용하며 식모살

이라도 좋으니 집에 같이 있게 해 달라고 한다. 임군은 아내를 연민하여 자신의 재산을 거의 아내에게 넘기고 다른 여성을 기다린다. 수미자라는 의학박사의 딸이 나타난 것도 이즈음으로 꽤 빨랐다. 그가 여동생을 생각하기 시작한 것은 임군이 고향에서 꽤 떨어진 곳에 과수원을 시작했을 때부터이다. 임군은 처녀와는 결혼하지 않겠다며 맞선자리를 자주 바람맞혀 친구들을 곤란하게 했다.

평생 혼자 살 생각이었다는 임군은 그를 찾아와 결혼하기로 한 여성에 대해 이야기하며 고향 근처는 모양새가 좋지 않으니 고향에서 멀리 떨어진 북쪽 함흥 쪽에 땅을 사러 같이 가자고 한다. 북쪽으로 땅을 보러 가며 밤새 이야기를 나눈다. 결혼을 약속한 그녀는 22세의 약제사라고 했다.

교외에 있는 과수원을 돌아보기 위해 가는 중 임군이 지금까지의 이야기는 엉터리라고 고백한다. 그는 임군이 현재 자신의 쓸쓸함을 푸념하다가 어떻게든 위로받고 싶었기 때문에 그런 편지를 쓴 것이라 생각한다. 과수원 매매계약 후 요릿집에서 술을 마시며 농담한 것을 사과하고 결혼하는 것은 진실이라고 한다. 신부될 사람의 숙부가 소유한 과수원을 계약한 것이고 곧 이사할 생각이라 한다. 그도 잘 아는 여성이라며 고향으로 갔다 돌아올 때 신부를 소개시키겠다며 그의 여동생을 자신에게 맡겨달라고 부탁한다. 그는 흔쾌히 허락한다.

임군이 애인과 함께 도착한다는 전보를 받고 그들 부부는 당연히 현순을 의미한다고 생각한다. 역에서 만난 그녀는 현순이 아닌 임군의 전처였다. 그리고 임군은 현순에게 소개시킬 남자는 내일 만나면 어떻겠느냐고 묻는다.

그는 오랜만에 가슴이 뚫리는 기분이다.

5. 〈肖像〉

– 출전 :『情熱の書』, 1944.4., 東都書籍京城支店(서울)

고향으로 가는 중학교 동창 류탁과 우연히 같은 기차를 타게 되어, 고향가는 이유를 묻자 대강 다음과 같은 이야기였다. 류군은 이름난 서양화가로 10년 가까이 모교인 W중학교에서 근무하고 있다.

류탁의 고향은 지금과 같은 시대에도 기차에서 내려 삼 리나 산길을 걸어야만 하는 벽촌이다. 그의 집은 당시 천 석이나 되는 대부호였다. 그러나 중학교 4학년 초 점점 가세가 기울어 집이 경매에 넘어가게 되었다. 전에 부리던 사람들은 그들 가족을 마치 걸인을 대하듯 한다. 부친은 그것이 괴로워서 목을 매달아 자살하고 만다.

어느 여름 저녁 무렵, 류군은 이전에 쓰던 익숙한 말투 때문에 4~5명의 아이들에게 둘러싸여 뭇매질을 당하면서도 그들이 원하는 대로 사과하지 않은 채 묵묵히 그대로 맞기만 한다. 예전에 부리던 박첨지가 그곳을 지나다 류탁을 괴롭히던 아이들을 호되게 혼내고 류탁을 곤경에서 구해 준다. 자초지종을 전해들은 류탁의 어머니는 고마운 마음에 물방앗간을 박첨지에게 넘겨준다.

그 후 류탁은 바로 경성으로 이사하고 어른이 된 후 여유가 생겨, 아버지 성묫길에 꼭 물방앗간에 들러 머물다 오게 된다. 물방앗간을 깨끗이 손보고 500평의 밭도 손에 넣은 박첨지는 그를 보자 엉엉 운다. 3년만에 다시 찾은 고향에서 박첨지는 2두락(400평)의 논을 샀다고 보여주며 어머님 은혜라며 다시 엉엉 울기 시작한다.

정성을 다한 식사를 대접받고 돌아 나오는 길에 한 노인으로부터 400평의 논도 거짓이고 물방앗간도 작년부터 거의 놀리고 있어서 먹고 살기도 빠듯할 지경이라는 소식을 접한다. 마을에 석유발동기 정미소가 생긴 후부터 박첨지는 정미소에 가는 마을 사람들을 원수처럼 대하며 정미소에서 나온 쌀에 대해 험담을 하고 다닌다. 모두 박첨지를 멀리하자 거의 공짜로 곡식을 찧어주고 죽으로 연명하고 있다. **그렇지만 지나사변 발발 이후 발동기를 돌릴 수 없게 되자 박첨지의 물레방아는 다시 중요하게 여겨지는 시대가 되었다.**

작년 여름, 류탁은 박첨지에게서 죽기 전에 꼭 물방앗간을 그려달라는 부탁을 받고 흔쾌히 허락하지만, 그 후 약속을 잊고 지내게 된다. 그의 어제 '죽기 전에 물방앗간 그려줘'라는 전보를 받고 고향으로 가는 중이라는 이야기를 듣고, 나는 그려질 노인과 노인의 물방앗간의 행복을 마음속 깊이 빈다.

6. 辻小說集[9] 驛前[10]

－출전 : 1943년, 조광〈朝光〉지, 제9권 9호 (9월호) －

朝鮮文人報國會員　李無影

<다카모토가 뭇매를 맞고 있다>

누군가에게 듣고 급히 달려 나간 나는 오싹했다. 인간 동지로서 그런 난폭한 행동을 할 수 있을까? 세 명의 패거리가 한 명을 에워싸고 때리고 차는 험악한 분위기 속에서도 다카모토는 한번도 때리지 않고 그저 용서를 빌기만 하고 있다.

---

9) 辻小說集 - 辻은 일본식 한자로 '네거리 십'이다. 의미 : 1. 십자로, 네거리 2. 길가, 길거리, 가두, 노상 (가두 상인, 공중변소, 가두연설)
전시 하 일본문학보국회 소설지부는 원고용지 1매의 '쯔지소설'을 가두에 발표하고, 국민의 사기고양의 재료로 썼다고 한다.

10) 『朝光』 1943년 9월호에 실려 있는 이 작품은 『매일신보』 1943년 8월 5일자 9면에도 실려 있다. 일제의 검열이 심화된 시점에서, 비슷한 시기에 신문과 잡지에 중복하여 실린 만큼, 이 작품은 일제로부터 많은 주목을 받았던 작품이라고 추정해 볼 수 있다.

그는 최근 마을에서 이름을 날리는 장사. 그런 그가 한번도 주먹을 뻗을 수 없었다면 당연히 꽤나 잘못을 저지른 것이 틀림없겠지만 시비는 토끼의 뿔[11]로 두고, 그런 몰인정한 상황을 구경거리 삼아 보다니 무슨 말인가? 나는 발끈해서 군중에 끼어들었다.

<부탁합니다. 물러나 주세요.>

의외로 다카모토가 애원했다.

<본격적인 싸움이라도 벌어지면, 저는 정말로 곤란합니다.>

그러나 이유를 알고 나는 아연했다. 쌀의 암행위에 말참견을 했던 것만으로 매를 맞았다는 것을 알고 나서 놀라지 않을 수 없었다. 겨우 기차가 세 명의 남자를 태워 소동이 조용해지고 나서 중재를 거부한 이유를 묻자 다카모토는 옷깃을 바로하고 대답을 해 주었다.

〈나는 언젠가는 부르심을 받을 몸입니다. 물러서지 않고 싸워서 상처라도 생긴다면 그것이야 말로 뭐라 변명할 여지가 없는 일입니다.〉

다카모토는 지원병 출신자였다.[12]

7. 國語問題會談[13]

– 출전 : 국민문학, 1943.1

국어문제회담

- 작가 이무영

---

11) 토끼의 뿔 : 토끼에게는 당연히 뿔이 없는 것처럼 거짓을 말함, 또는 허풍을 떪.

12) 〈私は何時かは召される身です。下らぬ喧嘩で傷でも出來たらそれこそ申譯ございません。〉
高本は志願兵出身者だった。

13) 일본어 사용이 한창 강조되던 무렵, 『국민문학』지에서는 국어(일본어) 사용을 독려하기 위한 자리(1943.1)를 마련한 듯하다. 이 중 이무영이 답한 부분만 발췌하였다.

질문 : 국어보급은 강제가 아니라, 애정에서 출발해야 한다고 생각하는
데, 의견은?

대답 : 부끄러운 일이지만, 내가 우리 조선의 장래를 진정으로 생각하기 시
작한 것은, 중일전쟁 이후의 일이다. 물론, 조선의 행복, 조선인의
행복을 생각하지 않은 날은 없었지만, 중일전쟁을 계기로, 조선인
으로서 어떻게 살아가는 것이, 자신의 행복이고, 조선의 행복인가
에 열중하기 시작했다고 해도 좋을 것이다. 조선인은 좋은 皇民으
로 살아갈 길 밖에 없다고 생각했다.14)

그러나, 이 이념을 실행에 옮기기 위해서는, 하나의 ○사적인 일
대 계기를 필요로 한다. 대동아전쟁이 그 임무를 잘 수행해 주는
것이다.

어려운 것은, 나로서는 납득하지 못한다면, 또한 가능한 사람도 아
니지만, 국어의 보급화에 의해 적어도 조선인은, 행복을 얻는 것은
명백했다. 이것의 실천에 따라, 자신이 행복하고 우리가 행복해지
는 것을 깨달으면, 이제, 주저할 필요가 없다. 곧장, 그 이념에 따
라서, 최선의 노력을 기울이는 것만큼 좋은 것은 없을 것이다. 그
렇게 생각한 만큼, 거의 잊어버린 서투른 국어로라도 글을 써보기
로 했다.15)

질문 : 당신의 국어창작의 역사와 현재 부산일보에 집필 중인 장편소설
에 대한 심정은?

대답 : 국어창작에 뜻을 두고, 나는 정말로 실망했다. 쓰려면 못 쓸 것도
없다, 그렇게 간단하게는 생각하지 않았지만, 그러나, 하려고 하
면 못 할 것도 없다고 생각했었다.

무엇보다 힘이 드는 것은, 어휘이다. 문학은 무엇보다도 어휘
에 의해 가치지어진다고 여긴다. 그중에서도 소설은 지금까지의

서툰 국어실력으로는, 어떻게 해도 안 된다고 단념한 적도 있다.

예를 들면, 시도로모도로라는 용어를 생각해 내고, 두세 번 반복하다보면, 시도로모도로가, 모로도시로도가 되기도 하고, 모도로시도로가 되기도 하고, 그것이 또 다 맞는 듯한 기분이다. 그런가 하면, 그 어느 쪽도 틀린 것 같은 느낌도 들어서, 결국, 영어인지 독일어인지도 헷갈리게 된다.

아무튼, 나처럼 주로 농민을 취재하는 작가로서는, 백성의 언어를 사용할 방법이 없다. 노트를 아무리 봐도 어느 지방의 사투인지, 짐작조차 할 수 없어, 최근에는 그만두어 버렸다. 적어도 백성의 언어가 통일되지 않는 한, 나는 이제 백성을 상대로 하는 소설은, 보류하기로 한 상태이다.

질문 : 귀하의 국어 공부는 어떠한 과정을 밟아 왔는지?

대답 : 나는 충북의 외딴 시골에서 태어났기 때문에, 보통학교에도 갈 수 없었다. 지금의 강습소 같은 곳에서, 唐板의 맹자를 겨드랑이에 끼고, 학교에 다녔다. 그 무렵 학생은, 변발에 갓을 썼고, 나와 같은 반에도, 내 또래의 아이를 둔 아버지가, 몇 명이나 있었을 정도여서, 국어는 생각도 못 할 일이었다. 그런데, 2학년 때부터였던가, 모리상이라는 내지인 선생님을 알고, 점차 서툰 말씨의 국어를 익혔었는데, 중학교도 사립이었기 때문에 국어를 습득할 기회는, 끝끝내 오지 않았다. 중학교 때도 야간을 이용해서 내지인의 가정을 상대로, 약을 팔거나, 청소, 석탄 등의 행상을 해서 학비를 벌었기 때문에, 그것이 나에게 있어서는 국어를 습득할 수 있는 좋은 기회였다.

그러나 지금의 나에게 어지간한 문학용어를 사용할 수 있게 한 것은, 역시 加藤武雄 선생님이었다. 중학교를 4학년 때 그만두고 소년시절 3년간을 선생님의 집에서 머물며, 문학서를 가까이하게 된 것이다. 토쿄를 도쿄라고 발음하거나, 잔넨을 산넨이라고 말하면, 사모님으로부터 일일이 지적받아 무척이나 부끄러워하곤 했었는데, 지금은 매우 감사하고 있다.16)

그로부터 15~6년간, 나는, 물건을 사거나 전화번호를 부를 때만 국어를 사용하며 살아왔다. 어쨌든, 중학교의 국어독본밖에 읽지 않아서, 최근에는 오로지 소년시절의 기억을 더듬을 수밖에 없다.

질문 : 국어창작을 일반화하는 것에 의해서, 조선 문학은 어떻게 될 것인가?

대답 : 창작이 국어로 이루어지면, 조선 문학은 망한다고 보는 견해도 있지만, 나는, 그렇게는 생각하지 않는다. 언어의 세력은, 정치에 의한 것이 많다. 이미 오늘날의 일본어는, 일본만의 국어가 아니라 동아 십억의 국어가 되고 있다. 종래, 조선반도의 협소한 지역만의 조선어에서 벗어나, 그 지역에 거처를 소유하고 있는 것만으로 가까이 할 수 있는 조선 문학은, 이후, 일본 內地는 물론, 멀리 중국, 남쪽 방면까지 전파될 가능성이 생겼다. 그러므로 조선 문학은 지금부터 크게 발전할 것으로 생각한다.17)

---

14) 恥かしいことではあるが、私は私等朝鮮の將來を眞面目に考へ始めたのは、支那事變以後のことである。勿論、朝鮮の幸福朝鮮人の幸福を、想はぬ日とてなかったらう、とは言ふものの、支那事變勃發を契機として、朝鮮人としてどう生き抜くことが、自分の幸福であり、朝鮮の幸福であるかにこり出したといっていゝだろう。朝鮮人はよき皇民として生き抜く道しかないと思った。

15) むづかしいことは、私には判りもしなければ、また出來る身でもないのだが、國語の普及化に依って、少くとも朝鮮人は、幸福をかち得ることは判った。之の實踐に依って、自分が幸福になり吾々が幸福になれると判れば、もう、躊躇の餘地のあら

8. 加藤武雄 國民文化の 方向[18]

– 출전 :『국민문학』 1943.8.

가토 다께오 국민문화의 방향

조선도 진짜 근원으로 되돌아가면 우리의 것과 같은 것이라고 생각한다. 그리고 그러한 의식 없이, 조선의 황민화는 있을 수 없고, 따라서 조선에 진정한 국민문학은 성립할 수 없다고 생각한다.[19]

이것은 내가 이무영에게도 시종 견고하게 말해 온 것인데, 나는 조선인과 내지인은 완전히 같은 민족이라고 생각하고 있다. 同○同血의 민족이라고 믿고 있다.[20]

う筈もない。まつしぐらにから得た理念に沿うて、最選の努力を傾けるのにこしたことはない。さう思ったからこそ、大方、忘れかけた片言の國語ででも、書いて見ることととにした。

16) しかし、今日、私にして一寸した文學用語を使へるやうにしたのは、矢張、加藤武雄先生だった。私は、中學を四年でやめると少年時代の三年間を先生のお宅で暮し、文學書にも親しめられたのである。東京をどうきょうと發音したり、殘念をさんねんと言ったりすると、奧樣から一々指摘され、大分恥かしい思ひをしたものだが、今はとても感謝してゐる。

17) 創作が國語でなされれば、朝鮮文學は亡ぶと見る向きもあるやうだが、私は、さうは思はない。言語の勢力は、政治に據ること夥しい。もう今日の日本語は、日本のみの國語ではなく東亞十億の國語たらむとしてゐる。從來、朝鮮半島のみの狹小な地域だけの朝鮮語で？かれ、その地域に居を有するもののみに親まれた朝鮮文學は、今後、日本內地は勿論、遠く、支那、南方方面にさへ傳播される可能性が生じて來た。だから、朝鮮文學はこれから大に發展するものと思ふ。

18) 『국민문학』지가 마련한 '국민문화의 방향'이라는 토론 프로그램에서 참여해서 가토 다케오가 한 말이다. 이 자리에는 이무영도 함께 참석한 것으로 확인된다.

19) 朝鮮もほんとに根源に立ち歸れば、我々のものとおなじものであると思ふ。そしてさういふ意識なくして、朝鮮に皇民化はあり得ず、從って朝鮮に眞の國民文學は成立し得ないと思ふ。

20) これは私はかたく李無影君にも始終言ってゐたことですが、私は朝鮮人と內地人は全くおなじ民族だと思ってゐる。同○同血の民族だと信じてゐる。

9. 加藤武雄, 朝鮮の文學について

　－출전 :『국민문학』, 1945.3.

조선 문학에 대해서

加藤武雄

　조선의 문학에 대한 감상을 요청받아서, 소감 두세 가지를 개진하겠다.

　한국의 작가제군도 언문을 버리고 국어를 택하게 되었는데, 그것이 가장 기쁘다. 국어를 다루는 일이 부자연스러워서, 충분히 감정의 음영을 묘사해 내기가 어렵고, 그 때문에 종종 예술적 완성에 해를 끼치게 되더라도, 그런 것은 문제가 안 된다. 오로지 예술적 완성을 추구하는 예술지상주의적 심경으로부터는, 이때를 빌려 뚜렷하게 벗어나야만 한다.

　최근 읽고 감동을 느낀 작품으로, 石田군의 「非時의 花」가 있는데, 국어문학으로서 내지인의 작품에 손색없이 숙달해 있다. 이무영 군의 「청기와집」도 스케일이 큰 야심작인데, 국어의 표현에 그다지 눈에 거슬리는 점은 없었다. 기술적인 면에서 보더라도, 언문에 연연할 필요는 없을 것 같다.[21]

　「非時의 花」는 조선의 문단에 나타나는 본격적인 역사소설로서 적잖은 감흥을 불러일으킨다. 역사의 탐구는 곧 전통의 탐구다. 조선에 있어서 가장 필요한 것은, 그 올바른 전통에 멀리하는 일이다. 올바른 전통을 대신하여, 내선일체의 사실에 눈뜨는 일이 필요하다. 내선일체는 ○념이라고 말하기보다, 엄연히 움직일 수 없는 역사적 사실이다.

　일본은 지금 사활의 鬪頭에 서서 격렬한 전쟁에 국민의 총력을 기울이고 있는데, 이 전쟁의 목적은 동아시아의 해방에 있고, 더 나아가 道義世界의 확립에 있는 것은 말할 필요도 없다.

<중략>

　우리들은 이러한 현실을 통해서 이상의 광명을 전망해 가야 한다. 현실을 극복하고 이상으로 살아가야만 한다. 문학의 존재 방식도 이와 다르지 않다. 그렇다면 현재 내지는 當來의 문학이 다분히 이상주의적 색채를 띠지 않으면 안 된다.[22]

　이 요구로서 조선의 문학을 볼 때, 약간의 불만이 있다.

　단적으로 말하면 구태의연한 현실주의 문학이 아직까지도 횡행하고 있는 것이다. 현실주의는 안 된다는 것은 아니고 현실을 직시하고 묘사하는 일은 어디까지나 필요하지만, 그 현실이 현실에 머물러서, 그 밑바닥에, 혹은 그 위에, 현상의 광명을 올리는 기백이 부족한 것이 불만이라는 것이다.[23]

　전쟁은 문학을 앗아간 것처럼 보이지만 그것은 피상의 시각이다. 국가의 의지와 문학의 목적이, 딱 맞게 일치하는 일이 지금과 같을 수는 없다. 문학적 職能의 중대성이 더해진 일이 지금과 같을 수는 없다. 문학자란 용감하게 분기하지 않으면 안 된다. 종이가 없다, 책이 나오지 않는다 등은 마지막의 일이다. 문학자의 행동은 반드시 붓을 잡아야만 하는 것은 아니다.[24]

　그것과 더불어 또 하나는, 내가 말하면 일부에서 오해할 지도 모르겠지만, 국민문학은 대중을 등한시해서는 성립하지 않는다. 내지의 문단에는 순문학, 대중문학의 조목이 있다. 순문학이 孤高獨善의 문학이라면 의미가 없는 것과 같고, 대중문학이 媚俗低級의 문학이라면 침을 뱉어버리겠지만, 그렇지 않은 올바른 대중의 문학은, 오히려 국민문학의 根軸이다. 이러한 의미에 있어서 진정한 대중문학은, 조선에 있어서도 좀 더 활성화되지 않으면 안 된다.

　문학은 혈액에 호소하는 것이다. 지식, 이해에 호소하는 것보다, 직접적으로 혈액에 호소하는 데에 문학의 특수한 성능이 있다고도 말할 수 있을 것이다. 대중의 혈액에 잠재하는 일본정신, 그것을 동요시켜 일깨우는 문학, 그러한 의미의 문학은 조선에 있어서 특히 필요하다고 생각하는데, 이점도 역시 준비도 열의도 부족한 듯 보인다.[25]

대중문학은, 내지에 있어서는, 굉장히 오해를 받고 있다. 오해받고 있는 이유가, 대중문학 그 자체 안에 다분히 내재하고 있다는 것을 부정할 수 없다. ○○○○○ 조선에 있어서는 이러한 오해가 오해한 그대로 받아들여져서, 진정한 대중문학이 무엇인지를 모르는 사람이 많은 것은 아닐까. 문학은 정치에 예속하는 것은 아니라는 事勿論인데, 정치와 서로 나란히 국민정신운동의 일익을 담당해야하는 것은 틀림없다. 그것을 생각할 때, 진정한 대중문학의 발전은 문학 본래의 사명달성을 위해서, 오히려 중심적 목표라고 말할 수 있다.

아니, 대중문학이라는 말은, 순문학이라는 말과 함께 몰아내고 싶다. 대중문학도 없고, 순문학도 없다. 우리의 제목은, 국민문학 한 단어면 충분하다. 그리고 국민문학의 수립은 대중을 버려두고서는 있을 수 없다. – 이것이 내가 말하고 싶은 것이다.[26]

---

21) 最近讀んで感心した作に、石田君の「非時の花」があるが、國語文學として、內地人の作に劣らぬ練達さを見せてゐる。李無影君の「靑瓦の家」も、スケエルの大きい野心作だが、その國語の表現には、さして目ざはりになる點は無かった。技術の面から見ても、諺文に戀々たる必要はなささうである。

22) われ等は此の現實を通じて理想の光明を望みつゝ進まねばならぬ。苛烈な現實を克服して理想に生きねばならぬ。文學の在り方も理想主義的色彩のものでなければならぬ筈である。

23) 端的に云えば舊態依然たる現實主義文學がいまだに橫行してゐるかに見えるのだ。現實主義がいけないといふのではない、現實を見、描く事は、あくまでも必要だが、その現實が現實にとゞまって、その底に、或はその上に、現想の光明を揚げるだけの氣魄の不足、それが不滿だといふのである。

24) 戰爭は文學を奪ったかに見えるが、それは皮相の目だ。國家の意志と文學の目的とが、ぴたりと一致した事今日の如きは無い。文學者たるもの、勇敢に奮起せねばならぬ。紙が無い、本が出せぬ、などは末の末の事だ。文學者の行動は必ずしも筆を執る事ばかりには限らない。

25) 文學は血液に訴へるものだ。知識、理解に訴へるよりも、直接に血液に訴へるところに、文學の特殊な性能があるとも云へば云へる。大衆の血液に潛在する日本精神、それをゆり動かして目覺ましめる文學、さういふ意味の文學は朝鮮に於て特に

10. 朝鮮藝術賞の 李無影君

– 출전 : 『국민문학』, 1945.5.

문학상의 작가들 – 조선예술상의 이무영 군

寺田 瑛(테라다 에이)[27]

이무영 군-

자네가 부산일보에 발표한 소설 <청기와집>이 昭和 17년도의 조선예술(문학)상에 표창된 것은 무엇보다도 축하할 일이다.

자네가 문학의 길로 들어서고 나서 결코 짧은 세월이 아니라고 들었다. 그동안 영유해 왔던 자네의 문단적 지위로 말한다면 지금 현 상황에서 조선예술상을 받았다고 새삼스럽게 다시 볼 정도는 아닐지도 모른다. 그러나 <청기와집>이 추천된 이유 중 하나가, **최초로 국어로 쓰인 장편소설이라는 점**을 생각할 때, 그것은 틀림없이 예술상에 상당하는 업적이라고 말할 수 있을 것이다.[28]

나는, 자네가 언문으로 발표해 온 작품에 대해서는, 이곳에 언급할 자격이 없지만, 국어로 쓴 단편 두세 편은 읽어보았고, 또 자네와는 여러 번 만날 기회도 있어서,[29] 소위 <인간과 예술>의 관계와 같은 것에 대해서 절대 무관심했던 것은 아니다. 그리고 솔직히 말해서, 당신이 밟아온 문단적 자취가, 다분히 고난의 길이었던 것으로부터 오는 소 같은 粘着力과 한 번 얽히면 풀리지 않는 집요성을 예측할 수는 없다.

그 점은, 자네로 하여금 순문학의 길을 걷게 하는 데에 많은 도움이 되었다고 생각하지만, 그것만으로 이른바 신문소설로의 道程에 대해서는 다소 걱정스러움이 있었던 것을 고백하지 않을 수 없다. 왜냐하면 신문

必要だと思ふが、此の點また用意も熱意も足らぬやうに見える。

26) いや、大衆文學といふやうな言葉は、純文學といふ言葉と共に驅逐したい。大衆文學も無い、純文學も無い。我等の題目は、國民文學の一語につきる。そして、國民文學の樹立は大衆を閑却してはなし得ない―これが私の云ひ度いところなのである。

소설을 읽는 계층의 사람들은, 진실로 문학적인 맛이라든가 가치라든가 하는 것을 판별하기 앞서서, 우선 그 이야기의 규모와 템포를 요구한다는 것을 알고 있기 때문이다. 그래서 나는 정말로 자네가 집필하게 되었다는 이야기를 듣고, 과연 잘 해낼 수 있을까 하고 걱정했었다.

자네는 <세상의 소위 신문소설에 ○○하지 않고, 문학으로서의 소설인 점을 최종회까지 잊지 않았다>라는 의미의 말을 하고 있지만, 그래도 역시, 다종다양한, 경우에 따라서는 수준이 낮은 대중도, 전혀 염두에 두지 않았을 리가 없다는 것은 그 <청기와집>이 독자의 귀추동향에 민감할 수밖에 없는 ○○의 신문인으로 하여금, 예정한 횟수만큼 자네에게 집필을 이어가게 한 것도 안다. 곧, 그것만으로도 신문소설, 특히, 반도인 작가가 최초로 쓴 국어소설로서도, 일단의 성공이었다고 생각한다.[30]

〈청기와집〉으로 舊慣에 집착하는 반도인 가정의 일을 暗示表徵한 것으로도 생각할 수 있지만, 그곳에 몇 시대를 흐르는 사조의 기복, 게다가 시국과 함께 일본화해 가는 그들의 생활을, 통속소설적 템포를 무시하고, 자연스럽게 묘사하고 있는 점을 인정하지 않을 수 없다.[31] 다만 국부적으로 말하면, 최초의 출발점에 있는 여주인공 미?의 표현이, 단순한 ??여자같은 인상을 풍기는 점, 그런데도 나중에는 그 주인공이 성처녀라고까지 말할 수 있을 정도로 청아하고 격조 높게 살아가는 대상으로 그려져 다소 아쉬움으로 남고, 첫사랑 상대인 류해송이 바다에 도전하는 생활을 하는 부분은, 시국적으로 작의가 있어야 비로소 강조가 된다는 생각을 반영한 것으로도 보이지만, 그것은 오히려 신문소설에서의 약속에 융합하기 위한 참작으로, 절정에서도 또 있었다고 시인할 수 있다.

나는, 자네가 항상 농민 등 생활 정도가 낮은 지방 사람을 국어로 묘사할 때, 이른바 백성언어 내지는 방언에 대해서, 고심하고 있는 것을 알고 있다. 그래서 지방 사투리의 특색을 나타내려고 노력하면 할수록, 내지언어의 선입견에 방해받아서, 기옥[32] 사투리와 관서사투리가 뒤죽박죽 섞이거나, 여자의 말과 어린이의 말이 뒤섞여 있는 예를 보이는데 이것은 필시 자네에게만 국한된 것이 아니라, 그러한 인물을 다루는 다른 반도작가 누구라도 빠져드는 공통적인 폐해이다.[33)] 나는 공연히 내지언어의 선입견에 번민하는 것보다 우선 반도에서의 방언이든 백성언어이든 새롭게 국어로 독창하는 것을 선결해야 한다고 벌써부터 생각하고, 또 자네에게도 권유하고 있는 대로이다. 이번 예술상으로 자네가 자만하리라고는 꿈에도 생각지 않는다. 나는, 이 귀중한 試??을 좋은 수양으로 삼고, 자네가 더욱 더 국어문예에 소처럼 굳세게 진출해 나아간다면 순수한 의미의 신문소설에서도, 한층 더 새로운 분야를 개척할 수 있을 것이라 믿고 있고, 그것은 자네가 가장 적임자이고, 또 적임자인 점을 자네가 부끄러워한다고 해도 어쩔 수 없다고 생각하는 한 사람이다.[34)]

---

27) 테라다 에이(寺田 瑛)는 당시 경성일보 학예부장이었다. 이무영은 『青瓦の家』으로 1943년 3월 20일 일본의 신태양사에서 수여한 제4회 조선예술상을 받게 된다. 테라다 에이는 이 상의 심사위원이기도 했다.

28) 初めて國語で書かれた長篇小說であるといふことが擧げられてゐるのを考へる時、それは、たしかに藝術賞に價する業績だったとはいひ得るだらう。

29) 私は、君が諺文で發表して來た作品については、こゝに觸れる資格がないが、國語で書いた短篇の二三は讀んでゐるし、また君といふ人にはしばしば會ふ機會もあって

30) 半島人作家が初めて書いた國語小說としても、一應の成功であったといふことは出來ると思ふ。

31) いはゆる<青瓦の家>を以て、舊慣になづむ半島人家庭のことを暗示表徵したものとも思はれるが、そこに幾時代を流れる思潮の起伏、しかも時局と共に日本化しつゝ行く彼等の生活が、いはゆる通俗小說的テンポを無視して、自然に描かれてゐることを認めずにはゐれない。

32) 사이타마 - 관동지방에 있는 현의 하나

33) 私は、君が常に農民など、生活程度の低い地方人を國語で描くに際し、いはゆる百姓言葉乃至は方言について、一方ならぬ苦心をしてゐることを知ってゐる。そして地方辯としての特色を出さうとつとめればつとめる程、內地のそれの先入感に邪魔されて、埼玉辯と關西辯とがごっちゃになったり、女の言葉と子供の言葉と混淆したりする例を見るがこれは必ずしも君だけに限ったことでなく、さうした人物を扱ふ場合の

他の半島作家の誰もが陷る通弊である。

34)　君がますます國語文藝への牛の如く强き進出をつゞけるならば、純粹なる意味の新聞小說にも、更に新しき分野が拓けるべきを信ずるし、それには君が最も適任者であり、また、適任者であることが君の恥にもならないことを思ふ一人である。

제 5 장

해방공간에서의 잔류 일본인 귀환 문제

― 「잔등」, 「압록강」, 『요코 이야기』, 『흐르는 별은 살아있다』를
중심으로 ―

1. 문제제기

세계2차 대전이 연합국의 승리로 끝나자 일본은 패전국이 되고, 조선
은 해방을 맞게 되었다. 이제 일본은 제국주의의 맹주가 아니라 2차 대
전의 패전국이요, 전범국가로 전락하게 되었다. 이런 충격적인 상황에서
작가들은 제각각 받은 느낌을 토대로 작품을 남기게 되었다. 문학은 현
실을 존재하는 느낌 그대로 텍스트 내에 반영할 수 있는 장점을 갖고 있
다. 이 텍스트를 통해 우리는 역사에서 발견하지 못한 인간의 고민과 숨
결을 보다 섬세하고 구체적으로 느낄 수 있다.

여기에서 우리는 해방의 감격과 패전의 고통이라는 국가적·민족적 상
황과는 별개로 각 주체가 처한 상황에 따라 해방공간을 인식하는 데 엄
연히 편차가 존재했음을 주지할 필요가 있다. 따라서 격변의 시기를 반
영한 하나의 텍스트만을 정전화하고, 정전에 드러난 상황을 일반화하는

것은, 역동적인 해방공간을 일면적 진실에 가두는 결과를 낳게 할 것이다. 이러한 관점에서 우리는 좀 더 세심한 눈으로 격변의 해방공간을 살필 필요가 있을 것이다.

우선 우리는 해방공간에서 엄연히 실존했던 한반도 내의 패전국 일본인을 좀 더 구체적으로 살필 것이다. 이를 통해 우리는 해방공간을 좀 더 심층적으로 이해하게 될 것이다. 1945년 8월 시점에 한반도 남부에는 약 50만 명, 북부에는 27만 명의 일본인이 있었고, 여기에 만주에서 온 피난민 약 12만 명이 더 있었다.1) 일본 후생성 자료에 의하면 해외에 있던 일본인(군인 포함)들은 패전과 함께 일본으로 귀환을 시작하여 귀환활동이 거의 끝나는 시점인 1961년까지 총 6,288,665명이 귀환한 것으로 되어 있다. 이 가운데에는 남한에서 귀환한 일본인 596,454명, 북한에서 귀환한 일본인 322,585명이 포함되어 있다.2)

해방 전 한반도 총인구 대비 약 2.7%에 불과한 70만의 일본인이 식민통치기구의 핵심요직과 고소득 전문직을 독점해 오고 있었다. 대다수 일본인들은 대개 자신이 떠나 온 일본 본토에서보다 더 나은 삶의 질을 향유했다. 또한 한반도에서 출생한 일본인의 비율이 1930년 현재 이미 30%가 넘었다. 이들은 식민통치 인프라를 구축하는 과정에서 3·1운동 등 다양한 조선인의 저항을 목도함으로써 팽팽한 긴장 속에 생활하던 이전 세대와는 사뭇 다른 조선관을 갖게 되었다. 이제 조선은 위험한 땅이 아니라 충분히 살만한 땅으로 인식되었던 것이다. 우리가 살펴볼 『요코 이야기』에서 '요코'처럼 일본에 대한 기억을 전혀 갖지 못한 '일본인들'이 등장하게 된 것이다. 경계인(marginal man)으로서 그들은, 그만큼 일본 본

---

1) 역사교과서연구회(한국)·역사교육연구회(일본), 『한일교류의 역사』, 혜안, 2007, 292면.
2) 최영호, 「해방직후 재경일본인의 일본귀환에 관한 연구」, 『전농사론』, 서울시립대학교 국사학과, 2003, 31면.

토의 생활기반으로부터 멀어지게 되었다. 오랜 조선 생활을 통해 조선에 뿌리를 내렸던 사람들 상당수가 패전 초기에 한반도 잔류 쪽에 무게를 두었던 것은 이 때문이라고 할 수 있다.[3]

김윤식은 허준의 「잔등」 외에는 해방을 맞은 일본인의 귀국 모습을 어느 정도 객관적으로 묘사한 것은 거의 없다는 사실에 주목했다. 한국 작가들 대부분이 서사성에 눈멀어 자기 외는, 정확히는 자기의 흥분된 감격 이외는 아무것도 보지 못했기 때문이라고 했다.[4] 허준의 「잔등」은 해 방공간이 결코 환희의 축제가 되지 못했음을 충격적으로 제시하고 있다. 우리는 허준의 「잔등」을 좀 더 심층적으로 이해하기 위해, 해방공간을 다 룬 몇 편의 작품을 함께 읽도록 한다. 김만선(1915~)[5]의 「압록강」[6] 역시 만주에서 귀환한 조선 피난민을 다루면서도 타자로 전락한 일본인에 대 한 서술자의 시선이 드러나 있는 소설이다. 또한 한국작가에 의해 쓰인 작품과는 달리, 우리는 패전에 직면한 일본인 귀환을 일본인 자신의 시점 으로 그려낸 작품들도 함께 주목하기로 한다. 해방 이후 일본과 한국에서 베스트셀러가 되었던 후지와라 데이의 『흐르는 별은 살아 있다』[7]와 최근 까지 작품의 진실성을 둘러싸고 많은 논란이 있는 『요코 이야기』[8]가 그 것이다. 이 두 작품 모두 고난을 겪고 자신의 고국으로 귀환하는 일본인

---

3) 이연식, 「해방 후 한반도 거주 일본인 귀환에 관한 연구」, 서울시립대 박사논문, 2009, 61-120면 참조.
4) 김윤식, 「허준론」, 『한국근대리얼리즘 작가 연구』, 문학과지성사, 1988, 219면.
5) 김만선(1918~)은 서울 종로구 출생으로, 1940년 조선일보 신춘문예에 「홍수」로 등 단, 이후 45년 해방 시까지 만주에서 『만선일보』 기자로 일했다. 해방 이후 서울에 거 주했으며, 조선문학가동맹에 가입했다. 1946년에 『신천지』에 「압록강」을 게재했다. 1950년 10월에 9·28 수복 때 인민군과 함께 월북했다.(김만선 외, 『한국소설문학대 계』 25, 동아출판사, 1996, 494면)
6) 본고에서는 1996년 동아출판사에서 펴낸 '한국소설문학대계 25권'을 그 텍스트로 한 다.
7) 후지와라 데이, 위귀정 譯, 『흐르는 별은 살아 있다』. 청미래, 2003.
8) 요코 가와시마 윗킨스, 윤현주 譯, 『요코 이야기』, 문학동네, 2005.

의 모습을 그리고 있다. 이제 우리는 이 네 작품에서 드러난 패전국 일본인의 모습을 구체적으로 살펴봄으로써, 해방공간의 상황을 심층적으로 이해하게 될 것이다.

이 작품들은 모두 8·15라고 하는 공적 영역의 서사에 토대를 두고 있다. 또한 만주며 한반도 북부지역을 배경으로 하고 있다. 무엇보다 이 작품들은 한결같이 철도(기차)가 중심이 되는 여로형 구조에 기반하고 있다. 따라서 공통적 요소를 가진 이 작품들은 그만큼 서로 대화적 관계에 놓여 있다고 할 것이다. 많은 논란을 야기하고 있는 『요코 이야기』에 대한 해명적 담론으로서 나머지 각각의 작품은 기능할 것이다.

2. 서지 사항 검토

허준의 『잔등』은 1946년 잡지 『대조』 창간호인 1월호와 4월호에 2회 분량이 실리고 중단되었다가, 1946년 을유문화사에서 펴낸 그가 남긴 단 하나의 단편집 『잔등』에서 완성되어, 그 표제작으로 맨 앞장에 실려 있다.9) 작품의 이야기시간(story-time)이 1945년의 마가을(늦가을)로 되어 있고, 발표 시기가 1946년 초라는 점을 참고할 때 비교적 해방공간의 이른 시기에 쓰인 작품임을 알 수 있다.

이 작품은 해방공간에서 우리 문학이 거둔 성과의 정상을 이루는 작품의 하나에 해당한다. 이재선은 이 시기의 쓰인 작품이 가지고 있는 흥분과 희열과는 다른, 냉철한 생리로 동시대의 현실과 인간의 내면 깊은 곳을 천착해 내는 작품으로서 성과를 거두었다고 지적한다.10) 그 연장선상에서 해방공간의 정치성보다는 윤리성에 기반하고 있다는 주장11)에 이

---

9) 본고에서도 이 단편집을 기본 텍스트로 한다.
10) 이재선, 『현대한국소설사』, 민음사, 1994, 39면.

르기까지 대부분의 후행 연구자들이 「잔등」에 대해서 긍정적인 평가를 내리고 있다.

김만선(1918~)은 자신의 체험에 바탕을 둔 작품 활동을 한 것으로 알려져 있다. 그는 「압록강」, 「이중국적」, 「한글강습회」, 「해방의 노래」 등에서 해방 직후의 만주 풍경과 귀국자들의 내면 풍경을 주로 형상화하였으며, 그 역시 냉정하게 그 현장의 명암을 직시하는 자세를 보여주었다는 평가를 받고 있다.

후지와라 데이(1918~, 藤原てい)의 『흐르는 별은 살아 있다(流れる星は生きている)』는 소설이라기보다는 수기에 해당한다. 만주국 기상대 소속의 한 일본인 과학자의 아내가 패전 후 1년여에 걸쳐 북한을 헤매다가 38선을 넘어 일본으로 귀환하기까지의 과정을 기록한 것으로 한국인과 일본인 사이에 널리 읽힌 작품이다. 이 수기는 일찍이 그 일부가 번역되어 국내잡지에 실리기도 했으며(『民聲』, 39호, 1949. 8.),[12] 1950년 수도문화사에서 『내가 넘은 38선』으로 출판되어 베스트셀러가 되었다.[13] 최일남은 6·25 전란 직후의 국민 대부분이 피난민인 상황에 직면하게 되자, 이 일본 여성에 대한 자기연민과 동병상련이 겹쳐 피난 수도 부산에서 큰 인기를 얻게 되었다고 회고하고 있다.[14] 이 작품은 여러 판을 거듭한 이래,[15] 현재 '청미래'에서 출판, 판매되고 있다.

『요코 이야기(원제 So far from the bamboo grove, 대나무숲 저 멀리)』는 재미일본인 작가 요코 가와시마 윗킨스(1933~, Yoko Kawashima Watkins)[16]가 미국

---

11) 신형기, 「허준과 윤리의 문제」, 『상허학보』17, 상허학회, 2006.
　　구재진, 「허준의 「잔등」에 나타난 두 개의 불빛과 허무주의」, 『민족문학사학연구』 37, 민족문학사학회, 2008.
12) 藤原貞作 陳明仁譯, 「三十八度線(長篇『흐르는 별은 살어있다』의 一部)」, 『민성』, 1949.8. 146-149면.
13) 등원데이, 정광현 譯, 『내가 넘은 38선』, 수도문화사, 1950.
14) 최일남, 『어느날 문득 손을 바라본다』, 현대문학, 2006, 158-159면.
15) 1976년, 1994년(개정판).

에서 낸 소설로 미국 교과과정에 포함되어 교재로 채택되고 있다(293면). 한국에서는 2005년 『문학동네』에서 번역·출판되어 호평을 받았으나, 뒤늦게 미국 교포 학생이 교과서 채택에 대해 문제제기에 나섰고, 이 사실이 한국에 알려지면서 논란에 휩싸이게 되었다. 현재 이 책은 반일정서, 나아가 역사적 사실에 대한 진위여부까지 겹쳐 한국인 독자들로부터 비난을 받고 있으며, 출판사는 책을 회수한 상태다. 대다수 '한민족' 독자들은, 세계대전 패전국 소녀의 고통만을 되살림으로써 영어권 청소년들에게 아시아에서의 역사적 가해자 對 피해자에 대한 그릇된 인식을 심어줄 수 있다는[17] 지적에 동의하고 있다. 또한 과학적 오류도 자주 지적되는 부분이다. 특히 함경북도 나남을 배경으로 이 작품에서 수차례 등장하는 '대나무숲'은 대나무의 생장 한계선이 충청도란 사실을 근거로 비판당한다.[18] 이 대나무숲은 김유정의 「동백꽃」 대단원에서 "두 주인공이 흐드러진 노란 '동백꽃' 속으로 폭 파묻힌 것"이, 실제로는 동백나무가 아니라 생강나무라는 주장이 있는 것처럼 다소 과학적 사실에 어긋나더라도 눈감아줄 수 있다. 작품의 내적 일관성이 갖는 진실성을 인정할 수 있기 때문이다. 하지만 민족 간 과거사가 해소되지 않은 상태에서, 그것도 실화에 바탕을 둔 것이라[19] 강조하면 문제는 달라진다. 이러한 점과 관련되어 이 책에 관한 한 가장 적극적인 비판적 담론으로 '반크'에서 펴낸 『요코 이야기의 진실을 찾아라』를 들 수 있다.[20] 이 밖에도 『요코 이야기』에서는 필자가 발견한 것

---

16) 요코는 1933년 만주 하얼빈 출생으로 드러나 있다.(www.amazon.com)

17) 박정애, 「『요코 이야기』와 기억의 전쟁」, 『비평공간』, 2007, 40면.

18) 하지만, 위키백과사전에서는 대나무에는 91개의 속과 1000개의 종이 있으며, 열대 지역에서부터 추운 산악지방까지 다양한 지역에서 서식하며, 북위 50도경의 사할린 부근에서도 서식한다고 밝히고 있다.

19) "이 이야기는 그녀가 해방 후 한국 땅에서 몸소 겪었던 실화입니다."(『요코 이야기』, 역자의 말, 292면)

20) 그 목차에서부터 이 책의 취지가 분명하게 드러난다. "1장 일본인 소녀 요코가 쓴 '안네의 일기', 2장 평화와 미소를 노래한 기모노를 입은 천사의 두 얼굴, 3장 한국인을 두번 죽인 요코 이야기, 4장 요코의 거짓말 1) 함경북도 나남에도 대나무가 없

만 해도 여러 건의 오류가 발견된다. 우선 함경북도 나남에서는 두만강을 볼 수 없다.[21] 허준의 「잔등」에 등장하는 것처럼 청진(나남)에서 본 강은 수성천이었을 것이다. 단천(탄천, 117면), 나진(라신, 27면)의 지명 오기도 발견된다. 하지만 오랜 시절이 지난 뒤에 유년의 기억을 호명하는 데는 한계가 있었을 것이다. 따라서 우리는 여러 한계에도 불구하고, 이 책을 전면 부정하기보다는 주체가 표명한 진정성을 인정하면서 논의를 진행하도록 한다.

3. 각 작품의 서사전략이 갖는 의미

필자가 다룰 네 작품들의 주요 사항을 정리해 보면 다음과 같다.

	「잔등」	「압록강」	『흐르는 별』	『요코 이야기』
서술자	성인남성 (화가, 지식인)	성인남성 (평범한 가장)	성인여성 (26세 여성, 주부)	12세의 소녀
출발지	만주 창춘	만주 창춘	만주 창춘	함경북도 나남
목적지	서울	서울	일본 나가노 현	일본 교토

다, 거짓말 2) 1945년 7월 한반도에 대한 미군의 폭격은 없었다, 거짓말 3) 1945년 인민군은 존재하지 않았다, 거짓말 4) 한국에서 일본인 소녀들에 대한 보복과 강간은 없었다, 8장 요코아버지는 천사인가? 전범인가?, 9장 인류 역사상 가장 비인간적인 범죄 집단 일제 관동군 731부대"의 목차 순으로 정리되어 있다. 이 책은 요코의 부친이 731부대의 최고위급 장교라는 사실을 강하게 암시하며 마무리되고 있다.(글 이광수, 그림 키네마인, 『요코 이야기의 진실을 찾아라!』, 키네마인, 2009. 12면.)

21) 청소를 마치자마자 나는 문을 박차고 뛰어나갔다. 지름길을 따라 집으로 갈 참이었다. 두만강의 물줄기는 커다란 바윗덩어리를 감싸며 튀어오르다 반짝거리는 물방울을 남기며 세차게 흘러내렸다.(26면)

이야기 시간	1945년 늦가을의 5일간	해방 석 달 지난 시점의 5일간	1945.8.9~1946. 9.12.(13개월)	1945.7.29. ~1946.3(8개월)
작품의 주 배경 공간	함경북도 청진	만주 안봉선 기차 간, 평안북도 신의 주	평안북도 선천	함경북도 나남, 서울, 일본 교토역
이동수단 및 이동경로	기차·트럭 창춘→남양→금생 →회령→수성→청 진→예정(함흥→서 울)	기차·선박 창춘→공주령→사 평→봉천→궁원→ 유가하→계관산→ 안동→신의주→예 정(서울)	기차 도보·선박 만주→봉천→평안 북도 선천→평양→ 신막→신계→개성 →의정부→부산→ 하카타항	기차·도보·선박 함경북도 나남→단 천→원산→서울→ 부산→후쿠오카→ 교토
주요등장 인물 (동행인물)	친구 方, 할머니, 소년	아내, 10세 맏이에 서 막내 젖먹이 등 3명의 자녀	6세, 3세, 생후 1개 월의 자녀	17세의 언니, 그 어머니 *19세 오빠 (단독 귀환)

　　네 편의 이야기들은 모두 흥미진진한 플롯으로 구성되어 있다. 여로형 구조를 취하면서, 가족·친구의 이별과 극적인 상봉, 예기치 않은 위기의 발생과 조력자의 도움, 다양한 인물들과의 만남 등 흥미로운 서사적 장치를 활용하고 있다.

　　이상의 작품들은 서술자 자신의 체험을 반영하듯, 수기형식의 후지와라의 『흐르는 별』을 포함하여, 대부분 1인칭의 성격을 띠고 있다. 1인칭 서술은 "자신의 모든 체험을 진실을 입증하려는 형식으로 고백"하려는 특징을 띤다. 「압록강」 3인칭 시점이지만, 철저히 '원식'이라는 인물의 시점에 의존하고 있는 '인물시점'으로, 원식을 1인칭 '나'로 바꾸어 읽어도 텍스트의 의미는 전혀 달라지지 않는다. 따라서 1인칭의 성격을 띠고 있다고 볼 수 있다. 네 편의 서사 모두 해방공간의 현실을 총체적으로 조망하기 어려운 상황이었음을 이미 작가가 선택한 시점에서 드러내고 있다고 할 수 있다.

한국인 작가가 쓴 두 작품이 모두 8·15 이후 석 달 정도 지난 시점에서 시작되고 있는 것과는 달리, 「요코 이야기」는 제2차 대전에서 일본의 패망이 짙어가는 1945년 7월 29일에서부터, 『흐르는 별』은 1945년 8월 9일 소련이 대일전에 참전한 날부터 이야기는 시작된다. 일본인, 특히 만주지역의 731부대 철수가 7월 말로 확인되는 것으로 보아 만주나 북한지역에 거주하던 일본인들이 패전에 관한 정보를 일찍 접하였으며, 위기에 직면한 그들이 한국인보다 서둘러 귀환에 임했음을 알 수 있다.

> 그만큼 급한 일이라 저도 있는 힘을 다해서 달려온 것입니다. 러시아 군인들이 상륙했다니까요. 그들이 지금 눈에 불을 켜고 여러분을 찾고 있단 말입니다. 잡히면 다 죽을지도 몰라요(『요코 이야기』, 46면).
> 남편은 짧게 설명했다. 관동군 가족은 곧바로 이동해야 한다. 정부 가족도 그에 따라 같이 행동해야 한다는 것이 상부의 명령이다. 신경까지 전쟁이 밀어닥쳤기 때문이다(『흐르는 별』, 11면).

두 일본인의 작품은 이러한 위기감으로부터 이야기가 시작된다. 이제 그들은 죽음과 맞닥뜨릴지 모른다는 공포감을 갖게 되었고(『흐르는 별』, 26면), 일본인들은 조선 땅에서 위험한 신세(『요코 이야기』, 166면)가 된 것이다.

허준의 「잔등」은 1인칭 '천복'의 관찰자시점으로, 일본인 작가의 작품, 12세 소녀 혹은 세 자녀를 둔 여성의 시점과 달리 성인남성의 시점을 가지고 있다. 또한 김만선의 「압록강」의 초점화자 '원식'과 달리, 그는 가족을 동반하지 않은 혼자의 몸이다. 목적지를 향해 절박한 행보를 하는 타 작품의 주체들과는 달리 상대적으로 여유가 있다. 게다가 서술자 '千僕'을 일본유학을 다녀온 '화가'로 설정하고 있다는 점도 이채롭다. 그는 스스로를 '집요한 탐삭벽('탐색벽'의 오기)을 가진 화가'(97면)로 규정하고 있다. 이미 그는 쫓기는 몸의 피난민이 아니라 관찰자가 되어, 해방공간의 잔류 일본인을 비롯하여 숱한 피난민들을 여로 곳곳에서 면밀하게 관찰할 수 있는 시선을 확보하게 된다.

> 언제 떠나도 좋다. 하였고, 아니 떠나도 할 수 없는 노릇이라고 질을 쓰듯이 주저 앉어버리고 말았던 것이었다(58면).

그래서 그는 스스로를 피난민으로 규정하면서도, 여유롭게 해방공간에서 다양한 사실들을 접하게 된다. 이미 북한에서 (인민)위원회가 구성되어, 잔류 일본인들을 억압하는 상황들을 자유롭게 살필 수 있는 입장에 서게 된다. 절박한 일본인들이 경로(철도)에서 벗어날수록 위기상황에 직면하는 것과 달리, 그는 오히려 경로에서 벗어날수록 예컨대, 기차를 놓치거나 일행과 떨어질수록 의미 있는 경험을 하게 된다. 청진의 수성 천변에서 만난 소년, 청진역 근처에서 만난 국밥집 노파, 또 여로 곳곳에서 만나는 피난민들을 통해, 해방공간의 의미를 탐색해 들어가고 있다. 화자는 만주 창춘(신경)에서 서울까지를 목표로 하고 있지만, 주요 무대가 되는 것은 회령에서 청진까지이며, 특히 청진에서의 행보는 답보상태에 있다. 물론 여행의 최종 목적지인 '서울'에 대한 기대와 희망이 전혀 드러나 있지 않은 데서도, 그가 절실한 귀국(귀향) 의지를 보여주지 않음을 확인할 수 있다. 이는 「압록강」의 '원식'이 기찻간에 오르면서부터 고향과 그곳에 있는 부모를 구체적으로 그려보는 것과도 사뭇 다르다고 할 수 있다.22)

여로가 답보상태에 있는 만큼 중편 분량에 비해 이야기시간도 아주 짧다. 「잔등」에서 이야기시간은, 도입부분에서 한 문장으로 설명되는 21

---

22) "기차가 움직이기 시작한 때부터는 조그마한 샛골목까지도 눈에 선하게 전개되었고, 생사조차 몰라 끼니때마다 식구들이 모여 앉으면 걱정이 많으실 아버님과 어머님의 환상도 신경서 그려 볼 때보다는 이마의 잔주름살까지 더 똑똑히 드러나 …"(201면)

일을 빼고 나면 5일 정도 된다. 또한 "이틀 밤을 方누님 댁에서 자고 사흘 째 되는 날은 아침 간다고 신포동을 내려왔다."(92면)는 요약서술이 있으므로, 이 기간을 빼고 나면 주요한 사건은 1~2일 사이에 모두 일어난다. 중편 분량의 서술시간(discourse-time)에 하루 이틀의 이야기시간을 수용한 만큼 그는 독자에게 보고 듣고 느낀 사실을 최대한 구체적으로 들려준다. 결국 「잔등」이 거둔 문학적 성과는 대상과의 거리를 확보한 이 같은 서술자의 설정으로 말미암은 것이라 할 수 있다.

허준의 「잔등」에는 '마가을(늦가을)'이라는 표현이 거듭해서 등장하고 있다.[23] 이는 시간적으로 김만선의 「압록강」의 시간적 배경, '해방 석 달 이후'(197면)의 시기와 겹쳐 있다. 이 시간적 배경을 토대로 그려낸 혼란한 피난민들의 형상을 통해, 피난민의 행렬이 해방 직후뿐 아니라 장기간에 걸쳐 이어졌음을 보여준다. 이러한 마가을의 계절적 배경은, 「잔등」의 주조를 이루는 적막감과 대상에 끊임없이 자의식을 투사하고자 하는 주체의 성격과도 잘 호응된다고 할 수 있다.

김만선의 작품은 전형적인 단편 형식을 띠고 있지만 만주 창춘(신경)에서 압록강을 건너 신의주까지의 여로를 구체적으로 보여준다. 허준의 「잔등」이 서두에서 단 한 줄로 처리한, "장춘서 회령까지 스무 하루를 두고 온 여정"(2면), 즉 만주에서 고국까지의 진입과정을 복원시켜 준다. 특히 「압록강」의 주인공이 선택한 노선은 '안봉선'으로, 후지와라 데이가 간략하게 처리한, 만주에서 평안북도 신의주(선천)로 진입한 여정과 겹친다. 허준의 「잔등」에서 나오는 대목, "굳이 우리가 安奉線을 택하지 않고 이렇게 먼 길을 돌아오는 이유로는 이쪽이 비교적 안전하다"(6면)는 대목을 상기할 때, 안봉선의 여로가 만만치 않은 것이었음을 짐작케 해준다. 김만선은 역시 해방공간을 다룬 작품 「한글강습회」(1946)에서 안봉선의

---

23) 마가을(6, 17, 33, 92면)

행로가 위험한 이유를 두 가지를 들어 설명하고 있는데, 그 이유는 "폭도들의 출몰로 물품을 강탈당하거나", "부녀들이 참을 수 없는 욕을 당하기" 쉽다는 것이다.[24] 한편 허준이 선택한 여로는 1933년에 개통한 신경(창춘)~도문을 잇는 경도선 철로였음을 확인할 수 있다. 안봉선이 압록강을 건너 국내의 평안북도 신의주를 시점으로 경의선 국내철도로 연결이 되었다면, 이 경도선 철도는 도문에서 함경북도 북부의 한반도 철도, 회령~청진 간 국내 철도로 연결되어 있었다. 이 경도선 철도로 한국과 만주의 경제적 결속이 강화되었으며, 이 노선은 러시아와도 연해 있어 그 중요성을 더하고 있었다.[25] 만주국 관리로 있던 요코의 아버지가 틈이 날 때면 기차를 타고 함경북도 나남에 있는 집으로 올 수 있었던(17면) 것도 이 경도선 열차가 있었기에 가능한 것이었다. 일본 패전 후 만주국에 있던 수십만의 조선인과 일본인들 대부분은 이들 동서 두개의 철도 노선을 중심으로 조선의 북부지역으로 진입했다고 할 수 있다.

논란이 마무리되지 않은 『요코 이야기』는 12세 소녀의 시점을 취하고 있다. 회고의 성격을 보여주는 '서술하는 나'가 아주 제한적으로 이야기 시간에 간섭하는 경우를 제외하고는[26] 장편 텍스트 내부에서 12세 소녀 화자의 목소리는 일관성을 유지하고 있다. 덕분에 역사적 맥락은 자연스럽게 생략되고 소녀를 비롯한 가족의 희생과 위기 상황에 대한 절박한 심정이 작품의 전면에 드러난다. 12세 소녀에게, 자신이 겪는 고통이 일본의 제국주의와 식민지배라는 역사적 맥락 안에 있으며, 거기에 대해 책임감을 느낄 것을 기대하기는 어렵다. 이미 '소녀'의 '순진한' 눈으로 조국의 패전 상황을 지켜보겠다는 작가의 의지가 반영되어 있는 것이다.

---

24) 김만선, 「한글강습회」, 『대조』, 1946.4, 294-295면
25) 역사교과서연구회(한국)·역사교육연구회(일본), 앞글, 296면
26) 보고 싶은 하사님! 당장 산조호텔로 찾아가보고 싶었다. 하지만 당시 일본의 관습으로는 무례할 만한 일이었다.(『요코 이야기』, 262면)

이는 반전의식을 드러내는 데는 적당할지 몰라도 역사적 의미, 총체성을 드러내는 데는 엄연히 한계를 지닌다. 2차 대전의 의미를 12세의 소녀 시점이 감당할 수 없기 때문이다.

따라서 군국주의 교육을 받아온 12세 재한 일본인 소녀 요코가 붓글씨로 '조국의 승리'(48면)를 써서 조국의 병사(하사)에게 선물한 것은 엉뚱한 행위가 아니었다. 그들은 '아시아 해방을 위한 성전'을 위해 일본이 아시아인들과 연대하여 미·영 연합군과 전쟁을 벌이고 있지, 결코 조선이며 중국과 전쟁을 한 것은 아니라고 배웠을 것이다. 대부분의 아동들은 우월한 국가 일본에 조선은 기꺼이 합병되었으며, 조선인은 일본인이 된 것에 자긍심을 갖고 있다고 배웠을 것이다. 작품에 등장하는 한 일본인의 말처럼, 패전은 '통탄할 일'로(111면) 받아들여졌을 것이다. 당시 조선에 거주했던 일본인 학생들은 일본이 전쟁에 졌는데 조선 사람이 기뻐하고, 자신들에게 등을 돌리는 것을 쉽게 이해할 수 없었을 것이다.[27] 『요코 이야기』에서 그나마 반전의식이 개입할 수 있었던 것은 텍스트 바깥의 '평화운동가 요코'가 있었기에 가능한 것이었다고 할 수 있다.

패전국민으로서 12세의 주인공과 17세의 언니, 그 어머니와 함께하는 여성들만의 장기간의 역정은 한국남성들로부터의 강간의 위협뿐 아니라 같은 패전국민인 일본 남성들의 위협으로부터도 자유롭지 못하게 했을 것이다. 『요코 이야기』가 유독 성적 위협과 관련된 젠더적 관점이 강조되어 있는 것도 이러한 인물설정과 무관치 않은 것이라 할 수 있다. 하지만 만주국의 고위 관리였던 아버지를 베일 속에 가린 채 여성으로만 중심인물을 설정한 것은 패전국민의 희생만이 지나치게 강조될 우려를 이미 그 안에 배태하고 있었다고 할 수 있다.

남편 없이 갓난아이를 포함한 나이 어린 자식들과 함께 하는 고난의

---

27) 요네다 사요코(米田佐代子), 「젠더의 관점에서 본 8·15」, 『한·중·일 3국의 8·15기억』(임헌영 편), 역사비평사, 2005, 19-46면,

귀환이 전경화된 『흐르는 별』은 그 시야가 '가족애'라는 범주를 크게 벗어나지 않는다. 또한 만주기상대 직원 가족들의 집단귀환 형식을 취함으로써, 같은 일본인에게로 시선을 향할 때가 많다. 하지만 귀환 도중에 연길로 끌려간 남편에 대한 절절한 그리움과 함께, 세 아이와 반드시 살아서 귀환하고자 하는 모정은 시련에 부딪칠수록 빛을 발하며, 그것이 가진 핍진성으로 인해 큰 감동을 준다. 이러한 사실 때문에 이 작품은 출간 이후 한일 양국에서 베스트셀러가 되었을 것이다.

한국인 작가의 작품이 중단편인 것에 비해 『요코 이야기』와 『흐르는 별』 모두 장편 분량을 가지고 있다. 일본인 작품의 이야기시간이 긴 것은 우선적으로 최종 목적지인 일본 국내 도착 이후의 동선까지 반영하고 있기 때문이라 할 수 있다. 11장으로 구성된 『요코 이야기』는 7장 이후부터 일본 귀국 이후 정착까지를 다루고 있으며, 『흐르는 별』 역시 마지막 넉 장을 일본 귀국 이후 여정에 할애하고 있다. 길이가 늘어난 것은, 한편으로 그들의 귀국 과정이 훨씬 더 많은 '변천굴곡'을 겪었음을 반증한다고 할 수 있다. 조선인들의 귀환이 비교적 수월하게 이루어진 것에 비해, 일본인들 상당수가 귀환을 위하여 오랫동안 만주와 북한 지역을 떠돌아야 했기 때문이다. 일본인들을 위한 최후의 피난 열차가 청진의 전쟁 지대를 뚫고 서울을 향해 남하한 것은 8월 16일 오전이었다. 이후 38선이 봉쇄되면서 일본인들의 이동은 금지되고, 특히 북한에 머물러 있던 일본인들은 억류되는 신세가 되었다. 『흐르는 별』이나 「잔등」은 이 같은 억류생활을 하는 비참한 일본인들의 모습을 생생하게 재현하고 있다. 그만큼 그들의 귀환은 고난의 여로가 될 수밖에 없었다고 할 수 있다.

이 작품은 모두 만주와 인연이 있으며, 공간적 배경으로 모두 북한지역이 전경화되어 있다. 특히 함경북도 청진(나남)은 「잔등」과 『요코 이야기』에 겹쳐 있다. 좀 더 자세히 살펴보기로 한다.

4. 잔류 일본인과 만주·북한의 공간적 의미

1) 만주국과 신경 - 일본인이나 조선인 모두 피난민이었다

『요코 이야기』를 제외한 세 편의 작품은 모두 만주의 신경(창춘)에서부터 시작된다. 하지만 『요코 이야기』 역시 요코 아버지가 만주국 관리라는 사실이 여러 차례 환기되고 있다.

일본은 만주를 침략전쟁의 병참기지로 만들기 위해 1931년 9월 18일에 만주사변을 일으켜 1932년에는 만주 전역을 점령, 괴뢰국가인 만주국을 세우고, 수도를 창춘(신경)으로 정했다. 「잔등」의 화자는 수성천변에서 만난 소년에게 이러한 사실을 정확하게 설명하고 있다.

> 신경이란 뜻은 새 신짜 서울 경짜, 새 서울이란 말인데, 예전 중국 땅이던 것을 일본이 빼앗아가지고 제 맘대로 만주국이란 나라를 세웠다 해서 그 새로된 나라의 서울이란 뜻이지. 그러기에 지금은 만주도 만주란 이름으로 부르지 않고 동북지방 이라고 그래-마치 이 함경도가 우리 조선 동북쪽에 있는 것처럼 만주도 중국의 서울인 남경에서보면 동북지방이 되거던 (38면).

연합국은 1945년 7월 중순 독일 포츠담에서 회담을 열고 일본의 무조건 항복을 요구하는 포츠담 선언을 발표했다. 일본은 이 선언을 묵살했으나 히로시마(1945.8.6.)와 나가사키(8.9)에 원자폭탄이 투하되고 소련이 일본에 선전을 포고하자(8.8) 더 이상 버티지 못하고 8월 14일 포츠담 선언을 받아들일 것을 결정하였다. 일왕은 8월 15일 포츠담 선언 수락을 내외에 공포하였다.

1945년 8월 9일 소련군 150만은 일제히 소만 국경을 넘어 일본관동군을 공격한다. 70만의 관동군은 저항했으나 장비와 병력에서 열세를 보이면서 패퇴한다. 8월 10일 만주국의 수도인 신경이 소련군에 의해 함락됨으로써 일본이 세웠던 만주국은 해체된다. 8월 19일 관동군 사령관의 항복 이후에도 소련군은 만주에서의 작전을 계속했고, 9월 5일부로 작전은 종료된다.

해방 직전 만주지역에는 200여 만 명 가까운 한국인과 3~40만의 일본인들이, 수도 신경에는 10여 만 명의 일본인과 2만의 조선인이 살고 있었다. 중국 국민당 정부의 곱지 않은 시선과 심상치 않은 행동을 보이는 중국인들의 보복을 피해28) 일본인들과 조선인 대부분은 신경을 '탈출'하게 된다. 소련과 전쟁 당사자였던 일본인들이 위협을 느꼈던 것처럼 만주지역의 한국인들 역시 중국인들로부터 위협을 당하는 처지가 되었다. 일본의 대리인이기도 했던 조선인 역시 만주국에서 차지하고 있던 우월적 지위를 상실하게 된 것이다.29) 「잔등」에 등장하는 '나(천복)와 方'이라는 인물, 「압록강」에 등장하는 '원식' 역시 이러한 상황을 피해 창춘에서 도망쳐야 했던 재난민들 가운데 하나였다. 우리가 살펴보는 네 작품들, 한국인의 작품에서조차 공히 '귀환민'보다 '피난민'이라는 단어를 일관되게 사용하고 있는 점을 눈여겨 볼 필요가 있다. 자발적인 귀국(귀환)의지보다는 재난상황에서 불가피하게 도피해야 했던 심정이 반영되어 있다고 할 수 있다.

허준의 「잔등」에는 정거장에서 만난 피난민들(50면)을 비롯하여, 죽음을 각오하고 차에 매달리는 피난민들(101면) 등 도처에서 '피난민'이란 낱말이 등장한다. 여기에서 서술자 자신도 '요행스러운 피난민(94면)'으로 규정되고 있음을 확인할 수 있다.

---

28) 아사노 도요미, 이길진 譯, 『살아서 돌아오다』, 솔출판사, 2005, 3면.
29) 김종욱, 「식민지 체험과 식민주의 의식의 극복」, 『한국현대소설의 서사형식과 미학』, 역락, 2005, 184면.

앞으로 무슨 일이 생기든 내 '피난행'은 여기서 완전히 끝이 난 모양으로 나는 쌀쌀한 충분히 찬(冷) 나로 돌아왔다(103면).

「잔등」의 서술자는 자신의 여로가 '피난행'이라는 사실을 강조하면서 작품을 마무리하고 있다. 김만선의 작품 역시 일관되게 '피난민'으로 규정하고 있다.

피난민은 조선 사람만이 피난민인 게 아니요, 일본인들도 적지 않아…
(204면)

김만선은 고국을 향하는 귀환민들이나 일본인 모두를 동일한 피난민으로 규정하고 있음을 확인할 수 있다. 해방 직전까지 5년간 『만선일보』 기자로 일했던 김만선은 이 시기의 만주 상황을 누구보다 정확하게 읽고 있었을 것이다.

「잔등」에서 화자가 만난 조선인 귀환민에는 海林(하이린)에서 長春(창춘)을 거쳐 나온 젊은 농부내외(17면), 南陽(난양)서 차를 탄 창춘서 적십자에 있었다는 간호부와 穆陵(무링)에서 기차를 탔다는 열 두어 살 소학생(19면) 등 만주에서 고국으로 돌아오는 숱한 피난민이 등장한다. 무엇보다 화자는 公主嶺(궁주링) 근방에 정착했다가 '만척'에 전지를 빼앗기고, 결국 北安(베이안)에 이주 정착한 사촌매부를 떠올리며, 그 일족의 안위를 걱정한다.

매부의 일족은 어찌 되었을가. 그들은 어찌 되었을가. 만일 그들이 무사할 수가 있어 동 넘어 밥짓는 저 일행들의 행색을 하고라도 어느 이 고토의 흙을 밟고 있다 하면…(23면)

「압록강」에서 원식은 해방 후에 자신을 비롯한 만주 동포들이 귀환

길에 오를 수밖에 없었던 이유를, "언제 폭도로 변할지 모르는 만주인들과 같이 생활할 수는 없었기 때문"(491-492면)이며, "이러한 현상은 도시에서보다도 법이 멀고 집단생활이 아닌 촌에서 더 심한 까닭으로, 만주 땅과 몇 십 년씩 씨름을 했던 농사꾼들이 대부분 피난민 열차에 몸을 실어 압록강을 다시금 건넜고 앞으로도 수없이 건널 것"이라고(199면) 밝히고 있다. 힘들게 일구어 놓았던 이국땅에서의 기득권을 포기하고, 2차 대전의 종전과 함께 쫓기는 자가 되어 피난민의 대열에 들어섰던 것이다.

2) 함경북도(청진)의 공간적 의미

앞에서 우리는 '피난민'이라는 단어를 만주와 연결지어 살펴보았다. 이제 '피난민'이라는 단어를 북한 지역에서 벌어졌던 전쟁과 관련하여 좀 더 확장하여 살펴볼 필요가 있다. 네 작품의 주요 무대가 되는 북한 지역, 특히 「잔등」과 『요코 이야기』의 무대가 되는 북한의 북동부지역(함경북도) 지역은 광공업 개발 때문에 일본인의 인구 비율이 높았던 지역이다.

「잔등」에서 함경북도 청진은 자신과 이인삼각 선수로 불렀던 친구 '方'의 고향으로(62면), 대부분 사건이 이곳에서 일어날 정도로 중요한 공간적 배경 역할을 하고 있다. 본래 청진은 한적한 어촌이었으나 중국 동북부와 한국의 자원을 수송할 해상로를 찾던 일본에 의해 1908년 개항되어 도시 개발이 시작되었다. 「잔등」에 등장하는 "역 광장 주위로는 모두가 일본집이었다."(73면)는 표현에서처럼 합병 당시만 해도 청진은 일본인이 전체 인구의 88%를 차지할 정도로 일인의 비중이 높았던 지역이다. 일제의 정책에 의해 일본과 만주를 잇는 중계지역으로서 급성장한 것이다. 1940년에 수성지역과 함께 『요코 이야기』의 주요 무대가 되는 '나남(羅南)' 지역을 흡수하여 도시 규모는 비약적으로 확대되었다.

1945년 8월 8일 일본에 선전포고한 소련군은, 8월 11일 조선 북동부, 함경북도 지역으로 기습적인 상륙작전을 전개했다. 소련군은 곧바로 함경북도 웅기를 점령했고, 다음 날인 8월 12일 라진항을 점령했다. 8월 13일에는 구축함 편성 선단이 청진에 상륙하였다. 13일부터 시작된 청진 전투는 항복 선언 다음날인 16일에야 끝이 난다. 소련군은 일본군이 항복한 사실도 모른 채, 사투를 벌이고 있는 일본군과 전투를 계속했던 것이다. 수성천을 사이에 두고 무려 나흘간이나 치열한 전쟁을 치른 것이었다.[30]

청진을 주 무대로 한 허준의 「잔등」에는 전쟁과 관련된 숱한 표현들이 등장한다. 수성천변에서 만난 소년에게 '내'가 "이 지역에서 비행기 많이 왔느냐"라고 묻자 소년은 "그렇다"라고 대답하는 장면(35면), 회령역사와 청진역사의 폭격 흔적(49면), 청진역에서 만난, 불에다 먹을 것과 입을 것을 태워버리고 어버이와 동기를 잃어버린 의지가지없이 된 가족들의 모습(69면), 파괴된 집을 보고 무의식중에 전쟁으로 인한 재화(33면)로 생각하는 것은 모두 함경도를 배경으로 치러졌던 전쟁과 관련이 있다. 물론 주인공 천복이 청진의 밤거리를 배회하다 접하게 된 "소련의 전몰해군의 기념비가 거지반 낙성(완공-필자)이 된 로오타리"(67면)의 존재도 이러한 전쟁의 흔적들이라 할 것이다.

8월 21일 원산항에 성공적으로 상륙한 소련군은 8월 22일 마침내 일본군으로부터 공식적인 항복을 받게 된다. 8월 25일 소련 제25군이 평양 입성에 성공했고, 8월 말에는 소련군이 북한 전역에 진주 완료하게 된다.[31] 남한에서 38선을 경계로 분할 진주한 미국과 일본의 접전이 전혀 없었던 것과 달리 북한 지역은 소련과 일본의 치열한 접전이 있었고, 청진을 비롯한 함경북도 지역은 그 교전의 중심지가 된 곳이다. 이러한 사실을 통해 우리는 「잔등」에서 일관되게 표현되고 있는 '피난민'과 '전

---

30) 조규하, 「분단이 되기까지-남북의 대화」, 『조선일보』, 1971.11.18., 4면
31) 김성보 외, 『북한 현대사』, 웅진씽크빅, 2007, 18-19면.

쟁'의 의미를 좀 더 제대로 이해할 수 있다.

소련군의 진격과 함께 북한 거주 일본인들의 대탈출이 시작되었다. 많은 사람들이 일찌감치 38선 이남으로 남하했으나 소련군이 조기에 38선을 봉쇄하는 바람에 남하의 기회를 놓친 사람도 적지 않았다. 또 굶주림과 추위 그리고 전염병으로 인한 사망자가 늘어났으며, 살해되거나 약탈과 강간의 피해자가 되었다.[32] 미국과 소련 간의 협상이 파행을 겪게 됨에 따라 38선 통로는 좀처럼 열리지 않았으며 그런 가운데 목숨을 건 38선 이남으로의 탈출이 감행되기도 했다.

허준의 「잔등」에 등장하는 소년은 도망하는 일본인을 위원회에 신고하여, 그들이 "매 흠뻑 맞고, 고무산으로 가게" 만든다(43면). 소년은 '나(천복)'가 잔류 일본인들의 근황에 대해 묻자, "도망도 가고 더런 총두 맞아 죽구 더런 남아 있는 놈도 있다"라고 주저 없이 대답한다.(41면) 38선 이북에 타자(the Other)로 존재했던 잔류 일본인의 비참한 상황을 극명하게 표현해 주고 있다. 한편 「압록강」에서 원식은 신의주 역에서 피난민 중에 섞여 있던 두 명의 일본인 중년 남자를 '장총을 둘러멘 보안대원'에게 신고하여 보안서로 끌려가게 한다(207면).

미군정의 당당한 보호 아래 일본으로 귀환한 38선 이남의 일본인과 달리 그들은 억류 생활을 감내해야 했다.

> 우리는 선천농학교를 나와 인근 언덕에 있는 외딴 집으로 이동하라는 명령을 받았다(『흐르는 별』, 34면).
> "아니오 한군데 몰아 놨지오. 저어기 저어. 저기 저 골퉁이에 그전 저네 살던 데에다가 한 구퉁이를 짤라서 거기 집어 넣고 그 밖에선 못살게 해요"(「잔등」, 41면)

평안북도 선천지역에서 발이 묶였던 『흐르는 별』에 등장하는 잔류 일

---

32) 신형기, 앞글, 183면.

본인들이나, 「잔등」의 관찰자에 눈에 포착된 일본인들은 모두 "일본 사람들 때문에 만든 특별구역"(「잔등」, 84면)에서 송환날짜를 애타게 기다리며 불안한 억류생활을 해야 했다. 후지와라는 자신들의 송환이 구체화 된 것을 1946년 5월 15일로 기록하고 있다.[33] 억류 생활이 9개월 이상이 될 정도로 장기간에 걸친 것이었음을 확인할 수 있다. 이 기간 동안 남아있던 남자들은 매일 아침 일찍부터 밤늦게까지 노동에 동원되었고(『흐르는 별』, 36면), 미혼 여성들조차 일주일에 한두 번 정도 노동에 동원(67면) 되어야 했다.

또한 북한에 진격해 들어온 소련군은 일본군이나 일본인 행정관, 사법 간부, 경찰관 등을 체포했다. 1945년 9월 5일 이전에 이미 소련군에 체포된 일본군인은 약 6만 3천여 명이나 되었다. 이들 중 일부는 만주 연길을 거쳐 소련으로 압송되었다. 1945년 9월 이후 평양 등 북한 각지에서 연길로 보내진 일본인 총수는 1만 8천여 명이었고, 그중에는 경찰관과 관리 등이 약 2천 8백 명 포함되어 있었다. 『요코 이야기』에 등장하는 요코의 아버지는 러시아군의 포로가 되었으며(180, 236면), 『흐르는 별』에서 만주국의 기상대에 근무했던 후지와라 데이의 남편은 잔류 일본인 중 남성 18세 이상에서 40세까지의 일본남자들과 함께 평양(42면)에 있는 수용소를 거쳐 북만주의 연길(延吉)에 압송되었다가, 12월 31일에 풀려난 것으로(81면) 드러나 있다.

북한 쪽의 상황과는 달리 남한에서의 귀환은 대체로 비교적 평온한 가운데 이루어졌다. 일본군의 무장해제를 이유로 9월 9일 서울에 진주한 미군은 9월 20일까지 군정청 조직을 정비했으며 총독부의 기구를 물려받는 형태로 군정청 기구를 정비했다. 미군은 일본인 관리들을 상당 기간 그대로 근무하게 했으며, 한국인의 불만이 커지자 일부 관리를 자문관으

---

33) "5월 15일, 내게는 기쁜 날이었는지 슬픈 날이었는지, 지금 생각해보면 잘 모르겠다. 어쨌든 일본인들이 송환된다는 소식에 우리는 춤이라도 출 만큼 기뻤다."(112면)

로 쓰기도 하였다. 또한 친일 행위가 명백한 한국인 관리와 경찰을 그대로 근무하게 했다.34)

귀환 업무에 관한 업무는 미군정정 민정관실의 외사과가 담당하였으며, 중앙 및 지방의 각 군정부서와의 연락을 취하면서 귀환자에 대한 수송과 원호를 담당하게 되었다. 남한에 주둔했던 일본인 군인들은 미군의 손에 의해 1945년 11월 하순까지 평화롭게 송환되었다. 일반 일본인들 역시 미군정의 계획적인 수송에 의해 1946년 3월까지 대체로 일본으로의 귀환을 완료했다.35)

한반도 북부에 거주한 일본인들과 달리, 남한에 거주하는 일본인 대부분은 일본과 식민지 조선이 서로 전쟁을 경험한 일이 없다고 인식하고 있어 '패전'이라는 상황을 심각하게 받아들이지 않았으며, 자신들이 식민지 지배세력으로서 군림해 왔다는 의식을 거의 갖고 있지 않았다. 8월 22일자 인천 시청명의로 작성된 귀환 계획서의 첫 번째 조항은, "일본인은 가능한 한 한반도에 재류하여 새로운 정부 육성에 협력할 것"이었다. 또한 일본인 스스로의 보호와 치안확보를 위해 총독부의 지원 아래 결성된 세화회의 8월 25일자 발족 취지문에는 "다가올 新朝鮮을 위해서는 좋은 협력자로서 영광된 발전에 전폭적으로 기여해야 한다"는 대목이 들어 있다. 이를 통해 당시 서울에 있던 일본인들이 식민지 해방이라고 하는 역사적 변화를 매우 안일하게 인식하고 있었음을 확인할 수 있다.36)

전술했듯이 잔류 일본인을 대하는 남북한의 태도가 달랐으며, 잔류 일본인 또한 남북한이라는 이질적 공간에서 각각 다른 패전민 의식을 가졌음을 확인할 수 있다. 1945년 당시 남한의 한 '민족주의자'는 다음과 같은 글을 남기기도 했다.

---

34) 서중석, 『한국현대사』, 웅진씽크빅, 2007, 31면.
35) 최영호, 앞글, 41면.
36) 윗글, 46-49면.

일본인은 10월 말일까지 완전히 철수하라. 제국주의 망국민이란 자기
인식에 노력하라. 이 강토는 대한민국이다. 수백만에 달하는 한국의 전재
동포와 또 빈민을 길거리에 임시수용소에 그대들의 처마 밑에 비를 맞고
누더기를 걸친 채 언제까지나 기하선상에서 방황하게 할 것인가. 무조건
주택을 내놓고 철수의 길에 오르거나 적당한 광장에서 집단생활을 영위하
라.37)

전재민과 난민들이 넘쳐 흘러 들어온 남한에서는 심각한 주택난과 식
량난을 겪게 되었다. 귀환을 망설이는 일본인을 향해 제발 자신의 고국
으로 돌아가거나, 적당한 광장에서 집단생활을 해줄 것을 호소하고 있다.
38선 이북의 상황과는 너무나도 대조적이다. 물론 남한이라고 해서 일본
인에 대한 보복이 전혀 없었다고는 할 수 없을 것이다. 경찰서에 대한 습
격·점거·접수 요구 등이 빈발하였고, 또 황민화 정책에 분개해 왔던
한국인들이 신사나 봉안전 파괴에 나서기도 했다.38) 그러나 이러한 일련
의 행위들은 일본 군·경이 상당 기간 건재했던 38선 이남보다는 소련군
에 의해 일본의 군대와 치안이 일찌감치 붕괴되었던 이북이 훨씬 심각했
다는 사실을 짚어두고 넘어가자는 것이다. 이러한 상황을 무시하고 남북
한 상황을 모두 포괄하여 일반화하는 관점에는 문제가 있다고 할 것이다.
예컨대 다음과 같은 글을 보자.

해방이 됐으니 한국인들은 얼마든지 자유의 기쁨을 누릴 수 있게 됐고
졸지에 도망자 신세가 된 일본인들은 복수의 대상이 될 수밖에 없었습니
다. 하지만 한국인들에게 복수의 기회는 오지 않았습니다./일본이 항복한
이후에도 여전히 치안을 장악하고 있던 건 우리가 아니라 일본이었으니까
요. 심지어 해방 이후에도 일부 애국청년들이 일본군의 총검에 살해되기
까지 했으니까 일본 여성들에게 복수를 한다는 건 상상도 할 수 없었어

---

37) 아사노 도요미, 이길진 譯, 『살아서 돌아오다』, 솔출판사, 2005, 5면.
38) 역사교과서연구회(한국)·역사교육연구회(일본), 앞글, 328-329면.

요.[39]

이글에서 말한 '한국'은 적어도 '38선 이남'만을 지칭하는 것이어야
한다. 일본을 대하는 미·소 군정의 입장이 서로 달랐고, 그만큼 그들이
지배한 남북한 공간에 존재하는 잔류 일본인에 대한 대우나 그들의 처지
가 전혀 달랐기 때문이다. 허준의 「잔등」만 꼼꼼히 읽어도 이러한 일면
적인 시각을 갖지 않게 되었을 것이다.

3) 38선 분단과 이북의 잔류 일본인

북한에 잔류한 일본인들을 결정적으로 고난에 빠뜨리게 한 것은 미소
양국의 38선 분단 정책이었다. 일본이 포츠담 선언을 수락한 직후 미국
은 한반도를 38도선을 기준으로 이남은 미군이, 이북은 소련군이 주한
일본군의 항복과 무장해제 문제를 담당할 것을 제의하였고, 소련이 이를
받아들임으로써 분단은 가시화되었다. 명목상 일본군 무장해제였으나 실
제로는 '자본주의의 맹주인 미국과 사회주의의 사령탑의 소련'의 이해관
계가 맞물린 타협점이었던 만큼, 그 자체가 분단을 굳히는 성격을 갖게
되었다.[40]

미소는 한반도에 진주하자마자 38선을 불가침의 경계선처럼 강화하
기 시작했다. 소련군은 이미 1945년 9월초부터 38선 통행을 엄격히 금지
했으며, 남쪽으로 향하는 짐을 실은 모든 교통수단을 제지하였다.[41] 주한
미 24군단은 남한 진주 후 38이북으로부터의 모든 민간인 및 군인들의
출입을 방지하기 위해 1945년 9월 25일부터 본격적으로 38선에 도로 차

---

39) 글 이광수, 그림 키네마인, 『요코 이야기의 진실을 찾아라!』, 앞글, 117-118면.
40) 서중석, 앞글, 24-25면.
41) 정병준, 「1945~48년 미·소의 38선 정책과 남북갈등의 기원」, 『中蘇研究』 100,
    2004, 181면.

단벽을 세웠으며, 10월 중순까지 약 20개의 도로차단벽을 설치했다. 소련 역시 18~20개의 도로차단벽을 설치했으며 소총과 기관총으로 무장한 초소병을 배치했다.

> 운명의 날이었다.(아마도 8월 24일이 아니었나 싶다) 이리하여 38선을 사이에 두고 교통이 차단되었다. 우리들은 망연히 일손을 멈추었다(『흐르는 별』, 33면).

38선 이북 평안북도 선천에서 발이 묶여 억류생활을 하고 있던 후지와라 일행에게 38선 이남으로의 탈출은 지상과제의 목표였다. 그들이 38선을 경계로 교통이 차단된 8월 24일을 '운명의 날'로 명명한 이유가 여기가 있다. 『흐르는 별은 살아 있다』의 한 때 출간 제목이 '내가 넘은 38선'으로 되어 있었다는 사실 역시 그들에게 38선을 넘는 일이 얼마나 중요한 일이었는가를 단적으로 보여주는 예라고 할 수 있다.

만주와 북한 지역에서 귀환하는 피난민에게 기차는 거의 유일한 교통수단이었다. 따라서 작품 「잔등」의 주제가 "표면상으로는 철로이며, 내용상으로는 여로이며, 의식상으로는 피난민 의식으로 규정될 수 있다"는 김윤식의 지적[42]은 적실하다고 할 것이다. 해방된 지 채 한 달도 되기 전인 1945년 9월 11일 남북 간 모든 철도의 운행이 중지되었다.[43]

철도분단과 더불어 철도 운송상황 역시 매우 열악했다. 1945년 10월에 철도에 종사했던 숙련된 일본인이 남한에서 모두 물러나자 그 공백을 메우기가 쉽지 않았다. 따라서 여객 열차가 연착하는 일이 빈번했고 분기되는 선로의 열차 접속이 제대로 이루어지지 않아 바꿔 탈 여객이 어려움을 겪었다. 기관차는 오랫동안 수리보수를 받지 못해 80%의 기관

---

42) 김윤식, 「허준론」, 『한국근대리얼리즘 작가 연구』, 1988, 221면.
43) 박종철, 「남북한 철도의 단절과 사회문화적 변화」, 『평화연구』, 2006년 봄, 14면.

차가 쓸모없는 상태였으며 나머지 20%조차도 언제 운행이 중단될지 모르는 상태였다.44) 우리가 살펴보고 있는 작품들에서도 당시의 열악한 철도상황이 상세하게 묘사되고 있다. 김만선의 작품에서 드러나는 것처럼, "한 칸에 정원 팔십 명인 찻간에 이백 명이나 되는 피난민이 타야 했고",(198면) "전 같으면 하룻밤이면 당도하던 기차가 온 사흘을 걸려 도착"(199면)한다. 「잔등」에서도 화자인 나는 기차에 오르지 못하는 신세가 되어 친구인 '方'과 헤어지게 되며, 방이 탄 기차를 기다리다 허탕을 치는 장면이 여러 차례 나온다. "會寧서 淸津까지 열세 시간"(64면)이 걸리는 말도 안 되는 상황이지만, 이런 정도의 고생은 충분히 감내할 수 있다. 무엇보다 이러한 현재의 기차 상황이 앞으로 개선될 기미가 전혀 없기 때문이다. "지금 형편으로 본다면 기차의 수로 본다든지 편리로 본다든지 닥치는 그 시각시각마다가 極上의 것이어서 닥치는 순간을 날쌔게 붙잡아야 할"(7면) 처지다. "잘못하다간 서울까지 걸어가기"가 십상이기 때문이다.

　유일하다시피 한 교통수단인 기차상황이 열악한데다가 38선에서 철로마저 끊김에 따라 이제 잔류 일본인들은 도보를 감내하며 38선을 넘어야 했다. 38선을 넘어 서울에 이르기만 하면 그들은 미군정의 보호 아래 경부선 철도를 이용하여 무사히 부산항에 닿을 수 있었기 때문이다.

　　삼팔선 너머까지 빨리 도착해야 했다. 그래야 안전한데다 서울에 있을 어머니와 동생들을 만날 수 있다는 희망도 가질 수 있었다(『요코 이야기』, 119면).
　　삼팔선을 가로지르며 임진강이 흐르고 있었다. 미군이 남한 땅을 일시적으로 통치하고 있었기 때문에, 이 경계만 벗어나면 안전하리라 생각했다(『요코 이야기』, 276면).

---

44) 윗글, 15면.

어린 것들을 걸려서라도 38선을 넘어야 한다. 38선을 넘으면 미군이 있
다. 거기까지 가면 도움을 받을 수 있다는 말을 들었다(『흐르는 별』, 190면).

그들의 안전한 귀국길을 도와줄 미군이 있는 38선 너머에 있는 서울
은 그들의 1차적인 목적지가 되었다. 허준과 김만선 등의 한국인 작가에
게 소련병이 매우 우호적으로 그려지고, 미군에 대한 언급이 전혀 없는
것과 대조적이라 할 수 있다. 분단된 철도로 말미암아 『흐르는 별』의 후
지와라는 세 어린 아이들을 데리고 사리원역에서 내려 도보로 신막, 신
계, 시변리, 천마산을 거쳐 사력을 다해 38선을 넘는다.

허준의 「잔등」은 앞에서 살펴본 대로, 1945년 늦가을로 이야기시간
의 배경을 삼고 있다. 이때는 이미 38선으로 분단된 상태였고 철도 운행
역시 단절된 상태였다. 이러한 사실을 통해 볼 때, 우리는 서울을 목적지
로 하는 그의 남은 여정이 그렇게 순탄치 않았으리라 예측할 수 있다. 그
역시 38선 가까운 어느 역에서 기차에서 내려, 도보로 美蘇가 설치해 놓은
분단을 위한 차단벽과 초소를 통과해야만 했을 것이다. 「잔등」의 결말에
서 서술자는 청진역을 떠나 서울로 향하는 무개열차 위에서 '진한 칠빛'(98
면)의 밤하늘을 본다. 따라서 이때의 '칠빛 어둠의 밤하늘'은 점점 구체화
되고 있던 분단에 대한 암시로도 읽힌다.

5. 맺음말

세계2차 대전이 연합국의 승리로 끝나면서 일본은 패전국이 되고, 조
선은 해방을 맞게 되었다. 해방의 환희와 패전의 고통이라는 국가적 상황
과는 별개로 개개인이 처한 상황에 따라 해방공간을 인식하는 데는 엄연
히 편차가 존재했음을 인정하고 이를 세심하게 살필 필요가 있다. 이에

우리는 한국인이 쓴 소설 「잔등」, 「압록강」 그리고 일본인 쓴 소설 『요코 이야기』와 수기 『흐르는 별은 살아있다』를 함께 읽으면서 해방공간에서 엄연히 존재하고 있던 한반도 내 잔류 일본인의 모습과 그들의 귀환을 살펴보고자 했다. 이 작품들은 모두 8·15라고 하는 공적 영역의 서사에 토대를 두고 있는 만큼 서로 대화적 관계에 있음을 확인할 수 있었다.

『요코 이야기』를 둘러싼 네티즌들의 반응 중 상당수는 "자기네들이 뿌린 악한 씨의 대가를 받는 것이니만큼 일고의 가치가 없다"는 것이다. 전범국의 국민이므로 자신의 고통도 이야기할 수 없는가? 그것은 아니라고 판단한다. 우리는 이상의 작품들을 읽으면서, "일본민족은 가해자요, 우리민족은 피해자"라는 기존의 민족주의적·이분법적 관점으로는 읽을 수 없는 보다 심층적인 상황을 이해하게 되었다. 무엇보다 한반도의 잔류일본인들을 대하면서, 남과 북이라는 각기 다른 환경에 대한 충분한 검토 없이 '잔류 일본인'이라는 일반화한 명제로 접근하는 것은 '일면적 진실'이 가져다 주는 또 하나의 폭력일 수 있음을 확인할 수 있었다. 「잔등」에서 '제3자의 정신'을 표방했던 허준은 격변의 해방공간에서도 민족의 경계 안에 갇혀 현실을 왜곡하지 않고, 타자로 전락한 잔류일본인들을 냉정하게 기록하고 있었다. 이러한 측면에서 「잔등」은 여전히 "남을 핥아 업새이지도 아니하고 제 자신 꺼져 없어지는 법도 없이 종용히" 빛을 발하고 있음을 확인할 수 있다. 우리는 이러한 작업을 통해 해방공간의 서사, 특히 잔류일본인의 모습을 균형 잡힌 시선으로 이해할 수 있는 토대를 마련하게 되었다. 앞으로 이러한 토대를 바탕으로 한 각 작품에 대한 구체적인 분석이 진행되어야 할 것이다. 이는 다음 연구과제로 남겨둔다.

(『한국언어문학』 72집, 한국언어문학회, 2010년 3월 全載)

❙ 참고문헌

1. 기본자료

허준, 『잔등』, 을유문화사, 1946.
김만선 외, 『한국소설문학대계』 25, 동아출판사, 1996.
요코 가와시마 윗킨스, 윤현주 譯, 『요코 이야기』, 문학동네, 2005.
후지와라 데이, 위귀정 譯, 『흐르는 별은 살아 있다』, 청미래, 2003.

2. 단행본

김성보 외, 『북한 현대사』, 웅진씽크빅, 2007.
김윤식, 『한국근대리얼리즘작가연구』, 문학과지성사, 1988.
서중석, 『한국현대사』, 웅진씽크빅, 2007.
아사노 도요미, 이길진 譯, 『살아서 돌아오다』, 솔출판사, 2005.
역사교과서연구회(한국)·역사교육연구회(일본), 『한일교류의 역사』, 혜안, 2007.
이광수 글, 키네마인 그림, 『요코 이야기의 진실을 찾아라!』, 키네마인, 2009.
이재선, 『현대한국소설사』, 민음사, 1994.
임헌영 편, 『한중일 3국의 8·15 기억』, 역사비평사, 2006.

3. 논문

서사범, 「북한철도의 약사와 실상의 소고」, 『한국철도학회지』11, 한국철도학회, 2008.
신형기, 「허준과 윤리의 문제」, 『상허학보』17, 상허학회, 2006.
이연식, 「해방 후 한반도 거주 일본인 귀환에 관한 연구」, 서울시립대 박사논문, 2009.
최영호, 「해방직후 재경일본인의 일본귀환에 관한 연구」, 『전농사론』, 서울시립대학교
    국사학과, 2003.

제2부

현실인식과 문학의 변주

제1장

황석영 소설의 텍스트 확정을 위한 고찰

— 초기 소설을 중심으로 —

1. 문제제기

황석영(1943~)은 1962년의 『사상계』 신인문학상 입선작 「입석부근」을 시작으로, 8년의 공백기를 거친 뒤 1970년 조선일보 신춘문예 「탑」을 통해 본격적인 활동을 시작했다. 그는 그 동안 총 40편에 가까운 작품을 남겼으며, 그가 남긴 대부분 작품들이 한국 소설사에 의미 있는 기록으로 남을 만큼 그 성과도 만만치 않았다고 할 것이다. 그만큼 황석영의 문학은 연구자들의 손길을 기다리고 있다고 할 수 있다. 늘 청년이고자 했던 그도 우리 나이로 66세 이제 등단 50년을 바라보게 되었다. 그가 남긴 작품과 이력들에 대한 체계적인 정리가 필요한 시점이라고 할 수 있다.

그럼에도 1차적 작업이라고 할 수 있는 그가 남긴 텍스트에 대한 고찰조차 지금까지 이루어지지 않았다. 그가 이룬 성과를 제대로 평가하기 위해서는 우선 텍스트에 대한 정확한 자료정리와 함께 이에 대한 실증적 검토가 따라야 한다. 필자는 황석영에 관심을 가지면서 텍스트와 관련하여 해결해야 문제가 많다고 생각하였다. 황석영 문학텍스트의 확정을 위한 試論으로서 1970년대에 남긴 텍스트와 그가 빈번하게 한 개작의 의미를 밝혀보고자 한다. 본고를 통해 황석영이 텍스트 개작에 적극적이었다는 사실을 밝힐 것이며, 아울러 이 개작의 과정을 추적함으로써 작가 의식의 변모를 밝혀보고자 한다.

한 작가의 작품이 일단 활자화된 이후에는 그 작품은 독자의 몫이 된다. 그러나 한번 발표한 이상 독자의 몫으로 남겨주는 작가가 있는가 하면 발표 후에도 계속 수정 보완 혹은 개작을 하는 경우가 있다. 황석영은 1988년에 있었던 한 인터뷰에서 기자가 자신의 작품의 대해 개작의 욕구를 느낀 일이 없냐고 묻자, "설령 작품에 미진한 구석이 있어도 작가와 시대의 한계로 봐야 하며", 개작을 "작가의 불성실"로[1] 못 박은 바 있다.

그러나 황석영은 자신의 말과는 달리, 제목에서 본문에 이르기까지 광범위한 개작을 하고 있음을 확인할 수 있다. 형식 미학적인 측면, 사회사적 의미나 작가 의식의 측면에서 충분히 규명되어야 할 부분이 많다고 할 수 있다. 작가에게 있어서 담론은 이데올로기의 특수한 형식의 하나이며, 또한 의미는 이데올로기에 속하는 부분이라 할 수 있다.[2] 따라서 텍스트의 담론하나도 소홀히 할 수 없게 된다. 작가의 텍스트 개작의 과정을 면밀히 살핀 뒤에야 우리는 작가의식의 변모며, 작가의 자기반성적 면모를 제대로 규명할 수 있기 때문이다.

2. 개제(改題)의 경우

소설의 제목은 그 소설을 인지하고 이해하는 중요한 열쇠가 된다. 소

---

1) 문학과 비평 편집실, 「작가와의 만남, 황석영」, 『문학과 비평』, 1988년 봄, 317면.
2) D. Macdonell, 임상훈 역, 『담론이란 무엇인가』, 한울, 1992, 59-60면.

설의 제목은 소설 본문으로 향하는 관문이라고 할 만하다. 따라서 제목
을 바꾼다는 것은 내용이 달라졌을 때가 아니면 작자 자신이 그 작품 속
에 표출하고자 했던 주제의식을 보다 적절하게 반영하기 위한 의도적인
전략으로 볼 수 있다. 황석영 소설의 경우, 우선 텍스트의 제목변경이 상
당한 빈도를 보이고 있음을 알 수 있다.

　첫 발표작을 기준으로 했을 때 개제된 작품을 열거해 보면 다음과 같
다.

첫 발표 당시 제목	개 제 명
夢幻干證(월간문학/1970.6.)	돌아온 사람(『북망, 멀고도 고적한 곳』, 동서문화원, 1975.)
敵手(월간중앙/1972.4.)	1차 : 苦手3)(『歌客』, 백제, 1978.) 2차 : 배운 사람(『황석영중단편집』, 창작과비평사, 2000.)
낙타눈깔(월간문학/1972.5.)	낙타누깔(『객지』, 창비사, 1974.)
노을의 빛(월간중앙/1973.3.)	잡초(『객지』, 창비사, 1974.)
鄕邑(한국문학/1974.12.)	1차:모랫말 이야기(『북망, 멀고도 고적한 곳』, 동서문화원, 1975.) 2차:모랫말 아이들(『삼포가는 길』, 삼중당, 1975.)
壽醜의 혀(세대/1975.9.)	歌客(『歌客』, 백제, 1978.)
暗夜의 집(서울신문/1975.)	심판의 집(열화당, 1977.)
廢墟, 그리고 맨드라미 (창작과비평/1977. 겨울.)	1차 : 種奴(『돼지꿈』, 민음사, 1980.) 2차 : 맨드라미 피고지고(『황석영 중단편집』, 창작과비평사, 2000.)
亂場(한국문학/1976.)	무기의 그늘(월간조선, 1983.)

　「입석부근」에서 『무기의 그늘』에 이르는 초기작 30여 편 중에서 1/3
가량 되는 9편의 제목이 바뀌었음을 알 수 있고, 그 중 3편은 두 차례에
걸쳐 제목이 바뀌었음을 알 수 있다. 대부분 작품은 1974년 '창작과비평

---

3) '高手'를 인쇄과정에서 오식한 것이 아닌가 한다.

사' 판 『객지』를 비롯한 1970년대에 발표된 단행본에서 확정되었지만, 두 편은 2000년에 들어서 확정되었음을 알 수 있다.

개제는 발표 당시의 어려운 한자 제목에서 단행본으로 옮겨오면서 보다 쉽고 자연스러운 우리말 제목으로 바뀐 경우가 대부분임을 알 수 있다. 「夢幻干證」, 「敵手」, 「鄕邑」, 「壽醜의 혀」, 「種奴」, 『亂場』, 『暗夜의 집』과 같은 작품은 발표 당시 제목이 한문 표제어를 그대로 노출하여 의미파악은 고사하고 읽기조차 쉽지 않다. 특히 황석영의 예술관을 직접적으로 드러내고 있는, 혀가 잘리는 상황에서도 끝까지 민중을 위한 노래를 포기하지 않았던 주인공 '壽醜'를 내세운 「수추의 혀」에서 壽醜란 이름은 현학적이라고까지 할 수 있다. 이 무렵 작가가 표방한 '민중과 소통하기 위한 쉽고 재미있는 문학'에도 엇나가는 제목이라고 할 수 있다.

월남전의 참전 후일담 형식을 빌려 월남전의 폭력성과 우리 분단의 폭력성을 접맥한 「夢幻干證」은 1975년의 창작집에서부터 「돌아온 사람」으로 정착되었다. 그런데 이 작품은 한자 제목 탓에 「몽유간증」으로도 소개되고 있다. 아세아문화사 刊 『한국현대문인대사전』(1991, 3310면)에 '몽유간증(蒙幼干證)'으로 소개된 이래 서울대출판부의 『현대문학대사전』(2004, 1097면)에서도 오류를 반복하고 있음을 알 수 있다.

「鄕邑」은 작가가 어린 시절 영등포에 거주할 때의 삶을 어린아이의 시점으로 따뜻하게 재구해 낸 소설이다. '향읍'이란 구태의연한 제목보다 개제 후 제목인 '모랫말 아이들'은 시골 읍(향읍)의 구체적 지명인 우리말 '모랫말'에다가 '아이들'을 결합함으로써, 작가가 의도한 만큼 동화적인 분위기를 잘 드러낼 수 있게 되었다.

종국에는 「맨드라미 피고지고」로 정착된 작품은 세 개의 제목을 갖고 있다. 당초 1977년 발표 당시에 「廢墟, 그리고 맨드라미」에서 출발했다가 「種奴」를 거치고 난 뒤 2000년 황석영 중단편집에 와서야 정착되었다. 평생을 씨종노릇으로 일관한 주인공 '동이노인'(종노)에 초점을 맞추기보다는 농촌 마을에서 시달림을 받던 민중들을 전경화하고자 이들을 '맨드라미' 꽃으로 상징화한 것이다. 이는 좌우 이념의 충돌 속에서 미쳐간 식모 '태금이'의 삶을 전경화하고 있는 '노을의 빛'(1973) 제목을 역시 태금이에 맞춰 '잡초'(1974)로 개제한 것과 동궤에 놓인다고 할 수 있다.

「배운 사람」으로 귀착된 작품 역시 두 번의 개제과정을 거쳤다. 이 작품에는 '배운 사람'인 선배와 그 선배의 노리갯감으로 지내다가 오히려 결말에 가서 그 선배를 조롱하는 입장에 서는 꼽추가 등장한다. 이 두 사람의 관계를 고려하여 발표 당시부터 1975년의 소설집에까지 「적수」로 소개되다가, 1978년 소설집에 와서 '고수'라는 제목으로 바꿈으로써 두 인물 중 오히려 '꼽추'를 고수로 올려놓는다. 그러다가 다시 작품 속에 등장하는 '배운 삼촌'에 대한 비판적 입장을 반영하여 「배운 사람」 (2000)으로 고친 것으로 보인다.

중편소설 『심판의 집』은 발표 당시 『暗野의 집』(1975. 8. 11.~10. 11.)이었다. 황석영 소설에서 특이하게 추리기법의 대중소설로 성공한 작품이다. 이 작품은 1977년 '열화당'에서 단행본으로 나올 때 『심판의 집』으로 개제가 되었다. 산장에서 벌어진 비극적인 살인사건의 주범이 결국 작품 말미에서 일행 중에 재물에 눈먼 젊은 의사로 밝혀지게 되고 그가 검거되는 것을 결말로 삼음으로써 산장은 '심판의 집' 역할을 한다. 이후 중앙일보사에서 낸 단행본과 그의 연보에서도 『심판의 집』으로 굳어지게 되었다.

「낙타누깔」은 비속한 성보조도구인 '낙타눈깔'을 제목으로 삼음으로써 독자들의 호기심을 자극하는 데 크게 기여한 제목이라고 할 수 있다. 작가는 소설 결말에 '낙타 누깔'을 월남참전 장교인 나의 부끄러움을 응시하게 하는 도구로 배치함으로써, 성적인 호기심에 출발한 독자의 기대를 주제의식으로 잘 이끌었다고 할 수 있다. 『월간문학』 발표 당시 「낙타눈깔」이다가 눈깔의 북한 방언 '누깔'로 바꾸면서, 다른 작가들이 월남전 소설에서 언급하고 있는 '낙타눈깔'과 구별되는 황석영만의 고유한 상징체계 낱말을 얻어냈다고 할 수 있다.

『亂場』과 『무기의 그늘』도 별개의 작품으로 소개되는 경우가 빈번하다. 『무기의 그늘』은 황석영 작품의 월남참전 계열의 완성판이자, 한국의 베트남 참전 소설사에도 한 획을 긋는 작품이다. 개제를 추적하는 과정에서 우리는 이 작품의 집필이 순조롭지 않았음을 알게 된다. 이 작품은『한국문학』1977년 11월 호부터 1978년 7월까지 「亂場」이란 이름으로 9회 연재되었다. 이 분량은 완성작인 총 35개의 장 중에 8개 장에 해당하는 분량이다. 그리고 1983년 1월『월간조선』에서부터 '무기의 그늘'로 개제하여 다시 1장부터 연재되지만, 1984년 3월까지 총 14회를 연재하고 중단된다. 35장 중에 27장을 소화한 양이다. 재개가 된 것은 3년여가 지난 1987년 9월부터였는데, 중간에 1988년 1월만 쉬고, 3월까지 연재를 하여 대단원의 막을 내리게 된다. 『월간조선』에 실린 『무기의 그늘』 내용은, 『한국문학』의 '난장'이란 이름으로 실린 부분과 비교해서 달라진 점이 거의 없다. 다만 일부 에피소드의 순서를 바꾸었는데, 이때 바뀐 순서가 '형성사', '창작과비평사' 판의 『무기의 그늘』의 원형이 된다.

'亂場'이란 제목에도 자본주의 시장 논리와 전쟁이 갖는 혼란스런 공간의 이미지가 드러나고 있지만, '무기'로 대변되는 전쟁 이면(그늘)에 존재하고 있던 자본의 논리와 제국주의의 속성을 드러내는데 '무기의 그늘'은 훨씬 더 상징적인 의미를 내포할 수 있게 된다.

이러한 개제를 겪으면서 동일한 작품이 별개의 작품으로 소개되는 번거로움을 피하기 어렵게 되었다. 하지만 이 과정을 통해, 독자들은 보다 쉽게 텍스트에 다가갈 수 있게 되었고, 소설의 제목들은 보다 풍부한 상징성을 얻게 되었다고 할 수 있다.

3. 본문 개작의 경우

작품 연구를 위해서는 텍스트 개작 여부에 대한 철저한 검토가 따라야 한다. 연구자가 어느 텍스트를 대상으로 했느냐에 따라 연구 결과도 다르게 나타날 위험이 있기 때문이다. 특히 작품의 변모 과정, 작품을 통한 작가의식의 변모를 문제 삼는 경우에는 보다 심각한 오류를 낳을 수 있다. 황석영은 작품의 본문 내용도 단행본을 낼 때 큰 폭으로 개작했음을 확인할 수 있다.

1) 개작의 원점 -「입석부근」

본문 개작은 최초 등단작 「입석부근」에서부터 이루어진다. 1962년 사상계 4회 신인문학상 입선작인 이 작품은 1974년의 최초 창작집과 또 최종본이라고 할 수 있는 창비의 2000년판 중단편집에서도 포함시킬 정도로 작가가 애착을 가졌던 작품이라고 할 수 있다. 최원식은 이 작품에 대해 "지금 봐도 참 쨍쨍한 작품"[4]이라고 평가했다.

하지만 19세 고교생의 작품이었던 만큼 그 미숙함도 드러날 수밖에 없다. 이를 의식한 작가는 1974년 창비 창작집에서 상당 폭의 개작을 하고 있음을 알 수 있다.

이 작품은 암벽등반에서 조난을 당한 대원들을 구하기 위해 네 명의 청년이 구조등반을 하면서 벌어진 이야기를 다루고 있다. 우선 개작본에

---

4) 최원식·임홍배 편, 『황석영 문학의 세계』, 창비, 2003, 36면.

서는 시제변화가 두드러진다.

> 그는 씽긋 웃으며 자기 어깨 위로 짜일을 걸쳐 **쥐었다**. 하켄을 잡고 잠간 망설이다가, 구두 끝으로 암벽을 차면서 위로 몸을 **끌어올렸다**. 왼손을 동시에 올려서 둘째번 하켄을 **잡았다**. 오른 손을 놓아 사이를 두지 않고 왼손, 손목을 잡으면서 오른발 끝을 첫 번째 하켄 위에 **올려놓았다**.(사상계, 1962.11., 353면) → 영훈이는 웃으면서 자기 어깨 위로 자일을 걸쳐 **쥔다**. …**끌어올린다**.… **잡는다**.… **올려놓는다**(강조 필자, 이하 같음,『객지』, 창비, 1974, 376면).

이 소설의 서술 대부분은 등반과정과 그 과정에서 과거를 회상하는 장면에 할애되어 있다. 개작본에서는 초고본에서와 같이 회상과 지문부분에서는 과거형을 쓰고 있지만, 등반과정을 묘사하는 부분에서는 시제를 현재형으로 바꾸었다. 이를 통해 독자들은 위험한 암벽등반의 현장을 지켜보고 있는 듯한 느낌을 받게 된다. 지문이나 회상을 과거시제로, 등반의 현장을 현재시제로 구분함으로써 1974년의 개작본은 1962년의 소설보다 훨씬 더 입체적으로 읽힌다.

또한 작가는 치기어린, 지나치게 감상적인 부분을 삭제하고, 성숙한 작가의식을 반영하는 서술을 새롭게 삽입하였다.

> A. 녀석은 돌아 올 때, 내게 맛있는 것을 사다 줄지도 모른다. 아빠처럼… 아닌 그런 것은 없어도 부드럽게 웃으며 나 혼자 있는 굴 앞에 쓰윽 나타날 것이다. 그때까지는 나는 아내처럼 가슴을 두근거리며 기다리는 것이다. 웬일인지. 나는 울고 있었다. 자꾸 쓴 웃음이 나오는 데도 허전한 울음이 나왔다(사상계, 346-347면).
>
> A'. 녀석은 아버지처럼 돌아올 것이다. 굳센 남자인 아버지로서 나 혼자 지키는 우리들의 굴에 돌아올 것이다. 그때까지는 나는 어머님 같이 가슴을 두근거리며 기다려야 한다. 웬일인지 나는 눈물이 나왔다. 내가 학교와

여자뿐인 집안의 폐쇄적인 훈련소에서 그리워했던 것은 야성이었다(1974, 368면).

B. 그는 눈을 껌벅하면서 웃었다. 나는 고개를 끄덕거렸다. 그리고 좋아서 자꾸 웃었다. 우리 모두가 좋아서…우리는 셋이서 한꺼번에 손을 잡았다. 서로의 싸움이 무사하기를 마음속으로 빌었다(사상계, 361면).

C. 나는 생각을 한곳으로 모을 수가 없었다. 가족들이 밝은 불빛 아래 모여서 라디오를 들으며 웃고 있는 모습이 떠올랐다. **코안경을 쓴 할아버지, 방 가운데에서 네 발 걸음을 하는 아가. 또 꽃불이 터지는 무도회장, 둥그렇게 돌아가는 선량한 시민들.** 지금 아직 짐승같은 거치름을 갖고 길들여지지 않는 나는 그 속에서 빠져 나올 수밖에 없었을 것이었다. 어두운 하늘에선 여자 숨결같은 가랑비가 차분히 내려앉고 있었다(사상계, 347면).

C. 나는 생각을 한곳으로 모을 수가 없었다. 가족들이 밝은 불빛 아래 모여서 라디오를 들으며 웃고 뜨는 모습이 떠올랐다. **기관총 소리. 벚꽃의 흩날림. 검은 교복 위에 흠씬 젖어 흐르는 피. 환희의 거리.** 밀려오고 밀려오는 시민들. 소녀들의 해맑은 이마. 저 모든 것은 벌써 오래전에 다 지나갔다. 나는 길들여지지 않는 자가 되어 집과 학교를 떠났다. **거리에는 이미 우수마저 남아 있지 않았다**(1974, 369면).

어떤 독자가 읽어도 사상계(A, C) 쪽의 초고본보다는 개작본(A′, C′)에서 훨씬 성숙한 서술자의 음성을 느낄 수 있다. B는 소설의 결말부분에서 서로 유대감을 확인한 주인공 '나'가 감정을 직접 노출하고 있는 부분으로 1974년 창비판에서 아예 삭제되었다. 특히 C′쪽에 와서는 4·19에 대한 서술자의 회상이 개입되어 있다. 또 "거리에는 이미 우수마저 남아있지 않았다"는 표현을 덧붙임으로써 '소녀취향'을 벗어난 성숙한 화자의 내면을 드러내고 있다. 섬세한 독자라면 "오래 전에 다 지나갔다" 등의 삽입된 표현을 통해 1인칭 소설에서 흔히 이야기 되는 서술적 자아와 서사적 자아의 거리가 개작본에 와서 훨씬 벌어져 있음을 느낄 수도 있을 것이다.

이 작품은 결말에 와서 등장인물의 역할도 바꾸었다. 네 사람이 한 자일에 의지해 연속 등반하는 과정에서 마지막 주자였던 '기욱'이 물때에 걸리자 동료들에게 부담이 되지 않기 위해 위험을 무릅쓰고 '백코스'를 하는 장면이 나온다. 부상당한 기욱은 나머지 동료들이 조난대원들을 구출하고 돌아올 내일까지 중간의 암벽에서 하룻밤을 보내야 했던 것이다. 발표 당시의 텍스트에는 구조를 기다리는 조난대원과 상봉하기 직전에 '나'가 부상당한 기욱이 곁으로 돌아가는 것으로 되어 있었다. '나'는 등반 과정에서 손가락 부상에도 '퍼스트'의 역할을 고집해 왔고, 그만큼 자기 중심적인 면도 보여주었다고 할 수 있다.

> 높은 산바람과 함께 **영훈**의 몸이 떴다. 나는 우뚝 선 바위 절벽을 쳐다 보았다. 다시 엎드려서 피톤의 머리를 힘차게 후려갈기기 시작했다.(사상 계, 361면)→ 높은 산울림과 함께 내 몸이 떴다. 바위 절벽이 눈앞을 천천 히 미끄러져 내려갔다. **영훈**이가 힘차게 후려갈기기 시작한 함마 소리가 골짜기에 올려 퍼졌다(1974, 388면).

혼자 버려진 '기욱이'를 찾아 내려가기 위해 피톤을 박는 것이 초고본 에서는 '나'였지만 1974년의 창비판에 오면서 '영훈'으로 바뀌었음을 알 수 있다. 유대감과 공동체 의식을 드러내는데 동료들이 적절히 역할분담 을 하게 하는 것이 낫다고 생각했기 때문이다. 개작본은 '나' 중심보다는 공동체를 강조함으로써, 이후 황석영 소설의 주요한 모티브가 되는 이타 적 인간과 이들의 연대감 강조에 조금 더 가까이 가게 되었다고 할 수 있다.

2) 목적성의 강조 −「탑」, 「낙타누깔」

『조선일보』 신춘문예 당선작인 「탑」은 작가에게 있어 '황수영'에서

'황석영'으로 거듭나게 한 새로운 출발점으로서의 의미를 가진다. 「탑」은 서사구조를 바꾼 것은 아니지만, 개작된 단행본에 와서 비로소 체계적인 탈식민 의식을 보여주고 있음을 알 수 있다. 우선 우리가 흔히 베트콩이라고 말하는 인민 해방전선에 대해 개작본에 와서 훨씬 우호적으로 변화하였음을 알 수 있다.

① 그(베트콩 포로-필자)는 컴컴한 초소에서 갑자기 바깥으로 끌려 나오자 눈을 **교활하게** 뜨고 (『조선일보』, 1970년 1월 6일자, 이하 같음)→…눈을 **가늘게** 뜨고…(1974, 334면)

② 한 녀석의 구령 붙이는 듯한 소리가 들렸고, 뒤따라 **여러놈들의 왁짝지껄하는** 소리가 들렸다.→**한 사람의**…, 뒤따라 **여럿의 왁자지껄하는** …(1974, 337-338면)

③ 우리는 산개해서 마을을 지나갔다. 늙은이들은 음흉스러워 보였고, 아이들은 교활해 보였으며, 여인네들은 우리를 비웃고 있는 것 같았고, 남자 어른들은 모두 적의 **첩자처럼 생각되었다.**(조선일보)→ …남자들은 모두들 밤에는 게릴라로 변하는 적인 것 같았다. <u>그들의 고요한 마을에 침입한 것은 바로 우리들이었다. 여긴 우리의 고향이 아니다</u>(삽입한 구절)(1974, 345면).

④ 팽팽해져서 시간이 끊어져 나갈 것 같은 고요함 때문에 나는 피부의 땀구멍들이 모두 막혀 버릴 것 같았다. → 갑작스런 고요함 때문에…같았다. <u>남의 땅, 남의 어둠 속에 있는 우리는 뭐냐. 도대체 우리는 무엇이냐</u>(삽입한 구절)(1974, 350면).

⑤ 부사수가 초소 안에서 포로를 끌고 나왔다. 그는 밖으로 끌려 나오자 죽는소리를 하며, 다시 초소 안으로 기어 들어가려고 했다. 부사수가 몇 대 쥐어지르고서 그의 몸을 방패삼아 도로 가운데로 걸어갔다.→ …그는 밖으로 끌려 나오자 **허공을 향해서** 뭐라고 긴 고함을 질렀다. 어둠 속에서 **포로의 눈이 번들거렸다**(1974, 350면).

발표 당시와 달리 소설집에 와서는 인민 해방전선에 대한 적개심이 가셔져 있음이 한눈에 드러난다. 단지 피차간의 상대적인 적으로 규정될 뿐이다. ⑤에서처럼 인민 해방전선 포로에 대한 인식 역시, '교활하고 비열한' 데서 벗어나 보다 당당해진 인간의 면모를 가지게 된다. 작품의 전영역에서 상대편(베트콩)을 지칭하는 인칭 대명사들이 '자식들, 놈, 놈들, 녀석'에서 대부분 '사람, 적들, 그'로 바뀐 것 역시 이러한 작가의 의식변화에 상응하는 것이라 할 수 있다. 여기에서 한 걸음 나아가서 작자는 ③과 ④에서처럼 새로운 구절을 삽입하여, 미군의 요청으로 간 한국군 역시 '자유의 십자군'이 아니라 '침입자'에 불과하다는 자기 반성적 인식을 서술자의 독백을 통해 분명히 보여준다.

따라서 "그들의 고요한 마을에 침입한 것…"이나 "남의 땅, 남의 어둠 속에…" 등의 구절을 들어, 베트남 전쟁에 대한 선진적 문제의식을 높이 평가하면서, 특히 이 작품이, 베트남 전쟁에 대한 우리들의 시각을 바로잡는 데 결정적으로 기여한 리영희의 평론 『베트남전쟁』(1)(1972) 『베트남전쟁』(2)(1973) 이전에 발표되었다는 점은 더욱 놀랍다"고[5] 강조한 것은 1970년의 초고본을 확인해 보지 않고 나온 진단이라고 할 수 있다.

1974년판에 와서 해방전선에 대해서뿐만 아니라 베트남 인민들을 대하는 시선도 확연히 달라졌음을 보여준다. 베트남 여성을 사는 것과 관련 있는 담론들이 대폭 수정되었음을 알 수 있다.

　　① 물론 늘씬하게 빠졌다든가, 달콤한 웃음을 지어낼 줄 안다거나 하는 것은 바랄 수도 없는 '더러운 여자들'이었다. 캄캄한 판자집의 어둠 속, 대나무로 엮은 침대 위에서 퍼덕이는 갈색의 작은 살덩이는 분명 여자이긴 하였다.(조선일보, 1970.1.6)→…**농촌의 피난민 부녀자들**이었다.…**내몸처럼 슬펐다**(1974, 328면).
　　② 우리가 작전을 마치고 새 지역에 가면 전원 보상휴가를 받게 될지도 **모른다."**

---

5) 최원식, 「한국소설에 나타난 베트남전쟁」, 『생산적 대화를 위하여』, 창작과비평사, 1997, 380면.

"그러니까 나중에 실력발휘를 하려면 오늘 전투 중 그 물건을 소중히
간수하도록!" 하사 옆에서 선임조장도 거들었다(1974년 판에서 삭제)
(1974, 348면).

①의 초고본에서는 한국 병사들이 성적 욕구를 충족시키기 위해 베트
남 여자를 사는 일이 빈번했음을 보여준다. 더 나아가서 ②는 고된 전투
의 보상으로 베트남 여자를 사는 일이 관례가 되어 있었다는 사실을 충
격적으로 드러낸다. 하지만 개작본에서는 베트남 여성을 보는 시각이 확
연히 달라졌음을 알 수 있다. 특히 ①에서는 자신들이 사는 베트남 부녀
자들이 '더러운 여자'에서 '농촌의 피난민 부녀자들'로 바뀌었고, 그래도
그들의 살덩이는 '여자'였다고 했다가 개작본에서는 그 여자 몸이 '용병'
으로 끌려간 자신의 처지처럼 '슬펐다'로 고쳤다.

만약 초고본을 그대로 두었다면, 『무기의 그늘』에서 강조하고 있는
같은 아시아 인민으로서의 동류의식과 연관된 황석영의 탈식민적 인식은
치명상을 입게 되고, 특히 전쟁의 와중에 가장 타자로 전락한 여성들에
대한 부당한 시선은 두고두고 논란이 되었을 것이다.

또한 탈식민적 의식과 맞물린 반미의식이 개작본에서 와서 크게 강조
되고 있음을 알 수 있다.

① 미군들의 활기 있는 사기 속에서 깊은 열등감을 느끼도록 만들었다.
(조선일보 1970. 1. 6.)→미군 녀석들의 활기 속에서 깊은 열등감을 느끼도
록 만들었다(1974, 328면).
② 우리는 배수로에서 기어 나와 **미군 병사들이 권하는** 담배를 피웠다.
→우리는 배수로에서 기어나와 담배를 피웠다(1974, 354면).

위에서 드러난 것처럼 개작본 전에는 적어도 미군에 대해서 반감의식
이 드러나 있지 않다고 할 수 있다. 오히려 미군 병사들이 권하는 담배

를 피울 정도로, 동료의식까지 드러나고 있다. 하지만 개작본에 오면 상황은 달라진다. 작품의 결말을 살펴보면 이것이 한눈에 드러난다.

> 내 말이 다 끝나기 전에 불교라는 낱말이 나오자마자 이 머리 좋은 서양 친구는 아하, 하면서 고개를 끄덕였다. 중위가 말했다. "그런 골치 아픈 것은 없애버려야지. 미합중국 근대는 그들의 생각을 개화키는 걸세. 낡은 생각이니까." 나는 우리가 탑과 맺게 된 깊은 관계에 대해서 설명할 방도가 없는 것을 알았다. 미군 장교는 전장의 감상적인 생각이라 비웃을 것이었다. 그는 자기가 문명임인을 내세우고 탑에 대한 견해도 그러한 생각으로부터 출발할 것이다.(조선일보, 1970.1.6.) → 내 말이 다 끝나기 전에 불교라는 낱말이 나오자 이 단순한 서양 친구는 으흥, 하면서 고개를 끄덕였다. 중위가 말했다. "그런 골치 아픈 것은 없애 버려야지. 미합중국 군대는 언제 어디서나 변화시키고 새롭게 할 수가 있네. 세계의 도처에서 말이지." 나는 우리가 탑과 맺게 된 더럽고 끈끈한 관계에 대해서 달리 설명할 방도가 없음을 깨달았다. 장교는 자기가 가장 실질적이며 합리적인 강대국 아메리카인의 전형임을 내세우고, 탑에 대한 견해도 그런 바탕에서 출발할 것이다(1974, 355면).

베트남 주민들의 기원과 소망이 담긴 석탑을 '우리부대'는 목숨과 바꿔 지켜내지만, 미군에게는 한낱 무의미한 돌덩어리일 뿐이다. 탑의 철거를 앞두고 이야기가 진행되는 결말 부분은 이 작품을 해석하는 데 중요한 대목이라고 할 수 있다. 물론 초고본에서도 미군에 대한 거부감이 전혀 없는 것은 아니지만, 서술자는 비교적 미군장교에 대해 객관적 거리를 유지하고 있다고 보아야 할 것이다. 서술자는 미군장교가 내게 대해 갖는 생각, '감상적인 생각이라 비웃을 것'이라는 입장까지 반영하고 있다. 하지만 개작본에 와서 미군장교는 팍스아메리카나를 전형적으로 보여주는 오만한 인물로 변화해 있다. 이런 상황에서 장교와 한국군의 실랑이를 지켜본 미군 중사의 말도 달라져 있음을 알 수 있다. "동양인들은 이해할 수 없단 말야"를 작가는 "노란 놈들은 이해할 수 없단 말야."(356면)로 보다 원색적인 표현으로 고침으로써 미군병사들 모두가 오리엔탈리즘에 감염된 인물임을 강조하고 있다. 서양인들이 동양인들을 조롱할 목적으로 쓸 때의 '노란 놈(yellow)'에는 '음산하고, 야비하며, 비겁하다'는 뜻이 내포되어 있기 때문이다.6)

따라서 초고본 「탑」에서 우리는 오늘날 우리가 분명히 느끼는 탈식민적 의식을 거의 느낄 수 없다. 적어도 베트남 전쟁이 종료되는 1973년까지 기다려야 했던 것이다. 이는 1970년 『조선일보』 당시의 심사평을 통해서도 쉽게 드러난다.

> '탑'은 越南戰線의 佛塔 하나를 중심으로 하여 전장의 생생한 모습을 보여주었을뿐 아니라, 끝마무리가 박력있게 짜여져 이 작가의 작가의식이나 역량이 십분 透視될수 있는 작품으로서, 이를 岀選作으로 결정하는데 심사위원은 완전 合意를 보았던 것이다(안수길, 전광용).7)

심사평은 문체에서 남성적 힘을 가진 전쟁소설로 전장의 생생한 장면을 보여주었다는 데 의미를 두었다. 하지만 1974년의 개작본에서는 베트남 전쟁의 의미에 대해 재고하도록 만들고 있다. 이제 「탑」은 당당히 『무기의 그늘』과 동궤에 놓여, 월남전에 대한 작가의 진전된 의식을 보여주는 수작으로 거듭나게 되었다. 물론 초고본에서 단행본까지의 4년여의 시간은 작가에게 있어 베트남 참전용사로서 자기 반성적인 시간이기도 했다는 의미일 것이다.

베트남전과 관련한 또 하나의 수작으로 「낙타누깔」을 들 수 있다. 「낙타누깔」은 작가가 밝히고 있듯, 월남전을 겪고 귀국하는 장교의 이야기를

---

6) 김정자, 『한국기지촌 소설의 기법적 연구』, 태학사, 1996, 125면.
7) 『조선일보』, 1970.1.6.

통해, "베트남 전쟁에 참전했던 한국군의 도덕성에 대하여 자아비판을"[8] 한 작품이다. 역시 발표 당시(『월간문학』, 1972. 5.)에 비해 1974년 소설집에 와서 베트남전에 대한 진일보한 시각이 드러나고 있다.

등장인물 병장이 월남전을 추억한 단어들 중에 'PX'(월간문학, 159면)가 'PX를 사기업화한 장성'(창비, 182면)으로 구체적으로 바뀌었으며, '나'가 장교가 된 이유를 설명하는 대목에서 가난으로 진학을 포기했기 때문이라는 구절(163면) 뒤에 "지난 시대에는 식민지의 군인으로라도 출세하려는 썩어빠진 젊은이들도 있었지만 말이다."(창비, 190면)와 같은 구절을 삽입하고 있음을 알 수 있다. 전자를 통해 월남전이 자본주의의 시장논리에 지배된 전쟁이었다는 사실을 드러내게 되었고, 후자를 통해 당시의 권력자들인 군부권력의 식민지적 근성을 비판하고 있음을 알 수 있다.

이런 지엽적인 개작 말고도 이 작품 역시 대폭적인 개작이 일어났음을 확인할 수 있다. 서술자의 회상 형식을 통해, 월남 현지(휴양지)의 아이들에게 '낙타누깔'을 사던 일부터, 베트남 현지 소녀들과 흑인미군 병사사이에 벌어진 실랑이를 지켜보고, 휴양소로 복귀하기까지의 일들이 무려 3쪽 이상(「객지」, 1974, 185~188면) 새로 삽입되었다. 삽입된 에피소드를 통해, 독자들이 궁금해 하는 '낙타눈깔'의 출처가 분명하게 드러나고, 작가는 월남전 실상에 대한 날카로운 인식을 드러내게 된다.

현지 소년들이 한국말로 자신 있다는 투로 '낙타눈깔'을 외치고, '나'는 부끄러운 마음으로 '낙타눈깔'을 산다. 기념품 행상을 하는 현지 소녀들이, 나와 같이 버스를 기다리던 흑인 병사를 희롱하자 흑인 병사가 그 소녀들이 가진 장사목판을 부수고 따귀를 때린다. 이때 베트남 경찰이 나타나 흑인 병사에게 10불을 물어주라고 하자, 흑인 병사는 "이 냄새나는 동양 놈아, 너희는 거지같은 구욱이다. 구욱! 이 더러운 데서 우리는

---

8) 황석영, 『아들을 위하여』, 이룸, 2000, 185면.

너희 때문에 싸운다. 다친다. 죽는다."라고 고함친다.9)

그러자, 군중 틈에서 나온 해쓱한 청년이 미군병사와 나를 쏘아보면서 다음과 같이 이야기한다.

> 우리 때문이 아니다. 너는 네 형제들이 미워하는 정부의 체면을 지키러 여기 온 것이고, 또 너는 그 나라의 체면을 몸값으로 치러 주려고 왔다. 둘 다 가엾은 자들이다. 우리는 원하지 않으니 네 형편없는 고장으로 돌아가라. 우리는 바나나와 망고만 먹고도 산다. 굶어 죽지도 않고, 폭탄에 맞아 죽지도 않는다. 꺼져라. 내 나라에서(187면).

쏘아보는 눈을 가진 청년의 기세에 눌려 흑인 병사는 입을 굳게 다물어버린다. 마침 버스가 도착하고, 나는 황급하게 휴양소로 복귀한다. 그날 밤 서술자는 낮에 벌어진 일들을 돌이키면서 뜬눈으로 밤을 새운다.

이러한 부분을 삽입함으로써, 첫째, 동양인들에 대한 경멸감을 가지고 있는 미군의 시각, 둘째, 베트남 내부 전쟁에 개입한 미국 요청으로 참가한 한국군의 실체를 꿰뚫어보고 있는 베트남 청년의 민족주의적 시각, 셋째, 월남인들과 같은 아시아인으로서의 연대감을 보이는 한편으로, 한갓 용병에 지나지 않는다는 반성적 의식을 가진 한국 군인의 시각을 입체적으로 보여 줄 수 있게 되었다. 이는 물론 베트남전에 대한 세계사적 안목을 가지게 된 성숙한 작가의 눈을 반영한 것이었다.

작가는 「탑」이나 「낙타누깔」의 초간본에서 베트남 전쟁의 실체며, 베트남 인민에 대한 입장을 채 정리하지 못했다고 할 수 있다. 하지만 작가는 개작본을 거치면서 이러한 실체와 입장에 대해 분명한 태도를 갖게 되었다고 할 수 있다. 이러한 과정을 통해 작가는 베트남 전쟁문학의 지

---

9) 작가는 『무기의 그늘』(하권, 창비, 2004, 123면)에서 미군들이 베트남인 나아가 더러운 아시아인을 욕할 때 쓰는 '구욱'이란 말이 실상은 6·25 전쟁 때 미 군대가 한국 사람을 경멸하기 위해 쓰기 시작한 말이라는 것을 밝힌다.

평을 새롭게 연 『무기의 그늘』(1988)을 완성하게 된다.

3) 문학성의 강조 -「삼포가는 길」

1970년대 우리 문학을 대표하는 단편으로 손꼽히는 「삼포가는 길」 역시 섬세한 수정이 있었다. 십여 군데 이상이 1974년판에서 달라졌음을 알 수 있다. 단순히 어법 [예컨대, 창공을 베이면서(신동아, 1973.9., 425면)-베면서(「객지」, 1974, 258면) 등] 을 바로 잡은 곳도 있지만, 문맥의 흐름을 매끄럽게 고친 것이 많이 눈에 띈다.

예컨대 "영달이는 처음부터 경계하지 않고 대담했다"(426면)를 "영달이는 처음보다는 경계하지 않고 대담했다"(260면)로 바꾼다. 소설 전개상 두 등장인물의 심리 변화를 반영하여 고친 쪽이 훨씬 자연스럽다.

이 소설 결말 부분에서 백화가 마음을 연 두 사내에게 자신의 본명을 들려주는 부분은 아주 중요한 부분이라고 할 수 있다. "내 이름은 백화가 아니에요. 본명은요, 이점례예요."(437면)라는 부분인데, '본명은요'와 '이점례예요.' 사이가 쉼표로 처리된 초고본과 달리 1974년판에는 이 반점이 말줄임표로 대치되었다. 쉼표보다 말줄임표에서 백화의 헤어지기 아쉬운 마음이 잘 드러나고, '촌스러운' 자신의 이름을 남성들 앞에 밝히기에 앞서 머뭇거리는 상황을 잘 표현하게 되었다고 할 수 있다. 독자 역시 이 말줄임표에서 이들의 애틋한 이별을 떠올릴 수 있기에 잘된 수정이라고 할 수 있다.

마지막 부분에 작가의 개입에 해당하는 "어느 결에 정씨는 영달이와 똑 같은 입장이 되어 있었다."(437면)에서 서술어가 '되어 버렸다'로 1974년 판에서부터 바뀌게 된다. 이 역시 작다면 작고 크다면 큰 부분이라 할 수 있었다. 정씨의 허탈한 마음과 자포자기의 마음까지 받아 낼 수 있는 말이기 때문이다.

한편 「줄자」10)와 「돼지꿈」11), 「한등」12)에서는 작가의 감정이 개입
된 결말의 군더더기를 잘라내서 작품성을 높이고 있다. 작가가 흔히 여
운을 남기기 위해서 주관적인 의식을 노출하기 쉬운 부분이 대단원이라
고 할 수 있다. 하지만 황석영은 '주관적인 작가의 의식배제'를 자신의
기술방법론13)으로 견지하고 있었으므로 이런 유혹을 뿌리칠 수 있었고,
설혹 초고본에 이러한 서술이 있었다고 해도 개작본에서는 이러한 작가
의 주관적 서술을 과감히 쳐낼 수 있었던 것으로 보인다.

4) 시대상황의 반영 ―「객지」, 「한씨연대기」

흔히 1970년대 문학의 한 서장을 열었다는 「객지」와 「한씨연대기」는
시대의식을 반영하여 개작한 것으로 설명될 수 있다. 1970년대 그의 주
요 작품들 대부분이 1974년의 창작집『객지』에서 최종본으로 확정된 것
과 달리, 「객지」는 2000년에 발간된 중·단편전집에 와서 최종개작이 이
루어졌다. 결말 부분에 한 단락이 새롭게 추가된 것이다.

"'꼭 내일이 아니어도 좋다' 그는 혼자서 다짐했다."로 끝난 부분에 한

---

10) 주인공 방 씨가 벌금을 내기보다 구류를 선택하겠다고 말하며 끝난 개작본과 달리
    초간본에는 "중얼중얼 하는 방태홍 시의 눈가에 눈물이 가득 고였다."(『월간중앙』,
    1971.7., 423면)는 부분이 있었다. 그대로 두었다면 저항의 의미는 훨씬 반감되었
    을 것이다.
11) "세월은 정이 없고 청춘은 말이 없어지는 해돋는 달에 마음만 상하기에 오늘도 온 하
    루를 휘파람만 불었소. 미순은 나약하게 웅얼거리며 앓고 있는 오빠 곁에 앉아서 언
    덕 위로 치솟은 기와공장 굴뚝 주위의 불꽃들을 바라보았다."(황석영, 「돼지꿈」, 『세
    대』, 1973.9., 385면) 신파조로 느껴지는 이 부분이 개정판에서 삭제되었다.
12) 젊은 날 작가의 편린이 녹아있는 「한등」의 결말 부분에서 작가는 사내 '나'의 죽음을
    지켜 본 소설적 자아가 자신을 반성하는 내용을 삭제했다. "나는 그제서야 글 쓰는
    일과 삭막한 시대와의 관계를 떠올리고 내 가난을 긍정하는 것만으로 당당한 일이
    아님을 깨달았다"는 내용인데, 역시 78년의 「가객」을 지나 87년 작품집 「골짜기」에
    까지 있다가 역시 2000년 황석영중단편전집에 와서 빠졌음을 알 수 있다.
13) 황석영, 「탑을 쌓는 일과 소설을 쓰는 일」, 『문학사상』, 1975.2, 114면.

단락을 더 삽입시킨다.

> 바싹 마른 입술을 혀끝으로 적시고 나서 동혁은 다시 남포를 집어 입안
> 으로 질러 넣었다. 그것을 입에 문 채로 잠시 발치께에 늘어져 있는 도화
> 선을 내려다보았다. 그는 윗주머니에 성냥을 꺼내어 떨리는 손을 참아가
> 며 조심스레 불을 켰다. 심지 끝에 불이 붙었다. 작은 불똥을 올리며 선이
> 타 들어오기 시작했다.[14]

물론 작품의 결말 이전에 다이너마이트 자폭이 암시되는 '한동이'의
말이 두 번씩이나 나와 있으므로, 그렇게 낯선 장면이 삽입되었다고는
할 수 없다. 하지만, 희망의 미래를 내다보면서 희생의 '밀알'이 되겠다는
다짐과 등장인물의 '장렬한' 죽음을 명시적으로 예고하는 것은 차원이 다
른 것이라 할 수 있다.

작가는 이 작품을 전태일 사건에서 착안한 것이라고 밝히고 있다. 노
동자의 분신에 큰 충격을 느낀 작가는 잡지 등에 소개된 전태일에 대한
기본조사를 통해 소설의 방향을 정했고, 여기에다 1960년대 떠돌아다닐
때의 현장 경험을 접맥하여 소설 「객지」를 완성한 것이다.[15]

이에 대해 부당한 노동 조건과 사용자 측의 착취에 맞서 주도면밀하
게 쟁의를 일으키는 과정을 보여주는 20대 초반의 '동혁'이 너무 이상적
으로 그려진 것 아니냐, 혹은 결말에 등장하는 다이너마이트를 물고 있
는 동혁의 모습이 너무 영웅주의자로 그려진 것 아니냐는 지적이 많다.
하지만 이러한 동혁의 자질은 상당 부분 22세로 분신, 우리 사회 특히 지
식인들의 정치적 관심을 일약 노동문제로 전환케 한 전태일의 모습을 투
영시킨 데 기인하는 것이라 할 수 있다. 「객지」의 개작 부분 역시 전태일

---

14) 황석영 중단편전집 『객지』, 창비, 2000, 275면.
15) 최원식·임홍배 편, 『황석영 문학의 세계』, 창비, 2003, 41면.

의 분신에서 큰 충격을 받았던 작가 황석영이 어떻게든 이 부분을 소설적으로 형상화하고 싶었던 의욕이 빚어낸 결과라 할 수 있다.

하지만 예술로서의 문학은 상징적인 것이 값할 때가 많다. 어쨌든 동혁을 죽이지 말고, 하나의 희망으로 남겨두는 것이 오히려 낫지 않았을까 하는 아쉬움이 든다. 특히 소설의 결말은 상징이나 여운으로 남겨둘 때 독자들에게 보다 더 큰 감동으로 다가갈 수 있기 때문이다.

1970년대 분단문제와 관련된 수작 중의 하나인 「한씨연대기」도 1974년도에 와서 오늘날의 원형을 유지하게 되었다. 한영덕은 다른 동료 의사들이 전선으로 차출될 때, 사상성이 불철저하다는 이유로 평양에 남겨지게 된다. 그는 평양에 남아서 당 간부들의 치료를 전담하는 특병동을 맡게 되지만, 특병동의 경무원 치료를 마다하고 위급한 보통병동의 소녀를 치료한다. 이러한 사실이 적발되어 취조와 심문을 받는 장면이 나온다. 한영덕은 지하실에 일주일 동안이나 갇혀 있으면서, 하루에 한 번씩 이층으로 끌려가 조사를 받는다. 자기가 예상외로 침착한 것에 놀랐다고 표현된 부분에 이어서 취조자의 질문과 이에 대한 한영덕의 대답, 그리고 한영덕의 내면의식을 드러내는 원고지 7매 분량이 1974년판 『객지』에서부터 삭제되었다.

> 너는 인민의 적이다. 너 같은 자가 바로 우리 사회의 기반을 흔드는 놈이다. 너는 사회주의적 세계관을 가지고 있지 않다. 나약한 감상적 부르죠아다. ―나는 의사다. 그래서 앓는 사람과 죽어가는 사람을 고친다. 이것이 내 개인적인 의무다(이하 생략).16)

여기에는 공산주의 혹은 사회주의의 가치관에 대한 한영덕의 반감과 함께 의사로서의 사명이 강조되어 있다고 할 수 있다. 이미 작품 속에서

---

16) 황석영, 「한씨연대기」, 『창작과비평』, 1972년 봄, 23-24면.

한영덕의 의사로서의 신념이 잘 드러나 있어서 삭제된 표현은 군더더기 같은 표현일 수 있고, 당시 북한 체제의 입장을, 그것도 비판적인 시각으로 드러낼 필요가 없었다고 생각했기 때문일 것이다. 발표 당시가 1972년 초였던 것에 비해 1971년 11월부터 일기 시작한 남북 화해분위기 그리고 그 결실이라고도 할 수 있는 1972년의 7·4 공동성명 이후에 작가가 이러한 흐름을 반영한 것이 아닌가 생각한다.

또한 「한씨연대기」에서는 '한영덕'이 간첩으로 오인되어, 군 정보당국으로 조사를 받는 장면이 있다. 한영덕을 조사한 군 장교가 꾸민 '정보보고서'가 삽입되어 있는데, 1972년의 발표 당시에는 거의 한자로 되어 있다가, 창작집을 낼 때마다 한자의 빈도를 줄여, 2000년 '창비' 창작집에서는 거의 한글로 바뀌었음이 확인된다. 당시 보고서의 사실감보다는 독자의 가독성에 더 큰 비중을 둔 고려였을 것이다.

4. 개작 배경 – 대중성과 목적성의 조화

황석영은 자신의 작품 상당수를 개제하고 개작하였다. 1974년의 창작집에서 와서 최종본이 된 경우도 있지만, 2000년에 와서까지 개작을 하고 있다. 이러한 개작이 빈번하게 진행된 이유에 대해 살펴봄으로써 개작의 의미에 좀 더 깊이 있게 다가가 보기로 하자.

우선 작품 외적 요인으로 시대적 상황을 들 수 있을 것이다. 흔히 리얼리즘 문학의 정수로 불리는 황석영 문학은 시대와의 적극적인 교감을 통해 양산된 것이다. 주지하다시피 1970년대는 1972년 10월 유신체제와 1974년부터 시행된 '긴급조치'의 시대였다. 구체적인 외압의 형태를 띠었건 자기검열의 형태를 띠었건 당연히 검열의 문제를 피해가기 어려웠다고 할 수 있다.

> A. 마음대로 쓸 수 없어 되돌려진 원고를 찢으며 절망하고, 하루에도 몇 번씩이나 만년필을 던지던 나와 나의 동료들의 얼굴이 떠오른다.[17]
> B. 아내의 배가 차차 불러오기 시작했고 내 소설은 가끔씩 싣기가 곤란 하다는 말과 함께 되돌려지기도 했다.[18]

A는 황석영의 직접 언술이고, B는 황석영의 자전적 소설이라고 할 만한 「한등」의 한 구절이다. 마음대로 쓸 수 없어 되돌려진 원고와 내 소설은 가끔씩 싣기가 곤란하다는 말과 함께 되돌려지기도 했다는 말 속에 당시 상황이 잘 드러나 있다. 이러한 검열의 억압으로부터 벗어나고자 하는 보상심리가 계속된 개작의 동인으로 작용했다고 할 수 있다. 「객지」 의 결말을 작가가 2000년에 와서 굳이 덧댄 것도 바로 이러한 의식의 결 과라고 할 수 있다.

다음으로 작가 의식의 성장을 들 수 있다. 물론 현장과 부단히 교섭 하면서 세상과 소통할 줄 알았던 작가는 이를 통해 작가의식을 성장시켜 나갔다고 할 수 있다. 그는 월남전 참전과 전태일의 분신체험을 작가의 식 성숙의 큰 계기로 들고 있다. 그런데 무엇보다 황석영은 글 쓰는 과 정을 통해 의식의 성장을 이루었다고 밝힌다. 그는 작품을 쓸 때마다 배 우고, 또한 작품이 만들어지는 과정에서 스스로 깨닫게 되는 경우가 많 다고 한다. 작품을 쓰는 중에 자신이 잊고 있었던 체험의 어느 부분이나 당시에 발견했던 진실들이 더욱 선명해져서 완전히 알게 될 때가 많다는 것이다. 그래서 황석영은 작가의 창작 작업을 관념과 행동을 연결하는 매개로 규정한다.[19]

---

17) 황석영, 「탑을 쌓는 일과 소설을 쓰는 일」, 『문학사상』, 1975.2., 115면.
18) 황석영, 「寒燈」, 『문학사상』, 1976.10, 168면.
19) 황석영, 「탑을 쌓는 일과 소설을 쓰는 일」, 『문학사상』, 1975.2., 112면.

> '탑'을 발표하고 연달아 '낙타누깔', '객지', '한씨연대기', '삼포가는 길'
> 등으로 나아가면서 세계관이 형성되어갔습니다.[20]

그는 꾸준히 작품을 써 나가면서 스스로 작가의식을 키워나갔고, 작가의식의 성장은 보다 좋은 작품을 생산하는 밑거름이 되었던 것이다. 그는 1974년 첫 작품집을 낼 무렵 이미 30편의 작품을 썼고 1970년대를 대표하는 역량 있는 작가로 자리매김하였다. 황석영의 논리에 따르면 1972년의 「낙타누깔」을 쓰면서 1970년의 「탑」을 돌아보게 되고, 1973년의 「삼포가는 길」을 쓰면서 성숙한 눈으로 다시 「낙타누깔」을 돌아보았다는 말도 된다. 1970년대에 석영이 남긴 전 작품이 이렇게 고른 수준을 보일 수 있었던 것도 성실한 글쓰기의 과정을 통해 자신의 기존 작품을 돌아보는 과정을 가졌고, 이를 개작에 십분 반영했기 때문이라고 할 수 있다.

그리고 개작의 내적 요인을 1970년 중반 그가 생각한 문학관을 통해 살펴보자. 우선 그가 강조한 것은 민중과 소통하기 위해서 쉬운 문학이어야 되어야 한다는 것이었다.

> 만약에 읽기 지루하고 현학적이며 복잡한 문체와 내용과 사건을 서술하는 것이 이른바 '문학'이라면, 나는 차라리 중세의 음유시인이나 우리 이조 후기의 사랑방 전기수 같은 옛날 얘기꾼을 택할 것입니다.[21]

그는 현학적이고 복잡한 문체를 쓰는 문학가가 되기보다는 차라리 사랑방 전기수를 원한다고 했다. 그는 쉽고 재미있게 쓰지 못하는 것이 한이라고도 했다. 1970년대 황석영 문학은 우리 주위의 소외된 타자(하위

---

20) 이문재, 「문학을 찾아서-황석영」, 『문학동네』, 1992.2, 42면.
21) 이병순, 「황석영 인터뷰, 나에게 나의 춤을」, 『한국문학』, 1977.2., 273-274면.

주체, subaltern)에 복무하는 것을 최선의 가치로 두었다. 그가 소설에서 1970년대 후반부터 마당극운동으로 직접 민중과의 소통을 시도한 것도 이러한 생각의 일환이었다고 할 수 있다. 이러한 의식은 현학적인 한자 제목의 개제와 지나치게 사변적인 군더더기의 본문을 개작하는 한 원인이었다고 할 수 있다. 물론 그는 쉽고 재미있는 것이 문학의 전부라고는 생각하지 않았다. 이 재미에는 반드시 목적성이 수반되어야 함을 잊지 않았다.

> 소설적 재미란 보다 **목적성 있고 의도적**이어야 한다. <중략> 많은 사람들에게 접근하기 위해서는 쉽고 재미있어야 하는 반면에 문학이 대중에 영합 타락하지 않기 위해서는 본질적으로 그 문학성을 견지해야 하는 이중적 과제를 안고 있는 것이다.[22]

재미를 가진 다양한 매체들과 경쟁하기 위해서는 대중들이 다가서기 쉽게, 쉽고 재미있게 써야 한다는 것, 하지만 이를 빌미로 문학이 대중에 영합 타락한다면 이미 그것은 문학이라고 할 수 없다는 것이다. 재미만으로 문학은 다른 더 재미있는 매체와 경쟁해서 살아남을 수도 없기 때문이다. 따라서 작가는 목적성과 의도를 잃지 않아야 한다고 강조한다. 작가가 생각한 '목적'과 '의도'는 결국 보다 바람직한 인간의 삶에 기여하는 것으로 정리된다.

> 보다 바람직한 인간의 삶에 기여해 보고 싶다는 소망을 근본적으로 잊은 적이 없다. <중략> 소설은 보여주는 데서 한걸음 더 나아가 감동을 수반한 비판적 기능을 가지고 내일을 이야기하는 데까지 가야한다.[23]

---

22) 황석영, 「탑을 쌓는 일과 소설을 쓰는 일」, 『문학사상』, 1975.2., 114-115면.
23) 윗글, 113면.

그는 소설이 보여주는 데서 한 걸음 더 나아가 감동을 수반한 비판적 기능을 가능을 가지고 보다 나은 내일에 기여해야 한다고 생각한다. 이런 작가적 정신을 통해 황석영은 1970년대를 대표하는 작가, 나아가 한국 리얼리즘 문학의 우람한 봉우리로 자리매김하게 되었다고 할 수 있다. 하지만 그는 감동과 비판이 강조되어야 한다고 해서, 기술방법에 있어 주관적인 작가개입까지 용납한 것은 아니었다.

> 나는 기술 방법에 있어서 객관성과 구체성을 가장 중요하게 생각하고 있다. 이른바 -카메라의 눈-이라는 서술인데, 내게는 '그리움'을 그대로 쓰느니보다는 그러한 상황을 장면으로 보여주기를 원한다. <중략> 그리고 될 수 있으면 주관적인 작가의 의식을 애써 배제하려 한다. 내면적이거나 추상적인 생각의 잔상들을 모두 삭제해 버리고, 밖으로 드러난 현상만을 구체적으로 그리려고 애를 쓴다.24)

1970년대의 황석영은 기술 태도에 있어 객관적 묘사에 큰 비중을 두고 있었음이 드러난다. 창작기법으로서 객관적 리얼리즘을 지향했다고 할 수 있다. 그러한 그에게 주관, 내면, 의식, 감정의 배제는 필수불가결한 요소가 된다. 황석영의 개작본은 앞에서 살펴보았듯이 이러한 주관성을 배제한 쪽으로 진행되었다고 할 수 있다.

1970년대 황석영은 쉽고 재미있는 그러나 목적성을 갖춘 문학을 지향하였다. 그는 발표 작품이 이러한 기준에 미흡하다고 판단될 경우 개제와 개작의 과정을 통해 가다듬어 나갔던 것이다. 이러한 과정을 통해 그의 전 작품은 고른 수준을 보일 수 있었고, 목적성을 견지하면서도 재미와 문학성을 갖춘 황석영만의 개성적인 문학을 선보일 수 있었다.

---

24) 윗글, 114면.

5. 맺음말

한 작가의 작가의식이나 작품 연구를 체계적으로 하기 위해서는 텍스트 확정작업이 필수적이다. 황석영은 1962년 등단하여 40여 편의 작품을 남겼다. 그가 남긴 텍스트에 대한 체계적인 정리가 필요한 시점이라고 할 수 있다. 필자는 이에 관한 시론으로 황석영 초기소설의 텍스트 양상을 살폈다.

우선 제목을 변경하는 경우가 많았다. 개제는 본문의 내용을 좀 더 쉽게 전달하면서도 풍부한 상징성을 띠는 방향으로 진행되었다고 할 수 있다. 황석영은 등단작 「입석부근」을 시작으로 본문의 개작에도 적극적이었다. 1970년대 황석영 자신의 소설 창작의 모토는 쉽고 재미있게, 그러나 대중에 영합하지 않기 위해 문학성(목적성)을 포기하지 않은 것이었다. 이러한 태도가 개제나 개작에서도 적극 고려되었다고 할 수 있다.

텍스트가 여러 개인 경우 일반적 관례는 초고본에 우선권을 부여하는 것이다. 초고본과 더불어 텍스트는 그 작가로부터 해방되어 독자나 연구자에게 스스로 작용하기 때문이다.25) 황석영 역시 작품이 발표되고 나서 개작하는 일을 작가의 불성실로 언급한 바 있다. 하지만 황석영의 상당수 초고본은 큰 의미를 갖지 못한다고 할 수 있다. 그만큼 개제나 개작의 폭이 크고, 개작본의 성과가 만만치 않기 때문이다. 그는 작품을 공들여 썼지만 작가 의식의 성장에 따라 작품의 미흡한 부분이 발견되면 개작의 기회를 십분 활용하였다. 섬세한 문장부호에서부터 사회의식의 성장을 보여주는 부분에서까지 적극적인 손질을 한 것이다. 황석영은 여러 이본을 남김으로써 연구자들에게 텍스트 확정이라고 하는 번거로움을 남겼지만, 그가 한 개제나 개작은 독자와의 소통을 위해서나 한국 소설

---

25) W. Kayser, 김윤섭 역, 『언어예술작품론』, 대방출판사, 1982, 43면.

의 한 단계 발전을 위해 크게 기여한, 의미 있는 작업이었다고 할 수 있다. 따라서 황석영은 이러한 측면에서 대단히 섬세하면서도 성실한 작가였고, 자기 작품에 대해 최선을 다한 '장인정신의 작가'로 불러도 좋을 것이다.

(『한국문학이론과 비평』 제41집, 한국문학이론과 비평학회, 2008년 12월 全載)

▮ 참고문헌

1. 기본자료

황석영, 『객지』, 창작과비평사, 1974.
황석영, 『중단편 전집』1, 2, 3권, 창작과비평사, 2000.
황석영, 「立石附近」, 사상계, 1962.11.
황석영, 「塔」 조선일보, 1970.1.6.
황석영, 「夢幻干證」, 월간문학, 1970.6.
황석영, 「客地」, 창작과비평, 1971.3.
황석영, 「韓氏年代記」, 창작과비평, 1972.3.
황석영, 「敵手」 월간중앙, 1972.4.
황석영, 「낙타눈깔」, 월간문학, 1972.5.
황석영, 「森浦가는 길」, 신동아, 1973.9.
황석영, 「탑을 쌓는 일과 소설을 쓰는 일」, 문학사상, 1975.2.

2. 단행본

김정자, 『한국 기지촌 소설의 기법적 연구』, 태학사, 1996.
이병순, 「황석영 인터뷰, 나에게 나의 춤을」, 『한국문학』, 1977.2.
최원식 · 임홍배, 『황석영 문학의 세계』, 창비, 2003.
D. Macdonell, 임상훈 역, 『담론이란 무엇인가』, 한울, 1992.
W. Kayser, 김윤섭 역, 『언어예술작품론』, 대방출판사, 1982.

3. 논문

임기현, 「황석영 소설 연구」, 충북대학교 박사논문, 2007.

제2장

황석영 초기 문학에 나타난 탈식민성

1. 문제제기

한국의 '현실'에 주목한 작가 황석영은 리얼리즘 문학의 한 봉우리로 존재해 왔다. 황석영 문학에 대한 대부분의 연구들 역시 리얼리즘의 시각을 견지한 것이었다. 하지만 석방 이후 2000년을 전후하여 발표한 소설은 이러한 시각으로만 볼 수 없는 면면을 드러내고 있다. 작가 역시 기존 리얼리즘에 대한 짙은 회의의 시선을 보내고 있다.[1]

우리는 변화된 황석영 문학까지 포괄하여 읽을 수 있는 관점으로 '탈식민성'을 상정해볼 수 있다. 황석영 문학의 본격적 출발점인 1970년의 『조선일보』 당선작 「탑」의 결말부분에는 다음과 같은 미군 장교의 언술이 노출되어 있다.

---

[1] 1999년 석방 이후 황석영은 "과거의 리얼리즘 형식은 보다 과감하게 보다 풍부하게 해체하여 재구성해야 한다"는 소신을 수차례 밝힌 바 있다.

그런 골치 아픈 것은 없애버려야지. 미합중국 군대는 그들의 생각을 개
화시키는 걸세, 낡은 생각이니까. <중략> 동양인(노란놈) 들은 이해할 수
없단 말이야(조선일보, 1970.1.6.).

이 간명한 언술로 작가는 미국의 팍스아메리카나(Pax Americana)와
오리엔탈리즘(Orientalism)을 동시에 비판하고 있다. 작가는 이러한 인식
을 30년이 지난 시점에도 지속적으로 견지하고 있다. 동양사가 서양 편
에서 편견에 의하여 기술되었다는 회의에서 출발한『심청』(2003)2)을 지
나 최근의『바리데기』(2007)에서는 탈북소녀 '바리'를 근대 식민주의의
원류라고 할 수 있는 영국의 런던에 이르게 하여 피식민지인의 디아스포
라(diaspora) 문제를 제기하고 있기 때문이다.

탈식민적 관점은 주지하다시피, 외형적으로는 식민을 벗어났지만, 실
질적으로는 식민주의를 벗어나지 못한 식민 이후 상황을 문제 삼고 있
다. '탈식민주의'는 원래 'post-colonialism'의 번역어에 해당되지만, 우
리와 같이 제국주의의 오랜 식민지와 식민지를 벗어난 이후에도 제국주
의의 영향으로부터 자유로울 수 없었던 입장에서는, 단순히 식민 이후라
는 시기적 개념의 '後(post)'보다는, '脫(de)'이라고 하는, 보다 적극적인 의
미를 가지고 '탈식민주의(de-colonialism)'를 받아들일 필요가 있다.

영문학자에 의해 소개된 이 이론은, 한국문학과 접맥하여 큰 성과를
내지는 못하고 있는 실정이다. 탈식민주의적 서사 및 미학적 실천이
(신)식민지시기에 강압적, 자발적으로 내면화한 제국주의적 인식 틀과
담론 체계를 과감하게 해체하고, 상실 당한 민족적 서사를 복원하거나
제3의 담론을 창출해내는 것을 의미한다고3) 할 때, 황석영만큼 이러한
의식을 분명하게 견지하고 작품 활동을 꾸준히 해 온 작가는 드물다고

---

2) 황석영,『심청』하, 문학동네, 2003, 331면, 작자후기 참조.
3) 박명진,「1970년대 희곡의 탈식민성」,『한국극예술연구 제12집』, 2000.10., 315면.

할 것이다. 탈식민적 관점은 一以貫之 황석영 전체 작품을 관통하고 있으며, 체험과 문학이 불가분의 관계에 있다고 강조해 왔던 작가였던 만큼 '탈식민' 관점에 기반을 둔 작가론도 성립될 수 있을 것이다.

필자는 이 점에 착안하여 황석영 초기 문학에 나타난 탈식민성을 살펴보고자 한다. 그가 일관되게 추구한 탈식민성도 후기에 들면서 큰 변화를 보이고 있다. 그 변화의 경계선은 방북 이후 해외체류와 5년여의 투옥생활이라고 할 수 있다. 이후 그의 작품 세계는 저항적 탈식민에 대한 반성적 시선을 보이고 있는데, 이는 바바(Bhabha)가 탈식민에서 강조하는 혼성성(hybridity)과 관련이 있다고 할 수 있다. 초기 소설의 인물 유형에서 전혀 보이지 않던 '지식인'을 등장시켜 반성을 모색하고 있다는 점으로도 이러한 변화는 충분히 감지된다. 황석영 문학을 일관되게 읽는 첫 작업으로 방북 이전까지의 그의 문학에서 나타난 탈식민성을 살펴보기로 한다.

2. 본론

1) 이산(diaspora)과 실향의식

황석영은 1943년 일본제국주의가 만주에 괴뢰국을 세우고, 오족협화를 표방하여 국제도시를 내세운 만주 신경 대동가로에서 출생했다. 황해도 신천 출신의 부친 황기련과 평양 출신의 모친 전경도는 사업 차 그곳에 머물고 있었던 것이다.

황석영 부친의 출생지이자, 자신의 원적이 된 신천은 6·25 당시 전체 군민의 1/4인 35,000명 이상이 학살당한 비극을 간직한 곳이다. 피카소는 이를 소재로 '한국에서의 학살(The massacre in Korea/1951)'이란 작품을 남겼다. 작가 황석영은 1989년 방북 이후 신천을 수차례 방문하여, 이 사건을 모티브로 하여 『손님』(2000)을 쓰게 된다.

주지하다시피 황석영 문학, 예컨대 『한씨연대기』 등에서 언급되는 가계는 어머니를 비롯한 외가라고 할 수 있다. 외조부 전홍걸은 감리교 목사로 황석영의 어머니 전경도를 포함 모두 5남매를 두었다. 황석영의 모친 전경도 여사와, 『한씨연대기』에서 한영덕으로 형상화된 '외삼촌'과 셋째 이모가 월남한 것에 비해, 나머지 두 형제들은 북한에 남아 엘리트 공산당원의 길을 걷게 된다.

따라서 그의 가계는 코리안 디아스포라(Korean Diaspora), 즉 한국적 이산에 해당함을 알 수 있다. 디아스포라가 자발적 선택 혹은 강요에 의해 민족의 인구가 대규모로 분산된 상태를 일컫는다고 할 때4) 황석영 가족의 행보는 전형적인 코리안 디아스포라에 해당한다. 황석영의 가족은 해방 이후 어머니의 고향인 평양에 있다가 1947년에 월남했다. 그의 문학에 큰 영향을 끼친 어머니는 1983년 타계할 때까지 늘 이곳(남한)은 자신의 고향이 아니며, 남한의 삶은 '임시의 삶'일 뿐이라는 의식을 가지고 있었다. 황석영도 월남 피난민의 자식이란 콤플렉스를 가지게 되었고, 남북 분단이 우리의 삶을 근원적으로 제한하고 있으며(「골짜기」, 262면), 분단극복이 이루어지지 않는 한 전 국민이 잠재적 실향민이 될 수밖에 없다는 인식을 가졌다.

그는 이러한 의식 위에서 분단극복을 주제로 북한과 남한을 소설적 공간으로 하여, 실향민의 아픔을 그린 「한씨연대기」(1973)를 썼다. 그리고 그는 이 작품에서 등장인물 한영덕의 취중 언술을 빌려 "삼팔선은 이차대전에서 이긴 강대국이 서로의 이해관계를 견제하려던 결과였다"5)고

---

4) 일제지배 하의 강제징용, 6·25 전쟁 등이 입증하는 코리안 디아스포라(Korean Diaspora)가 그 규모와 중요성에도 불구하고 지금까지 별다른 주목을 받지 못하고 있다(박종성, 『탈식민주의에 대한 성찰』, 살림, 19-20면).

밝힌다. 이산과 분단이 우리의 선택이 아니라, 강대국의 이해관계에 기인한 것임을 드러내고 있는 것이다. 황해도의 구월산을 중심으로 등장인물들이 북한의 산하를 종횡무진 누비게 한 『장길산』, 황해도 신천의 역사적 상처와 解寃을 담은 『손님』을 상재한 것도 바로 이러한 그의 고향의식의 발로요, 이산에 대한 대응이었다고 할 수 있다. 물론 1989년 우리 사회의 큰 파장을 불러온 그의 방북도 그 기저에는 이산극복 의식이 깔려 있었다고 할 수 있다.

2) 식민적 제도 교육에 대한 회의

황석영은 월남 이후 영등포에 정착했다. 이곳에는 미군부대의 쓰레기 소각장이 있었고, 학교 건물에도 미군이 주둔했다. 미군들의 댄스홀이 생기고, '꽃다운 색시'들이 세를 들어 살기 시작하면서 마을은 기지촌화된다.6) 영등포의 신식민적 삶은 소설 「잡초」, 「모랫말 아이들」, 미완성작인 『흐르지 않는 강』에 상세히 그려져 있다.

영등포에서 황석영은 만주에서 유족한 삶을 살았던 부모님, 특히 어머니의 성화로 고립된 삶을 보낸다. 편한 것이 좋다는 석영과 행색이 중요하다는 그의 어머니는 수시로 부딪친다. 따라서 어머니로부터 벗어나는 '자유의 투쟁'은 황석영 유년 시절의 큰 화두가 된다.

중학 1학년 때 부친의 죽음을 겪고는 이러한 관계가 더욱 심화된다. 그는 명문 경복중학교를 거쳐 경복고등학교에 입학한다. 초등학교 때와는 달리 좋은 성적을 얻기가 어렵게 되자, 황석영은 자신의 존재를 드러내는 방법으로 재담과 글쓰기에 빠져든다. 고1 때 경복교 교내 문학상에

---

5) 황석영, 『한씨연대기』, 『창작과비평』, 1973년 봄, 60면.
6) 황석영, 『자전소설, 들판에 서서 마을을 보네』 29회, 『중앙일보』, 2004.11.10. 21면.

투고한 「부활이전」이 황순원의 칭찬을 받은 것을 시작으로 수상을 연거
푸 하게 된다. 결석 일수도 많았고 성적이 형편없던 차에 문학상을 휩쓸
면서 그는 학교 공부와는 더욱 멀어졌다. 독서와 창작에 탐닉하거나 친
구들과 무전여행을 떠나기도 했다. 나중에 그는 "나는 당시의 규율과 성
적으로 얽매인 고등학교 분위기를 마치 감옥처럼 증오했다"고 술회했다.
명문고를 어떻게든 졸업시키겠다는 어머니의 뜻과는 달리, 황석영은 동
료학생을 폭행하여 학교를 그만두게 된다.

> 내가 무슨 철부지처럼 뒷골목의 깡패는 아니었지만 그렇다고 무력하게
> 규율이나 폭력을 받아들일 수는 없었다. 우리는 모두가 일제 식민지 교육
> 의 희생자들이었다. 그런 상태는 해방 이후 그리고 유신과 군사독재 시대
> 까지 계속되었으며 그 폐해는 지금도 깊숙한 상처로 제도교육 속에 뚜렷
> 이 남아 있다. 하지만 그래서 '세상 속으로' 쫓겨나는 바람에 세상살이 자
> 체가 나의 학교가 되어 버렸다.[7]

황석영은 자신의 공식적인 제도교육의 수혜를 고등학교 2학년까지로
술회한다. 황석영은 제도교육에서 인문학적 자율성보다는 규율과 폭력이
횡행하게 된 것을 식민지적 교육의 탓이라고 생각했다. 그는 식민지 교
육이 길러낸 '체계 있는 교양인'을 포기한 대신, 삶과 현실이라는 세상살
이를 자신의 학교로 삼게 된다.

1964년은 한일 국교정상화가 이루어진 해였다. 황석영은 한일국교정
상화 반대 시위에 동참, 광화문에 진출했다가 경찰에 연행되어 즉결재판
을 받게 된다. 하지만 석영에게 이 시위가 의미 있는 것으로 받아들여진
것은 아니었던 것 같다. 그는 의미 있는 체험 대부분을 작품으로 형상화
한 작가지만, 이와 관련된 작품은 한 편도 남겨놓지 않았기 때문이다. 오

---

7) 윗글 109회, 『중앙일보』, 2005.3.7.

히려 그는 노량진 본서에서 소설 『객지』의 대위에 해당하는 노동자를 만나, 전국의 노동현장을 누비며 노동자의 삶에 가까이 다가가는 전기를 마련하게 된다. 이는 1970년대 빛나는 리얼리즘을 문학을 꽃피우는 밑거름이 된다.

3) 베트남전을 통한 탈식민 의식의 심화

서울로 상경한 황석영은 방황을 거듭하다, 1966년 해병대에 자원입대하게 된다. 이듬해 그는 해병대 특수전 교육을 받고 청룡부대 2진으로 베트남에 파병된다. 그는 베트남 전쟁을 프랑스와 미국의 제국주의적 지배에 대한 베트남 민족의 백 년에 걸친 민족해방전쟁이라고 규정하고, 그는 이러한 전쟁에 '끌려갔다'고 표현한다.

> 과연 일제시대 태평양 전쟁에 일본의 대동아 공영권을 위하여 징병이나 징용으로 끌려간 우리 아버지 세대와 냉전시대에 동아시아의 팍스아메리카나의 블록을 형성하려던 미국에 의해 베트남에 끌려갔던 우리 세대에 무슨 차이점이 있는가.[8]

자신의 처지를 미국의 '용병'으로 받아들인 작가는 명목상의 해방과는 상관없이 우리가 여전히 팍스아메리카나(Pax Americana)를 기치로 내건 미 제국주의의 식민적 상황 아래 놓여있다고 생각한다.

황석영은 1967년 8월부터 1968년 10월까지 베트남의 다낭에서 근무했다. 전투요원을 거쳐, 특히 미군들과 함께 합동수사대의 '시장 조사 요원'으로 근무하면서 그는 시야가 한정된 전선의 전투병들보다 광범위하고 객관적인 '정보'를 가질 수 있는 유리한 위치를 갖게 되었다. 이를

---

8) 황석영, 『아들을 위하여』, 이룸, 2000, 214면.

통해 작가는 「탑」(1970)에서부터 제국주의에 대한 인식을 분명히 드러낸
다.

'내'가 파견된 R포인트의 임무는 불교도들이 대부분인 베트남 민중들
에게 '사랑과 애착의 대상인' 불탑을 지키는 일이다. 우리 소대의 임무는
이 불탑이 베트콩에 넘어가지 않도록 지켰다가 정부군에게 물려주는 것
이다. 베트콩과 사투를 벌인 끝에 가까스로 탑을 지켜내지만, 전투가 끝
난 다음날 이곳을 찾은 미군들은 캠프 터를 마련하기 위해 탑을 철거하
려고 한다. 한국군들이 미군 측에 이 불탑이 갖는 상징성을 설명하지만
받아들여지지 않는다. 오히려 미군 장교는 "저런 골치 아픈 것은 없애버
려야지. 미합중국 군대는 언제 어디서나 변화시키고 새롭게 할 수가 있
네. 세계의 도처에서 말이지"9)라고, 여기에 한술 더 떠 미군 중사는 "노
란 놈10)들은 이해할 수 없단 말야"11)라고 투덜댄다.

불교도들이 대부분인 베트남 사람들의 삶과 기원 그 자체라고 할 수
있는 불탑이지만, 서양 제국주의의 시각 앞에서는 한갓 무의미한 돌덩이
요, 척결해야 할 미신일 뿐이다. 작가는 이를 통해 베트남 전쟁의 세계사
적 의미를 드러낸다. 미국이 벌인 베트남전은 동양에 대한 이해가 결여
된 오리엔탈리즘의 실례를 보여준 전쟁이라는 것이다. 그러나 이 작품은
베트콩 쪽의 실체가 잘 드러나지 않았고, 전투장면이 과도한 분량을 차
지하는 한계를 지닌다.

황석영은 이러한 문제의식을 좀 더 심화시켜 베트남 소설의 새 지평

---

9) 1970년 첫 발표당시에는 이렇게 나와 있다. "그런 골치 아픈 것은 없애버려야지. 미
합중국 군대는 그들의 생각을 개화키는걸세. 낡은 생각이니까."(『조선일보』, 1970.1.
1.)
10) 특히 서양인들이 동양인들을 조롱할 목적으로 쓸 때의 'yellow'에는 '음산하고, 야비
하며, 비겁하다'는 뜻이 내포되어 있다고 한다(김정자, 한국기지촌 소설의 기법적 연
구, 태학사, 1996, 125면).
11) 발표 당시에는 "동양인들은 이해할 수 없단 말야"로 되어 있다(『조선일보』, 1970.1.
1.).

을 연 『무기의 그늘』(1983~1988)을 완성한다. 이 소설을 통해 작가는 베트남 전쟁의 실질적인 내용이 제국주의의 시장 경제의 쟁탈전이라는 사실을 드러낸다.

> PX는 바나나와 한줌의 쌀만 있으면 오손도손 살아가는 아시아의 더러운 슬로프 헤드들의 문명을 가르친다. 우유빛 비누로 세수하는 법과 가슴을 시원하게 하는 코카콜라의 맛이며 <중략> 한번이라도 그 맛과 냄새와 감촉에 도취된 자는 결코 죽어서라도 잊을 수가 없다. 상품은 곧바로 생산자의 충복을 재생산해낸다. PX는 나무로 만든 말이다. 또한 아메리카의 가장 강력한 신형 무기다.[12)]

진짜 두려운 전쟁터는 전투가 벌어지는 전장이 아니라 '무기의 그늘'의 원 제목이었던 '亂場(시장)'이며, 트로이목마보다 더 무서운 것은 '코카콜라'였던 것이다. 그 상품을 이용하는 사람을 忠僕으로 만들기 때문이다. 그래서 주인공 안영규는 전장의 뒤편으로 미 군수물자조차 미군의 묵인 하에 공공연히 거래되는 사실을 발견하고 충격에 빠진다. 제국주의가 자본주의와 협력적 관계를 유지한다는 것은 주지의 사실이다. 데니스 저드(Denis Judd)가 말한 대로 "이득을 챙기는 상업, 약탈과 부의 축적에 대한 욕망이 제국의 구조를 확립하는 데 주된 힘이었다는 사실"[13)]을 작가는 날카롭게 인식하고 있었던 것이다.

또한 그는 합동수사대 요원으로 베트남 사람과 미군들 사이를 자유롭게 왕래하면서, 서양이 베트남으로 대표되는 동양을 어떻게 타자화시키는지에 주목한다. 미군들을 인디언 토벌 때처럼 베트콩을 사냥놀이로 삼고, 또 동료 하나를 잃은 보복으로 '마을 청소'로 불리는 무자비한 집단학살을 감행한다. 작가는 이러한 일들이 전쟁이라는 특수성이 아니라 인

---

12) 황석영, 『무기의 그늘』 상, 창비, 1992, 67면.
13) 존 맥클라우드, 박종성 외 역, 『탈식민주의 길잡이』, 한울, 2003, 21-25면.

종적 편견에 기인한 것임을 고발한다.

미군이 보기에 베트남인들은 '사람 보는 데서 대변을 보고', 베트남인들이 먹는 음식은 '자신들 고향의 어떤 쓰레기통 속에서 나온 물건보다 더러운 것'이다. 이러한 '노란 녀석'들을 위해서 자신들이 '싸우고 다치고 죽는 것은 너무나 비합리적'(상권, 69면)이라고 생각한다.

제국주의는 실재적이고 신빙성 있는 재현(representation)이 아니라 타자의 동의 없이 일방적인 재현을 널리 유통시키고, 이를 통해 정복한 영토에 대한 간섭이나 식민화를 정당화한다. 특히 작가는 서양인이 동양인에 갖는 잠재적 오리엔탈리즘에 대해서도 집요한 비판을 감행한다. 이러한 의식은 스태플리에게 던지는 영규의 언술 속에 집약된다.

> 나는 오히려 내가 베트남인과 같다고 말해버린다. 우리가 겪은 이러한 삶의 조건은 지난 한 세기 동안 아시아 사람이면 누구나 똑같이 당해온 조건이다. <중략> 놀란 시늉을 하지 마라. 만약에 자네가 이런 따위의 전쟁을 거부하고 달아나는 데 성공한다 할지라도, 자네는 평생 동안 이 전쟁터에서 보고 들은 일들에 대한 부담을 안고 살아가게 될 거다(하권, 123면).

전쟁에 강제로 끌려온 만화가 지망생이었던 탈영병 스태플리는, 무모한 전쟁을 일으킨 자신의 조국을 향해 회의감을 느끼며 마리화나로 위안을 삼는 인물이다. 영규는 스태플리에게 도피처를 제공하고, 도피자금을 건넨다. 스태플리는 이 작품에 등장하는 미군 중에 유일하게 긍정적으로 그려진 인물이라고 할 수 있다. 하지만 영규는 끝내 그에게 마음을 열지 않는다. 마지막 탈출단계에서 스태플리가 체포 사살되었을 때도 냉담하다. 이는 자신이 고용한 베트남인 토이가 죽고 나서 보인 분노와 허탈의 반응과는 전혀 다르다. 이러한 안영규의 태도는 사이드가 '오리엔탈리즘'에서 말한 '점유적 배타주의(possessive exclusivism)'를 상기시킨다. 사이드에 따르면, "모든 유럽인은 동양에 관해 말할 때만큼은 인종주의자, 제국주의자, 자민족중심주의자"가 되며, 따라서 아무리 편견 없는 유럽 백인도 오리엔탈리즘의 진정한 비판자가 될 수 없다는 것이다. 담론적 실천의 주체는 오직 자신의 역사적 경험에 관해서만 제대로 말할 수 있으며, 존재론적 '위치'에서 벗어나 다른 세계로 인식론적 '위치변경'을 하는 것은 불가능하다고14) 믿기 때문이다. 사이드는 구체적 텍스트나 작가 혹은 문화권에 따라 색채를 달리하는 *外現的* 오리엔탈리즘과는 달리, 동양을 향한 서양의 무의식적인 권력의지에 해당하는 *潛在的* 오리엔탈리즘은 좀처럼 변치 않는 통시적 연속성과 내적 일관성을 유지한다고 보았다.15) 자신의 분신인 안영규를 초점화자로 내세운 황석영 역시, 스태플리가 아무리 친 동양적 생각을 갖고, 자신의 고국을 비판한다손 치더라도 숙명적으로 식민주의 또는 인종차별주의라는 왜곡된 인식에서 벗어날 수는 없다고 규정하고 있는 것이다.

이 월남전을 통해 작가는 여태까지의 체험이 '작가' 개인의 것에서 '시대의 것'으로 확대되는 계기가 되었다고 말한다. 우리 소설사는 『무기의 그늘』을 통해 미국에 종속된 한국의 제3세계적 위상16)을 분명히 확인할 수 있게 되었다.

4) 체험을 통한 하위주체(subaltern)의 전경화

참전의 후유증을 앓고 있던 그에게, 1970년 11월 산업화의 모순을 한 몸에 안고 분신한 전태일 사건은 엄청난 충격으로 다가온다. 특히 자

---

14) 이경원, 「탈식민주의의 계보와 정체성」, 『비평과 이론』, 2000, 가을/겨울, 33면.
15) 이경원, 「탈식민주의의 계보와 정체성」, 『탈식민주의 이론과 쟁점』, 2003, 문학과지성사, 54면.
16) 김윤식 · 정호웅, 『한국소설사』, 문학동네, 2005, 441면.

신들의 아픔을 듣고 대변해 줄 대학생 친구를 가지고 싶었다는 말에 충격을 받게 된다. 월남전 참전 이전부터 기왕에 하위계층(subaltern)[17]의 삶과 친숙했던 그는, 이제 그들을 대변하는 작가로서의 길을 걷게 된다.

1973년 그는 구로공단에 견습공으로 위장 취업하여 공장 노동자의 체험을 갖는다. 광학회사에서 안경과 망원경 등의 렌즈를 깎는 일을 했고, 전자회사의 '목공장'에서는 TV장식장의 다리를 깎는 일을 했다.[18] 그는 지루하고 고단한 또 위험한 노동체험을 하면서 열악한 일터의 조건뿐만 아니라 공장 근처 자취생활을 통하여 공장 노동자들의 생생한 삶의 이면들을 속속들이 체험한다.

주지하다시피 1970년대는 본격적인 산업화로 재편된 시기이다. 경제는 고도성장을 지속했으나 외채와 저임금 인플레를 근간으로 하는 것이었으므로 노동자들의 노동조건은 계속 악화되어 장시간노동, 저임금, 산업재해, 열악한 작업환경에 시달려야 했다.

무엇보다 식민지를 경험한 제3세계 국가들은 부유한 엘리트와 나머지 주민들 사이에 큰 수입격차를 보이며, 근본적으로 부가 불평등하게 분배되며, 정치적으로 사회적 프로젝트를 위한 비용 지출을 꺼린다는 특징이 있다.[19] 특히 빠른 속도로 도시화가 진행되면서, 이제 한국의 농촌은 계몽화된 서구의 근대적 발전으로부터 멀리 뒤쳐져 과거에 갇힌 존재로 인식되었다. 시골은 변화 없고 정적인 무시간의 장소로서, 오리엔탈리즘에서 말하는 서구 역사의 진보로부터 단절된 '동양'과[20]과 같은

---

17) 스피박이 즐겨 쓴 하위주체(subaltern)라는 용어는 그람시가 감옥에서 검열을 피하기 위해 프롤레타리아를 지칭했던 것에서 출발한다. 오늘날 이 용어는 탈식민 이론가들에 의해 생산위주의 자본주의 체계에서 중심으로 차지하던 프롤레타리아 계급을 포함하면서도 성, 인종, 문화적으로 주변부에 속하는 사람들로 확장되어 사용되고 있다.

18) 황석영, 『객지에서 고향으로』, 형성사, 1985, 56-67면.

19) 로버트 J.C.영, 김택현 譯, 『포스트식민주의 또는 트리컨티넨탈리즘』, 박종철출판사, 2005, 107면.

위치로 전락한 것이다.

1960~70년대의 산업화 논리를 통해 생겨난 우리 내부의 오리엔탈리즘은, 서구화를 이상적 모델로 하여 이에 빠르게 적응한 지배층들과 그렇지 못한 하위계층 사이의 명확한 경계선 긋기를 강요했다. 황석영은 이러한 경계선 바깥에 밀려난 타자에 대해 적극적인 관심을 가졌으며, 체험을 통해 길어 올린 개성적인 하위주체의 형상화로 그의 소설을 역동적으로 만들었다.

작가는 1999년 『오래된 정원』 이전에 발표한 40편 가까운 소설들에서 대부분 하위계층을 전경화하고 있다.21) 하위계층이 전경화되지 않은 작품으로 「섬섬옥수」, 「줄자」, 「한씨연대기」, 「기념사진」, 「배운 사람」, 『암야의 집』 정도를 들 수 있다. 하지만 「섬섬옥수」는 부잣집 대학생인 '미리'보다는 보일러공 '상수'를 도덕적으로 훨씬 윗길에 올려놓음으로써, 「한씨연대기」는 의사에서 '염꾼'으로 전락한 월남민 의사를 전경화함으로써, 「배운 사람」은 '배운 사람'이 밤업소 호객꾼인 '꼽추'에게 조롱당하게 함으로써 역시 작가의 시선은 하위주체로 향해 있음을 알 수 있다. 필자가 최근 발굴한 1972년 4월 『기독교사상』에 실린 「동행」이란 작품 역시 전과자와 기지촌 여성(창녀)의 유대를 그려내고 있음을 확인할 수 있는데, 이 작품까지 더하면 가히 그의 전기소설들은 1970, 80년대의 다양한 하위계층의 종합적 보고로서의 가치를 갖는다고 할 수 있다.

등장하는 인물들의 명명(appellation)에서도 이러한 사정은 쉽게 드러난다. 등장인물들은 춘근이, 미자, 애란이(「몰개월의 새」), 영달, 옥자, 이점례(「삼포가는 길」), 귀순이, 판술이, 한동이(「객지」), 일봉이, 애자(「장사의 꿈」), 순자(「섬섬옥수」), 미순, 덕배(「돼지꿈」), 만수(「돌아온 사람」) 등 민중적 이미지가 물씬 풍기는 이름을 가지고 있음을 한눈에 알 수 있다. 또한

---

20) 존 맥클라우드, 박종성 외 번역, 『탈식민의 길잡이』, 도서출판 한울, 2003, 74면.
21) 임기현, 황석영 소설 연구, 충북대학교 박사논문, 2007, 28-29면 참조.

이러한 인물들이 개성적인 별명을 가지고 있음도 특기할 만하다. 마른 얼굴에 눈만 커서 '빠꿈이'라는 별명을 가진 「몰개월의 새」의 미자, 힘이 장사고 키가 커서 '꺽새'라는 별명을 가진 「장사의 꿈」의 일봉이, 머리털이 듬성듬성 빠져서 '땜통'이란 별명을 가진 이는 「한씨」, 「객지」, 「열애」에 걸쳐 나온다. 매혈꾼에서 살인자로 전락한 청년을 다룬 「이웃사람」의 '쪼록쟁이'와 '뎃방', '똘마니', '쉬파리', '말뼉다구', 윤리보다는 호구지책이 우선이어서 농가의 소를 밀도살하는 「밀살」의 '칼잡이' 등 이루 헤아릴 수 없는 별칭들이 등장한다. 이는 석방 후 첫 작품인 『오래된 정원』의 지식인적 인물, 예컨대 '오현우, 한윤희, 이희수' 등의 명명과는 상당히 다른 것이다.

이 시기에 그는 하층민 중에서도 창녀형 인물, 떠돌이 노동자, 제대군인을 집중적으로 다루었고, 이들의 도시입성을 문제 삼았다. 하지만 이들은 하나같이 도시입성에 실패한다.

이 시기 황석영 소설에서 도시는 부정성의 공간으로, 같은 도시 사이에서도 주변부와 중심부의 위계적 질서가 공존하는 공간으로 그려진다. 「돼지꿈」은 철거를 앞둔 도시 변두리 주민 '강씨'가 시내 중심부에서 차에 치어 죽은 부잣집의 개를 얻어와 마을 잔치를 벌이며 철거의 불안을 잊는다는 내용으로 되어 있다. 「이웃사람」에 등장하는 도시 역시 '냄새나는 벌거숭이'와 '꽃 같은 신사숙녀'가 공존하는 곳이며, 이 꽃 같은 신사숙녀들은 벌거숭이의 '나'를 타자화시켜 급기야는 살인자로 만든다. 또한 도시는 급격한 산업화가 만들어낸 졸부(「이웃사람」, 「줄자」)들이 큰소리치며 살아가는 곳으로 그려진다. 「삼포가는길」에서처럼 '이점례'를 '백화'의 가명으로 살게 하는 곳이며, 「장사의 꿈」에서처럼 진짜 씨름이 아닌 '가짜 레슬링'으로 살게 하는 '허위'의 세계다. 이러한 측면에서 황석영 소설의 도시는 내부 식민화의 모든 모순을 고스란히 가진 집적체라고 할 수 있다.

황석영 소설에서 주 공간인 도시는 상류층과 하층민들의 위계적 대립 구도를 강화하는 역할을 하면서, 도시에 편입되지 못하는 근대적 주체들을 끊임없이 변두리 바깥으로 밀어내는 기능을 한다.

5) 탈식민 실천으로서의 마당극 운동

1976년 가을 『장길산』을 집필 중이던 황석영은 서울을 떠나 전남 해남으로 이주했다. 무엇보다 농촌을 제대로 이해하기 위해서였다.[22] 황석영은 1970년대의 농촌을 '값싼 노동력과 식량 원료의 산출지'로, 농촌과 도시를 잇는 고속도로를 '조공로'로, 특히 작가가 체류하고 있던 전라도를 '내국 식민지'로 인식하고 있었다.[23] 그는 미국이 그들 체제에 적응하지 못한 나라를 '왕따'시키듯이, 특히 해남을 도회지가 배제시킨 타자의 공간으로 인식하였다.[24]

황석영은 '마당극' 운동을 주창하던 김지하가 '민청학련 사건'(1974)으로 투옥되자, 뒤를 이어 마당극을 현장 운동으로 발전시켜 나가게 된다.[25] 그는 기왕에 1970년의 신춘문예에서 가작(「환영의 돛」)으로 입선할 만큼 극작술에도 익숙해 있었고, 희곡작품 「산국」(1975)을 발표한 바도 있었다. 이는 그가 마당극 운동을 펼치는 데 밑거름으로 작용한다.

황석영은 이 시기 광주의 문화인들과 이 지역의 최초 마당극 단체인 '광대'를 창단하고, 광주항쟁 직후 당국 요청으로 옮겨간 제주도에서는 그곳의 문화인들과 '수눌음'을 창단하여 마당극 운동을 벌여나간다. 이

---

22) 심민경과의 인터뷰, 「한국문학은 살아있다」, 『창작과비평』, 2007년 가을, 241면.

23) 황석영, 『가자 북으로 오라 남으로』, 이룸, 2000, 195면.

24) 앞글, 심민경과의 인터뷰, 261면.

25) 김석만, 「새로운 출발을 기대하며」, 『장산곶매』, 창작과비평사, 2000, 363면.

시기 그는 인형극이라든가 남사당놀이라든가 탈춤 판소리 같은 전통연희의 원형들을 마당극에 접목하는 형식실험을 한다.26)

마당극은 어떤 극 양식보다도 탈식민성을 강하게 갖는다. 서구 연극의 한계를 극복하자는 데서 나온 것인 만큼, 그 내용도 신식민의 극복을 강조하게 된다. 황석영은 마당극 이전의 작품인 「산국」에서도 일제라는 외세 앞에 자기희생을 마다하지 않은 민중과 민중의병, 이러한 상황에서도 가문지키기에 급급한 양반가를 대비시켜 외세에 대한 저항은 민중에서 비롯됨을 내세운 바 있다. 이러한 생각의 연장선상에서 보성지역 출신으로, 머슴의 신분으로 의병장으로 이름을 떨친 안규홍을 극화한 「안담살이 이야기」와 일제 강점기 암태도에서 소작농이 단합하여 쟁이를 성공으로 이끈 「나락놀이」를 공연하여 큰 호응을 얻는다. 식민지적 상황에 '전복적 질문'을 제기한 자는 서구식 교육을 받은 지식인이 아니라 오히려 문화적으로 지배 질서에 덜 동화된 농부들이었던 인도 독립의 사례에서처럼27) 황석영 역시 저항의 힘을 '민중'에게서 발견하고자 했던 것이다.

그런가 하면, 「돼지풀이」를 통해 농정당국자의 말만 믿고, 도시민의 먹을거리를 위해 한꺼번에 돼지사육에 뛰어들었다가 '돼지파동'으로 황폐해진 호남의 농촌과 「땅풀이」를 통해 일본과 육지자본의 땅 투기장으로 변한 제주도의 현실을 고발했다.

황석영 마당극은 1970, 80년대의 여타 마당극 속성과 공유하면서도 호남과 제주로 대표되는 강한 지역성을 특징으로 한다. 특히 「항파두리놀이」에서는 '삼별초'의 김통정이든, 여몽 연합군의 김방경이든, 혹은 몽고군이 되었든 모두 제주의 민중들에게는 착취자라는 점, 진정한 제주사람들의 편은 아니었다는 사실을 분명히 드러낸다. 황석영 희곡은 철저히

---

26) 한국문학은 살아 있다, 앞글, 242면.
27) 바트 무어-길버트, 이경원 역, 『탈식민주의! 저항에서 유희로』, 한길사, 2001, 275면.

지역민 입장의 역사 다시쓰기(Writing Back)를 통해, 타자화된 지역 역사에 대해 중앙의 역사가 과연 사심 없는 진정한 지식을 가질 수 있는가라는 질문을 제기했다고 할 수 있다.[28]

그는 '심상지리(Imaginative Geography)'[29]에 의해 타자화된 지역에서 그곳의 민중들과 함께 그 전복을 꾀하였다. 지리 공간의 계통적인 서열화에 의해 만들어진 생활공간에 대해 자신의 '본래적인 것'을 발견하고자 한 것이다. 황석영은 수눌음의 창단 선언에서 이런 타자화된 지역이 이제 더 이상 "변방이 아니라 사실은 스러져 가는 우리의 전통문화에 새로운 활력을 공급한 전위의 자리이며, 그 문화의 파문으로 외래문화가 범람하는 저 한복판에까지 전파시켜야만 할 것"[30]이라고 선언한 바 있다.

작가가 '불의 링'이라 명명했던 광주항쟁 체험은 그의 전기에서 일대 전환점이 된다. "국군이 국민을 위한 군대가 아니라, 독재자의 폭력적 도구가 될 수도 있다"는 사실을 목격했기 때문이다. 결국 이런 비극적 상황이 초래된 것은 동북아시아의 전략적 군사기지로서의 효용가치로 인해 해소되지 못한 분단 현실 때문이며, 작가는 그 배후에 있는 미국의 존재를 새삼 깨닫는다.[31] 이러한 인식은 1981년 극단 '광대'와 함께한 마당극 「호랑이놀이」에서 잘 드러난다. 미국(호랑이)의 사주를 받은 군사정권(칼돌이)이 민중(포수)에게 총격을 가하는 장면을 설정한 함으로써, 작가가 인식한 광주항쟁의 상황을 압축적으로 형상화한다.

광주항쟁 이후 황석영은 급진화하기 시작한다. 문학보다는 투쟁가의

---

28) 임기현, 「황석영 희곡의 탈식민성」, 『한민족어문학』 제51집, 2007.12., 645면 참조.

29) 강상중은 심상지리를 실제지리와는 달리 제국이 '다른 여러 집단, 국가, 문화에 대한 동등한 정체성의 거절 또는 억압'을 행사하면서 담론화된 지정학적 표상을 일컫는다고 하였다.(강상중, 이경덕·임성모 역, 『오리엔탈리즘을 넘어서』, 이산, 1997, 192면).

30) 황석영, 「수눌음의 문화 선언」, 『장산곶매』, 심설당, 1980, 42면.

31) 황석영, 『객지에서 고향으로』, 『형성사』, 1985, 199면.

삶에 충실해지는 시기로 접어든다는 것이다. 작가 자신의 술회에 따르면, "그 무렵부터 따져본다면 나는 확실히 좌익"이었고, "중도 같은 건 있을 수 없는, 재학습도 젊은이들 못지않게 맹렬히 한"[32] 시기였다.

6) 탈식민적 공간으로서의 북한인식

작가 스스로도 작품의 공백기라 말하는 이 시기에 우리는 미완으로 남은『흐르지 않는 강』(1990)을 통해 작가의 급진적 인식을 정확하게 읽을 수 있다. 이 작품은「한씨연대기」의 인물구조를 좀 더 확대하여 좌파적 입장에서 '다시 쓰기'하고 있는 작품이라고 할 수 있다. 특히 황석영 자신에 해당하는 인물은 '김수'라는 인물로 등장시키고, 그리고 김수의 외사촌에 해당하는,「한씨연대기」의 한영덕이 평양에 남겨놓고 온 아들 '한창빈'을 내세워 전쟁기와 그 후 북한사회의 모습, 특히 미국에 의해 파괴된 평양과 전후 복구 건설기의 모습을 구체적으로 그려놓고 있다. 작가는 이 작품에서 한영덕의 총살형은 사실이 아니라 남한 사회의 반공과 증오가 낳은 허구일 수도 있다는 가능성까지 내비친다.[33]

'수'와 더불어 소설의 주요인물인 박길오의 "자주적인 영토와 민중이 어디 있느냐?"라는 질문에 이데올로그이자 실천가인 오진규는 적어도 민족적인 측면과 자주적인 기준에서 당당히 '북한'이라고 주장한다.

> 외국군 기지가 한 나라의 수도 한복판을 점령하고 있으며 군사 자취권에서 정권의 교체에 이르기까지 심지어는 자기 민족의 사활이 걸린 통일정책의 결정권까지 쥐고 있지 않은가? 글쎄, 정통성이란 무엇인지⋯생각해 보자구. 조국이 식민지가 되었을 때에 누가 외세와 정면으로 맞서서 최후까지 싸웠던가. 그리고 해방이 되고 나서 누가 식민지 잔재를 청산했는

---

32) 황석영·이문재 인터뷰,「문학을 찾아서」,『문학동네』, 1999년 봄, 44면.
33) 황석영,『흐르지 않는 강』14회,『한겨레신문』, 1990.2.16.

가. 이게 민족적 정통성의 준거가 되네.34)

식민지 시절 외세와 정면으로 맞서 싸웠다는 점에서, 또 남한과 달리 북한은 해방 후의 식민지 잔재를 청산했으며, 무엇보다 북은 "가장 강대하고 악질적인 두 제국주의(일본과 미국) 나라와 싸워서 승리하고 그 자주적인 영토와 민중을 확보해냈다"35)는 점에서 북한은 남한에 비해 정통성을 가진 곳이 된다.

따라서 북한이 강조하는 '자력갱생'은 큰 의미를 지니게 된다.36) 이런 측면에서 작가는 북한이 남한사회의 외세로 인한 모순을 극복하는 하나의 대안이 되기에 충분하다고 생각한다. 작가에게 북한은 타자가 아니라 우리 양심 속에 존재하는 주체적 자아의 또 다른 모습으로 규정된다. 이러한 일련의 사실들을 통해서 우리는 작가 황석영이 북 편향적 사고를 가질 수밖에 없었던 이유와 결국 방북행이라는 결정을 할 수밖에 없었던 사정을 유추해 볼 수 있다.

자신의 말대로 광주에서의 유혈은 큰 짐이 되었다. 작가는 이를 "한편으로는 복 받은 일이고 다른 한편으로는 운 나쁜 일"이었다고 이야기한다. 그는 "작가로서는 겪을만한 일이었겠지만 부담을 덜기 위해서는 자기 그릇에 넘치는 일도 감당을 하기로"37) 결심한다. 결국 광주의 참극은 그를 방북의 길로 이끌었던 것이다.

따라서 1989년 3월의 방북은 흔히 회자되듯 작가의 소영웅주의가 불러온 돌발적인 행동이 아니라 충분히 예견된 것이었다고 할 수 있다. 황석영은 모름지기 작가는 한반도의 분단을 획책한 미국에 반대하는 아시아 대중의 편이어야 하며, 같은 땅에 살면서도 서로 만나지 못하는 이

---

34) 윗글, 145회, 1990.7.26.
35) 윗글, 145회, 1990.7.26.
36) 윗글, 146회, 1990.7.27.
37) 황석영, 『오래된 정원』하, 창작과비평사, 2000, 317면.

산가족의 편이어야 한다는 점, 실천하는 '분단시대의 작가'로서 제 역할을38) 강조해 왔기 때문이다.

3. 맺음말

황석영 문학을 일관되게 보는 관점으로 필자는 '탈식민성'을 주목하였다. 황석영은 초기 작품 「탑」에서부터 최근의 『바리데기』까지 지속적으로 (탈)식민성을 문제 삼고 있기 때문이다. 필자는 본 논문에서 황석영 초기문학에서 드러나는 탈식민성을 집중적으로 논의하였다.

우선 그의 가계가 '한국적 이산'에 해당한다는 점을 주목하였다. 황석영 소설 「한씨연대기」는 '디아스포라'의 배경에 제국주의가 존재하고 있음을 드러낸다. 베트남전에 참전하면서 그는 제국주의의 실상을 보다 분명히 깨닫는다. 베트남전이 '자유의 십자군'으로 대변되는 평화전쟁이 아니라, 미국이 자본주의 시장을 확보하기 위한 벌인 시장쟁탈전으로서의 전쟁임을 고발한다.

그는 기왕에 식민적 제도교육에 회의를 가졌으며 '현실'을 학교로 삼는다. 그는 졸속 산업화의 위계질서 속에 타자로 전락한 지역으로 옮겨가 '마당극'을 통해 그곳의 민중들과 함께 하며 그들의 삶을 대변했다.

그는 광주항쟁을 겪으면서 광주항쟁의 배경에는 분단이라는 시대적 상황과 함께, 그 분단을 조장하고 있는 미국이 있음을 깨닫게 되며 급진화한다. 그는 탈식민의 정통성이 북한에 있다고 생각했으며, 이러한 인식의 바탕위에 그는 방북행을 감행한다.

하지만 그는 방북 체험을 통해 대안으로서의 타자였던 북한에 대한

---

38) 황석영 인터뷰, 분단시대의 망명 작가 황석영, 월간 사회평론, 1991.9., 164면.

인식을 수정한다. 그쪽 사회 역시, '경직된 국가주의'로 대표되는 많은 모순이 있는 곳으로 다시 자리매김되기 때문이다. 방북으로 인한 망명과 투옥, 세계사적으로는 동구권의 해체 이후 그의 소설은 탈식민성을 견지하면서도 바바가 말한 혼성성, 즉 타협과 소통으로의 방향전환을 보이게 된다.

황석영 초기문학이 보여주고 있는 반미학적인, 배타적 이분법의 구도는 저항의지를 분명히 한 만큼 현실을 단순화하고, 지배자가 만든 경직된 위계질서를 되풀이 했다는 문제점도 가지고 있다. 하지만 1970, 80년대는 월남전 파병과 광주항쟁으로 대변되는 신식민적 상황이 첨예하게 대두된 시기였다. 그 한가운데 있던 작가의 이 같은 저항담론은 1970, 80년대적 시대적 상황 속에서 반드시 거쳐야 할 '전략적 본질론(strategic essentialism)'으로 이해할 수 있다.

(『한국문학이론과 비평』 제39집, 한국문학이론과 비평학회, 2008년 6월 全載)

▌참고문헌

1. 기본자료

황석영, 『들판에 서서 마을을 보네』, 『중앙일보』 2004.10.1.~2005.10.27.
황석영, 『흐르지 않는 강』, 한겨레신문, 1990.2.1.~1990.7.29.
황석영, 『중단편전집』, 1~3, 창작과비평사, 2000.
황석영,『무기의 그늘』(상, 하), 창비, 1992.
황석영, 『객지에서 고향으로』, 형성사, 1985.
황석영, 『가자 북으로 오라 남으로』, 이룸, 2000.

2. 단행본

강만길, 『고쳐 쓴 한국 근대사』, 창작과비평사, 1994.
강상중, 이경덕・임성모 역, 『오리엔탈리즘을 넘어서』, 이산, 1997.
고부응 외, 『탈식민주의 이론과 쟁점』, 문학과지성사, 2003.
김윤식・정호웅, 『한국소설사』, 문학동네, 2005.
김정자, 『한국현대문학의 성과 매춘연구』, 태학사, 1996.
박종성, 『탈식민주의에 대한 성찰』, 살림, 2006.
심진경, 「한국문학은 살아 있다」, 『창작과비평』, 2007년 가을.
이문재, 「새로운 문명적 대안과 문학론을 위하여」, 『문학동네』, 1999년 봄.
최원식, 『황석영문학의 세계』, 창비, 2000.
Moore-Gilbert, Bart, 이경원 역, 『탈식민주의! 저항에서 유희로』, 한길사, 2001.
Young, Robert J.C, 김택현 역, 『포스트식민주의 또는 트리컨티넨탈리즘』, 박종철출
    판사, 2005.

3. 논문

임기현, 「황석영 소설 연구」, 충북대학교 박사논문, 2007.
임기현, 「황석영 희곡의 탈식민성」, 한민족어문학 51집, 한민족어문학회, 2007.12.

제3 장

황석영의 청소년기 소설 연구
— 「팔자령」과 「입석부근」을 중심으로 —

1. 여는 말

  황석영(1943.12.14.~)은 우리 문단에서 청소년기[1]부터 최인호와 더불어 일찍이 문재를 드러낸 대표적인 경우에 해당한다. 중고등학교 재학 중에 이미 교내 잡지를 비롯하여 전국 학생 대상의 문예공모에 당선하는 등, 일찍부터 문예로 명성을 드러냈다. 특히 황석영은 만 18세 되던 1962년, 『사상계』의 입선작인 「입석부근」 이후 당시의 문학지망 청소년들에게 하나의 신화적 존재가 되었고, '가짜 황수영' 소동이 일어날 만큼 그는 유명세를 떨쳤다.[2] 황석영의 청소년기 소설로 그의 연보에는 경복고 입

---

1) 청소년은 어린이 아동 소년 등의 용어와 혼용되고 있고, 그 기준도 엄격하지 못하다. 필자는 일반적으로 오늘날 통용되는 초등학교에 다니는 연령을 어린이, 중 고등학교에 다니는 13세부터 18세까지를 청소년으로 보는 기준에 따랐다.(어린이 청소년 포럼, 『어린이 청소년 어떻게 사랑할 것인가』, 청림출판, 2004, 22면 참고)
2) 정규웅, 「'가짜 황석영'과 '진짜 황석영' 소동」, 『글동네에서 생긴 일』, 문학세계사, 1999, 106-114면.(황수영은 황석영의 본명이다. 1970년 『조선일보』 신춘문예에 응모하면서 필명을 황석영으로 고쳤다.)

학시절부터의 여러 작품, 예컨대 「의식」, 「팔자령」, 「부활이전」, 「출옥일」
등의 목록이 올라 있다.3) 하지만 작가 자신의 술회에서 이 작품들이 운
위되는 경우를 제외하고는 연구자들은 이 작품들의 실체에 관심을 갖지
않았다. 많은 논자들은 황석영의 의미 있는 첫 작품으로 「입석부근」을
들고, 연구 대상도 이 작품에서부터 시작한다. 이러한 사정에는 작가가
첫 창작집 『객지』(1974.4, 창작과비평사)를 낼 때 「입석부근」을 포함시켰
기 때문이라고 할 수 있다. 그런데 우리는 「입석부근」을 읽으면서, 향후
우리문학사의 금자탑이 된 그의 1970년대 작품들과 뚜렷한 연관성을 찾
아낼 수 없었다. 이에 비해 필자가 발굴한 황석영이 고교 1학년 재학 시
절에 쓴 「팔자령」은 청소년 잡지 『학원』4)의 학원문학상에 입선한 작품
으로, 불우한 한 여성에 대한 일관된 관심을 보여주고 있다. 그의 문학
의 요체라고 할 수 있는 '他者(민중)를 위한 문학'과 밀접한 관련을 맺는
다는 점에서, 향후 황석영 소설의 한 원형을 간직하고 있다고 할 수 있
겠다. 이에 비해 2년여 뒤에 발표한 1962년의 「입석부근」은 이미 경복
고에서 유급을 거쳐 1961년 가을의 퇴학 등 제도권 교육을 이탈하고 난
뒤에 쓴 작품이라고 할 수 있다.5) 두 작품 모두 청소년기에 발표된 작
품인 만큼 성장소설(Formation novel)6)의 측면도 분명히 지니고 있다고
할 수 있다. 이러한 측면에서 「입석부근」의 의미도 「팔자령」과의 관계
속에서 훨씬 더 잘 드러난다고 할 수 있다.

 필자는 '한국문학의 정전'이라고 불리며, 십대 때부터 문단을 떠들썩
하게 했던 황석영의 청소년시기의 두 작품을 꼼꼼히 읽을 것이다. 물론

---

3) 최원식·임홍배 편, 황석영연보, 『황석영 문학의 세계』, 300-304면.
4) 1952년 창간되었던 월간학생교양지로 A5판으로 발행되었으며, 현재 휴간 중이다.
5) 황석영, 「탑을 쌓는 일과 소설을 쓰는 일」, 『문학사상』, 1975.2, 110면.
6) 성장소설은 성인의 세계로 입문하는 한 인물이 겪는 내면적 갈등과 정신적 성장, 자신
   을 둘러싸고 있는 세계에 대한 각성의 과정을 주로 담고 있는 작품들을 지칭한다. (한
   용환, 『소설학사전』, 고려원, 1992, 241면)

「팔자령」은 그가 만 16세, 「입석부근」은 만 18세에 쓴 작품이니만큼 작품의 미숙함을 예상할 수도 있다. 하지만 두 작품 모두 경복고 교내의 상이 아닌 전국 규모의 경쟁을 통해 입선한 작품들인 만큼 어느 정도의 작품성도 담지하고 있다고 할 수 있다. 한 개인의 의식형성에 있어서 청소년기가 갖는 중요성을 생각할 때 우리는 이 작품들을 통해 그의 근본적 의식성향이 형성되어 가는 과정을 추적할 수도 있다. 그럼으로써 연보가 보여주는 외적 전기적 사실로부터 청소년기에 형성된 황석영의 내면의식이 조명될 수 있을 것이며, 또한 작가의 세계관 '민중에 대한 경사'가 형성되어 간 그 내적 계기를 이해하는 데도 큰 도움이 될 것이다.

두 작품 모두 1인칭 시점에 기반하고 있다. 소설은 서술자를 등장시켜야 비로소 하나의 서사텍스트로 기능하게 된다. 소설의 이야기는 그 자체로 독자에게 전달되는 것이 아니라 반드시 화자의 매개를 거친다. 화자는 자신의 관점과 언어를 가지고 이야기를 서술로 변화시켜야 하기 때문이다. 특히 1인칭 시점 서술은 3인칭 시점과 달리 화자 나아가 작가의 관점을 보다 적극적으로 개입시키게 된다. 1인칭의 미세한 균열을 통해 우리는 청소년기의 황석영 소설의 서사 수준뿐만 아니라 서사에 드러난 작가 의식을 추출해 볼 수 있을 것이다. 일부 평론가들은 1970년대 황석영 소설의 여성상으로 남성 도구나 희생양, 수동적 여성 재현을 지적하기도 했다.[7] 우리는 「팔자령」을 통해 이러한 여성형 인물창조의 원형으로서 한 여성을 만나게 될 것이다.

---

7) 최성실, 「국가주의라는 괴물과 성정치학」, 『육체, 비평의 주사위』, 문학과지성사, 2003.

2. 실증적 자료 검토

「팔자령」은 창비 연보에 1959년 작품으로 기록되어 있다. 하지만 국립중앙도서관에서 마이크로필름으로 보관된 원 작품을 확인한 결과 1960년 3월호 청소년 잡지『학원』의 제6회 학원문학상 발표와 함께 실려 있는 것으로 드러났다. 아마 고교 1학년 시절에 쓴 작품이라는 작가의 기억에 의지하다보니, 이런 오류가 생긴 것으로 보인다. 이 작품은 3월호(9권 3호)의 90쪽부터 97쪽에 실려 있는데, A5판 2단 편집 8쪽 분량으로 원고지 분량으로 계산으로 하면 57매가 되는 단편소설이다.[8] 표제 옆에는 '서울 경복고 1년 황수영, 소설 고등부 4석'이 부기되어 있다. 연보에서나, 작가의 언술에서 당선작으로 언급된 작품이지만, 우리가 통상적으로 쓰는 의미에서 보자면, 입선작이라고 하는 것이 옳다. 우수작 다음에 1, 2, 3석이 있고 맨 마지막 4석인 것으로 보아, 고등부 소설 부분에서 말석으로 입선한 것이 된다. 물론 잡지『학원』에서도 '입선' 소감이라고 쓰고 있다(93면). 당시의 입선작들이 모두 우수한 작품기량을 보였다는 출판사 쪽의 말이 과장이 아님을 쟁쟁한 수상자 명단을 통해서도 한눈에 확인할 수 있다. 이 회의 우수작은 보성고 2학년 조해룡(조해일)의 「풍향계」였고, 3석은 춘천고 3학년인 전상국의 「산에 오른 아이」였다. 이후 한국문단의 거물급으로 성장하는 이들과 경쟁하여, 상대적으로 어린 고교1학년의 신분으로 이런 영예를 누린 것만으로도 충분히 후한 평가를 내릴 수 있을 것이다. 하지만 이 기회에 1960년도로 발표연도를 바로잡는 일과 함께 당선작이 아닌 입선작이라는 사실도 명확히 해 둘 필요가 있을 것이다.

1962년의 「입석부근」 역시, 사상계 제4회 신인문학상 당선작으로 알려져 있다. 하지만 당선작은 당시 서울대 대학원생이었던 서정인의 「後

---

8) 1960년 2월호 제6회 학원문학상예선자 발표, 1960년 3월호 학원문학상 발표.

送」이었고, 고3이었던 황석영은 박순녀(「I love you」)와 함께 동시 가작을 차지한 것으로 드러난다.9) 물론 가작도 대단한 것이었음은 당시 '사상계'가 가진 권위도 권위지만, 그가 다른 입상자들에 비해 10대로서 나이가 아주 어렸다는 점에도 있을 것이다.

황석영은 기존 연구에서 지적되어 온 것처럼10) 체험에 바탕을 둔 작가다. 어떤 작가도 작품을 쓰는 데 있어서 자신의 체험으로부터 자유로울 수는 없겠지만 특히 황석영은 자신의 소설들이 모두 체험에 의거해서 쓴 것이라고 표 나게 내세운다.11) 황석영의 잘 아는 동료문인인 신경림 역시 일찌감치 그의 소설적 특징을 다음과 같이 지적한 바 있다.

> 그의 소설은 먼저 경험에 바탕을 둔다. 그의 소설을 이루고 있는 내용은 그의 발과 손과 눈과 온몸에 의해 정확하고 구체적으로 파악되어 있는 것들이다. 그래서 그의 소설은 한구절 한구절이 생동하고 있으며 현장감에 넘쳐 있다.12)

신경림 시인의 지적처럼, 그의 문학은 경험에 바탕을 둔 만큼 핍진성이 두드러진다. 우리는 「팔자령」을 통해서는 고교 1년생의 눈이라 믿기지 않을 정도로, 불행한 삶을 살아간 한 여인(작품 속에서는 식모로 등장)의 부침에 대한 묘사며, 이를 안타까이 지켜보는 화자의 느낌을 생생하게 전달받게 된다. 상당히 유다르지만 우리는 「입석부근」에서도 등산관련의 전문 용어들을 만날 수 있고, 특히 암벽 등반의 과정이 마치 한편의 실

---

9) 사상계 신인문학상 발표, 『사상계』, 1962.12., 310면.
10) 신동한, 「폭넓은 리얼리즘의 세계」, 『창작과비평』, 1974, 가을. 742면.
　　김인환, 「체험의 문체」, 『창작과비평』 1977, 여름, 690-692면.
　　권오룡, 「체험과 상상력」, 『존재의 변명』, 문학과지성사, 1989.
11) 내 삼십여 편의 중·단편 소설들은 모두 나의 체험에 의거해서 조금씩 소설적 구성을 가해 본 것들이다…중략….작가는 언제나 자기가 다루려는 현실의 한복판, 그 현장에 있는 자라야 한다고 믿기 때문이다.(탑을 쌓는 일과 소설을 쓰는 일, 113면)
12) 신경림, 「가객 속의 황석영」 『가객』, 백제, 1978, 292면.

감나는 다큐멘터리를 보듯 그려져 있음을 확인할 수 있다.

「팔자령」은 작가의 영등포 지역 영단주택에 거주할 때부터 그의 집안일을 돕던 식모와의 에피소드가 바탕이 되었다고 할 수 있다. 작가의 자전적 소설의 술회에서도 드러나는 것처럼 그의 집에서는 '집과 나'[13]를 돌볼 사람으로 식모를 두었다. 한때 만주시절 유복한 부르주아지 삶을 살았던 기억으로 어머니는 영등포 공단에서 거주하면서도 자식에 대해 더욱 엄격했다. 가정이나 동네 또래집단에서 고립된 섬으로 [「노을의 빛」(「잡초」로 개제), 347면] 존재했던 수영은, 식모누나와 함께 집안에 단둘이 남겨질 때가 많았다(『개밥바라기별』, 45면). 따라서 식모는 세상과 소통하는 매개의 역할을 했다고 할 수 있다. 작가는 「잡초」에서 이러한 식모를 자신의 '좋은 나라'로 표현했다. 그가 집안일을 돌보던 식모에 대해 유달리 관심을 가질 수밖에 없는 환경 속에 있었다고 할 수 있다. 「팔자령」에 등장하는 것처럼 그의 집에는 여러 명의 식모가 거쳐 갔다.[14] 그 중 좌우익의 이념 대립 속에서 희생양이 된 식모 '태금이'를 모델로 한 것이 「잡초」라고 할 수 있으며, 「팔자령」의 주인공인 '순이' 역시 황석영의 집을 거쳐 간 식모가 구체적 모델이었을 것이다.

「입석부근」 역시 그의 고교시절 등산반 체험이 주 모티브가 되었음은 작가의 언술을 통해 쉽게 드러난다.

> '입석부근'은 열등감은 많고 아직 10대로서 사회에는 불만스러운 것투성이라 적응하기도 싫었고 적응할 수도 없었던 탓에 암벽타기에 몰두하면서 쓰게 된 거죠. 김기택이란 친구를 따라 다니다가 나중에는 내가 더 과감하게 바윗길을 개척하고 그랬어요. 그때는 죽음도 별것 아니라고 생각했거든. 우리는 자일도 로프도 없이 달밤에 바위에 붙고 그랬어요.[15]

---

13) 황석영, 「노을의 빛」(나중에 「잡초」로 개제), 『월간중앙』, 1973.3. 346면.
14) 어머니와 우리는 순이가 나간 뒤에 금방 그에게 대한 아쉬움을 가지는 환경이 이상스러웠다. 그뒤 오랜 달 뒤에 우리는 다시 금녀라는 새 식모를 두었고…(92면)

황석영의 술회에 따르면 고교에 진학하자마자 특별반 편성이 시작되었고, 그는 문학창작에 대한 의욕이 남달랐으면서도 굳이 문예반에 들지 않고 등산반에 들었다. "수시로 집과 학교로부터 벗어날 수 있겠다"는 것이 그 이유였다. 이 작품에는 현재의 등반과정뿐만 아니라 작가의 회상을 통해 암벽훈련, 눈 내린 밤 맨몸으로 바위 타기, 동굴생활 등이 그려져 있다. 그의 자전소설, 예컨대『들판에 서서 마을을 보네』(72회~73회.『중앙일보』, 2005.1.10~11.)나 최근의 화제작『개밥바라기별』(50-55면, 99-108면)에서 동일한 삽화로 등장하는 것으로 보아, 역시 자신의 체험이 기반이 되었음을 알 수 있다. 다만, 「입석부근」이나『들판에 서서…』에서 '택이'라는 인물이, '인호'라고 바뀌었을 뿐이다.

그 중 택이(인호)와의 동굴 생활을 추억하는 장면을 그리고 있는 대목을 보자.

① 사람들이 보구 싶어졌어. 이상하다. 그 틈에 끼이면 숨이 막힐 것 같은 데도… 놈이 갑자기 숟갈을 놓고 일어났다. 내려가야겠다.. 내가 감자를 던지고 일어섰을 때엔 놈은 산비탈 위를 달리고 있었다. 택이야! 밑에서 조그맣게 그의 대답하는 소리가 들렸다(「입석부근」, 346면).
② 굴에서 생활한 지 두 달 가까이 되었을 무렵 갑자기 인호 녀석이 사람들이 보고 싶어졌다면서 군화끈 졸라매고 내게는 한마디 동의도 구하지 않고 굴을 떠났다. 내가 뒤쫓아나가면서 바위를 돌아 올라가는 그의 등 뒤에 대고 외쳤다(『개밥바라기별』, 108면).

①은 1962년의 작품이며, ②는 2008년의 작품이다. ②은 마치 ①을 요약해 놓은 것 같은 느낌을 준다. 이는 무려 40년도 훌쩍 넘는 시간 경과에도 불구하고 현재 기억 속에 강하게 자리 잡을 만큼 청소년기의 방황을 대변하는 '동굴 생활'이 깊이 각인되었던 까닭이라고 할 수 있다.

---

15) 최원식 대담, 「황석영의 삶과 문학」,『황석영 문학의 세계』, 창비, 2002, 37면.

우리는 이러한 결과를 통해 그의 청소년기 작품에서부터 체험이 바탕을 이루고 있다는 사실을 확인할 수 있다. 감동을 주는 그의 작품들이 상상력과 관념으로 채워진 것이 아니라 체험으로 비롯된 것임을 그 초기작에서부터 분명히 하고 있는 것이다.

「팔자령」은 지금까지 연구자들이 전혀 분석대상으로 삼지 않았던 작품이다. 다만, 작가의 술회에 따라 이 작품의 경개를 소개하는 정도였다. 황석영은 자신의 고교시절 작품 「팔자령」을 다음과 같이 소개해 왔다.

> 우리집에 순이라고 식모 누나가 하나 있었는데, 순경하고 눈맞아서 애 낳고 살림하러 갔다고 돌아오고, 어머니 만나서 눈물바람하고 생활비 보태주면 또 갔다오고 그러던 얘기를 쓴 거죠. 그러니까 다루는 소재나 주제를 보면 요샛말로 발랑 까졌지요.16)

하지만 최원식과의 대담에서 그가 한 언술은 실제 작품과는 상당한 차이가 있다. 순이라는 식모누나가 있었다는 사실은 맞지만 순경하고 살림하러 갔다는 것은 맞지 않다. 그는 자전소설에서도 순경하고 눈이 맞은 식모 이야기를 반복해서 등장시키고 있다.17) 실제 작품에 등장하는 인물은 순경이 아닌 트럭 운전수였다. 또한 식모 누나를 경망한 여성으로 규정하고 있다. 그러나 실제 작품에 등장하는 식모의 성격은 경망한 것과는 거리가 멀다고 할 수 있다. 작가의 수상 소감, "순이처럼 곱게, 순하게, 제 어린 생활을 개척해야겠다는 것"18)과도 크게 배치가 되는 것이다. 작가로서의 조숙성(?)을 강조하기 위해 한 작가 자신의 발언이 자신의 작품을 왜곡된 방향으로 해석하게 된 시발점이 되었다고 할 수 있다. 따라서 이 작품은 작가의 말대로 '발랑까진' 그런 가벼운 내용이 아니라,

---

16) 최원식 대담, 앞글, 35면.
17) 황석영, 「들판에 서서 마을을 보네」, 『중앙일보』, 46회, 2004.12.3.
18) 황석영, 「입선소감, 순이처럼 곱게」, 『학원』, 1960.3., 93면.

“웬 봄에 장마비”(90면)며, “눈이 온 날은 푸근해야 할 텐데 그렇지가 않다”(93면)는 작품 배경이 말해주듯이, 무겁고 침울한 내용으로 되어 있다는 것이 옳을 것이다.

우리는 이러한 자료들을 확인하면서, 체계적인 작가론이나 작품분석을 위해서는 작가의 진술에 의존하기보다 실증주의에 바탕을 둔, 텍스트의 면밀한 확인이 선행되어야 한다는 사실을 새삼 깨닫게 된다.

3. 불행한 여성의 발견, 「팔자령」

이 작품은 작가의 청소년기 시절 '분신'인 '나'가 1인칭 관찰자로 등장해서, 우리집에 식모로 들어온 '순이'를 지켜보면서 기술한 내용으로 되어 있다. 직접 겪은 순이의 모습과 풍문으로 들은 순이의 삶을 기술하고 있으며 순차적인 작품 구조로 되어 있다. 중요한 사건 단위로 정리해보면 다음과 같다.

1) 순이가 할머니의 손에 이끌려 우리집에 식모로 들어오다.
2) 순이는 트럭 운전사인 사내와 사랑에 빠지다.
3) 순이의 옷차림과 화장이 화려해지다.
4) 순이는 식모살이로 삼년을 모은 돈으로 집을 나가 운전수 사내와 살림을 차리다.
5) 풍문에 따르면 순이의 결혼생활은 사내의 폭력에 시달리는 등 불행의 연속이다.
6) 순이는 추운 겨울에 임신한 채로 우리집을 찾아와 돈 오천환과 헌 옷 몇 벌을 얻어가다.
7) 풍문에 따르면 순이는 남의집살이로 또 술집에서 일한다고 한다.
8) 순이는 시장에서 물건을 팔다가 우연히 만난 어머니에게 빌린 돈을 갚고 사라지다.

  9) 순이는 아들을 데리고 우리집에서 다시 식모살이를 하다.

  10) 순이는 하루 종일 제 어미의 품을 떠나지 않은 어린애를 업고 황소
처럼 일하다.

  11) 순이는 새 삶을 살기 위해 고민 끝에 아들을 남에게 주기로 결정을
내리다.

  12) 순이는 꽃가마를 탄 불길한 꿈을 꾸고 난 아침에 거울을 깨뜨리다.

  13) 순이는 점심에 장을 보러 갔다가 트럭에 치여 사망하다.

  14) 순이를 잃은 허전한 맘으로 괴로워하는 순간 장의사가 나타나다.

식모로서 순탄한 삶을 살던 순이는 트럭운전사와 사랑에 빠져들면서 나락의 길을 걷기 시작한다. 이 작품은 불우한 환경 속에 놓인 '순이'라는 인물이 전경화되어 있다. 서술자인 나는 이 여성에 대해 시종일관 동정의 시선을 가지고 이야기를 전개해 나간다. 서술자는 순이가 사랑에 빠져 있을 때조차도 "순이의 그 커다란 눈망울이 웃는 것인지 눈물에 젖은 것인지 분간할 수 없었다".(91면)고 표현한다. 작품 속에 '눈물'이란 단어가 여섯 번이나 등장하는 것도 작가의 시선이 이미 불행한 순이에게로 경사되어 있기 때문이라고 할 수 있다.

순이는 황석영이 청소년기에 가장 가까이에서 만나고 겪은, 불행한 삶을 살았던 대표적인 인물이라고 할 수 있다. 순이네는 아버지가 일찍 사망하자 어머니가 요릿집에 일을 나가야 했고, 동생들은 할머니가 보살피고 있다. 할머니의 손에 이끌려 17세의 순이는 우리 집에 식모살이로 오게 된 것이다. 트럭 운전수와 사랑에 빠지면서 잠깐이지만 순이는 삶의 환희를 느끼기도 한다. 작가는 이 과정에서부터 한 여성이 몰락하는 과정을 16세 나이답지 않은 성숙한 눈으로 섬세하게 그려내고 있다.

순이는 삼년간 모은 계를 찾아서 치맛감을 사고, 길다란 머리채를 잘라 화가와 같은 머리를 하고, 파아란 옥색 고무신을 버리고 구두를 사신고, 긴 양말이며 파라솔을 사고, 화장도 하고 껌도 씹는다. 이렇게 들떠

집을 떠난 순이는 불행한 신혼 생활 끝에, 임신한 채로 아래에 담요몸빼를 입고, 다 떨어진 홀각메기 아름 저고리의 남루한 모습으로 우리 집을 찾아와 어머니로부터 돈을 얻어간다. 어머니는 동대문 시장에서 헌 누더기를 입고 어린애를 업고 있는 순이를 만난다. 마지막으로 우리집에 나타난 순이를 서술자는 다음과 같이 묘사하고 있다.

> 순이는 놀랄 만큼 변해버리고 말았다. 먼저 머리가 그랬다. 옛말에 "여자는 고생을 많이 하면 머리가 윤을 잃는다"고 했다. 정말 순이의 머리에선 빛이 나지 않았다. 볼과 입술이 슬프도록 창백해 보였다. 눈은…그 커다란 눈이 더욱 퀭하니 들어가 있었고, 눈망울이 항상 어떤 액체막에 싸이어 글썽글썽 해 있는 것이었다(95면).

사랑에 들뜬 순이의 외양묘사에 출발해서 이제 가장 비참한 모습으로 전락해서 돌아온 순이를, 서술자는 보다 더 섬세하고 따뜻한 내면의 눈으로 관찰하고 있다. 순이는 이름그대로 '황소같이 순한 눈'을 가지고 있으며, 무엇보다 성실한 인물이다. 순이의 부지런하고 순한 마음씨는 나와 가족들의 뇌리에 깊은 인상을 남긴다(92면). 또한 신문이나 잡지를 읽었고, 일본말까지 읽을 줄 알았으며, 또 그림을 잘 그려 나의 미술 방학 숙제를 그려주기도 한다. 화자인 내게 순이는 정말 '좋은 사람'으로 기억된다. 그런데는 순이는 죽음이라는 파국을 맞게 된다. "부지런하고 순한 마음씨"를 가진 순이가 응당, 하나님에게 복을 받아야 함에도 자꾸만 불행스러워지는 것에 대해 '나'는 강력한 의문을 갖게 된다.19)

전락의 길을 걷지만 끝까지 순수한 내면을 포기하지 않은 순이에게 서술자는 따뜻한 시선을 일관되게 보낸다. 어린 작가 황수영은 이 과정을 통해 사회적인 지위와 인간적 가치 사이에는 아무런 비례관계도 없을

---

19) "그만큼 순하고 맘씨 착하던 순이는 응당, 하나님에게 복을 받아야 할 법한데 엉뚱하게도 불행을 갖게 되는 것이 이상스러워지는 것이었다."(「팔자령」, 92면)

뿐더러 오히려 인간적 덕성은 하위계층에서 보다 더 순수한 형태로 발견된다는 의식을 갖게 되었다고 할 수 있다. 황석영의 1970년대 이후 소설에 등장하는, 근대 자본과 폭력이 신체는 훼손할 수 있지만, 내면에 새겨진 자기 정체성까지는 억압할 수 없음을 보여주는 인물, 「삼포가는 길」의 백화나 「몰개월의 새」에 등장하는 미자와 같은 인물의 원형을 우리는 순이에게서 발견하게 된다.

작가에게 각인된 이러한 순수한 내면의 '순이'는 1970년대 그가 남긴 르포형 글에서도 다시 살아난다. 그는 1973년 구로공단 연합노조준비위 구성을 위해 위장 취업을 한 바 있고, 이 과정의 체험을 르포형식으로 여러 차례 발표했다. 그가 지켜 본 가난한 여공들의 비참한 생활을 고발하면서, 그는 그 제목을 '잃어버린 순이'로 삼았다.

> 물론 끈기 있고 세차게 살아가는 소녀들도 있지만, 여자라는 제약 때문에 여러 가지의 유혹과 난관이 따르는 것이다. 여자의 경우에는 그 육체 자체가 생업의 도구로 교환될 가치도 지니고 있기 때문이다. 그런 의미에서 정신적인 영역을 차츰 빼앗겨 가는 물량 위주의 사회에서는 특히 빈곤한 여자의 육체는 봉건적 시대보다 가혹한 계급적 의미를 띠게 되는 것이다.[20)]

황석영은 급격한 산업화시대에서 자신의 몸과 인격을 상품화할 수밖에 없었던 '빈곤한' 여성으로 주변부 모더니티의 가장 큰 파르마코스(pharmakos)였던 여성을 '순이'라고 명명하고 있는 것이다. 이후 황석영은 순이형의 인물들을 보다 능동적이고 적극적인 인물로 변화시킨다. 불행에 안주하지 않고, 현실에 적극적으로 대응하는 모습을 그리게 된다. 그가 즐겨 그린 창녀형 인물들과 영달과 정씨 같은 전과자형 인물이 바로

---

20) 황석영, 「잃어버린 순이」, 『한국문학』, 1974.5., 306면.

그러한 인물들이다. 하지만 그들은 '순이'가 그러했던 것처럼 순수한 내면의 정체성만큼은 잃지 않도록 만든다.

하지만 「팔자령」의 어린 서술자는 불행한 여성에 대한 동정, 관심과 안타까움에서 그치고 있다.21) 연민이 동정과 다른 점은 그것이 대등한 관계를 전제로 한다는 데에 있다.22) 동정에서 연민으로 나아가기 위해서는 식모를 지켜보는 주인집 아들의 계층적 인식에서 벗어나는 일이 전제되어야 한다. 1970년대 수작인 「몰개월의 새」에서 창녀로서 거의 밑바닥에까지 이른 '미자'와 먼 이국의 전쟁터에 목숨을 담보로 팔려가야 했던 파병용사인 '나'의 유대가 보여준 감동을 기대하기에는 보다 많은 하위계층과의 접촉과 이해를 필요로 했다고 할 수 있다.

황석영은 일찍부터 불우한 환경, 주변부 여성에 관심을 가짐으로써 향후 소설을 예비하고 있었던 것이다. 약자를 바라보는 따뜻한 눈과 저변 인생에 대한 끊임없는 관심이 향후 1970년대 리얼리즘 문학의 성취를 이루는 출발점이 되었다고 할 수 있다.

그러나 한 여자의 불행을 안타깝게 지켜보기만 해야 했던 무기력한 관찰자는 그 불행을 구조적으로 인식하지 않고, 팔자나 운명에 귀결하고 있다. 이러한 불행한 운명의 끝에 주인공의 죽음이라는 상황을 설정하고 있다. '八字嶺'이 무엇보다 텍스트의 관문인 제목을 설명하는 주인공의 직접적 언술, "난 팔자가 고개를 오르는 팔자라나요? 그래서 일평생 고개를 쉬도 않고 자꾸 오르다가 끝이 나는 거래요"(93면)에서 이미 드러나듯이 작품은 운명관에서 조금도 벗어나지 못하고 있다.

---

21) 순이의 불행에 대해서 심히 동정하고 있는 우리 얼굴들이었다.(92면)/혜숙이 엄마가 다녀간 뒤에 온 집안 식구들은 하나같이 순이의 불행을 동정했다.(93면)
22) 김원규, 「1970년대 최인호·황석영 소설에 나타난 성과 신체의 의미」, 연세대석사 논문, 2000, 55면.

정녕 우리 인간사가 그런 것인지도 모른다. 자기 목적을 이루기 위해서, 또는 어떤 이는 이름을 위해서, 또 영달을 위해서, 죽음에 이르기까지 허덕이며 살다가 땅 속에 묻히는 일생을 가지는 것인지도 모르는 일이다. 그렇다면 순이의 고개 오르기 팔자를 우리들 인간에 주어진 공통된 숙명이라고 생각할 수 있지 않을까?(93면)

1970년대 리얼리스트의 면모와는 다르다고 할 수 있는데, 서술자는 순이의 '팔자령'을 모든 인간의 차원으로 일반화한다. 어떤 인간이든 이 사주팔자에서 벗어날 수 없다는 사실을 서술자는 직설적 화법으로 강변한다. 이 작품에는 운명과 팔자라는 말이 20회 가까이 등장하고, 서술자는 이 '운명의 플롯'을 위해 '꽃가마를 타다'와 '거울을 깨뜨리다(破鏡)'와 민간 俗說을 차용해 그 복선으로 삼고 있다. 운명의 세계에 대한 집착은 허무주의적 태도와 밀접한 관련을 갖는다. 이는 향후 황석영 소설을 지배하게 되는 현실주의적 태도와 크게 배치되는 것이다. 운명이 지배하는 세계에서 개인의 의지와 노력은 필요 없을뿐더러 존재할 가치도 없기 때문이다.

「팔자령」은 불우한 여성에 대한 따뜻한 시선을 확보하는 성과를 거두었음에도 운명론에 사로잡힌 나는 불행한 여주인공과 적극적인 교섭을 하지 않고 오로지 관찰자의 시선에 머무른다. 이는 소설의 배경이 집안 내로 한정되어 있고, 집 밖의 이야기는 모두 풍문에 의해 진행되는 구조에 대응하는 것으로도 볼 수 있다. 우리는 이 작품에서 엄격한 가정과 명문 고교의 제도교육 틀 안에서 모범생으로 훈육당해야 했던 청소년 황수영의 고립감을 읽을 수도 있을 것이다. 관찰자의 동선이 철저히 가정 내로만 국한되어 있다는 사실도 이러한 사실과 관련이 있을 것이다. 이에 비해 「입석부근」에서 집은 "짐승 같은 거치름을 가진 길들여지 않는 내가 빠져나올 수밖에 없는" 그런 공간으로 인식된다. 이제 황석영 소설은 운명과 허무의 서사에서 능동적 서사로 전환한다. 1인칭 관찰자 시점에서 1인칭 주인공 시점으로의 전환에 값하는 것이라고 할 수 있다.

4. 능동적 서사로의 전환, 「입석부근」

2년여의 시간이 지나고 나서 발표된 「입석부근」은 「팔자령」과 상당히 대비되는 성격을 가지고 있다. 「입석부근」은 바위 정상에서 조난당한 등반대원을 구조하기 위한 암벽등반에서 주도적인 역할을 하는 '나'에 의해서 서사가 진행된다.

> 1) 암벽정상에서 조난을 당한 등반대원들을 구조하기 위해 나와 동료들은 암벽등반을 시작하다.
> 2) 등반 중에 나는 '택'과의 야간 등반을 통해 바윗길을 개척한 지난 일을 떠올리다.
> 3) 등반 중에 담배를 피우다가 나는 땅을 향하여 떨어지던 (택의) 빨간 모자를 떠올리다.
> 4) 동료들이 조난자에게 조력자들이 왔다는 것을 알리자는 생각에 나는 반대하다.
> 5) 나는 방황하기 싫어서 집과 학교를 떠났던 택과의 동굴생활을 떠올리다.
> 6) 등반 중에 나는 잠시 동료의 몸을 아래로 밀치고 싶은 유혹에 빠지다.
> 7) 나는 해머로 바위에 하켄을 박다가 손가락을 다치다.
> 8) 선두를 교체하자는 영훈의 권유에 나는 물러설 수 없다며 거부하다.
> 9) 나는 등반 중에 죽어간 친구들을 떠올리다.
> 10) 절벽을 만나 넷이 한 자일에 의지하여 위험을 동시에 감수해야 하는 '연속등반'을 택하다.
> 11) 연속등반 중 물때에 걸린 기욱은 동료들을 보호하기 위해 직선 추

> 락의 위험을 무릅쓰고 줄에서 떨어져 나와 백 코스를 감행하고, 나
> 는 희생정신의 아름다움에 대해 생각하다.
> 12) 첫눈 온 날 상수리봉 암벽 등반에서 죽어간 택을 떠올리다.
> 13) 기욱을 제외한 나와 일행들은 연속등반을 성공, 정상직전의 테라스
>   에 도착하다.
> 14) 조난자들을 구출하기 위해 동료들이 정상으로 향하고, 나는 낙오한
>   기욱을 위해 아래로 내려오다.

「팔자령」이 순차적 플롯의 성격을 띠었다면 「입석부근」은 현재 시점의 험난한 암벽등반의 묘사와 함께 그 사이사이에 과거 회상을 삽입하고 있다. 이를 통해 성찰의 서사를 제시함으로써 훨씬 더 성숙해진 서술자의 음성을 느끼게 된다.

또한 등장인물의 측면에서도 「팔자령」이 1인칭 관찰자인 나를 제외하고는 여성(순이, 나의 어머니와 누이들)이 전경화된 것에 비해, 이 작품에서는 오로지 암벽등반을 하는 건장한 청년들만이 등장한다. 이러한 측면에서 「입석부근」에 주목한 많은 연구자들은 황석영 문학의 출발점을 남성적 서사로 규정하곤 했다. 특히 「팔자령」에서 40여 회 이상이나 언급되며 주요 사건에 깊숙이 관여했던 '어머니'가 사라졌다.

> 어머니는 순이의 불행을 미리 예감 하시는 듯이 "에이…개도 팔자가 세
> 디…쯧쯧…새끼 잘 낳고…살림 잘해야 할텐데…그놈이 분명 돈을 울겨
> 먹을라고 그럴게야…"하시면서 혼자 자탄하시고 분개도 하시는 것이었다.
> 어머니에게 있어서 순이의 그 부지런하고 순한 마음씨는 정말 인상에 남
> 았던 모양이었다. 어머니와 우리는 순이가 나간 뒤에 금방 그에게 대한 아
> 쉬움을 가지는 환경이 이상스러웠다.(92면)

인용에서처럼 주인공인 순이에 대한 평가도 상당 부분 어머니의 시선을 통해 확보된 것임을 알 수 있다. 「입석부근」은 어머니로 비롯되는 가

정적 환경을 벗어나 자연 특히 바위절벽으로 표상된 힘든 상대를 맞아 이를 정복해 나가는 과정, 특히 후반부에 등장하는 연속등반을 통해 연대감이 한껏 강조되고 있다. 또한 동료의 부담을 덜어주기 위해서 생명의 위험을 감수하고 백 코스를 감행하는 상황설정을 통해 희생정신이 강조된다.

1960년과 1962년의 2년 사이에 전혀 이질적인 작품이 발표된 것이다. 그 사이에 어떤 일이 있었을까. 사회적으로 4·19가 있었다. 황석영 역시 학교에서 뛰쳐나와 시위대열에 합류했고 그의 절친한 친구인 '안중길'의 죽음을 현장에서 목격하게 된다. 그러나 이 정치사적 사건이 어떤 역사적 의미를 띠고 있었는지 당시로서는 잘 이해가 되지 않았던 것 같다. 1962년의 「입석부근」에서 어떤 관련 언급도 발견할 수 없기 때문이다. 다만 작가도 이것이 마음에 걸려서인지 1973년 첫 작품집 『객지』에 「입석부근」을 수록할 때 본문 개작을 통해 관련 사실을 삽입하고 있음을 확인할 수 있다.

나는 생각을 한곬으로 모을 수가 없었다. 가족들이 밝은 불빛 아래 모여서 라디오를 들으며 웃고 있는 모습이 떠올랐다. 코안경을 쓴 할아버지, 방 가운데에서 네 발걸음을 하는 아가. 또 꽃불이 터지는 무도회장, 둥그렇게 돌아가는 선량한 시민들. 지금 아직 짐승같은 거치름을 갖고 길들여지지 않는 나는 그 속에서 빠져 나올 수밖에 없었을 것이었다(『사상계』 1962, 347면).

나는 생각을 한곳으로 모을 수가 었었다. 가족들이 밝은 불빛 아래 모여서 라디오를 들으며 웃고 뜨는 모습이 떠올랐다. 기관총 소리. 벚꽃의 흩날림. 검은 교복 위에 흠씬 젖어 흐르는 피. 환희의 거리. 밀려오고 밀려오는 시민들. 소녀들의 해맑은 이마. 저 모든 것은 벌써 오래전에 다 지나갔다. 나는 길들여지지 않는 자가 되어 집과 학교를 떠났다.(『객지』, 1974, 369면)

‘택’과의 동굴 생활 끝에 혼자 남게 된 내가 회상하는 장면이다. 가정을 떠날 수밖에 없었던 이유를 설명하는 대목이라는 사실을 감안하면, 적어도 고치기 전의 원 텍스트가 훨씬 더 일관되게 읽힌다. ‘짐승 같은 거치름’과 잘 대비되는 상황이 고치기 전 작품에서 더 잘 배열되어 있기 때문이다. 그의 작품의 변화과정에는 이러한 사회적 요소보다는 작가 개인의 학교생활이 더 밀접하게 관련이 있다고 할 수 있다. 다 알다시피 황석영은 고등학교에 진학하면서 빠른 속도로 열등생으로 전락해 갔다. 그는 “나는 당시의 규율과 성적으로 얽매인 고등학교 분위기를 마치 감옥처럼 증오”[23]했다고 술회한다.

① “평균점수를 냈더니 우리 반에서 맨 꼴찌야. 학력평가 결과 너는 유급이다.”…어쩐지 발가벗고 길 위에 나선 듯한 느낌이었다. 이제부터 ‘시선의 고문’에 시달려야 하고 스스로의 내면을 단단히 감싸지 않으면 안 되었다(『개밥바라기별』, 63-64면).

② 당시의 고등학교는 일제 이후 획일적으로 규율이 엄한 교육이어서 이미 스스로 읽은 책들과 학교 바깥의 교유를 통해서 얻었던 나의 ‘감성’으로는 도저히 견디지 못할 억압이었다. 그래서 자유를 쟁취하기 위하여 집과 학교라는 궤도에서 뛰쳐나갔던 것 같다.[24]

①에서 학과공부보다는 창작과 등산반에 심취해 있던 황석영은 유급으로 추방당할 위기에 놓이게 되었다는 것을 드러냈으며, ②에서는 자신의 감성과 자유를 수용할 수 없었던 엄격한 제도교육과정에 대한 불만으로 그는 제도교육과 가정으로부터 이탈이 불가피했음을 드러내고 있다. 황석영은 자신의 공식적 제도교육의 수혜를 고등학교 2학년까지로 술회

---

23) 황석영, 「제12회 이산문학상 수상수감」, 『문학과사회』, 2000년 가을, 문학과지성사, 1326면.
24) 홍성식, 『한국문학을 인터뷰하다』, 당그래, 2007, 25-26면.

한다.25) 작품에서 그는 "지금 아직 짐승같은 거치름을 갖고 길들여지지 않는 나는 그 속에서 빠져 나올 수밖에 없었다"(347면)고 표현했다. 황석영은 유급의 전력과 함께, 폭력사태에 연루되어 결국 퇴학을 당하게 된다. 물론 그에게도 퇴학은 충격이었지만, 교육을 일종의 억압이라 생각하고 억압과 제한에 천성적으로 저항적 체질을 가졌던26) 황석영은 자신이 맞게 된 또 다른 현실을 오히려 담담하게 받아들이게 된다. 그는 '체계 있는 교양인'을 포기한 대신, 삶과 현실이라는 세상살이를 자신의 학교로 삼게 된다. 또한 제도교육의 수혜자, 즉, 의사가 되기를 바랐던 어머니(가정)와도 결별하게 되는 것이다. 이제 황석영은 보다 자유롭게 타자들의 삶을 이해할 수 있는 보다 넓은 세상으로 나아가게 된다.

소설 역시 체념과 허무의 서사를 넘어 능동적 적극적 서사로의 변모해 나간다. 우리는 이 작품을 통해 등장인물의 의지와 신념을 한눈에 읽을 수 있다. 암벽 등반 그 자체의 행위가 이러한 등장인물의 의지를 대변하는 행위였다고 할 수 있다.

> 외계에 대한 공격 본능의 마비를 꺼려하지 않으면 안 된다고 생각했다. 부질없이 이 자연 앞에 꿇어 두려움으로 오그라들어도 안된다고 생각했다. … 만약, 내가 여기서 물러선다면, 바위는 나를 몹시 나를 경멸할 것이다. 그러나 그것에도 꾹 참고 아주 그만둬 버린다면 이것은 모든 '나'에 대한 치욕이며 패배가 될 것이다. 나를 이기려고 맞서고 이제 고통 속으로 떨구어버린 이 바위에게 나의 것처럼 진다는 굴욕감을 맛보여야 할 것이었다.(350-351면)

자연 특히 암벽 등반 행위 자체를 자신의 열등감을 극복하려는 일종의 제의로 받아들이고 있음을 위의 인용은 잘 보여준다. 그의 각오는 공

---

25) 황석영, 『심판의 집』, 심설당, 1977, 5면.
26) 황석영 외, 『나는 왜 문학을 하는가』, 열화당, 2004, 301면.

격본능의 상태로까지 표현된다. 그리고 「팔자령」에서 고립감에 젖어 있던 것과는 달리 적극적 유대를 강조하게 된다. 바위 정상에서 부상을 당한 조난대원들을 구출한다는 중심사건에서부터 연대는 자연스럽게 강조되고 있다.

> 우리들은 곧 그들이 운반되어간 병원으로 달려가곤 했다. 우리들은 상처 입은 팔뚝을 내밀고, 그들에게 주기 위한 피를 아낌없이 뽑았었다. 다친 친구와 나란히 누워 있으면, 피가 전해지는 고무줄은 우리가 바위 위에서 같이 싸울 때 서로 이어져 있던 짜일로 바꿔보였다.(352면)

부상당한 친구를 위한 아낌없는 수혈을 통해 강한 일체감이 형성된다. 서술자는 수혈을 위한 고무줄(고무호스)을 암벽등반 시의 자일로 동일시한다. 특히 넷이 위험을 동시에 부담해야 하는 연속등반을 통해 넷은 완전히 한 몸으로 표현된다.[27] 그러나 작품은 이러한 공동체에 대한 강조와 더불어 '나의 입장'이 지나치게 강조되어 있다는 점도 드러난다. 손가락을 크게 다친 '나'에게 동료들이 선두를 양보하라고 하자 신경질적인 모습을 보인다든가, 마지막 조난자들을 구조하기 직전에 그 영광을 포기하고 낙오자를 향하는 '나'의 모습은 상당히 '자기중심적인' 인물로 읽힌다. 자기가 리더를 해야 직성이 풀린다는 지나친 자기 주도적 태도에 대해서 작가 역시 적잖이 부담을 느낀 것으로 보인다. 그는 1974년의 개작본에 와서 좀 더 유대의 정신에 맞게 텍스트를 개작하고 있음을 알 수 있다.

> **모두들 따라 일어섰다. 나는 전부를 돌아보았다.** 영훈의 큰 코와 가느다란 눈, 인섭의 긴 턱과 날씬한 키, 기욱의 붉은 여드름과 튼튼한 어깨,

---

27) 연속등반을 통해서 우리 넷은 완전히 한몸이 되어 있었다.(357면)

이것들은 모두 나의 것이 되는 것이다(「입석부근」, 1962, 356면).

　　나는 팀의 전부를 돌아보았다. 영훈이의 큰 코와 가느다란 눈, 인섭이의 긴 턱과 날씬한 키, 기욱이의 붉은 여드름과 튼튼한 어깨, 이것들은 모두 공동체가 되어 버릴 것이다(『객지』, 1974, 381면).

연속등반의 선두에서 자기중심적으로 뒤따르는 동료를 바라보던 시선이 개작본에 와서 크게 달라졌음을 한눈에 확인할 수 있다. 또한 작가는 개작본에 와서 낙오자 기욱을 구하기 위해 떠나는 사람을 '나'에서 '영훈'으로 바꿈으로써 등장인물의 역할을 안배한다. 「입석부근」에 대해 작가 자신이나 평론가들도 "지금 봐도 참 쨍쨍한 작품"28)이라고 고평한다. 하지만 이 작품은 주인공 '나'를 지나치게 전경화한 나머지 다른 인물들의 성격을 제대로 살리지 못한 한계도 분명하다고 할 것이다. 1974년의 개작본에 와서 작가는 결말에 등장하는 인물의 이름을 바꾸어 놓았다. 기왕에 '나'를 제외한 중요한 세 인물의 성격이 제대로 드러나지 않았으므로, 적당히 이름을 바꾸면서 '나'의 역할을 줄이려고 한 것으로 보인다. 이 과정에서 벌어진 실수('기욱'을 구하러 가는 인물을 '영훈'으로 해놓고도 '인섭'으로 오기한 것, 『객지』, 388면)가 2000년의 창비 중단편전집에까지 이어지고 있다. 애초에 작가가 각기 등장인물의 뚜렷한 성격을 만들지 못했기 때문에 이러한 착오를 일으킨 것이라 할 수 있다.

　　또한 이 작품은 「팔자령」이 운명론(죽음)으로 귀착된 것처럼, 죽음에 대한 경사가 두드러지는 문제점을 가지고 있다.

　　① 그 순간, 얼굴들이 나의 눈앞에 여럿 나타났다. 새로운 바위 길을 개척하기 위해서 싸우다 죽어간 친구들의 얼굴들이었다. 제삼핏취를 개척하다 죽은 친구. 업·싸이딩 도중에 떨어져 죽은 친구. 눈이 뒤덮힌 계곡 속에서 길을 찾다가 구조 직전에 얼어 죽은 친구…(352면)

---

28) 최원식·임홍배 편, 『황석영 문학의 세계』, 창비, 2003, 36면.

② 흰 광목 위로 돋보이는 친구의 얼굴 윤곽과 밑으로 삐죽이 솟은 헐 벗은 발가락을 내려다보았다. 얼마나 고요한 휴식인가?/슬럼 코스인 '비탈 바위'를 붙었던 친구가 떨어진 있었다. 그는 옆구리에 도끼를 차고 있었는 데, 어스름한 저녁빛에 그의 도끼와 바위가 여러 번 부딪는 불빛이 순간적 으로 보였다. 친구들은 절벽 밑에서 그의 등산화 신켜진 다리 하나와, 피 에 덮힌 살점을 몇덩이 발견했을 뿐이었다. 우리들의 그의 것을 다정하게 담가에 주워 담아가지고 내려왔었다. 그 살덩어리 속에서 우리는 인간적 인 아무 것도 찾아볼 수 없었다. 그러나 그 도끼에서 번쩍이던 조그만 빛 들을 결코 잊을 수가 없었던 것이다(352면).

③ 새빨간 베레 모자가 허공으로 우쭐우쭐 춤추며 내려가는 것이 보였 다. 모자는 절벽 중간의 작은 나뭇가지에 내려앉았다(360면).

우리는 이 작품에 빈번하게 등장하는 죽음을, 동료애의 강조, 죽음을 각오한 도전의식의 측면, 방황하는 인물의 내면에 대한 비유, 학교와 가 정에 매몰되어 있던 치기어린 나와의 결별을 선언하는 상징적 제의로 읽 을 수도 있겠다. 하지만 ②와 ③에 오면 죽음에 대한 어떤 유미주의적 측면까지도 감지되고 있는 것이다. 만 18세 소년의 작품에 이렇게 죽음 이 강조된 이유는 무엇일까. 작가의 회고에서 드러나듯, 6·25 중에 도처 에 널린 주검의 목격, 때 이르게 타계한 아버지의 죽음, 4·19 현장에서 의 고교 시절 친구의 너무 생생했던 죽음의 목격 등이 그 심리적 배경으 로 존재했을 수도 있다. 하지만 빈번한 죽음의 나열과 죽음에 대한 미학 적 태도는 죽음 그 자체를 가볍게 만들 뿐 아니라 삶의 치열성조차도 희 화화시킬 우려가 있다. 빈번한 죽음의 강조는 '운명'과 또 다른 의미에서 허무를 부를 수밖에 없다.

1인칭 서사는 이미 자신의 좁은 시야로 말미암아 애초부터 총체성과 객관성을 담보하기 어렵다고 할 수 있다. 특히 3인칭 작가로 명명되는 대사회적 작가로, '황수영'에서 '황석영'으로 거듭나기 위해서는, 삶의 소 중함과 보다 의미 있는 죽음을 깨닫기 위해서는 좀 더 많은 체험과 시간이 필요했던 것으로 보인다. 그러나 이 작품에서도 이미 그러한 단초가 충분히 예비되고 있음을 우리는 반드시 지적할 필요가 있을 것이다.

> 모든 사랑은 밖에서 바라보는 것이 아니고, 그 속으로 파고 들어가서 직접 그것과 싸우는 행동에서부터 출발한다는 것을 차츰 알게 되었다(339면).
> 역시 희생한다는 것은 어려우면서도 순결한 일이다. 그러나, 그것이 직접 행위로 나타나 보여졌을 때, 위대한 일이 되는 것이다. 남의 피값으로 살고 있다는 것은, 또 우리가 그런 행위들을 자기 보존을 위하여 은근히 기대하고 있다는 것은 얼마나 참지못할 일인가?(359면)

이러한 다짐 때문이었을까. 주인공의 표현대로 황석영은 「입석부근」 이후 그의 또 다른 데뷔작이라고 할 수 있는 『탑』(1970) 발표까지 8년의 공백기 동안 '바라보는 자'가 아니라 치열하게 삶의 현장을 '파고 들어가서' 당당히 현실에 대결했다. 또한 그는 1970년대의 민중들을 산업화의 희생자로 규정하고, 그들의 핏값(희생)이 헛되지 않도록 기꺼이 그들과 함께 하며 문학으로서 실천가로 그들의 입장을 대변하게 된다. 이러한 의미에서 「입석부근」은 그가 가정과 제도교육을 벗어나 학교나 책에서 가르쳐 준 것보다 몇 배나 생생하고 진실하게 인간의 삶을 가르쳐 준 현실29)로 향하는 그 출발점에 서 있는 작품이라고 할 수 있다.

5. 맺음말

황석영은 작가로서 청소년기부터 文才를 드러낸 대표적 경우에 해당한다. 청소년기를 대표하는 작품인 「입석부근」과 「팔자령」을 통해 작가

---

29) 황석영, 『심판의 집』, 심설당, 1977, 8면.

의 세계관이 형성되어가는 내적 계기를 이해해 보고자 했다.

황석영의 작가로서의 공식적인 첫 작품은 작가가 만 18세 되던 해에 쓴 「입석부근」으로 알려져 왔다. 필자는 그보다 2년 앞서 발표된 「팔자령」을 함께 주목하였다. 「팔자령」은 그가 고교 1학년 시절에 쓴 작품으로, 타자의 전형적 계층이라고 할 수 있는 식모를 주인공으로 하여, 그 여인의 불행한 삶에 대한 일관된 관심을 보여주고 있다. 이러한 측면에서 향후 하위계층을 위한 황석영 소설의 한 원형으로 기능한다고 할 수 있다.

하지만 「八字嶺」은 그 표제에서 드러난 것처럼 운명론에 사로잡혀, 타자에 대한 절실한 관심에 비해 진정한 소통을 이루는 단계로 나아가지는 못한다. 소설의 배경이 철저히 가정 내로 국한된 사실이 이를 잘 뒷받침한다. 이에 비해 2년 뒤에 발표된 「입석부근」은 소극적 운명론에서 벗어나 적극적 의지를 표상한 작품이라고 할 수 있다. 2년여 사이에 황석영은 퇴학과 가출이라는 시련을 겪어야 했다. 그는 제도교육을 이탈함으로써 오히려 현실이라는 훌륭한 스승과 만나게 된다. 「입석부근」은 이러한 출발점에서 발표된 작품이라 할 수 있다. 하지만 과도한 자의식 등으로 진정한 유대를 이루는 단계에까지는 이르지 못한다.

황석영 문학의 특징인 뜨거운 인간애를 바탕으로 삶과 밀착된 현장성을 기반으로 한 리얼리즘 문학의 진정한 성과를 얻기 위해서는 8년여의 체험 시간을 필요로 했다. 그는 1962년의 「입석부근」 이후 8년여의 떠돌이 노동체험, 승려체험, 무엇보다 월남전 참전이라는 역사적 체험을 통해 한국 리얼리즘 문학의 정수를 꽃피우게 된다. 하지만 우리는 청소년기의 두 작품, 「입석부근」과 「팔자령」을 통해 황석영의 1970년대 문학의 단초를 충분히 엿볼 수 있었다.

(『한국언어문학』 70집, 한국언어문학회, 2009년 9월 全載)

▌참고문헌

1. 기본자료

황수영(황석영), 「팔자령」, 『학원』, 1960.3.
황수영(황석영), 「입석부근」, 『사상계』, 1962.12.
황석영, 『개밥바라기별』, 문학동네, 2008.
황석영, 『객지』, 창작과비평사, 1974.
황석영, 『심판의 집』, 심설당, 1977.
황석영, 「잃어버린 순이」, 『한국문학』, 1974.5.
황석영, 「탑을 쌓는 일과 소설을 쓰는 일」, 『문학사상』, 1975.2.

2. 단행본

정규웅, 『글동네에서 생긴일』, 문학세계사, 1999.
조정래・나병철, 『소설이란 무엇인가』, 평민사, 1995.
최원식・임홍배 편, 『황석영 문학의 세계』, 창비, 2003.
한용환, 『소설학사전』, 고려원, 1992.
홍성식, 『한국문학을 인터뷰하다』, 당그래, 2007.

제4장

발굴소설, 황석영의 「同行」 연구

1. 머리말

황석영은 기존 연구에서 지적되어 온 것처럼[1] 체험에 바탕을 둔 작가다. "황석영 가는 곳에는 가지 말라"고 할 정도로 그는 격동의 한국사, 세계사의 한가운데 있었다. 황석영 스스로도 "작가는 언제나 자기가 다루려는 현실의 한복판, 그 현장에 있는 자라야 한다"는 신념을 표방해 왔다.[2] 끊임없이 표랑하면서 이어져 온 그의 국외자적 삶은 분단과 파행적인 산업화로 진행되어 온 우리 현대사의 문제점을 누구보다도 날카롭게 볼 수 시각을 가질 수 있게 했다는 점에서, 한국문학사의 입장에서는 축복이었다고 할 수 있다.

반면 현장과 함께 한 그의 작품은 소실될 가능성이 많고, 그만큼 그의 작품목록의 재구도 어렵다고 할 수 있다. 제대로 된 작가론이나, 소

---

1) 신동한, 「폭넓은 리얼리즘의 세계」, 『창작과비평』, 1974년 가을., 742면.
   권오룡, 체험과 상상력, 존재의 변명, 문학과지성사, 1989.
2) 황석영, 「탑을 쌓는 일과 소설을 쓰는 일」, 『문학사상』, 1975.2., 114면.

설 변모과정을 추적하기 위해서는 소실된 작품의 발굴이 선행되어야 하고, 이를 바탕으로 한 정확한 작품연보가 나와야 할 것이다. 새롭게 발굴된 텍스트 중에는 태작이 있을 수 있지만, 오히려 이러한 자료가 작가의식을 제대로 규명하는 단서로 기능할 수 있다는 개연성을 열어두고 접근하는 것이 옳을 것이다.

「동행」은 지금까지 황석영 연보에서 언급이 없던 작품이다. 우선 『기독교 사상』(1972. 4)이라는 종교잡지에 실린 것도 그 한 원인이 될 것이다. 기독교와 크게 인연이 없던 황석영이었지만, 1970년대라는 시대적 상황에서 종교가 감당해야 할 역할이 많다고 생각했고3), 무엇보다 이 잡지가 가진 개혁적 성향에 동의하여 작품을 남긴 것으로 보인다. 월간지 『기독교사상』은 대한기독교서회에서 발행하는 신학 잡지로 굳이 기독교와 관련된 내용뿐만 아니라 다양한 형태의 문화관련 글을 실었다. 「동행」이 실려 있는 같은 호에 김종렬 목사의 평문이 실려 있는데, 이 글에서 민권운동을 하다가 분신한 전태일의 삶과 죽음을 예수의 부활에 빗대고 있는 데서도 이러한 성격은 잘 드러나고 있다.4)

「동행」은 원고지 50매가 조금 넘는 분량으로 황석영 초기 소설의 맹아를 볼 수 있는 의미 있는 작품이라고 판단된다. 무엇보다 이 소설은 1970년대의 향후 소설을 예비하고 있다고 할 수 있다. 열악한 처지에서도 이타적인 사랑을 실천하는 창녀형 인물, 따뜻한 내면을 가진 전과자형 남성 인물을 설정하고 있는 것이다. 또한 제목에서 드러나듯 이러한 남녀 간의 유대를 통해 모순된 환경을 헤쳐 나가는 대안을 삼았다는 점에서 「삼포가는 길」을 필두로 한 1970년대 소설의 한 원형으로 볼 수 있기 때문이다.

---

3) 생활조건은 혹독하고 종교는 도피적이다. 종교단체라든가 청년회모임들이 해야 할 일이 산더미 같다(황석영, 『객지에서 고향으로』, 형성사, 1985, 70면).
4) 김종렬, 「전태일, 그 죽음이후」, 『기독교 사상』, 1972.4., 87-94면.

2. 황석영 소설에서 「동행」의 위치

황석영 소설 계보에서 「동행」이 차지하는 위치를 구체적으로 살펴보기 위해, 등단작에서부터 1970년대에 발표한 완성작 목록을 정리해 보면 다음과 같다.

순서	작품명/출전/발표시기	순서	작품명/출전/발표시기
1	「입석부근」/사상계/62.11.15.	16	「돼지꿈」/세대/1973.9.
2	「탑」/조선일보/1970.1.6.	17	「삼포가는 길」/신동아/1973.9.
3	「몽환간증」/월간문학/1970.6.	18	「야근」/현대문학/1973.10.
4	「가화」/현대문학/1971.2. ← 1960년대 집필	19	「북망, 멀고도 고적한 곳」/ 서울평론/1973.11.
5	「객지」/창작과비평/1971.3.	20	「섬섬옥수」/한국문학/1973.12.
6	「줄자」/월간중앙/1971.7. ← 1960년대 집필	21	「장사의 꿈」/문학사상/1974.2.
7	「아우를 위하여」/신동아/1972.1.	22	「鄕邑」(改題:모랫말 아이들)/ 한국문학/1974.12.
8	「한씨연대기」/창작과비평/1972.3.	23	『暗夜의 집』(改題:「심판의 집」)/ 서울신문 1975. 8.11~10.11.
9	「敵手」(改題:배운사람)/ 월간중앙/1972.4.	24	「壽醜의 혀」(改題:歌客)/세대/1975.9. ← 「羽化」, 1960년대 집필
⑩	同行/기독교 사상, 1972.4.	25	「철길」/뿌리깊은나무/1976.6.
11	「낙타눈깔」(改題:낙타누깔)/월간문학 /1972.5.	26	「몰개월의 새」/세계의문학/1976.9.
12	「密殺」/창조/1972.9.	27	「寒燈」/문학사상/1976.10.
13	「기념사진」/문학사상/1972.11.	28	「돛」/심판의 집/열화당/1977
14	「이웃사람」/창작과비평/1972.12.	29	「廢墟, 그리고 맨드라미」(改題:種奴, 맨드라미 피고 지고)/창작과비평/1977.12.
15	「노을의 빛」(改題:잡초)/ 월간중앙/1973.3.	30	「산국」/『가객』 백제/1978.

흔히 '70년대 작가'로 명명되는 황석영은 이 시기에 30편의 완성작을 남겼다. 「동행」은 「입석부근」이래 열 번째 발표작으로, 가장 많은 작품을 발표했던 1972년도의 작품이다. 그런데 우리는 단순히 작품 발표 순서를 가지고 작품의 변모과정이나 작가의식을 추적하는 일은 곧 난관에 부딪치게 된다. 아래와 같은 작가의 언술 때문이다.

    ① 나는 다시 신춘문예로 나오게 되기까지 쓰다가 중단하거나 그냥 고치지 않고 초고인 채로 내버려둔 '재고'가 제법 많았습니다. 첫 창작집 「객지」에는 엄선한 작품들만 실렸고 나머지는 뒤에 여러 단편집들에게 흩어져서 실렸지요. 얼핏 떠오른 대로 「줄자」라든가, 「북망, 멀고도 고적한 곳」 같은 작품들이 그런 것들입니다. 「가화」는 '사상계'의 '입석부근' 이후에 대학시절에 썼던 몇 편들 중의 하나입니다. 그 중에 애착이 가던 작품으로는 「우화」라는 단편이 있었는데, 내가 동래 범어사의 '금강선원'에서 행자로 있던 시절을 그린 작품입니다. 중편이었는데 나중에 이리저리 떼어내어 써먹고 「가객」이라는 뼈대만 남게 되었지요. 여러 곳에서 수차례 밝혔지만 청년시절의 나는 '탐미적'이고 '내면적'인 문학세계에 푹 빠져 있었습니다. 그러나 베트남 전쟁을 겪고 돌아오면서 청년기와 결별하는 것입니다. 모든 진정한 현실주의 작가는 모더니즘의 숲을 통과해야만 광활한 서사의 들판에 도달할 수 있습니다.[5]
    ② 「탑」을 발표하고 연달아 「낙타누깔」, 「객지」, 「한씨연대기」, 「삼포가는 길」 등으로 나아가면서 세계관이 형성되어 갔습니다.[6]

정리하자면, 우선 황석영은 1970년 신춘문예에 나오기 전, 정확히는 1962년 「입석부근」 입선에서 『조선일보』 신춘문예 당선 시기까지 8년여의 공백기에 많은 작품을 써 두었다는 것이다. 이렇게 되면 1970년대에 발표한 작품들 중에서도 ①에서 예로 든 「가화」(1971), 「줄자」(1971), 「북망, 멀

---

5) 작가 인터뷰, 「황석영」, 『작가세계』, 2004년 봄, 21-22면.
6) 이문재 인터뷰, 「새로운 문명적 대안과 문학론을 위하여」, 『문학동네』, 1999년 봄. 43면.

고도 고적한 곳」(1973), 「가객」(1975)은 모두 1960년대에 쓴 작품이라는 결론이 나온다. 특히 1975년에 발표된 「가객」의 원형인 「우화」는 동래 범어사 시절이라고 했으니 1964년 무렵 쓴 것으로 드러난다. 무려 10년이 지난 시점에서 발표된 것이다. 둘째, 작가는 베트남전 참전(1966~1969)을 경계로 청년 시절의 탐미적·내면적 작품세계와 결별했다고 밝힌다. 그에게 있어 탐미적이고 내면적인 문학세계는 모더니즘으로 명명된다. 그렇다면 ①에서 예로 든 네 편의 작품들은 리얼리즘의 세계와는 거리를 둔다고 보아도 좋을 것이다. 정통적인 리얼리즘의 길을 걸으면서 근래의 작단을 압도한다는7) 평가를 받은 그의 작품도 처음부터 리얼리즘의 성격을 지닌 것은 아니었다고 할 수 있다.

확실히 1970년대에 쓴 것으로 보이는, 베트남 참전의 후유증을 그린 「몽환간증」에서도 황석영이 언급한 모더니즘의 잔영이 짙게 드리워져 있다. 작가의 표현대로 모더니즘 세계와의 결별이 서서히 진행되었던 것이다.8) 「몽환간증」은 참전 후유증으로 오랫동안 불면증에 시달려 온 주인공이 시골 외삼촌의 과수원에서 휴양을 취하면서 체험한 일을 다루고 있다. 이곳에서 화자는 이념문제로 희생당한 만수네 가족의 잔인한 복수극을 지켜보면서 자신의 월남 참전을 되돌아본다.

> 눈까풀을 반쯤 닫아둔 채 물을 떠 마셨다. 중천에 달이 올라가 있었다. 나는 달빛 속에 젖어 들어갔고, 그 집을 나서서 신작로를 따라 걸어갔다. 나는 조난당한 선원같이 골짜기 저편에서 반짝이는 불빛을 향하여 너울너울 헤엄쳐 갔다.(「돌아온 사람」, 130면)

---

7) 신동한, 「폭넓은 리얼리즘의 세계」, 『창작과비평』, 1974년 가을, 740면.
8) "나의 지극히 개인주의적이며 탐미적으로 삶을 바라보던 태도가 서서히 마멸되어 가는 과정을 전혀 몰랐었다."(황석영, 「탑을 쌓는 일과 소설을 쓰는 일」, 『문학사상』, 1975, 2. 111면)

윗글에서처럼 현실과 환상의 경계가 지워지고, 특히 만수네 집으로 향하는 주인공의 내면이 마치 '의식의 흐름 수법'을 연상시킬 만큼 비인과적으로 제시되고 있다. 1970년대에 그가 표방한 객관적 리얼리즘과는 상당한 거리가 있다고 할 수 있다. 황석영만큼 자신의 창작론에 대한 담론을 신념화하고 이를 구체적으로 밝힌 작가도 드물 것이다. 그가 1970년대 중반에 밝힌 창작론을 살펴보기로 하자.

> 될 수 있으면 주관적인 작가의 의식을 애써 배제하려 한다. 내면적이거나 추상적인 생각의 잔상들을 모두 삭제해버리고 밖으로 드러난 현상만을 구체적으로 그리려고 애를 쓴다. 감정을 절제하노라면 자연 문장은 삭막하고 건조하게 된다.[9]

그는 분명히 지난날의 내면, 추상, 감정, 현학을 거부하고, 객관적인 리얼리즘의 창작방법론을 강조하고 있다. 객관중립을 지향하는 서술법은 이후 황석영 소설의 주된 서술법이 되었다. 그는 월남전 체험을 포함한 8년간의 현장체험, 1971년 전태일 분신의 충격, 1973년의 구로공단 체험 등을 통해 이러한 문학관을 확립해 나간 것으로 보인다. 그렇다고 해서 그가 직선상으로 그의 작품 세계관을 형성해 나간 것은 아니다. 또한 필자가 기왕의 논의에서 밝힌 것처럼[10] 황석영은 작품집을 낼 때마다 큰 폭으로 개작했다. 따라서 작가의식의 추적 과정에서는 정확한 작품연보 재구와 함께 텍스트의 면밀한 대조작업이 선행되어야 할 것이다.

「동행」은 1962년 등단에서 1980년대 현장 활동으로 나서기 전에 그가 남긴 총 30편 중에 『객지』와 「한씨연대기」의 발표 이후 『삼포가는 길』 발표 이전에 위치한다. 분단소설의 성격이 짙은 『한씨연대기』를 논외로

---

9) 윗글, 114면.
10) 임기현, 「황석영 소설의 텍스트 확정을 위한 고찰」, 『한국문학이론과 비평』 41집, 한국문학이론과 비평학회, 2008, 309-337면.

하고, 또 하층민을 다루었으되 대결과 투쟁의 성격이 짙은 「객지」와는 다른 '비감과 소외의 정서를 바탕으로 한 연대의식'을 섬세하게 표현해낸 「삼포가는 길」, 「몰개월의 새」 계열의 선두가 되는 작품이라고 할 수 있다.

3. 텍스트의 구조

「동행」은 시세판단에 밝은 영화관 경영주가 예식장으로 업종변경을 하면서 벌어진 일을 다루고 있다. 문제는 이 결혼식장을 이용한 신혼부부들이 연이어 죽음을 맞게 된다는 것이다. 이 작품은 3인칭 화자시점 서술로, 작품의 분위기가 고조될 때는 부분적으로 등장인물에 감정을 이입하는 인물시점으로 전환되는 성격을 가지고 있다. 전반부의 서술요약과 후반부의 장면제시로 진행되고 있으며, 시간의 흐름을 따르는 순차적 구조를 지니고 있다.

사건단위를 중심으로 텍스트의 흐름을 정리해 보면 다음과 같다.

1. 시세판단에 밝은 경영주가 영화관을 운영하다가 텔레비전에 빼앗긴 관객을 만회하기 위해 호화예식장으로 업종을 변경하고, 첫 번째 쌍에게는 예식비와 신혼 여행비 일체를 부담하기로 하다.
2. 성대한 첫 번째 결혼식이 끝날 무렵, 신혼부부와 삼각관계에 있던 한 사내가 등장, 신랑을 칼로 찔러 살해하다.
3. 예식장을 나선 신혼부부가 드라이브 중에 추락사하는 두 번째 사고, 신혼여행을 다녀온 신혼부부가 연탄가스로 중독사하는 세 번째 사고가 연이어 일어나다.
4. 업주측은 지금까지의 불상사가 우연이며 근대화에 역행하는 소문이니 믿지 말라고 여론을 동원하다.
5. 소문을 모르던 가난한 쌍이 시골에서 올라와 무료 결혼식을 치르지만,

첫날밤 신부는 처녀가 아니라는 이유로 신랑에게 따귀를 맞고, 상심한 신부는 호텔 연못에 투신자살하다.

6. 경영주는 영험이 기막히다는 무당을 불러 살풀이 굿판을 벌이다.

7. 신청자가 없자 자신의 정치적 입장에 타격을 받을 것을 염려한 경영주는 결혼상담소의 형식을 빌려서라도 신혼부부의 결혼식을 보여주려고 하다.

8. 결혼상담소에 깡마른 몸매의 여자가 찾아와 자신은 대상자가 없는 '혼자'라고 말하다.

9. 마침 활발한 성격의 청년이 찾아오자 지배인은 두 남녀를 짝지어 결혼시키려 하다.

10. 경영주는 두 남녀에게 파격적인 조건을 제시하고, 결혼 후 6개월 내에 별거하면 예식장에서 제공했던 모든 물질적 지원을 반납한다는 서약서를 받다.

11. 고아 출신의 두 남녀는 결혼에 동의한 뒤, 언론의 주목과 각 회사에서 답지한 물품 홍수 속에서 성대한 결혼식을 치르다.

12. 신혼여행 길에 올라 호텔에 투숙한 두 남녀는 늦은 밤까지 대화 없이 꼼짝도 않다.

13. 남자는 여자에게 전력을 물으며 흉흉한 소문 가운데 굳이 결혼하게 된 이유를 묻다.

14. 여자는 소문에 개의치 않는다며, 결혼이 어떤 것인지 궁금해서 응했다고 말하다.

15. 그들을 재워두기 위해 제공된 독한 양주를 마신 남자가 취기를 빌려 자신이 전과 3범이란 사실과, 자신은 한 밑천 잡아 여섯 달 뒤에 달아날 것이라고 말하다.

16. 여자는 남자의 말에 개의치 않으며, 도리어 오늘 밤에 무슨 일이 일어나지 않으면 준비된 극약으로 자살할 것이라고 말하다.

17. 남자는 여자에게 목숨은 소중한 것이라며, 여자가 숨겨놓은 극약을 찾으려 하다.

18. 여자는 남자에게 '쓰레기'라며 말하며 댁도 나처럼 일찍 죽는 것이 낫겠다고 말하다.

19. 여자의 말에 풀이 죽은 남자가 자포자기의 심정으로 과음하다.

20. 취기 중에서도 남자는 여자의 미동 않는 몸을 보며 여자의 자살을 염
    려하다.
21. 여자는 과음으로 토악질을 한 남자를 부축하고, 더렵혀진 옷과 얼굴을
    닦아주다.
22. 여자의 죽음을 두려워한 남자는 수시로 여자의 몸을 만지며 확인하다.
23. 남자는 여자의 체온을 통해 감옥에서 어둠과 함께 얼어붙은 외로움을
    녹이는 따스함을 느끼다.
24. 남자는 호텔방을 빠져나오려다가 여자가 숨긴 극약을 찾다.
25. 잠을 깬 여자는 다 보고 있었다고 말하고, 남자를 곁으로 오게 해 남자
    의 머리를 매만지다.
26. 여자는 자신이 기지촌에 있었다는 과거를 밝히다.
27. 남자가 상반신을 굽혀 여자의 가슴 위에 머리를 대고 '약을 치우라'고
    말하고, 두 사람은 침대 아래에 떨어진 약을 찾다.
28. 남자는 여자에게 처음으로 당당하게, 우리가 다섯 번째 희생자가 될
    필요는 없다며 호텔을 빠져나오기를 권하다.
29. 날이 밝을 무렵, 두 남녀는 망보기 몰래 호텔을 빠져나오다.

전반부(1-6)에서는 주로 요약서술의 방법으로, 연이은 네 쌍의 신혼
부부의 죽음과 이에 대한 언론의 반응 등을 중심으로 기술되고 있으며,
후반부(7-29)에서는 가난한 두 남녀가 등장하면서 이들의 갈등과 화해가
장면제시의 방법으로 구체적으로 제시되고 있다. 편의상 전반부를 1플
롯, 후반부를 2플롯이라 한다면, 1플롯은 2플롯을 끌어가기 위한 배경
정도로 기능한다고 할 수 있다.

> 남자는 술기운에 얼마동안 혼미해져 있다가 눈을 떴다. 그리고 불안한
> 생각이 들어 손을 뻗어 여자의 몸을 만졌다. 아직 따뜻했다. **저 감옥의 짙
> 은 어둠과 함께 얼어붙어 있던 외로움이 녹을 듯한 따스함이 있었다.**(강조
> -필자, 154면)

후반부 장면 제시에서는 위에서 인용한 부분과 같이 인물시점으로 전

환되면서 특히 강조한 부분에서처럼 화자가 등장인물의 내면으로 감정이입을 하게 된다. 1플롯에서 마치 연극의 행동지문과 같이 두 인물의 행동만 객관적으로 중계하던 서술자가 2플롯에 와서 초점화자인 남성의 내면으로 침투하고 있는 것이다. 상대적으로 내용의 질적 밀도가 강조되고, 두 인물의 행동만 지켜보고 있던 독자 역시 이 과정에 와서 인물의 감정에 직접 다가가게 된다. 물론 이 작품의 주제는 서사의 질적인 밀도가 강조된 후반부에 실려 있다. 특히 이야기의 진행이 더뎌지는 후반부에서 작가는 두 주인공의 심리적 변화를 섬세하게 드러낸다. 두 인물의 '改心의 플롯'이 진행되고 있는 것이다. 마치 「삼포가는 길」에서 영달이 백화를 찬샘에 데려다 주고 한몫 챙겨 달아나고자 했던 것과 마찬가지로 사내 역시 "여섯 달 뒤에 내가 몽땅 팔아 싸악 날르고 나면 너는 꼴좋겠다."는 생각을 가지고 있었다. 또한 여자는 준비된 극약으로 삶을 포기하려고 했었다. 하지만 서로에 대한 처지를 공감함으로써, 남자는 물질적 혜택을, 여자는 자살을 포기하며 두 남녀는 함께 탈주를 감행하는 것으로 작품은 마무리된다.

4. 작품에 드러난 작가 의식

소설의 이야기는 그 자체로 독자에게 전달되는 것이 아니라 반드시 화자의 매개를 거친다. 화자는 자신의 관점과 언어를 가지고 이야기를 서술로 변화시켜야 하기 때문이다. 특히 화자시점 서술은 인물시점과 달리 인생의 축소판인 전체 이야기를 보는 위치에서, 그 전체를 보는 화자의 관점을 개입시키는 입장에 있게 된다. 우리는 극화된 후반부에서보다 서술자의 개입이 두드러진 1플롯의 주석적 서술을 통해 작가의식을 추출해 낼 수 있다.

1) 부정적인 언론관

화자는 네 건의 연속적인 죽음을 대하는 언론에 태도에 대하여 확실한 거리를 둔다.

① 처음에는 원앙 예식장 경영주 측과 사고를 당한 가족들 사이에서 조심스럽게 말이 오가다가 비슷한 돌발사가 거듭되자 **신문에서도 떠들기 시작했던 것이다.**(148면)
② **흥미 위주의 기사거리에 궁했던 몇몇 주간지에서** 기자들을 보내어 결혼식에서 신혼여행이 끝나는 날까지 주의 깊게 취재하도록 했다.(149면)
③ 엽기적인 읽을거리를 좋아하는 시속인지라 경향의 일간지에서도 탐욕스럽게 노리던 이 사건을 대문짝만하게 보도했다.(149면)
④ 기사깜을 노리던 모 주간지의 기자가 신부가 과거에 동서한 남자가 있다는 사실을 탐지해서는 신랑에게 귓뜸해 주었다는 소문도 나돌았다.(150면)
⑤ 아나운서는 **떠들었다.**(152면)

주간지와 일간지를 망라하고 작가는 '떠들었다'는 표현을 통해 언론에 대해 못마땅한 입장을 드러낸다. 언론이 엽기적인 읽을거리를 좋아하는 대중에 영합하여, 흥미위주와 선정주의로 흐르는 것을 비판한다. 저널리즘에 대한 비판적 인식은 작가가 현실에서 1970년대의 시대적 상황에 대해 언론이 그 역할을 다하지 못한다고 판단했기 때문이라고 할 수 있다. 이러한 인식은 1974년에 그가 남긴 르포형식의 글에서 보다 적극적인 입장으로 표명된다.

여공들의 생활에 관해서 '들떴다'느니 '뜨겁다'느니 '핑크빛'이라느니 하는 따위의 도색기사 소재거리로 자주 취급하는 일부 주간지들의 무책임한 행동들은, 생존의 토대를 빼앗긴 저들의 삶을 저속한 오락의 대상으로 삼아, 피차가 함께 비인간화 되겠다는 것으로밖에 여겨지지 않는다.[11]

황석영은 언론이 외적 성장을 이룬 산업화의 이면에 존재하고 있던 타자들의 입장을 보다 적극적으로 대변해주기를 바랐다. 따라서 선정주의로 흐르고 있는 언론의 사회적 책임의 방기에 대해 황석영은 '비인간화'의 표현을 써가며 비판적 입장을 분명히 취하고 있는 것이다. 따라서 「동행」에서 드러난 부정적인 언론관은 역설적으로 언론의 사회적 책임을 강조하기 위한 작가의식의 발로로 읽을 수 있다.

2) 부르주아에 대한 희화화

황석영은 "어떠한 개인도 그가 소속된 사회의 구성원으로 존재하며 그 관계의 올바른 추구 없이는 문학은 그것을 향유할 수 있는 몇몇 사람의 놀이개나 또는 스스로 대중을 마취시키는 최음제로 전락할 것이"라고 주장한다.[12] 그는 민중적 세계관에 입각해 우리시대의 모순을 비판하고, 개선해나가는 것으로 자신의 작가적 방향을 일찌감치 굳혔음을 이 소설은 잘 보여준다. 이 작품은 예식장 경영주와 국회의원을 겸하고 있는 부르주아 인물에게 냉소적 태도로 일관하고 있기 때문이다.

① 시세 판단에 밝은 회장 나리께서 그나마 텔리비에 빼앗긴 관객을 삼류 영화나 돌리며 끌어 모으기가 어렵게 됐다는 걸 알아채고 재빨리 호화 매머드 예식장을 꾸몄던 것이다.(148면)

---

11) 황석영, 「잃어버린 순이」, 『한국문학』, 1974.5. 301면.
12) 황석영, 「탑을 쌓는 일과 소설을 쓰는 일」, 113면.

② 어쨌든 예식장 운영진이 **이 따위 불쾌한 일**로 해서 주춤하지는 않았다.(149면)

③ 실업가와 국회의원의 한계가 명백치 않은 경영주는 이런 우연한 사고가 겹쳐 자기 주변에 어떤 징크스 비슷한 분위기를 지니게 될 것을 염려했다. **사업에 미칠 영향도 그렇지만 자신의 정치적인 입장에 손상을** 가져오게 될지도 모를 일이었다.(149면)

④ 업주측은 지금까지의 불상사가 전혀 우연이며 **근대화에 역행하는 소문**을 믿지 말라고 여론을 모으기에 **급급했다.**(149면)

⑤ 그러나 **회장 나리**로서는 영영 세상의 웃음거리가 되고프진 않다는 결심이 서 있었다.(150면)

일반적으로 서술자에 의해 서술되는 인물묘사는 객관적인 측면이 강조되어야 하지만 위에서 보듯 이 작품의 전반부에서는 인물을 바라보는 화자의 태도가 은연중에 드러나고 있다. 지체가 높거나 권세가 있는 사람을 높여 부르는 말인 '나리'를 덧붙임으로써 실업가와 국회의원을 겸하고 있는 권력가를 끝까지 희화화하고 있다. 이 인물은 정치적 입장에서의 손실을 염려하고 있으며, 그만큼 자신의 욕망 실현을 위해 집착이 강한 인물로 그려진다. ②에서처럼 사람이 죽어나가는 일조차 '불쾌한 일'쯤으로 여김으로써 생명의 소중함에는 아랑곳하지 않은 인물로, 명예욕을 위해 수단과 방법을 가리지 않은 인물로 표상된다. 이러한 부르주아의 면모는, 플롯 2에서 등장하는 전과자 사내의 생명존중 태도와 대비된다. 또한 이 인물은 한국적 샤머니즘의 불신 등을 통해 드러나는 것처럼 (④) 근대화를 적극적으로 추종하는 인물로 설정하고 있다. 근대화를 맹신하고 그 수혜를 누리는 것이 '가진 자'라는 작가의 인식을 우회적으로 반영하는 것이라 할 수 있다.

3) 근대(화)에 대한 회의

이 작품을 꼼꼼히 읽게 되면 우리는 화자 혹은 작가가 우리가 합리라
고 생각해오던 '근대'에 관해 상당히 회의적인 시선을 보내고 있음을 알
수 있다. 끝내 예식장 경영주가 극비밀리에 영험 있는 무당을 불러다가
살풀이 굿판을 벌리도록 한 데서도[13] 이러한 입장은 쉽게 드러난다. 또
한 화자는 운명론을 긍정하는 입장을 다음과 같이 직접 피력하기도 한다.

> 운명이란 때때로 하찮은 실패와 눈에 뵈지 않는 악운으로부터 비롯되
> 어 이미 여럿의 입에 오르내리게 되면서 본격적으로 파멸을 향해 떨어지
> 는 경우가 많기 때문이다.(149면)

이러한 운명론, 샤머니즘, 예언주의에 대한 서술자의 간접적 옹호와
그것의 구체적 제의라고 할 수 있는 '굿'의 긍정은, 리얼리스트 황석영의
면모와는 쉽게 연결되지 않는다고 할 수 있다. 하지만 우리는 황석영의
초기 소설을 세심히 읽으면 굿이 의외로 여러 작품에서 등장하고 있음을
알 수 있다.

> ① 굿거리 구경을 가서 나는 태금이의 무릎에 앉아 무당이 작두 위에서
>   춤추는 것도 보았다.(「노을의 빛」, 348면)
> ② 집에 돌아온 첫 주부터 나는 고열로 앓아누웠다.…어머니가 주장해서
>   굿을 한 번 했다.(「몽환간증」, 122면)

자전적 소설의 성격이 짙은 위의 두 작품에서 우리는 ①에서처럼 어

---

13) 무당은 방울과 부채를 흔들어 대며 식장 구석구석에다 싹싹 빌었다.
　　"비나이다 비나이다. 그저 맺힌 맘 풀으시고 노여움을 눅이셔서 하늘 같은 자비에
　다 바다 같은 덕성으로 굽어 살피시고 용서해 주십소사. 훠이, 죽을 죄를 에해, 지었
　으니 온갖잡신 몰아내소사."(150면)

린 시절 원체험 속에 굿에 대한 기억이 뚜렷하다는 사실, 특히 ②에서처럼 월남참전 후유증을 앓던 그 역시 굿을 직접 체험한 것을 확인할 수 있다.

굿에 친연성을 가졌던 작가는 굿에 대해 근대화의 부정성을 극복하는 대안적 의미를 부여하는 방향으로 나아간다. 1970년대는 주지하다시피 산업화 시대의 부작용이 첨예한 사회문제로 대두했다. 경제성장을 이유로 외자도입이 본격화된 것도 이 시기였다. 한일협정(1965) 체결이나 황석영도 끌려갔다고 표현한 베트남 파병(1964~1973)도 이와 관련되어 있었다. 당시의 지식인들은 이 같은 대외 의존적 상황을 심각하게 받아들이는 한편으로, 성장제일주의 뒤편에서 소외된 채로 살아가는 민중에게 관심을 가지게 된다. 1970년대 학계와 대학가에서는 우리 전통문화에 대한 자각과 반성이 일어났고, 이를 토대로 민중문화에 바탕을 둔 민속 연희를 부활하고자 하는 붐이 조성되고 있었다.14) 전통연희인 탈춤과 굿 등에 바탕을 둔 마당극이 1973년 김지하의 '진오귀굿'을 시발점으로 하나의 문화운동 형태로 활발하게 일어난 것도 이 무렵이었다.

황석영은 마당극 중심의 문화운동에 깊숙이 관여했다. 그는 대도시를 중심으로 외세와의 결탁아래 산업화가 이루어졌고, 이 과정에서 민중문화의 가능성이 말살되어 갔다고 판단했다. 비주체적으로 진행되는 산업화를 극복해나가기 위해서는 내부모순과 외세에 시달리면서도 기층민중이 형성했던 사상과 문화를 발굴하여, 새로운 민족이념으로 재편성해야 한다고 강조한다.15) 그는 특히 양반 지식인의 유교주의와 대타적 관계 속에서 가장 민중지향적인 성향을 띠었던 기층문화로서의 굿을 적극 옹호한다.16) 황석영은 『장길산』에서 중요한 굿 장면을 다섯 차례나 등장

---

14) 서연호, 『한국현대희곡사』, 고려대출판부, 2004, 222면.
15) 황석영, 『객지에서 고향으로』, 형성사, 1985, 171-178면.
16) 윗글, 191면.

시키고17), 인물설정에서도 길산의 양모 안무당은 만신으로, 아내 봉순은 안무당으로부터 내림굿을 받은 소무로, 작품의 대미 부분에서는 변혁의 거사를 담당하는 중요 축으로 무계〔巫係(만신 원향과 박수 오계준)〕를 등장시킨다. 그의 문학이 생경한 리얼리즘으로 그치지 않고, 『장길산』에서 드러나듯 가장 한국적인 현실주의 문학으로 빛날 수 있었던 것은 기층민중 문화에 대한 깊은 애정이 있었기에 가능했다고 할 수 있다.

작가의 이러한 생각에 이어져 있는 것으로 우리는 '우연'을 생각해볼 수 있다. 이 작품은 네 쌍의 신혼남녀가 우연히 연이어 죽으면서 벌어진 일을 다루고 있다. '우연'이라는 단어 텍스트에 무려 6회나 등장하고 있을 만큼, 이 소설은 '우연'이 전경화되어 있다. 굳이 우연이라는 말과 상관없이 "그때, 일이 잘 되느라고 그랬는지 한 남자가 방금 찾아왔다는 전갈이 왔다"(151면)는 표현에서도 드러나듯 서사는 우연성에 크게 기대고 있다. 사실 뜨내기 인생을 즐겨 다룬 황석영의 소설에서 우연성은 불가피 할 때가 많다. 영달과 정씨 또 백화 세 인물이 우연히 길 위에 만나 동행한 것에서(「삼포가는 길」, 월남파병을 위한 특교대 훈련병인 주인공이 우연히 부대 근처의 작부촌에서 만취된 미자를 구해 주게 되는 데서(「몰개월의 새」) 서사는 시작되고 있기 때문이다.

우연성은 일반적으로 전근대적이고 미숙한 서사의 특성이라고 알려져 왔다. 하지만 우연은 또 다른 관점에서 읽을 여지가 있다고 할 수 있다. 우리는 현실의 세계가 필연의 법칙으로만 이루어있지 않은 상당부분의 우연적 요소를 인정하지만, 소설이 창조한 서사성의 세계에 대해서는 몹시 어색하게 느끼게 된다. 근대 소설의 서사적 필연이나 개연성의 논거는 바로 이 근대적 이성의 도구주의, 계측주의에서 발생한 것이라 할 수 있다. 모든 것을 대상화하고 계측하려는 근대적 이성의 'Cogito'를 반성

---

17) 정미애, 『장길산연구』, 한림대박사논문, 2004, 242면.

하는 한 대안으로서 우연성이 갖는 가치를 이해할 필요가 있다.[18) 황석영은 우연성에 대해 열린 생각을 가지고 있었고, 이를 통해 그가 즐겨 형성화한 '뜨내기' 부류의 인물들이 그 행보를 자유롭게 펼치도록 할 수 있었다. 그만큼 등장인물들의 풍부하고 다채로운 경험들을 들려 줄 수 있게 되었다. 무엇보다 이 우연성에 대한 긍정은, 석방 후 황석영 후기 문학에서부터 강조된, 경직된 인과율에 사로잡힌 서구적 리얼리즘에 대한 반성과 회의의 태도[19) 그 단초로서 기능한다고 할 수 있다.

5. 인물과 주제의 상호텍스트성

소설이 새로운 인간형을 창조하는 작업이라 할 때, 이러한 창조된 인물을 통해 주제가 반영된다고 할 수 있다. 황석영은 소설의 주제를 구현하는 데 있어 인물의 순환을 즐겨 사용한다. 「삼포가는 길」의 '백화'가 「몰개월의 새」에서는 '미자'로 『장길산』에는 '묘옥'으로, 비슷한 유형의 인물의 확대와 변주가 일어나고 있는 것이다.

1) 인물층위

내면적 탐미주의에서 리얼리즘으로 가는 과정에서 하위계층과의 만남은 불가피한 것이다. 우선 이 작품의 두 남녀 주인공을 고아출신으로 설정하고 있다. 황석영 소설 전체의 맥락에서 볼 때 고아는 한국전쟁이 빚어낸 타자들로 해석된다. 예컨대, 유년기의 체험을 그린 연작 소설 「향

---

18) 김성룡, 「우연성과 환성상」, 『국어국문학』, 137권, 2004, 195-208면 참조.
19) 황석영, 「한국소설과 리얼리즘에 대한 나의 생각」, 『창작과비평』, 2000년 가을, 16면.

읍」등에서 우리는 전쟁고아로 설정된 인물을 쉽게 만날 수 있기 때문이다.[20] 이러한 인물들은 출발선에서부터 이미 주변부의 삶이 예고되어 있다고 할 수 있다.

「동행」에 등장하는 "제법 미인티가 나긴 했으나 깡마른 몸매의" 여성은 작품의 결말에서 스스로 기지촌 출신임을 밝힌다. 기지촌은 외국군 기지 주변에 형성된 촌락을 일컫는다. 전쟁 속에서 가족과 헤어지고 삶의 터전을 잃은 여성들은 미군 부대의 주변으로 몰려들어 양공주 집단을 형성하였다.[21] 황석영이 월남해서 뿌리내린 영등포에는 미군부대의 쓰레기 소각장이 있었으며, 마을에는 미군들의 댄스홀이 생겨났고 젊은 '양색시'들이 세를 들어 살기 시작하면서 온 동네가 기지촌화 한다.[22] 이 기지촌과 관련된 이야기들은 자전적 성격이 짙은 「잡초」와 「향읍」 등에 잘 녹아 있다.

한국전쟁 이후 농촌의 급격한 피해와 그에 따른 농촌 경제의 빈곤, 그 속에서 남자들은 막노동으로 삶의 터전을 찾았지만 여자들은 당시 한국 사회에서 마땅한 일터를 찾기가 어려웠다. 생존과 가족 부양이라는 의무감, 고통스러운 삶을 견디어 나가는 방법으로 찾아낸 것이 몸을 파는 길이었다.[23] 어느 날 갑자기 강제적으로 자본주의 시스템에 편입될 경우 그 사회 구성원들에게 요구되는 가장 큰 일은 공동체적인 감각이나 인륜성 따위를 벗어던지고 자신을 상품화하는 것이었다. 황석영은 이러한 사실을 누구보다 잘 알고 있었다.

물론 끈기 있고 세차게 살아가는 소녀들도 있지만, 여자라는 제약 때문

---

20) "나는 누나하고 고아원에서 살았어. 감옥살이 고아원보다 곡마단의 생활이 훨씬 낫지."(「향읍」, 183면)
21) 김정자, 『한국현대문학의 성과 매춘연구』, 태학사, 1996, 121면.
22) 황석영 자전소설, 『들판에서 서서 마을을 보네』(45회), 2004.12.2.. 26면.
23) 김정자, 앞 책, 122면.

에 여러 가지의 유혹과 난관이 따르는 것이다. 여자의 경우에는 그 육체 자체가 생업의 도구로 교환될 가치도 지니고 있기 때문이다. 그런 의미에서 정신적인 영역을 차츰 빼앗겨 가는 물량 위주의 사회에서는 특히 빈곤한 여자의 육체는 봉건적 시대보다 가혹한 계급적 의미를 띠게 되는 것이다.[24]

자본주의적 시스템에 필요한 인간이 되기 위해서는 상품으로서의 가치 혹은 자질을 갖추어야 한다. 그런데 인간 자신이 상품성을 구비하는 데는 오랜 시간이 걸린다. 상대적으로 비교적 오랜 훈련이나 전문성 없이도 자신을 상품화시킬 수 있는 것이 바로 여성이다. 자신의 몸과 인격을 상품화할 수밖에 없었던 '빈곤한' 여성은 주변부 모더니티의 가장 큰 희생양이었다고 할 수 있다.[25]

황석영은 이러한 인물들에게 윤리적 잣대를 들이댈 수 없다고 말한다.

> 굳이 윤리라는 말을 쓰지 않고 비정상적이라고 표현할 수밖에 없는 이유는 타락이라든가, 인간의 생활이라든가, 윤리라든가 하는 우리들 수준에서의 당연한 감정은, 생존권이 보장된 생활 위에서 이루어지는 것이리라 믿기 때문이다.[26]

애초에 주어진 조건이 생존에도 미달된 상태일 때, 그들의 파괴된 생활 질서를 가지고 '윤리'를 이야기 할 수 없으며, 오히려 그 타자들과 함께 생존권을 되찾아야 할 책임이 우리에게 있다고 주장한다.

황석영은 이러한 타자들에 대해 연민의 시선을 보이는 것에서 한걸음 나아가 인간애를 가진 감동적인 인물들로 형상화한다. 과음한 남자의 얼

---

24) 황석영, 『객지에서 고향으로』, 21면.
25) 류보선, 「모성의 시간, 혹은 모더니티의 거울」, 『심청』하 해설, 2003, 318면.
26) 황석영, 『객지에서 고향으로』, 14면.

굴에 묻은 토사물을 닦아주고, 전과자라고 자신을 밝히는 사내의 머리를
정성껏 안아주는 「동행」의 여자에게서 우리는 '聖女'의 모습을 보게 된
다. 물론 우리는 이 여성이 군 죄수 뒷바라지 시절이 더 행복했다는 '백
화'나, '사는 게 다 가여운 일'이라며 사지로 떠나는 파병용사를 기꺼이
보듬을 줄 알았던 '미자'의 원형임을 쉽게 알아차리게 된다.

또한 이 소설은 3범의 전과자를 등장시키고 있음이 주목된다. 창녀에
게 그랬던 것처럼 작가는 이 인물에게 조금의 윤리적 잣대도 들이대지
않는다. 오히려 활달한 모습으로 등장시킨다.27) 작가의 전과자에 대한
인식은 같은 해에 발표된 「이웃사람」에 등장하는 사내의 음성을 통해서
쉽게 알 수 있다.

> 왜 그런 살벌한 때에 진작 작은 죄라두 저지르고 유치장에 갈 생각을
> 못 했는지 모르겠군요. 세상에서 전과자라는 녀석들 지금 생각해보니 뭐
> 별거 아닌 거 같군요.28)

산업화가 가파르게 진행하면서 '선진 조국'을 강조했지만, 배운 것도
없고 가진 것 없는 사람들에게는 쉽게 '전과자'라는 족쇄가 채워졌다. 사
내가 어떻게 감옥 생활을 하게 되었는지는 이 텍스트에 구체적으로 드러
나지 않는다. 다만 고아 출신으로 근대체제에 편입되지 못하고 떠돌아다
니는 부랑인들은 늘 감시와 통제의 대상이 되기 쉽다는 점이다. 이런 부
류의 인간들은 근대권력이 요구하는 성실하고 순종적이며 감시의 시선을
내면화한 근대인의 모습에서 벗어나 있기 때문이다. 그렇기 때문에 이들
은 쉽게 감시와 통제, 나아가서는 감금의 대상이 된다. 감옥(감금)은 단

---

27) "남자는 키가 크고 안색이 창백하며 팔이 길다란 꾸부정한 몸집을 가진 청년이 활발
 하게 들어섰다."(153면)
28) 황석영, 「이웃사람」, 『창작과비평』, 1972 겨울호, 909면.

순히 수감자의 자유를 박탈하는 것만을 목적으로 하지 않는다. 감옥은 신체뿐만 아니라 정신까지도 감금함으로써 인간을 개조한다.[29] 작품에서 '짙은 어둠'으로 표현된 감옥시절의 외로움은 이와 관련이 있다고 할 수 있다.

「동행」에서 남자는 여자의 자살결심을 알게 되자 '사람 목숨은 중한 거'(153면)라며, 최선을 다해 만류한다. 그는 잠들지 못한 채 수시로 그녀의 살아있는 몸을 확인하고, 그녀가 숨겨놓은 극약을 애써 찾으려 하는 데서 생명의 소중한 가치를 아는 인물로 그려지고 있다. 또한 여성이 기지촌 출신의 동류임을 알고, 보다 더 애틋한 마음으로 다가갈 줄 아는 따뜻한 내면을 가지고 있다. 결국 남자는 여자와 함께 동행 탈출을 감행함으로써, 그녀를 '자살'에서 구제하게 된다.

이후 그의 소설에서 전과자들은 중요한 인물군을 형성하게 된다. 「삼포가는 길」의 정씨와 군 죄수, 「이웃사람」의 나, 「골짜기」의 진이와 김제사내, 「한씨연대기」의 한영덕 「돼지꿈」의 트랜지스터 행상 등이 바로 그들이다. 이들은 모순된 환경이 빚어낸 타자의 그 극지에 가 있는 인물들이다. 황석영은 이들을 비난하기는커녕 한없이 따뜻한 시선을 보낸다. 이를 통해 사회적인 지위와 인간적 가치 사이에는 아무런 비례관계도 없을뿐더러 오히려 인간적 덕성은 하위계층에서 보다 더 순수한 형태로 발견된다는 작가의식을 드러낸다. 근대의 자본이 신체는 구속할 수 있지만, 내면에 새겨진 자기 정체성까지는 억압할 수 없음을 강조한다.

2) 몸을 매개로 한 주제의식의 구현

토마스 카알라일은 "우주에는 성전이 하나뿐인데 그것은 인간의 몸이

---

29) 미셸푸코, 오생근 옮김, 『감시와 처벌』, 나남출판, 1994. 340면.

다. 인간의 몸에 손을 댈 때에 우리는 하늘을 만진다."고 말했다. 황석영 소설의 감동을 수반한 주제의식 구현은 등장인물의 육체의 친밀성이 강조되는 것에 특징이 있다고 할 수 있다. 소설을 쓰기 전에 "그 계층에 알맞은 복장과 말씨와 태도를 가지고서 뚫고 들어가 자기 체질 속에서 공통점을 찾으려 노력해본다"30)는 작가의 말을 신뢰한다면, 우리는 그의 소설이 이성이 아닌 몸의 교감에서, 타자 체험의 肉化에서 비롯된 것임을 알 수 있다. 그만큼 황석영 소설은 몸을 적극적으로 활용한다. 우리는 「동행」을 읽으면서 「삼포가는 길」의 한 장면을 떠올리게 한다.

「동행」	「삼포가는 길」
여자가 발딱 일어나서 남자의 가슴팍을 떼밀며 차겁게 말했다. "그래서 어쨌다는 거예요? 무섭거나 초조하면 술들구 자란 말예요." 남자는 엉덩방아를 찧고 어처구니 없는 얼굴로 여자를 올려다보았다. 그는 결심했다는 듯이 술잔을 탕 내려놓고나서 이제까지 참아왔던 얘기를 지꺼렸다.(153면)	영달이가 여자의 뒤를 바싹 쫓아가며 농담이 아님을 재차 강조했다. 여자가 휙 돌아서더니, 믿을 수 없을 만큼 재빠르게 영달이의 앞가슴을 밀어냈다. 영달이는 미처 피할 겨를도 없이 눈 위에 궁둥방아를 찧고 나가떨어졌다. 백화가 한 팔은 보퉁이를 끼고, 다른면은 허리에 척 얹고 서서 영달이를 내려다보았다. 영달을 입을 벌린 채 일어설 줄을 모르고 백화의 일장 연설들 듣고 있었다.(433면)

남자의 건달기 있는 협박에 여성은 적극적인 몸짓으로 자신의 의사를 피력한다. 이를 통해 여성은 자신이 호락호락하지 않은 인물임을 드러낸다. 사회성은 결코 탈체현되고 비가시적인 마음이 만나는 장소이기 전에 무엇보다도 상호 육체적인, 즉 체현된 육체가 대결(confrontation)하는 곳이다. 마음이 독백적이라면 육체는 필연적으로 대화적 성격을 띠게 된다.31) 이러한 육체적 부딪침을 통해 황석영 소설의 인물들은 보다 더

---

30) 황석영, 「탑을 쌓는 일과 소설을 쓰는 일」, 114면.
31) 정화열, 이동수 외 옮김, 『몸의 정치와 예술, 그리고 생태학』, 아카넷, 2005, 111

깊은 친밀감을 형성해가게 된다.

이 소설의 가장 감동적인 장면 역시 몸의 접촉을 통해 이루어지고 있다.

① 불안한 생각이 들어 손을 뻗어 여자의 몸을 만졌다. 아직 따뜻했다. 저 감옥의 짙은 어둠과 함께 얼어붙어 있던 외로움이 녹을 듯한 따스함이 있었다.

② 남자가 머뭇거렸다. 그는 안으로 콱 잠겨진 음성으로 말했다.

"나는 전과자라니까."/여자가 그의 머리털 속에다 손가락을 찔러 넣고 매만졌다.(154면)

촉각만큼이나 타자의 인정을 요구하는 감각은 없다고 할 수 있다. 이리가라이는 촉감(sense of touch)을 설명하면서 사회중심적 촉감이 우리가 자연 속에서 타인, 다른 사물들과 맺는 접촉을 양육한다고 설명한다. 이러한 정성스러운 몸의 접촉은 탈체현된 이성으로서의 근대적 환경에서 소외되고 상처받고 마음을 위로하는 파르마콘(Pharmakon)으로 기능할 수 있다. 그것은 전적으로 대화적, 의사소통적이기 때문이다.[32]

① 나즉하게 여자가 대답했다. 남자는 머리를 싸쥐고 무릎을 꿇어앉더니, 토악질을 했다. 그는 울컥 넘쳐나온 토사물들을 가슴팍에 흘리며 욕실 면으로 엉금엉금 기어갔다. 여자가 어느 틈에 가까이 와서 남자를 부축했다. 남자는 간신히 세면대 앞에 버티어 세워졌고, 여자의 한 손이 더럽혀진 옷과 얼굴을 닦았다.(「동행」 154면)

② 더욱 난처하게 되어서 나는 차마 모른 척하고 돌아갈 수가 없었다. 미자는 코피가 터져서 얼굴이 피투성이였다. 짜증이 솟아서 해골 속이 터질 것 같았지만 어금니를 지긋이 물고는, 미자를 논가에 데리고 가

면.

32) 윗글, 112면.

서 얼굴을 씻어주었다.(「몰개월의 새」, 258면)

「동행」에서 '얼굴 씻어주기 모티브'는 등장인물의 성격이 변화하는 전환점으로서 역할을 한다. 「동행」에서 여자는 토악질로 더러워진 남자의 얼굴을 정성스럽게 닦아주며, 「몰개월에의 새」에서 남성인 '나'는 손님에게 맞아 피투성이가 된 미자의 얼굴을 정성스럽게 닦아준다. 비트겐슈타인에 따르면 인간의 몸은 인간 영혼의 최고의 그림이며, 얼굴은 몸의 영혼이 된다. 타자의 얼굴과의 만남은 우리가 일상적으로 만나는 사물과는 전혀 다른 새로운 차원을 열어준다. 레비나스에 의하면 타자의 얼굴은 주로 곤궁과 결핍을 지니고 다가오기에 그런 타자의 얼굴이 호소하는 바에 응답함으로써 타자의 도움을 거절하지 않을 윤리적 책임을 요구한다. 그에게 얼굴은 근접성의 윤리를 축약한다. 따라서 타자에 대한 관심과 책임을 통해 자유 대신 헌신을 선택하게 되는 형이상학적 욕망을 품게 만든다고 했다.[33]

"나는 빠꿈이를 먹지 못했다. 낯을 씻길 때부터 먹지 못하게 무관한 사이가 되어버린 것이다"(「몰개월의 새」, 259면)에서 드러나듯 이전의 성적 욕망에서 벗어나게 한다. 「동행」에서는 이 모티브를 경계로 남녀가 서로를 대하는 태도가 달라진다. 남자에게 여자는 '식은 화로같이 냉랭한 여자'에서 '저 감옥 속의 외로움을 녹일 듯한 따뜻한 여자'로 새롭게 다가온다. 또한 여자는 자신이 기지촌 여성 출신이라는 내밀한 과거를 고백하게 된다. 남자는 이제 자신이 전과자인 사실을 부끄럽게 말하게 되고, 여자는 이러한 남성을 정성스럽게 안아주게 된다.

이러한 따뜻한 교감의 이면에는 서로에 대한 깊은 연민이 작용하고 있다. 남자와 여자가 서로에게 연민의 감정을 가질 수 있는 것은 이들이

---

33) 강영안, 『타인의 얼굴, 레비나스의 철학』, 문학과지성사, 146-152면.

전과자와 기지촌 여성이라는 타자로서의 공감이 이루어졌기 때문이라고 할 수 있다. 이들은 상대방에게서 자신의 모습을 본다. 연민이 동정과 다른 점은 그것이 대등한 관계를 전제로 하다는 데에 있다. 연민은 동정과 달리 타인의 고통과 슬픔을 자신의 일처럼 받아들이는 것에서부터 시작된다.34)

"고통 받은 자가 진정으로 또 다른 고통 받은 자를 치유할 수 있다"는 황석영식의 휴머니즘의 단초가 이곳에서 마련된 것이다. 따라서 이들의 연대는 철저히 평등한 관계에서 이루어진다. 인간적인 진정한 '반란자'는 타자를 배제하지 않으며 인간의 연대성에 대한 자신의 의무를 감지하고 발전시키는 사람이다. 이들이 만들어내는 친밀성은 공적인 영역에서 민주주의가 실현된 것과 동일하게 사적인 영역에서 인격적으로 평등한 두 사람의 민주적 관계가 이루어지는 것을 말한다. 「동행」에서 우리는 어떤 일방적인 구원이 아니라 서로가 서로를 구원하는 양상을 확인하게 된다.

텍스트의 제목은 텍스트 내로 향하는 관문이다. 따라서 제목 읽기는 그 작품을 이해하기 위한 최초의 시도가 된다. 작가는 모순된 환경을 헤쳐 나가는 방법으로, 기지촌 여성과 전과자 사내, 이 같은 타자들 간의 상호 '유대감'을 강조하는 것으로 주제를 삼고 있으며, 이를 '동행'으로 표제화했다고 할 수 있다.

황석영은 파행적 산업화와 분단으로 전 국민이 실향민으로 전락했다고 진단하며, 무엇보다 '고향'을 회복하기 위해서는 연대감으로 결속된 공동체적인 삶의 회복이 우선되어야 한다고 강조한다.

> 단순히 자신이 낳고 자라고 추억이 깃든 아늑한 정서를 일으켜 주는 장
> 소일 뿐 아니라, 다른 무엇보다도 중요한 것은 함께 살고, 함께 일하고, 함

---

34) 김원규, 「1970년대 최인호·황석영 소설에 나타난 성과 신체의 의미」, 연세대석사 논문, 2000, 55면.

께 나누는 것을 의미한다. 이렇게 같이 사는 사람과 자연과의 조화스러운 혈연적인 정이 포함되어 있는 곳이 고향이다.[35]

황석영은 급속히 진행된 산업화의 가치 속에서 은연 중 강조되었던 개인주의와 이기주의에 대해 강한 거부감을 보인다. 현실은 고달프지만 서로 베풀고 의지하면서 유대감과 인간애를 공유할 때, 비로소 비정한 현실로부터 벗어날 단초가 마련된다고 여긴다. '동행'은 이러한 길목으로 가는 과정에서 그가 발견한 가장 중요한 소설적 상징이 되었다고 할 수 있다.

> 영달이는 어디로 향하겠다는 별 뾰족한 생각도 나지 않았고, **동행도 없이 길을 갈 일이 아득했다.** 가다가 도중에 헤어지게 되더라도 우선은 말동무라도 있었으면 싶었다.[36]

이들은 同病相憐의 마음으로 서로 의지하며 삼포로 향한 길에 '동행'하게 된다. 삶의 근거지를 잃어버린 비슷한 운명의 세 사람이 잠시 동안의 동행만으로도 사랑과 연민의 감정이 싹트고, 또 깊은 동류의식을 교감할 수 있었던 것은 결코 우연이 아니다. 황석영 소설이 갈등과 투쟁을 넘어서 감동을 수반한 리얼리즘 문학의 정수가 될 수 있었던 것은 바로 이러한 공감과 연민을 바탕으로 한 '동행'의 제의가 뒷받침되었기 때문이라고 할 수 있다.

---

35) 황석영, 『객지에서 고향으로』, 101면.
36) 황석영, 「삼포가는 길」, 『신동아』, 1973.9, 427면.

6. 맺음말

황석영의 작가의식을 제대로 규명하기 위해서는 우선 소실된 작품의 발굴과 이를 통한 재구가 우선되어야 한다는 전제 위에서 출발하였다. 필자가 발굴한 「동행」은 1972년의 작품으로 황석영 소설에서 최초로 전과자형 인물과 기지촌 여성을 등장시켰다는 점에서, 제목 '동행'에서 드러나듯 이들 인물의 유대를 감동적으로 형상화함으로써, 1970년대 황석영 소설의 한 원형을 이룬다고 할 수 있다. 그만큼 「삼포가는 길」, 「몰개월의 새」등의 작품들과 상호텍스트성이 두드러진다.

「동행」 텍스트는 전반부는 서술요약, 후반부는 장면제시의 구조를 보이고 있다. 서술자의 주석적 해설이 전경화된 전반부에서 1970년대 초반 작가 의식을 엿볼 수 있었고, 후반부의 극화된 장면을 통해 타자간의 유대라는 주제의식을 살필 수 있었다. 우리는 서술과정에 틈입된 작가의식을 통해 부르주아에 대한 희화화, 근대에 대한 회의, 언론에 대한 부정적 인식을 읽을 수 있었다. 또한 주제의식에 측면에서 '몸'의 가치에 기반한 연민과 유대를 확인할 수 있었다. 그 결과 황석영은 비판적 시각을 견지하면서도 감동을 가진 작품을 창출해낼 수 있었다고 할 수 있다. 특히 소외받은 자가 소외받은 자를 이해하고 치유할 수 있다는 것, 또 그들의 연대를 통해 근대의 모순을 치유할 수 있다는 입장은 『심청』(2003)에서 동아시아로, 『바리데기』(2007)에 와서 전 지구적 범위로 확대되게 되었다고 할 수 있다.

탐미적인 세계를 극복하고, 본격적인 리얼리즘 문학으로 가는 도상에 있는 작품이었던 만큼 이 소설은 미숙한 점도 노출된다. 무엇보다 인물들이 맞서야 할 환경 설정에 실패하고 있다. 다만 예식장 경영주를 통해 근대화의 부정성이 어렴풋이 노출되어 있을 뿐이다. 인물 성격의 가장

기초라고 할 수 있는, 등장인물에 이름을 부여하지 않은 것도 큰 아쉬움
으로 남는다.

(『한국문학이론과 비평』 43집, 한국문학이론과 비평학회, 2009년 6월 全載)

▎ 참고문헌

1. 기본자료

황석영, 「동행」, 『기독교사상』, 1972.4.
황석영, 「몰개월의 새」, 『세계의문학』, 1976.9.
황석영, 「삼포가는 길」, 『신동아』, 1973.9.

2. 단행본

이병순, 「작가에게 묻는다—나에게 나의 춤을」, 『한국문학』, 1977.2.
정화열, 『몸의 정치와 예술, 그리고 생태학』, 아카넷, 2005.
조정래·나병철, 『소설이란 무엇인가』, 평민사, 1995.
최원식·임홍배 편, 『황석영 문학의 세계』, 창비, 2003.
황석영, 『객지에서 고향으로』, 형성사, 1985.
황석영, 「탑을 쌓는 일과 소설을 쓰는 일」, 『문학사상』, 1975, 2.

3. 논문

김원규, 「1970년대 최인호·황석영 소설에 나타난 성과 신체의 의미」, 연세대 석사논
　　문, 2000.

제5장

황석영 희곡의 창작배경과 기원

1. 서론

황석영은 1971년의 「객지」를 시작으로 『장길산』(1974~1984)을 거쳐 최근의 『바리데기』에 이르기까지 우리 소설사에 뚜렷한 이정표를 제시한 작가이다. 이를 반영하듯 연구의 관심사도 그의 '소설'에 집중되어 있다. 하지만 황석영은 본격적인 작품 활동을, 1970년 『조선일보』신춘문예에 소설 「탑」뿐만 아니라, 「환영의 돛」이라는 희곡 작품을 동시에 투고하면서 시작했음을 주목할 필요가 있다.

황석영은 두 권의 희곡집을 통해 총 10편의 희곡을 남기고 있다. 상연으로 완성되는 희곡의 특성상 그의 작품 대부분 공연되어 큰 반향을 일으켰다는 사실도 주목을 요한다. 우리 문학사에서 소설과 희곡을 동시에 남긴 작가로 채만식과 최인훈 등을 들 수 있지만, 채만식의 희곡이 거의 공연되지 못한 점, 최인훈이 남긴 희곡이 모두 7편이라는 점에서, 황석영의 희곡적 면모는 결코 소홀히 다룰 수 없는 부분이라 판단된다.

그럼에도 불구하고 기존의 문학사나 희곡사에서 황석영의 희곡적 성과는 거의 언급되지 않았다. 2000년 들어 소논문으로는 박명진이 탈식민적 관점에서 김지하의 마당극과 함께 황석영 희곡(「땅풀이」)을 다룬 것을 시작으로,[1] 2006년 들어 박사논문이 한 편 나왔을 뿐이다.[2]

이처럼 황석영 희곡에 대한 연구가 미흡한 것은, 황석영 문학에서 소설이란 장르가 차지하는 위상 때문이기도 하겠지만, 황석영이 남긴 상당수 '마당극'이 현장문화운동 차원에서 이루어진 제도권 밖의 연극이라는 점, 이와 관련하여 황석영 희곡에 대한 실증적 검토, 공연기록과 특히 공동창작의 문제 등 본격적인 연구에 앞서 선행되어야 할 문제를 해결하지 못했기 때문이라고 할 수 있다.

이러한 점을 염두에 둘 때 황석영 희곡문학에 대한 실증적 검토가 시급하다고 할 수 있다. 본고는 소설가인 그가 어떤 동기에서 희곡작업에 관여하게 되었는지, 그가 쓴 작품이 어떠한 공연결과를 가지고 있는지, 마당극에 따르는 공동창작의 문제가 어떻게 드러나는지 규명해볼 것이다. 이러한 작업이 전제될 때 황석영 희곡문학에 대한 본격적인 연구가 가능할 것이며, 나아가 황석영 문학을 총체적으로 조망할 수 있는 발판을 마련하게 될 것이다.

---

1) 박명진, 「1970년 희곡의 탈식민성-김지하와 황석영의 마당극을 중심으로」, 한국극예술연구12, 2000. 10.
2) 정미숙, 「황석영 희곡연구」, 경상대박사논문, 2006. 이 논문은 실증적 검토 없이 텍스트의 의미 분석에 치중하여, 마당극 대본과 희곡 텍스트의 변별점에 크게 주목하지 않았고, 황석영 희곡(특히 마당극)이 문화 운동의 일환으로 기획된 만큼 운동과의 연계성 속에서 텍스트를 읽지 못한 아쉬움을 남기고 있다.

2. 희곡의 창작 배경

1) 희곡과의 만남

황석영 문학은 자신의 어머니 전경도 여사에 빚진 바가 많다.3) 연극 (희곡) 역시 예외가 아니라고 할 수 있다. 신여성의 면모를 가진 그의 어머니는 황석영에게 일찍 연극에 접할 기회를 주었다.

> 어머니는 주말이면 일제시대부터 있던 중심가의 극장에 나를 데리고 갔는데, 해방직후였던 당시에는 연극이나 악극이 인기리에 공연되고 있었지요. 이것은 책과는 또 다른 세계였습니다. 나는 유년시절부터 혼자서 거울 앞에서 누나들의 그림물감으로 얼굴에 수염이나 광대칠을 하고, 보자기를 쓰거나 어른의 옷을 갈아입기도 하면서, 혼자서 연극을 하며 놀았지요.4)

황석영이 1943년생이니, '해방직후'라 함은 불과 5세 내외였을 것이다. 황석영은 연극과 악극을 일찍부터 접하였으며, 혼자 있는 시간에 연극배우 흉내를 내면서 놀았다고 한다. 이 과정에서 그는 책이 주는 감동과는 다른 또 다른 세계가 있다는 사실을 자연스럽게 깨달았던 것이다. 그가 우리 문단에서 유쾌한 입담과 몸짓으로 '광대'로 정평이 나 있는 것, 이후 본격적인 소설 창작을 하면서도 연극(희곡)에 꾸준히 관심을 보이게 된 것은 이러한 유년시절의 장르 체험과 무관치 않다고 할 것이다. 황석영은 "먹고 사는 문제가 아니었다면, 자기 기질에 산문보다 희곡이나 연극이 맞다"는 견해를 밝히기도 했다.5)

---

3) 1970년 『조선일보』신춘문예에 당선하고 쓴 그 소감 제목은 "이 기쁜 소식을 엄마에게"였다.(『조선일보』, 1970.1.6.)
4) 작가 인터뷰, 『작가세계』, 2004년 봄, 20면.
5) 이문재, 「황석영 인터뷰─문학을 찾아서」, 『문학동네』, 1999년 봄, 27면.

황석영은 1962년 「입석부근」으로 『사상계』 신인상에 가작으로 입선하지만, 이후 8년간을 떠돌이로, 또 월남전 참전으로 문학 현장과는 거리를 두게 된다. 이 시기 그에게 현실은 학교나 책보다 몇 배나 생생하게 인간의 삶을 가르쳐 주었다.6) 그가 꽃피운 리얼리즘 문학의 성과는 '선배문학인 카프보다 현실'을 스승으로 하여 양산된 것이었다.7) 그렇다고 그가 문학과 담을 쌓은 것은 아니었다. 작가는 1962년에서 1970년까지 이 시기를 습작기 내지 형성기로 부른다. 이 시기에 그는 단편 소설을 이십여 편, 단막·장막 희곡을 '여섯 편쯤' 썼다고 한다.8) 이러한 과정을 겪고 난 뒤 1970년 『조선일보』 신춘문예에 소설과 희곡을 동시에 응모한다. 황석영은 작가로서의 새 출발점을 소설과 동시에 '희곡'에도 두고 있었던 것이다. 소설 「탑」의 당선과 더불어 희곡 「환영의 돛」은 가작 입선의 결과를 얻게 된다. 작가는 이때를 기화로 하여 "내게는 오랜 우회가 끝났다"라고 밝히고 있다.9) 그는 본명 '황수영'에서 필명 '황석영'으로 거듭난다.

이때 희곡 응모자로서 황석영은 황범(黃凡)이라는 필명을 사용했고, 1970년 1월 6일자 심사평에는 '가작' 언급이 없다가 1월 16일자 신문 3면 '당선작 시상식'란에 '황석영 소설부분 당선 및 희곡 가작 입선'이라고 기사화되어 있다. 이러한 사정 때문에 황석영의 희곡입선은 확인이 어려웠다고 할 수 있다. 비교적 최근에 정리된, 2000년 창비에서 낸 황석영 중단편전집과 희곡집 뒤편에 실린 작가 연보에서도 이 기록은 누락되어 있다.

오화섭과 여석기는 심사평에서, 「환영의 돛」은 "전통적인 극작술에

---

6) 황석영, 『심판의 집』, 심설당, 1977, 8면.
7) 황석영·최원식 대담, 「황석영의 삶과 문학」, 『황석영문학의 세계』, 창비, 2000, 42면.
8) 황석영, 「사회평론과의 인터뷰」, 『가자북으로 오라 남으로』, 이룸, 2000, 213면.
9) 황석영, 「塔을 쌓는 일과 小說을 쓰는 일」, 112면.

의해서 담담하게 이야기를 전개시키는 가운데 한 장군의 냉철한 인간성을 묘사하고 있지만 연극으로서의 단조로움을 면치 못하고 있다"고 밝히고 있다.10) 이를 통해서 우리는, 무엇보다 그가 '전통적인 극작술'에 학습이 되어 있었다는 사실을 확인할 수 있다. 희곡은 다른 문학양식과 달리 양식에 대한 기본적인 이해가 없이는 접근하기 불가능한 장르이기 때문이다.

따라서 1974년 「돼지꿈」 각색을 황석영 희곡의 출발점으로 잡는 시각은 수정되어야 할 것이다.11) 그가 본격적인 문학 활동을 시작할 무렵 이미 수차례의 희곡 창작 경험을 갖고 있었기 때문이다. 흔히 서구 무대극과 전통적 연희 양식을 주체적 시각에서 결합한 양식으로 이해되는 마당극에서 그가 두각을 나타낼 수 있었던 것도 이 같은 희곡 양식에 대한 선행 이해가 있었기에 가능한 것이었다. 그는 서구에서 차용한 무대극 양식뿐만 아니라 마당극에도 익숙했기에, 「산국」, 「한씨연대기」와 같은 무대극에서부터 「장산곶매」를 비롯한 여러 편의 마당극도 남길 수 있었다.

2) 문화운동으로서의 연극장르 선택

(1) 민중과 만나기

주지하다시피 1970년대는 본격적인 산업화로 재편된 시기이다. 정부가 일방적으로 강행한, 도시노동자를 위한 저곡가 정책은 농가 소득을 감소시켰으며, 부채를 견디다 못한 농민들을 도시로 이탈케 함으로써 대규모 도시 빈민과 실업자군을 형성, 노동자의 저임금이라는 악순환을 가

---

10) 『조선일보』, 1970년 1월 6일자, 5면.
11) 황석영의 창작활동에서 소설에서 희곡으로 확장된 것은 소설 '돼지꿈'의 각색에서부터 시작된다(임회숙, 「황석영 소설 돼지꿈에 나타나는 극적 요소」, 동아대 석사논문, 2002, 72면). 박사논문을 쓴 정미숙 역시 이러한 견해에 동조하고 있다.(정미숙, 앞 글, 1면).

속화시켰다.12) 경제는 고도성장을 지속했으나 외채와 저임금, 인플레를 근간으로 하는 것이었으므로 노동자들의 노동조건은 계속 악화되어 장시간노동, 저임금, 산업재해, 열악한 작업환경에 시달려야 했다. 1970년 11월 전태일의 분신은 이러한 상황을 상징적으로 보여준 사건이었다.

단기간에 가시적 경제성과를 얻기 위해서는 막대한 비용을 필요로 했다. 이에 박정희 정권은 외자 유치에 나서게 되었고, 한일협정(1965) 체결 이후 외자도입은 본격화되었다.

많은 지식인들이 이 같은 대외의존적인 상황에 우려를 표명했으며, 성장제일주의 경제 정책 뒤편에서 소외된 채로 열악한 삶을 살아가고 있는 '민중'에게 적극적인 관심을 가지게 되었다. 1970년대 학계와 대학가에서는 우리 전통 문화에 대한 자각과 반성이 일어났고, 이를 토대로 민중문화에 바탕을 둔 민속연희의 부활 움직임이 일고 있었다.13) 대학가에서 일기 시작한 탈춤 부흥운동의 맥을 이으면서 현실의 억압적 상황을 연극 속에서 풀어내고자 하는 욕구는 '마당극' 양식으로 귀착되고, 이러한 배경에서 최초의 마당극이라고 일컬어지는 김지하의 '진오귀굿'(1973)이 나오게 된다.

황석영 역시 이러한 상황 속에서 1971년의 「객지」, 1973년의 「삼포 가는 길」 등으로 리얼리즘 문학의 정수라는 호평을 받으며 문단에 새바람을 일으키고 있었다. 하지만 소설을 쓰는 일만 가지고는 이러한 시대적 책무를 다할 수 없었다. 황석영은 산업화 속에서 '생존의 토대가 해체'된, 근대화 체제의 최대 희생자가 된 '민중'을 직접 만나는 일이 급선무라고 생각하였다.

나는 될 수 있다면 이러한 근본적 의도를 가지고 모든 대중 전달 매체

---

12) 강만길, 『고쳐 쓴 한국 근대사』, 창작과비평사, 1994, 315면.
13) 서연호, 『한국현대희곡사』, 고려대출판부, 2004, 222면.

에 뛰어들 작정이다. TV 드라마, 라디오 드라마, 시나리오, 희곡, 만담까지
도 능력이 닿으면 할 것이다. 심지어는 장터에서 순회연극도 하고 싶다.[14]

그는 민중과 직접 만날 수 있는 매체에 대해 고민했으며, 최선의 양
식으로 희곡을 선택하게 된다. 주지하다시피 연극은 배우와 관중이 직접
대면하고 서로 주고받음을 통해서 완성되는 장르이기 때문이다. 이러한
고민들을 통해 그는 결국 '민주화 운동'의 전선이 형성되어야 하며 거기서
문화예술인이 감당해야 할 바는 '문화운동'이 되어야 한다는 생각에 이른
다. 황석영은 '마당극'운동을 주창하던 김지하가 '민청학련 사건'(1974)으
로 투옥되자, 뒤를 이어 마당극을 현장 운동으로 발전시켜 나가게 된
다.[15]

황석영은 1976년 호남 쪽으로 거처를 옮기면서 '중앙문단'을 중심으
로 했던 문인 활동과는 사실상 거리를 둔다. 황석영은 1970년대의 농촌
을 '값싼 노동력과 식량 원료의 산출지'로, 농촌과 도시를 잇는 고속도로
를 '조공로'로, 특히 작가가 체류하고 있던 전라도를 '내국 식민지'로 인식
하고 있었다.[16] 그는 호남을 중심으로 한 각 지역의 민중들과 함께 현
장 쪽의 운동에 전념하게 된다.

황석영은 "민중의 것은 민중의 손에 되돌려져야 한다는 믿음이 결국
나로 하여금 희곡에 손을 대게 했다"[17]고 밝힌 바 있다. 희곡 창작의 근
원을 '민중'에 두고 있는 것이다. 황석영의 희곡이 '양식적 효과'나 미학적
가치에 집착하지 않았던 이유도 여기에 있었다. 연극은 '연극 전문인의
것이 아니라 민중'의 것이어야 한다는 생각 때문이었다.

실지 황석영 희곡은 민중과 반민중의 구도로 진행되며, 민중적 인물

---

14) 황석영, 「탑을 쌓는 일과 소설을 쓰는 일」, 『문학사상』, 1975. 2. 115면.
15) 김석만, 「새로운 출발을 기대하며」, 『장산곶매』, 창작과비평사, 2000, 363면.
16) 황석영, 『가자 북으로 오라 남으로』, 이룸, 2000, 195면.
17) 황석영, 『장산곶매』, 심설당, 1980, 5면.

이 전경화되어 있다. 담살이(머슴살이)면서도 의병장으로 용맹을 떨친 안규홍의 이야기를 전경화한 「안담살이 이야기」나 소작농의 단합된 힘을 통해 쟁의의 성공을 다루고 있는 「나락놀이」는 집단의 민중을 전면에 내세웠다. 제주 민중의 입장에서 삼별초의 역사를 재해석해서 쓴 「항파두리놀이」에서 작가를 대변하는 촌장은 '고려'의 백성이 아니라 고려의 '백성'만 남고 내 땅에서 몽땅 나가라고 절규한다.

작가는 민중들에 대해 각별한 애정을 드러내는 대신 비민중에 대해서는 혐오에 가까운 양상을 보여주고 있다. 과거의 인물(왕, 유생)이든 현대의 인물(농협직원, 관리, 상인)이든 한결같이, '거드름을 피우며 등장'한다는 지문에서 드러나듯이 관객들로부터 희화화 된다.18)

마당극 이전의 일반적인 정통연극에서 하위계층(subaltern)은 부정적인 대상이 되어 왔거나, 주변부의 음성으로 머물러야 했다. 민중지향적인 황석영의 희곡(마당극)은 이를 전복시켜 주변부에 있던 타자(The Other)를 중심부에 올려놓으며 그들의 음성을 전경화하고 있는 것이다.

(2) 지역을 기반으로 한 마당극 운동

1976년 가을 『장길산』을 집필 중이던 황석영은 서울을 떠나 전라남도 해남에 정착한다. 『장길산』에 걸맞은 민중들의 정서와 농촌의 정서를 몸으로 익히고, 등장인물의 생생한 음성을 재현하기 위해서였다. 황석영은 농민계몽을 위해 1977년부터 해남에서 '사랑방 농민학교'를 열었다. 해남농어민회에서는 1977년 가을 농민잔치를 개최하는데, 풍물패는 인극부락의 농악대를 부르고, 놀이패는 황석영 주선으로 서울의 '한두레'를

---

18) 굿거리장단과 함께 유생이 거드름 피우며 등장하면 백성들 "샌님 나오셨습니까." 하며 인사를 차린다.(「안담살이 이야기」, 『장산곶매』, 창작과비평사, 2000, 253면)/ 농민들 기운이 빠져 주저앉거나 서성거리고 있는데, 잔뜩 거드름 피우는 상인과 함께 농협직원이 들어온다.(「돼지풀이」, 174면)

초청하였다. 해남 장날이었던 12월 6일의 이 행사는 대동놀이의 모범을 보여주는 한판 축제의 마당이 된다. 이 행사를 지켜 본 황석영은 그 감동을 훗날 다음과 같이 언급했다.

> 어느 작은 시골 읍내에서 살 적에 그 곳 농민들과 더불어 '집단 유희'를 시도한 적이 있었다. 마침 장날이라 사람들이 놀이판에 가득 찼다. 나는 그때의 열기와 친화감을 잊지 못한다. 온 읍내가 장보러 나온 그야말로 촌놈들로 술렁거렸다. 아마도 그 열기는 그들 스스로 잊고 있었던, 아니 어쩌면 멸시하고 있었던 것에 대한 새로운 눈뜸에서 비롯된 것이리라.[19]

비록 본격적인 마당극의 양식은 아니었지만, 농민들이 전통 연희에 보여준 뜨거운 반응은 황석영에게 문화운동의 전형과 마당극 창작에 새로운 방향을 제시하게 된다.

황석영은 1979년 10·26 이후 달라진 시대상황 속에서 1980년 1월 광주에서 이 지역 최초의 마당극 단체이자 사회문화운동을 표방한 문화운동단체이기도 했던 '광대'를 창단하는 데 매개역할을 하였다.[20] 그해 3월 15일 창단 기념 작품으로 「돼지풀이」를 광주 YMCA 무진관에서 발표한 뒤, 강진 해남 등지로 순회공연을 갖게 된다. 이를 계기로 마당극이 광주지역 대중들의 폭넓은 호응을 얻게 되어 이후의 광주·전남지역 마당극 운동이 대중적 기반을 형성하게 된다. 이 작품은 광대의 후신인

---

19) 황석영, 「새 봄을 준비하는 강한 생명력」, 『장산곶매』, 심설당, 1980, 5면.
20) 창비의 연보에는 황석영이 '광대'를 1978년 직접 창단한 것으로 나온다. 하지만 1978년에는 이 지역에서 탈춤동아리들이 생겨나기 시작하던 때였고, '광대'는 1979년 10·26 이후에 결성된 이 지역 최초의 마당극 단체였다. 또한 박영정은 이 지역 마당극을 정리하면서 '황석영이 창단했다'라고 하지 않고, "황석영이 회원은 아니었지만, 활동에 대한 지원을 아끼지 않았다"(박영정, 「광주·전남 지역의 마당굿 운동에 대하여」, 『전라도 마당굿 대본집』(신명 편), 들불, 1989, 11면.)라고 기록하고 있다. 극단 '광대'의 후신인 '신명'의 홈페이지 연보에서도 '광대' 창단을 1980년 1월로 기록하고 있다(http://www.shinmyoung.net/).

'신명'에 의해, 이례적으로 1982년 8월 서울국립극장에서도 공연된다.

'광대'는 「돼지풀이」의 성공에 이어 2회 작품인 「한씨연대기」를 준비한다. 주인공 한영덕 역은 당시 전남대 학생이었던 임철우(소설가)가 맡았다고 한다. 한창 연습의 와중에서 광주 민주화 항쟁이 발발한다. '광대'의 구성원들은 그 현장에서 일익을 담당하면서, 많은 희생을 치르게 된다. '광대'의 회장이었던 윤상원도 황석영이 노래극 「넋풀이」의 주인공이 되는 비운을 맞게 된다.

황석영은 당국의 요청으로 제주도로 거처를 옮긴다.21) 이곳에서 황석영은 문무병·김수열 등과 함께 극단 '수눌음'을 창단하고,22) 1980년 8월 2일~3일 「땅풀이」로 창립공연을 갖게 된다. 성황리에 「땅풀이」가 끝나고, 그해 10월 말 2회 공연작인 「항파두리놀이」를 공연한다. 특히 제주도에서는 마당극의 개념이 확고하지 않은 상태였으므로 이 지역의 마당극이 뿌리를 내리는 데 황석영은 결정적인 역할을 했다고 할 수 있다.23)

다시 광주로 돌아온 황석영은 1981년 5월 9일 광주항쟁 1주기를 맞아, '광대'와 함께 광주항쟁 당시 미국의 역할을 폭로하는 「호랑이놀이」를 공연한다. 이 「호랑이놀이」 공연을 기점으로 '광대'는 해체된다. '광대'가 해체되자, 황석영은 1981년 5월 목포출신이면서 '광대'의 회원이었던

---

21) 2000년 창비 중단편 전집에 실린 연보는 잘못되었다. 수사당국의 권유로 제주도로 이주한 것을 1981년으로 하였고, 이해에 '수눌음'을 창립했다고 되어 있다. 그리고 1982년 광주로 돌아온 것으로 되어 있다(『황석영 중단편전집2』, 창작과비평사, 2000, 354면).

22) 희곡사(서연호)나 논문(정미숙) 등에서 왕왕 '수놀음'으로 표현되고 있는데 잘못이다. 원래 '수눌음'은 '품앗이'라는 공동 두레의 성격을 갖는 제주도의 방언이라고 한다.

23) 제주에 있는 회원들은 자료수집, 현지답사, 대본을 써나가는 과정에서 토론을 함께 했다고 한다. 특히 황석영은 제주도의 굿을 마당극에 적극적으로 활용하자는 아이디어를 냈다고 한다('수눌음'의 창단 회원인 김수열 선생 증언을 참고함, 2007년 8월).

김빌립 등이 창립한 극단 '민예'에 관여하게 된다. 첫 창립기념 공연으로 제주도에서 성공한 「항파두리놀이」를 두 달여간 준비했으나, 황석영의 강력한 권고로 「항파두리놀이」를 포기하고,24) 이 지역(목포)의 역사적 소재인 암태도 소작쟁의를 다룬 「나락놀이」를 한 달간 연습하여 1981년 9월 공연에 들어간다. 1982년 7월에는 광주에서 '광대'의 정신을 잇는 '신명'이 창단되었고, 10월에는 '신명'과 함께 보성 출신인 의병장 안규홍의 삶을 극화한 「안담살이 이야기」를 공연하게 된다.

이상에서 우리는 황석영의 마당극 중 「장산곶매」를 제외한 모든 작품이 지역 극단과의 연계 속에서 창작되고 공연되었음을 알 수 있다. 「항파두리놀이」와 「땅풀이」는 제주극단 '수눌음'과, 나머지 「돼지풀이」, 「호랑이놀이」, 「나락놀이」, 「안담살이 이야기」는 전남에 소재한 '광대', '신명', '민예'와 불가분의 관계에 놓인다. 이러한 측면에서 지역에서 발표된 황석영 마당극은 작가 황석영과 지역 극단이 함께 만들어낸 성과물이라고 할 수 있다.

따라서 황석영의 마당극은 중앙의 마당극과 달리 제주와 호남으로 대표되는 강한 지역성을 기반으로 하게 된다. 목포지역에서 벌어진 암태도 소작쟁의를 그 지역 민중의 시각에서 다룬 「나락놀이」, 대몽항쟁군과 삼별초의 관계를 철저히 제주민의 입장에서 재해석한 「항파두리놀이」, "호남의 폭도가 전국에서 가장 악질적"이라는 말을 뒤집어 다시 쓴 보성지역 의병장 「안담살이 이야기」, 광주 5·18항쟁을 다룬 「호랑이 놀이」, 특별개발법으로 외지의 자본에 휘둘리는 제주도를 다룬 「땅풀이」, 안으로는 탐관오리 밖으로는 외세에 수탈당하는 황해도 장산곶을 배경으로 한 「장산곶매」 등은 모두 강한 지역성을 내포하고 있다.

마당극은 일반 연극보다 더, 관중과 배우가 공동의 문제를 놓고 생활

---

24) 들불 刊 『전라도 마당굿 대본집』에서 전라도 지역의 마당극을 총 정리하는 글을 썼던 박영정 박사가 들려주었다(2007년 8월).

과의 연계 속에서 극을 이끌어 나갈 때 성공할 수 있는 양식이다. 당연히 그 지역민의 문제를 갖고 접근할 때 관객들로부터 호응을 얻게 된다. 관중이 중요한 위치에 서게 되는 마당극의 특성상 "그 문제가 괴로운 것이든 즐거운 것이든 간에 자기 자신의 문제가 아니고서는 마당극이 '집단적 신명성'이나 '현장적 운동성'을 살려내기 어렵기" 때문이다.[25]

황석영은 희곡은 그 지역 민중(농민)들의 처지를 그들의 투박한 지역언어로 표출한다. 현장성이 뛰어난 마당극이라는 전통적인 연희형태를 통해 농민들은 자신들의 언어로, 자기들의 처지를 객관화하고 그 인식을 내면화할 수 있게 된다.

실제로 황석영이 남긴 대부분의 희곡들은 전라도와 제주도를 중심으로, 황해도 등 한국의 역사에서 중심부에 들지 못한 '변방' 지역들을 무대로 하고 있다. 그만큼 그의 희곡에는 '붉은오름', '무등산', '유달산', '영산강', '장산곶', '몽금포'와 같이 각 지역을 상징하는 기표들이 차고 넘친다.

작가는 제주와 전라도, 황해도 지역을 우리 역사에서 가장 타자화된 지역이라고 인식하고 있었다. 1980년 제주에서의 극단 '수눌음' 창단은 제주가 '문화적 변방이며, 행정적 벽지'라는 사실에 기초하고 있으며,[26] 전라도는 1973년 구로 공단 위장 취업 시에 공원 대부분이 전라도 출신인 것을 보고 난 뒤부터는,[27] 늘 타자와 함께 하려는 작가의 행선지가 되곤 했다. 그래서 그는 감히 "내 문학의 큰 가지의 하나는 전라도에서 형성되었다"라고 주장한다.[28] 황해도 역시 역사적으로 인재등용 차별에서부터 왕실의 궁토가 많아 관리의 수탈이 어느 지역보다 심했던 곳이다. 그의 희

---

25) 박인배, 앞글, 445면.
26) 황석영, 「수눌음의 문화선언」, 『장산곶매』, 심설당, 1980, 42면.
27) 김언호, 「황석영의 장길산」, 『책의 탄생Ⅱ』, 한길사, 1997, 88면.
28) 황석영 인터뷰, 「임꺽정, 장길산, 우리식의 리얼리즘」, 『월간 사회평론』, 1991.10., 143면.

곡에서 황해도의 장산곶은 탐학한 내부 관리뿐만 아니라 황당선이 수시로 출몰하는, 외세로부터도 수탈이 심했던 곳으로 그려낸다.[29]

이들 지역은 모두 '심상 지리'[30]에 의해 타자화된 지역이라고 할 수 있다. 강상중은 이와 같은 심상지리가 현실 권력에 뒷받침되고, 외래자에 의해 자기 정체성이 귀속될 토지가 상실되었을 때, 피식민자의 굴종의 역사가 시작되고 그때부터 '구체적인 지리에 뿌리를 둔 정체성을 찾아 그 회복을 도모하는' 민족주의가 대두된다고 보았다. 이때 민족주의는 제국주의에 의한 지리 공간의 계통적인 서열화에 의해 만들어진 생활공간에 대해 자신의 '본래적인 것'을 발견하고 창조하려고 애쓰게 된다. 황석영에게 있어, '내국 식민지'의 위치로 전락한 제주도와 전라도의 모습은 오리엔탈리즘에서 말하는 피식민국가로 대치되며, 작가는 이러한 심상지리의 전복을 꾀하게 된다.

> 이곳은 중앙에 비교하여 변방이 아니라 사실은 스러져 가는 우리의 전통문화에 새로운 활력을 공급한 전위의 자리인 것이다. 이제는 이곳에서 파문을 던져 외래문화가 범람하는 저 한복판에까지 전파시켜야만 할 것이다.[31]

이제 제주는 외세와 결탁한 육지자본으로 수탈당하고 오염된 변방이 아니라, 전통을 통해 오염된 외래문화까지 정화할 수 있는, 새로운 활력을 공급하는 전위의 자리로 전복된다.

그리하여 황석영은 마당극을 쓰면서 중앙 중심의 역사가 아닌 향토사

---

29) 임기현, 「황석영 희곡의 탈식민성」, 『한민족언문학』, 51집, 2007.12., 633-634면.
30) 실제지리와는 달리 제국이 '다른 여러 집단, 국가, 문화에 대한 동등한 정체성의 거절 또는 억압'을 행사하면서 담론화된 지정학적 표상을 일컫는다(강상중, 이경덕·임성모 역,『오리엔탈리즘을 넘어서』, 이산, 1997, 192면).
31) 황석영, 「수눌음의 문화 선언」,『장산곶매』, 심설당, 1980, 42면.

를 다시 살핀다. 이러한 과정에서 그들은 항파두리성의 전설(「항파두리놀이」)과 같은 지역민의 아픔이 담긴 설화를 발굴하고, 그 지역의 역사 속에서 민중상(안담살이)을 찾아낸다. 작가는 이를 마당극에 적극적으로 전유한다. 황석영 희곡은 지역민의 눈으로 역사 '다시쓰기(Writhing Back)'를 하고 있는 것이다. 「항파두리놀이」에서는 '삼별초'의 장수 김통정이든, 여몽 연합군의 김방경, 혹은 몽고군이 되었던 모두 제주의 민중들에게는 착취자라는 점, 진정한 제주사람들의 편은 아니었다는 사실을 분명히 드러낸다. 황석영 희곡은 철저히 지역민의 눈으로 역사 다시쓰기를 통해, 타자화된 지역 역사에 대해 중앙 중심의 역사가 과연 사심 없고, 진정한 지식을 가질 수 있는가라는 질문을 제기했다고 할 수 있다.[32]

⑶ 5·18과 분단모순 비판

황석영은 1976년부터 10년 가까이 제주도의 1년여를 제외하고는 대부분 호남에 머물렀다. 그 한가운데 작가가 '불의 링'이라 명명했던 5·18 광주 민주화 항쟁을 치러야 했다. 작가는 광주의 비극을 통해 분단의 요인이 무엇이며 그 실체와 대상은 어디에서부터 오는가를 깨닫게 된다. 이런 비극적 상황을 낳게 한 것은 동북아시아에서 전략적 군사기지로서의 그 효용가치로 인한 분단 현실이며, 그 분단의 이면에 미국이 존재한다는 사실이다.[33]

이러한 달라진 작가의식을 압축적으로 보여주는 작품이 「호랑이 놀이」(1981)라고 할 수 있다. 민중들이 부패한 독재자 '망품'(이승만을 비유)을 몰아내고 민주화에 대한 요구(시위)가 거세지자, 코커국의 이타거(즉 미국 대통령을 상징)는 '새로운 대리인'으로 인정한 '칼돌이'에게 그 실력을 보이라

---

32) 임기현, 앞글, 642-645면 참조.
33) 황석영, 『객지에서 고향으로』, 『형성사』, 1985, 199면.

고 명한다. 이타거의 명을 받아 한국 민중을 대표하는 '포수'를 총으로 쏘아 죽이는 장면은, 5·18광주 항쟁당시 미국과 군사정권, 그리고 그 군사정권에 희생된 민중과의 관계를 압축적으로 형상화한 장면으로 보인다.

그런가 하면 「안담살이 이야기」(1982)에서는 일제치하 의병장을 다루면서도 해설자인 판소리 광대를 등장시켜, "이러쿵저러쿵 양코배기 쪽바리 물깨나 먹은 온갖 잡놈들이 찧고 까불어대는디. 개항을 하자마자 저 놈들 강대국이 우리 백성 젖혀두고 탁상에 둘러앉아 38도선으로 나눠먹어 조선사람 사지를 찢어놓았구나"와 같은 사설을 늘어놓게 하여, 강대국에 의해 분단된 조국의 현실을 관중에게 각인시키고 있다.

1985년의 「한씨연대기」 역시 1973년의 소설과 달리 작가의 이러한 의식이 반영된다. 분단 이데올로기에 희생된 월남민 의사 '한영덕' 개인의 삶이 강조된 1972년의 원작 소설과 달리, 연극 「한씨연대기」는 한영덕의 삶을 황폐하게 만든 분단의 책임이 미국에 있다는 것을 제1장에서부터 표나게 강조하고 있는데, 소련과의 마찰을 피하기 위해서 미국에 의해 적당히 그어진 경계선이 분단의 출발점이 되었다는 것이다. 뿐만 아니라 한영덕의 고문 장면에 소설 작품에는 없던 권위적이고 폭력적인 미군장교를 등장시킨 것도 이러한 작가의식과 관련이 있을 것이다. 또한 13장에서는 '리승만'의 독재정치 상황을 설정하여, 이승만에 동조하지 않은 사람들을 모두 '빨갱이'로 몰아가는 장면을 삽입하여, 민주정치를 갈망하는 세력이 빨갱이로 둔갑하는, 분단이 초래한 비극적인 상황을 관객에게 전달한다.

1972년의 소설이 "아버지의 매장에 관한 따분한 기억을 갖고 싶지 않다"라며, 喪家를 떠나는 한혜자의 모습을 등장시켜 아버지 한영덕 세대(전쟁세대)와의 단절을 시도하고, 나아가 '새로운 시대의 예감을 강하게 시사'하며 끝내는 것과 달리, 1985년의 희곡은 "아버지의 매장은 아직 끝나지 않았습니다"라고 울먹이며 어둡게 막을 내린다. 소설 「한씨연대기」가 1972년의 7·4남북공동 성명을 전후에서 일고 있던 남북한 화해 분위기를 반영한다면, 1980년 광주 항쟁 이후 더욱 엄혹하게 깨닫게 된 분단의 벽을 희곡 「한씨연대기」(1985)는 반영하고 있는 것이다.

1982년부터 실지로 황석영이 힘을 쏟은 것은 광주의 진실을 세상 사람들에게 정확하고 빠르게 전달하는 것이었다.34) 1983년 봄 '자유 광주의 소리'라는 지하 방송을 운영하면서, 방송극, 노래굿의 형식으로 카세트 테이프를 만들어 한 달에 한 번씩 전국에 보급하면서, 광주 항쟁의 실상을 알리는 데 주력한다.35) 노래극 「넋풀이」도 이때 만들어진 것이다.36) 1985년 광주 사건의 기록을 옮긴 광주항쟁기록집 『죽음을 넘어 시대의 어둠을 넘어』를 간행하게 된다. 소설도 희곡도 광주참상을 신속하게 알려야한다는 시대적 책무 앞에서는 뒷전으로 밀려날 수밖에 없게 된 것이다.

황석영은 이 같이 1970년대 중반에서 1980년대 중반까지의 10년을 중앙문단을 떠나 지역에서 마당극으로 대표되는 문화운동에 헌신했다. 1970,80년대는 전태일의 분신과 광주항쟁으로 대변되는 산업화와 분단 모순이 첨예하게 대두된 시기였다. 황석영의 희곡은 이러한 시대적 질곡 속에서 타자화된 지역에서 타자와 함께 하는 '애정 어린 말 걸기'였다. 이 과정에서 발생한 반미학적인, 배타적 이분법의 구도는 강한 저항의지를 드러낸 만큼 현실을 단순화하고, 지배자가 만든 위계질서를 되풀이하는 문제점도 내포하고 있었다고 할 수 있다. 하지만 이러한 저항의 담론은 7,80년대적 시대적 상황 속에서 스피박(Spivak)의 용어로, 반드시 거쳐야 할 '전략적 본질론'(strategic essentialism)으로 이해되어야 할 것이다.

---

34) 강준만, 「황석영」, 『시사인물사전3』, 인물과 사상사, 2000, 163면.
35) 황석영, 「항쟁이후의 문학」, 『창작과비평』, 1988년 겨울, 54면.
36) 윗글, 55면.

3. 발표 희곡에 대한 실증적 검토

1) 작품현황과 공동창작의 문제

황석영은 모두 두 권의 희곡집을 냈다. 첫 희곡집인 1980년 심설당 판 『장산곶매』에는 「산국」(『한국문학』, 1975,7.), 「장산곶매」(『문예중앙』, 1979, 겨울), 「돼지꿈」(『한국연극』, 1980.7.), 「땅풀이」(1980), 「항파두리놀 이」(『문예중앙』, 1980, 겨울) 등 모두 다섯 편의 작품이 실려 있다. 이 중 에서 「땅풀이」만 제외하고 문예지에 발표된 것을 재수록한 것이다.

첫 희곡집 발간 후 20년 만인 2000년도에 창비에서 낸 희곡집 『장 산곶매』에는 모두 열두 편의 작품이 실려 있는데, 이 중 다섯 편은 기존 심설당의 것을 수록하고 있다. 나머지 7편 중에는 영화시나리오가 한 편 포함되어 있고, 광주항쟁 직후에 만들어진 노래극 「넋풀이」가 실려 있 다. 나머지 다섯 희곡 작품을 살펴보면, 「돼지풀이」(1980), 「호랑이놀이」 (1981), 「나락놀이」(1981), 「안담살이 이야기」(1982) 등 네 편의 마당극 과37) 그의 소설 중에 가장 늦게 희곡화한 「한씨연대기」(1985)가 포함되 어 있음을 알 수 있다.

『조선일보』 신춘문예 가작 입선작인 「환영의 돛」은 소설 「돛」으로 정 착되고, 희곡으로서는 존재하지 않는다. 소설 텍스트를 미루어 짐작할 때, 심사평에서 본 것처럼 무대에서 상연하기에는 단조로운 감이 있어서 였을 것이다.

앞에서 살펴보았듯이 황석영은 습작기에 여섯 편쯤의 희곡을 썼으며, 이러한 과정을 겪고 신춘문예에 「환영의 돛」을 응모했고 가작으로 입선 했다. 그리고 작가는 2000년도 창비에서 낸 희곡집의 서문에서 "이리저

---

37) 이 네 편의 마당극은 광주 지역의 놀이패 '신명'이 펴 낸 『전라도 마당굿 대본집』(들
    불, 1989)에 실린 것을 창비에서 옮겨 실은 것으로 보인다.

리 흩어져 있던 내 젊은날 현장문화운동의 흔적들인 '현장대본'들을 그러 모았지만 누락되어 사라져버린 것이 더 많다."고 밝히고 있으며, 최근의 한 인터뷰[38]에서도 "그때 농촌과 노동 현장에서 50여 편 이상의 대본을 공동창작으로 썼다"고 밝히고 있다. 이렇게 볼 때 황석영이 직접 쓴 희곡이나, 공동창작의 성격을 띤 마당극은 현재 우리가 확인할 수 있는 것보다 훨씬 더 많다는 사실을 짐작할 수 있다.

하지만 현재 우리가 확인할 수 있는 황석영의 희곡은, 「환영을 돛」을 포함 모두 11편이며, 현재 텍스트가 존재하는 것은 10편이다. 이 10편을 살펴보면 황석영 희곡의 위상이 그려진다. 우선 그의 소설과 동명작품인 「산국」, 「한씨연대기」, 「돼지꿈」, 「장산곶매」(「장길산」)가 눈에 띈다. 최종 희곡으로 정착된 「산국」과 달리, 나머지 세 편은 그의 원작 소설에 바탕을 두고 있다. 나머지 6편의 작품들은 마당극이라는 공통점이 있는데, 그 제목에서, '풀이'와 '놀이', '이야기'가 강조됨으로써, 앞의 네 작품들과 뚜렷한 차이를 보인다. 황석영의 마당극은 이러한 측면에서 한때 임진택을 중심으로 제기되었던, 단순한 연극 행위의 의미로 제한될 수 있는 '마당극'의 용어적 개념을 극복하고, 마당판에 동원할 수 있는 연극 이외의 제반 표현 요소들(노래, 춤, 만담과 재담, 촌극, 판소리 등)을 포괄하는 개념으로서의 '마당굿'에 더 가깝다고 할 수 있다.[39]

황석영이 남긴 10편 중 세 편, 「산국」, 「돼지꿈」, 「한씨연대기」를 제외한 7편이 마당극에 해당한다.[40] 이 중에서 마당극의 형식을 띠고 있

---

38) 심진경, 「소설가 황석영과의 대화」, 『창작과비평』, 2007, 가을, 242면.
39) 필자는 논의의 편의를 위해, 폐쇄된 연극 즉 배우와 관객이 분리되어 있고 무대와 객석이 구분되며 관객이 극에 주체적으로 개입할 수 없는 연극을 '무대극'으로, 이에 상대적 개념으로 개방된 연극 즉 배우와 관중, 무대와 객석이 소통하여 관중이 주체적으로 연극에 개입할 수 있는 양상을 '마당극'으로 부르고자 한다.
40) 무대극인 「한씨연대기」도 공동창작의 문제가 제기될 수 있다. 작가 자신이 자신의 소설을 희곡으로 개작한 것을, 1985년 연우무대 측에서 첨삭보완 했기 때문이다. (「한씨연대기」, 원정출판사, 1985, 6면).

지만, 황석영 개인의 창작물이 분명한 「장산곶매」를 제외한 나머지 여섯 편의 마당극의 경우, 공동창작의 문제가 따를 수 있다. 물론 이때 문제가 되는 것은 마당극 대본에서 차지하는 작가의 위치다. 마당극 대본은 일반적인 희곡과 달리 공동 창작적 요소가 강하기 때문이다. 이는 마당극의 초창기 이론을 제시한 임진택의 글41)에서부터 제기되어 온 것으로, 마당극 공연에서는 무엇보다 창조자와 향수자가 분리되지 않는다는 점에서 기인한다. 따라서 창작 과정에 있어서 한 사람의 특별한 재능보다는 다수의 견해와 욕구들이 반영되고, 공연을 거듭하는 동안에 이것이 반영되고 종합되어 회를 거듭할수록 좋은 작품이 되는 '마당극'만의 특수성이 있는 것이다.

마당극에 있어서 공동창작은 단순히 완성된 연습용 대본, 또는 좋은 희곡이 없어서 추구하는 행위가 아니다. 공동창작은 공동체 구성원의 창조적 발상과 에너지를 모으는 가장 적합한 집단행위인 동시에 우리 전통 예술의 특징이라고 할 만한 민중적 전승력을 지닌 공동행위라고42) 할 수 있다. 마당극 대본을 일종의 공연 채록본으로 볼 수 있는 것도 마당극의 이 같은 성격 때문에 말미암는 것이다.

작가는 2000년에 낸 창비 희곡집에서 「돼지풀이」와 「호랑이놀이」의 두 편 말미에 '공동창작'을 부기해 놓고 있다. 하지만 필자가 확인한 바로는 '수눌음'과 관계된 두 작품 「땅풀이」와 「항파두리놀이」는 제주도에서 마당극이 일반화되지 않았을 때였던 만큼 황석영이 그만큼 핵심적인 역할을 했다는 사실이었고, 이미 이 지역 최초 마당극이었던 「고구마」(1978)43) 의 공연을 성공리에 마쳤던 전남에서는 공동 창작적 요소가

---

41) 임진택, 「새로운 연극을 위하여」, 『창작과비평』, 1980년 봄, 112-114면.
42) 김석만, 「새로운 출발을 기대하며」, 창작과비평사, 2000, 357면.
43) 1978년 봄 전남대의 탈춤반 민속문화 연구회와 연극반이 함께 78년 11월 이 지역 최초로 마당극 '고구마'를 공연했다. 이 '고구마'도 '광대'의 작품으로 또 황석영 주도로 공연된 것으로 기록된 곳이 많으나, 모두 잘못이다. 이때는 '광대'가 창단되기 전

강하다는 점이었다.44)

하지만 「돼지풀이」, 「호랑이놀이」, 「나락놀이」, 「안담살이이야기」 역시 황석영의 아이디어와 또 그의 주도하에 작품구상이 이루어졌으며, 완성된 대본을 확정해 가는 과정에서 지도 역할을 했다는 점이 확인된다.

따라서 우리는 1980년 심설당에서 펴낸 황석영 희곡집에 실린 다섯 편 모두를 황석영 개인 창작물로 볼 수 있다면, 2000년 창작과비평사에서 낸 희곡전집에 새롭게 들어간 마당극 네 편은 상대적으로 공동창작적 요소가 강하다고 정의해볼 수 있다. 물론 후자의 경우에도 황석영의 적극적인 관여와 주도가 인정되는 만큼 황석영의 '마당극 작품'으로 보아도 좋을 듯하다.

2) 무대극에서 마당극으로의 전환

『조선일보』 신춘문예 가작인 「환영의 돛」(1970)은 심사평에서 언급한 대로 '전통적인 극작술'에 의지해서 썼다고 할 때, 황석영이 쓴 첫 희곡은 기존 서구 연극의 무대극 형식을 띠었다고 할 것이다. 그러나 희곡집에는 이 작품이 실려 있지 않다. 그러면 이 작품은 버려졌을까. 그 해답은 바로 소설 「돛」에 있다. 무려 7년이나 지난 시점인 1977년 열화당에서 소설집(『심판의 집』)을 낼 때, 소설로 개작한 것이 확실시 된다. 심사평에 나와 있는 "한 장군의 냉철한 인간성"을 환기하면서 소설 「돛」을 살펴보면 이러한 사실이 분명해진다.

소설 「돛」은 중요한 전투를 앞두고, 수색대를 희생양으로 삼아서라도 자신의 명예를 달성코자 하는 한 차가운 성격의 사단장과, 이와 대립적인 위치에 있는 연대장을 등장시켜 이야기를 전개하고 있다. 또 텍스트

이고, 황석영은 이 작품에 관여하지 않은 것으로 확인된다.
44) 제주지역 이야기는 김수열 선생, 광주 지역은 박영정 박사의 말을 참고하였다.

내에 존재하는 "수평선 너머로 사라지는 돛대의 끝이 드디어는 표류자체보다 더 무섭게 변한 표적이 아니랴"45)라는 구절이 희곡 텍스트 제목 '환영의 돛'을 정확하게 설명하고 있다는 점 등을 참고할 때, 「돛」은 희곡 「환영의 돛」을 소설화한 것이 틀림없다고 할 것이다. 만약 이 희곡작품이 존재했다면, 대사회적 발언이 강한 황석영의 다른 희곡과 달리, 권력을 둘러싼 인간의 심리를 묘파해낸 이례적인 작품으로 자리매김했을 것이다.

『한국문학』1975년 7월호에 발표된 희곡 「山菊」 역시 역사극을 표방한 무대극이었음이 지문에 의해 쉽게 드러난다. 이 작품은 1978년도 작품집 『가객』(백제)에 소설 「산국」으로 발표되었다가, 1980년 심설당 희곡집을 거쳐 2000년 창비 희곡집에 실림으로써 희곡으로 최종 정착되었다고 할 수 있다.

소설 「산국」과 희곡 「산국」은 이야기의 진행이 일치한다. 이 작품은 한말 충북 제천 지역을 배경으로, 일본군의 침략 앞에 사당 지키기와 대 잇기에 골몰하는 양반가에 비해 목숨을 버려가면서 의병활동을 돕는 소작농 모녀의 설정을 통해, 제목 '山菊'으로 비유되는 민중의 민족애를 그리고 있다. 서사적 진행과 극의 전개가 일치하는 작품 「산국」은 우리 문학사에 그 유례를 찾기 어려운 드문 예라고 할 수 있다. 희곡과 소설 양 장르에 익숙했던 황석영의 면모를 확인해볼 수 있는 좋은 예가 아닌가 한다.

「산국」은 희곡사에서 거의 언급되지 않고 있지만, 대단히 많은 공연 횟수를 가지고 있는 작품이다. 1975년 7월에 발표된 「산국」은 1978년 11월 3일부터 8일까지 극단 '여인극장'(강유정 연출, 세실극장)의 공연을 시작으로 현재까지 활발히 공연되고 있으며,46) 해외(워싱턴)에서까지 공연

---

45) 황석영, 「돛」, 『심판의 집』, 열화당, 1977, 185면.
46) 1981.5.15~5.17.(극단 Y, 김기찬 연출, 광주학생회관), 1984.3.(극단 토박이,

된 기록도 찾을 수 있다.[47] '여인극장'은 이 작품 공연으로 제2회 대한민국 연극제에서 작품상, 희곡상, 여자 주연상, 문공부장관상까지 받았다.

「돼지꿈」은 원래 소설로 1973년 9월 『세대』에 발표되었고, 1974년 봄 서울대 문리대 연극회의 요청에 의해 저자가 직접 희곡(무대극)으로 각색하게 된다. 현재 기록으로 남아 있는 첫 공연은 1977년 서울여대 연극반이 야산 기슭에서, 작가가 각색한 무대극을 마당극의 형식으로 변경하여 공연한 것이다.[48] 그리고 1980년 7월 3일~7월 9일, 극단 연우무대에 의해 세실극장에서 무대극으로서도 오르게 된다. 연우무대의 이 「돼지꿈」은 당국으로부터 공연윤리위원회의 작품 심사 과정에서 '비속한 대사 수정'의 개작 처분'을 받은 기록도 가지고 있다.[49] 「돼지꿈」은 소설에서 저자 자신에 의해 희곡으로, 희곡에서 현장 연희자들에 의해 다시 마당극으로 변주되었으며, 무대극과 마당극 각각에서 성공한 사례를 남겼다는 점에서 주목을 요한다고 할 것이다.

무대지시문에 마당극 형식을 밝히고 있는, 따라서 황석영이 의식하고 쓴 최초의 마당극은 1979년(『문예중앙』, 겨울)에 발표한 「장산곶매」이다. 희곡 「장산곶매」는 소설 「장길산」의 에필로그에 해당하는 '장산곶매' 설화를 가져오고, 이를 얼개로 하여 「장길산」에 진행되는 민중 항거의 에피소드를 빌려왔다. 소설에서는 설화를 직접 차용하면서 '장산곶매'가 전경화되었지만, 연극은 매의 비극적 행로에 대응되는 난민의 우두머리 '바

박효선 연출, 남도예술회관), 2004.4.6.(여성극단 곰, 제7회 울산연극제, 울산문예회관, 소공연장)

47) 여성신문사편집부, 『이야기 여성사2』, 여성신문사, 2000. 강유정 편 참조.

48) 임진택, 「새로운 연극을 위하여」, 『창작과비평』, 1980년 봄, 108면. 이때 공연된 텍스트는 황석영 희곡집에 실려 있는 「돼지꿈」과 다른 구성을 보인다. 아침시간을 별도로 설정하여, 넝마주의 재건대원들의 활달한 아침맞이 장면과 일 나가는 강씨를 등장시켜, 극중 시간을 만 하루로 늘렸다. 이 텍스트는 임진택의 『한국의 민중극』(창작과비평사, 1985)에 실려 있다.

49) 차범석, 『한국소극장운동사』, 연극과 인간, 2004, 189면.

우'라는 인물을 함께 등장시키고 있다. 소설과 달리 연극은 '매'의 상징성만으로 주제전달을 하기가 어려웠기 때문이다.

1980년 3월 28~31일 드라마센터에서 공연된 「장산곶매」는 창작무대극을 주로 하던 연우무대가 전통연희의 한두레와 함께 함으로써, 그동안 개별집단 단위로 닦아왔던 연희역량을 총집결하는 경험을 갖게 한다. 이를 통해 문화패 전체의 통합기구를 표방한 '민중문화협의회 한두레'를 결성하게 되는 계기가 된 작품이기도 하다.[50]

마당극은 무엇보다 서구 연극의 한계를 극복하고자 하는 대항예술 양식으로서의 의미를 갖는다. 당시의 연극 토양은 서구 연극의 번역극이 주가 되었고,[51] 서구에서 들여온 연극적 기법이 주를 이루고 있었다.

황석영은 『장길산』을 집필하고 얼마 안 되어 가진, 한 인터뷰에서 초기 탈식민주의의 한 획을 그은 것으로 유명한 세제르의 『귀향수첩』을 인용하고 있다.

"구라파는 여러 세기 동안 우리들에게 거짓말을 퍼붓고 우리들을 사설로써 그득차게 해왔"으며, 따라서 이러한 구라파를 향하여 경의를 나타나내는 자에게 세제르는 "흑인다운 춤을, 자신에게 맞는 자신의 춤을 추라"는 세제르의 시구를 소개하고 깊은 동감을 나타낸다.[52]

황석영은 1970, 80년대 이러한 서구문화에 대항할 수 있는 전략으로서 '우리들만의 춤'에 대해서 깊이 고민했다.

그 동안 연극을 보아 오면서도 연극은 왜 상자갑 같은 공간에서만 공연

---

50) 박인배, 「문화패 문화운동의 성립과 그 향방」, 『한국민족주의론 3』(박현채, 정창렬 편), 창작과비평사, 1985, 452면.

51) 「돼지꿈」이 실려 있는 『한국연극』, 1980년 7월호에 실려 있는 공연 일정표에는 총 13편의 작품이 올라있다. 이중 8편이 번역극이다. 번역극이 창작극을 훨씬 웃돌고 있음을 알 수 있다.

52) 이병순 인터뷰, 「나에게 나의 춤을」, 『한국문학』, 1977.2., 275면.

되어 하는가, 왜 관객은 어둠 속에 유폐되어 연극적 현실과는 격리되어야 하는가 하는 의문이 머리속을 떠나지 않았었다. 왜 오늘의 연극은 우리의 전통 연극이 갖고 있던 대동놀음적인 활력을 잃고 있는가.[53]

황석영은 기존의 서구 무대극이 관객을 연극으로부터 소외시키고 있음을 비판하고, 우리 전통놀이가 가지고 있는 대동놀이적인 활력과 현장성, 그리고 관객과 유리되지 않은 민중성과 개방성에서 그 대안을 찾았다.

하지만 마당극을 표방하고 있으면서도 「장산곶매」에는 이러한 작가의 의도가 완전히 반영되어 있지 않다. 이 작품은 관객의 역할이 거의 없다는 측면에서 기존의 무대극 성격을 가지는 한편으로 굿, 노동요 등의 전통 연희를 적극 수용하고 있다는 점에서 마당극적 속성도 갖고 있다. 이러한 측면에서 황석영 희곡 창작의 계보에서 「장산곶매」는 마당극으로 넘어가는 과도기적 성격을 지닌다고 할 수 있다. 이 작품이 전통연희에 밝은 '한두레'와 무대극에 밝은 연우무대의 합동공연으로 성공할 수 있었던 것도, 「장산곶매」의 이러한 양식적 성격과 관련이 있다고 할 수 있다.

황석영 마당극은 「돼지풀이」의 얼러대기 〔(한 여자관객을 가리키며) 아이고, 저기 저것은 시집 못 가서 노처녀가 돼부렸네. 호호호…… 〕를 지나 「땅풀이」에 오면서 '잽이'의 주도하에 점차 관중들의 극중 참여가 늘어나기 시작한다. 〔잽이와 관객들 : (우—우) 왜놈 꺼져라〕. 그러다 「항파두리 놀이」에 와서는 관객을 무대로 불러내어, 축성놀이에 참여시키는가 하면 「호랑이 놀이」에서는 관객을 '총으로 위협하고 또 엎드려뻗쳐'까지 시킨다. 관객과 배우의 경계를 무너뜨리고 있는 것이다. 관객을 극으로 끌어들여 관객의 입장에 머무르지 않고 극의 진행에 주체적으로 참여하도록 만든다. 이 과정에서 관중들은 마당판에서 일어나는 일을 자신의 문제로 인식하게 되며, 일체감 또는 반감의 체험을 가짐으로써 판을 새로운 국면

---

53) 황석영, '혼부림', 「장산곶매」, 『문예중앙』, 1979. 겨울. 75면.

으로 비약시키게 된다.

「장산곶매」를 기점으로 이후에 쓴 작품들은 「한씨연대기」를 제외하고는 모두 마당극의 형식에 들어간다. 1970년대 후반기에서 1980년대 전반기는 우리 연극사에서 마당극 운동이 가장 활발하게 진행된 시기이며, 황석영은 그 맥락을 함께 했다.

이에 비해 희곡 「한씨연대기」가 발표된 1985년은 마당극의 침체기에 해당한다. 「한씨연대기」의 공식적인 첫 공연은 '연우무대'(연출 김석만)에 의해 1985년 4월 24일~5월 6일까지 문예회관 소극장에서 이루어진다. 그해 5월 24일부터 6월 2일까지 '창무춤터'에서 앙코르 공연을 가졌고, 지방 순회공연까지 갖는54) 성황을 이루었다. 이 작품은 2004년에 동숭아트센터와 문화창작집단 '수다'가 기획한 '연극열전' 첫 번째 작품으로 1월 8일~ 2월 29일까지 동숭아트센터 소극장에서 재공연되었다.

1985년에 쓴 '한영덕'이라는 월남민 의사의 비극적인 삶을 그리고 있는 「한씨연대기」는 당초부터 마당극 소재로는 부적절하다고 할 수 있다. 22년의 서사적 시간을 가진 중편소설을 두 시간 안에 단일한 무대에서 소화하기가 어렵기 때문이다. 이 때문에 「한씨연대기」는 무대극이면서, 서사극으로 희곡화되었다고 할 수 있다. 주지하다시피 서사극은 브레히트에서 촉발된 것으로 다양한 서사적 장치를 통해 관객의 극적몰입을 차단하고, 현실에 대해 고민하게 하는 연극이다. 이 작품에는 관객과 극중 상황을 매개하는 해설자의 역할을 하는 인물이 등장하고, 또 다큐멘터리, 차트 등의 다양한 기제가 동원되며, 갓등의 무대조명으로 암전 없이 장면전환을 한다. 많은 인물들을 소화하기 위해 한명의 배우가 다역을 맡으면서 배우들이 극중 인물이 아니라 연극 무대의 배우라는 사실을 그대로 드러낸다. 이러한 양식은 기존의 연극과 달리 관객의 극중 환상에 빠져드는

---

54) 울산(10월 5일~6일), 대전(11월 3일~5일), 춘천(11월 24일~25일)

것을 차단한다. 이를 통해 관객들은 분단된 현실에 대해 끊임없이 사유하게 되고, 관객 각자의 입장에서 분단극복의지를 다지게 된다.

특히 극중 인물을 내세워 극중 상황을 비판하고 해설하는 경우는 다른 일반 무대극과의 큰 차이점이라고 할 수 있다. 하지만 이것은 황석영 희곡 계보에서 낯선 것이 아니다. 기존의 마당극에서 꾸준히 시도되어 온 것으로, 관객과 극중 상황을 연결하는 서사적 기능을 하는 인물, 예컨대 '잽이(「장산곶매」, 「돼지풀이」, 「나락놀이」)'와 '무당(「장산곶매」)', '팥죽할멈(「호랑이놀이」)', '판소리광대(「안담살이」)' 등을 등장시켜 왔기 때문이다.

이러한 측면에서 「한씨연대기」는 1978년도에 발표된 「산국」과 같은 무대극을 표방했으나, 오히려 이러한 측면에서는 마당극과 상당히 유사한 점이 있는, '서사극'의 특징을 지니고 있다고 하겠다. 물론 서사극은 마당극에서처럼 관중으로부터의 적극적인 추임새를 유도하는 것도 아니고, 배우와 관객이 함께 어울려 신명을 풀고 갈등을 해소하는 장치를 가진 것도 아니지만, 현실을 이성적으로 파악하고 비판하며 연극을 생산적인 문화적 장치로 활용한다는 점에서 마당극과 일맥상통하고 있다고 하겠다.

「한씨연대기」가 큰 성공을 거둘 수 있었던 것은, 마당극과 무대극에 식상해 있던 관객들에게 무대극이면서도 다양한 실험 장치를 수반한 서사극의 형식을 선보였기 때문이라고 할 수 있다.

4. 결론

본고는 황석영 희곡에 대한 학계의 관심이 그가 이루어낸 희곡적 성과에 대해 부족하다는 점에 착안하여, 본격적인 황석영 희곡 연구의 출발점으로 그가 희곡에 관여하게 된 배경과 그가 남긴 작품들을 실증적 차원에서 검토하였다.

황석영은 어린 시절부터 희곡 장르를 접했으며, 희곡 장르에 대한 이해가 각별하였다. 문단에 진출할 무렵에는 '희곡 극작술'에 익숙해 있었다. 이러한 바탕 위에 1970년대적 상황을 맞아 작가는 희곡이라는 장르를 통해 '민중'들에게 보다 직접적으로 다가가고자 하였다.

황석영은 첫 작품을 무대극으로 시작했지만, 1970년대 후반부터 '우리 것'과 '민중'에 대한 적극적 관심 속에서 마당극으로 전환한다. 황석영이 희곡(마당극)을 쓴 1970, 80년대는 졸속 산업화로 인한 농촌붕괴와 대외의존성의 심화, 5·18 광주항쟁으로 대변되는 분단모순이 그 정점에 달해 있을 때였다. 황석영은 1976년 해남으로 내려간 이래 10년의 시기를 그곳의 민중들과 함께 하며, 희곡(마당극)으로 이러한 모순을 극복하고자 했다.

그가 남긴 10 편의 작품 중에는 작가 단독 작품도 있으나, 특히 호남에서 발표된 마당극 작품들은 공동창작의 양식을 띠고 있었다. 공동창작에 있어서도 황석영의 적극적인 역할을 확인할 수 있었다. 마당극이 문화운동의 일환으로 기획된 만큼, 공동창작은 아주 자연스런 것이라 할 수 있다. 황석영이 남긴 모든 작품이 공연되어 좋은 반응을 얻었던 만큼 희곡작가로서의 자리매김이 분명하다고 할 것이다.

한국문학의 새로운 역사를 썼던 1970년대 중반까지와는 달리 1970년대 중반 이후는 황석영의 문학적 행보에서『장길산』연재를 제외하고는, 소설적 공백기로 치부되고 있다. 하지만 이 시기를 우리는 치열한 문화운동의 결과물인 희곡으로 채울 수 있다. 작가는 80년대에 발간한 한 산문집의 후기에서 "소설 이외의 숱하게 써온 마당극 대본이나 현장 촌극들은 당시에 진행되고 일정한 성과를 얻고 시간 속에 수렴되어 버린

'일'과 함께 깡그리 사라져야 한다."55)는 입장을 피력한 바 있다. 하지만 1970, 80년대의 시대적 질곡과 결부시킬 때 치열한 문화 운동가로서의 그의 역할과 그가 남긴 희곡(마당극)은 오히려 '문학의 정치성'이라는 측면에서 새롭게 평가되어야 할 것이다.

(『한국현대문학연구』24, 한국현대문학회, 2008년 4월 全載)

---

55) 황석영, 객지에서 고향으로, 203-204면.

▌참고문헌

1. 기본자료

황석영, 『장산곶매』, 심설당, 1980.
황석영, 『장산곶매』, 창작과비평사, 2000.
놀이패 신명, 『전라도마당굿대본집』, 들불, 1989.
채희완·임진택, 『한국의 민중극』, 창작과비평사, 1985.

2. 단행본

강상중, 이경덕·임성모 옮김, 『오리엔탈리즘을 넘어서』, 이산, 1997.
고부응 외, 『탈식민주의 이론과 쟁점』, 문학과지성사, 2003.
박인배 편, 『문학예술운동3』, 1989 봄, 풀빛, 1989.
서연호, 『한국현대희곡사』, 고려대학교출판부, 2004
서연호·이상우, 『우리연극 100년』, 현암사, 2000.
이영미, 『마당극 양식의 원리와 특성』, 시공사, 2001.
차범석, 『한국소극장 운동사』, 연극과 인간, 2004.
황석영, 『객지에서 고향으로』, 형성사, 1985.
황석영, 『심판의 집』, 열화당, 1977.

3. 논문

김윤정, 「1970년대 희곡의 전통 활용 양상과 극적 형상화 연구」, 서울대박사논문, 2005.
임기현, 「황석영 소설 연구」, 충북대학교 박사논문, 2007.
임기현, 「황석영 희곡의 탈식민성」, 『한민족어문학』, 51집, 2007.12.
임회숙, 「황석영 소설 「돼지꿈」에 나타나는 극적요소」, 동아대석사논문, 2002.
정미숙, 「황석영 희곡 연구」, 경상대박사논문, 2006.

제 6 장

황석영 희곡의 탈식민성

1. 문제제기

황석영은 1970년대 「객지」, 「삼포가는 길」, 『장길산』 등을 거쳐 2000년을 전후하여 발표한 『오래된 정원』, 『손님』, 『바리데기』에 이르기까지 우리 문단에 주목을 받지 않은 작품이 없을 정도로, 한국 소설사에 뚜렷한 이정표를 남긴 작가이다. 이를 반영하듯 그의 소설에 대한 연구와 평문은 상당한 수준에 이르렀다고 할 수 있다.[1]

하지만 황석영은 본격적인 작품 활동을 1970년 『조선일보』 신춘문예에 당선작인 소설 「탑」뿐 아니라, '희곡' 「환영의 돛」으로 시작했다는 사실을 주목할 필요가 있다. 심사를 맡은 오화섭과 여석기는 「환영의 돛」은 "전통적인 극작술에 의해서 담담하게 이야기를 전개시키는 가운데 한 장군의 냉철한 인간성을 묘사하고 있지만 연극으로서의 단조로움" 때문에 가작

---

1) 2007년 현재 황석영 소설 단행 연구로 3편의 박사논문과 40여 편의 석사논문이 축적되어 있다.

으로 선하게 되었다고 밝히고 있다.[2] 이 심사평을 통해서 우리는 무엇보다 그가 본격적인 작품 활동을 할 무렵인 1970년에는 이미 전통적인 극작술에 학습이 되어 있었다는 사실을 확인할 수 있다. 주지하다시피 희곡은 다른 문학양식과 달리 장르에 대한 기본적인 학습이 없이는 접근하기 불가능한 장르이기 때문이다.

그는 자신의 이름으로 두 권의 희곡집을 냈고, 총 10편의 희곡작품을 남겼다. 우리 문학사에서는 소설가의 명망을 굳히면서도 희곡을 창작한 주요 인물로 채만식, 최인훈 등을 들고 있다. 채만식 희곡이 거의 상연되지 못했다는 점, 최인훈이 남긴 희곡이 모두 7편이라는 점에서, 황석영이 창작(공동창작 포함)한 10편의 희곡 모두 성황리에 공연되었다는 점을 염두에 둘 때, 그의 희곡에 대한 연구는 결코 소홀히 할 수 없다고 생각한다.

이러한 점을 염두에 두고 필자는 황석영 희곡에 대한 실증적 검토를 한 바 있다.[3] 본고에서는 실증적 검토에 이어 황석영 희곡문학이 갖는 성격을 밝혀보고자 한다. 황석영이 희곡을 쓴 1970, 80년대는 졸속 산업화가 가져온 농촌의 붕괴와 5·18 광주항쟁으로 대변되는 신식민지적 모순이 그 정점에 달해 있을 때였다. 이러한 시대적 상황에서 황석영은 희곡(마당극)을 통해 (신)식민지적 상황을 타개해나가려고 했다. 또한 그는 '탈식민성'을 강하게 갖는 마당극을 문화운동의 차원에서 보급하려는 실천가로서의 면모를 유감없이 보여주었다. 이러한 사실을 바탕으로 좀 더 구체적으로 황석영 희곡문학이 갖는 특성을 살펴보고자 한다. 흔히 『장길산』

---

2) 『조선일보』, 1970년 1월 6일자, 5면. 실지 이 심사평에는 '가작'이라는 말이 없다(가작 당선자 명단에 '황범'이라는 이름으로 1월 16일자 3면에서 이를 확인할 수 있다. 게다가 '황범'이라는 필명의 사용 때문에 기존의 연구자들이 이를 확인하기가 어려웠던 것 같다).

3) 임기현, 「황석영 희곡의 창작배경과 기원」, 『세계 속의 한국현대문학』, 한국현대문학회, 2007.8., 78-89면.

을 제외하고는 작품의 공백기로 치부되는 이 시기를 그가 남긴 희곡으로 메움으로써 우리는 비로소 황석영 문학을 총체적으로 점검할 수 있을 것이다.

2. 희곡의 창작배경과 작품 현황

주지하다시피 1970년대는 본격적인 산업화가 시작된 시기이다. 도시 노동자를 위한 저곡가 정책은 전반적인 농산물 가격의 하락을 가져와 농가 소득을 감소시켰다. 부채를 견디다 못한 농민들을 도시로 이탈케 함으로써 대규모 도시 빈민과 실업자 군을 형성하였고, 노동자의 저임금 현상이라는 악순환을 가속화시켰다.[4]

또한 고도 경제 성장을 이루기 위해서는 무엇보다 많은 비용이 필요했다. 이에 박정희 정권은 외자 유치에 적극적으로 나서게 되었고, 한일협정(1965) 체결 이후 외자도입은 본격화되었다. 황석영도 참가하여 '용병'으로서의 한국군인의 위상을 절감케 한, 미국 요구의 베트남전 파병 역시 '자유의 십자군'이라는 명분보다는 박정희 정권의 근대화를 위한 자금 확보라는 실상이 컸다.

당시의 지식인들은 이 같은 대외 의존적인 상황을 심각하게 받아들이는 한편으로, 성장제일주의 경제 정책 뒤편에서 열악한 삶을 살아가고 있는 민중에게 적극적인 관심을 가지게 된다. 1970년대 지성계와 대학가에서는 우리 전통문화에 대한 자각과 반성이 일어났고, 이를 토대로 민중문화에 바탕을 둔 민속연희를 부활하고자 하는 붐이 조성되고 있었다.[5]

---

4) 강만길, 『고쳐 쓴 한국 근대사』, 창작과비평사, 1994, 315면.
5) 서연호, 『한국현대희곡사』, 고려대출판부, 2004, 222면.

황석영 역시 이러한 상황 속에서 1971년의 「객지」로 대변되는 리얼리즘 소설의 정수를 선보이며 문단에 충격을 던지고 있었지만, 소설을 쓰는 일만 가지고는 이러한 시대적 책무를 다한다고 생각하지 않았다. 황석영은 무엇보다 '대중'을 만나는 일이 급선무라고 생각하였다.

> 나는 될 수 있다면 이러한 근본적 의도를 가지고 모든 대중 전달 매체에 뛰어들 작정이다. TV 드라마, 라디오 드라마, 시나리오, 희곡, 만담까지도 능력이 닿으면 할 것이다. 심지어는 장터에서 순회연극도 하고 싶다.6)

그는 고민 끝에 대중을 직접 만나는 일로 희곡을 선택하게 된다. 황석영은 '민주화 운동'의 전선이 형성되어야 하며 거기서 문화예술인이 감당해야 할 바는 '문화운동'이 되어야 한다는 생각에 이른다. 이에 황석영은 김지하와 더불어 '마당극'운동을 주창하게 되며, 최초의 마당극이라고 일컬어지는 김지하의 '진오귀굿'(1973)이 나오게 된다. 김지하가 민청학련 사건(1974)으로 투옥되자, 황석영은 김지하의 뒤를 이어 후배들과 마당극을 현장 운동으로 발전시켜 나가게 된다.7)

마당극은 현실 속에서 살아가는 사람들을 관중으로 그들 생활의 현장 한복판에 들어가 그 현장에서 자신들이 공동으로 겪고 있는 현실의 갈등과 모순을 거침없이 꺼내놓고 이를 공유하며 해결을 모색하여 이를 공동의 바람으로 만드는8) 실천적인 투쟁의 성격을 띤다.

그만큼 황석영의 문화운동은 정치적 색채를 띠었다. 황석영은 1970년대 중반 호남 쪽으로 옮겨가면서 1980년대 초반까지 '중앙문단'을 중심으로 했던 문인운동과는 사실상 멀어져 있었다. 호남을 중심으로 한

---

6) 황석영, 「탑을 쌓는 일과 소설을 쓰는 일」, 『문학사상』, 1975. 2. 115면.
7) 김석만, 「새로운 출발을 기대하며」, 『장산곶매』, 창작과비평사, 2000, 363면.
8) 이영미, 『마당극, 리얼리즘, 민족극』, 현대미학사, 1997, 80면.

각 지역의 민중들과 함께 현장 쪽의 운동에 전념했다. 그 한가운데 작가가 '불의 링'이라 명명했던 5·18 광주 민주화 항쟁이 있었다.9)

황석영은 모두 두 권의 희곡집을 내었으며, 자신의 이름으로 총 10편의 희곡을 남기고 있다. 이들 작품은 주로 1970년대 중반에서 1980년대 초반에 집중되어 창작되었으며, 소설 『장길산』을 쓴 시기와 겹쳐 있다. 이 중에는 「산국」, 「장산곶매」, 「돼지꿈」, 「한씨연대기」10)와 같이 작가 단독창작의 작품도 있지만, 마당극 양식으로 분류되는 작품 대부분은 공동창작의 형태를 띠고 있다. 그 가운데서 제주도의 극단 '수눌음' 창단에 직접 관여하면서 창작한 「땅풀이」, 「항파두리놀이」가 황석영의 주도적 역할과11), 수눌음 단원(문무병·김수열 등)의 협조로 이루어진 것이었다면, 전남 지역에서 발표한 「돼지풀이」, 「안담살이이야기」, 「나락놀이」, 「호랑이놀이」 등은 보다 더 공동 창작적 요소가 짙음을 해당 지역 예술인들로부터 확인할 수 있었다. 물론 전남에서도 황석영은 창작지도, 아이디어 제공, 콘티를 짜는 일을 통하여 주도적인 역할을 하였음이 드러난다.12)

---

9) 광주항쟁기 무렵 황석영은 광주에 거주하고 있었다. 하지만 그 현장에는 없었다. 마침 황석영은 소극장 건립비용을 마련키 위해 우연히 서울에 올라와 있었던 시기였고, 이것은 황석영에게 큰 부채의식으로 작용한다(『조선일보』, 「작가인터뷰」 황석영, 2000. 5.18. 21면. "5.18은 부마항쟁의 연장… 광주만의 비극은 아니다").

10) 「한씨연대기」는 작가 자신의 작품을 희곡으로 개작한 것을, 1985년 연우무대 측에서 공연으로 올릴 때 다시 손을 댄 것으로 알려져 있다. 「한씨연대기」의 공연 팸플릿의 서두에는 "저자가 직접 각색한 1차 대본을 토대로 연출가 김석만 씨를 중심으로 극단 창작팀이 첨삭 보완한 것"으로 기록되어 있다(「한씨연대기」, 원정출판사, 1985).

11) 광주항쟁이후 당국의 요청으로 황석영이 제주도에 도착할 때만 해도 제주도에서는 마당극 개념이 뚜렷이 서 있지 않았다고 한다(극단 '수눌음'의 창단멤버였던 김수열 선생의 증언(2007년 8월).

12) 들불 刊 『전라도 마당굿 대본집』에서 전라도 지역의 마당극을 총 정리하는 글을 썼던 박영성 박사의 증언이다(2007년 8월).

이러한 공동창작의 문제는 창작물에 대한 작가의 위상 설정이라는 문제를 야기할 수 있다. 하지만 마당극은 그 장르의 특성상 태생부터 공동창작적 요소가 강하다는 사실을 주목할 필요가 있다. 이는 마당극 이론 확립의 초창기인, 임진택의 글13)에서부터 강조되어 온 것으로, 마당극 공연에서는 무엇보다 창조자와 향수자가 분리되지 않는다는 점에서 기인한다. 따라서 창작 과정에 있어서 한 사람의 특별한 재능보다는 다수의 견해와 욕구들이 점차 종합되어 짜여갈수록 좋은 작품이 되는 마당극만의 특수성이 있는 것이다.

황석영은 신여성인 어머니 전경도 여사로 인해 일찍부터 희곡장르에 눈떴고, 그 관심도 남달랐다.14) 작품 활동을 본격적으로 시작할 무렵에는 극작술에 학습이 되어 있었다. 이러한 바탕 위에서 1970년대적 상황과 맞물려 황석영은 여러 편의 희곡(마당극)을 발표하게 된다. 필자는 이러한 사실의 바탕 위에서 본격적으로 황석영의 희곡이 가진 성격을 규명해보고자 한다.

3. 탈식민적 성격

1) 역사소재의 희곡

황석영이 남긴 10편의 희곡을 서연호의 희곡사15) 기술 체계에 맞춰

---

13) 임진택, 「새로운 연극을 위하여」, 『창작과비평』, 1980년 봄, 112-114면.
14) "어머니는 주말이면 일제시대부터 있던 중심가의 극장에 나를 데리고 갔는데, 해방직후였던 당시에는 연극이나 악극이 인기리에 공연되고 있었지요. 이것은 책과는 또 다른 세계였습니다. 나는 유년시절부터 혼자서 거울 앞에서 누나들의 그림물감으로 얼굴에 수염이나 광대칠을 하고, 보자기를 쓰거나 어른의 옷을 갈아입기도 하면서, 혼자서 연극을 하며 놀았지요."(작가 인터뷰, 『작가세계』, 2004년 봄호, 20면)
15) 서연호, 『한국현대희곡사』, 고려대학교 출판부, 2004.

양식별로 분류해보면 「한씨연대기」는 서사극, 1907년 충북 제천지역의 구한말 항일 의병을 다루고 있는 「산국」은 역사극, 나머지 작품은 모두 마당극에 속한다. 이 중에서 고려시대 삼별초로 대변되는 대몽항쟁기에 제주도민의 삶을 다룬 「항파두리놀이」, 구한말 전라도 보성지역의 의병장 안규홍(안담살이)의 이야기를 극화한 「안담살이 이야기」, 1923년의 전남 신안군 암태도 소작쟁의를 전경화하고 있는 「나락놀이」 등은 모두 역사적 사건을 소재로 취한 마당극이라고 할 수 있다.

따라서 황석영의 희곡은 「땅풀이」와 「돼지풀이」를 제외하고는 모두 우리 과거와 현대의 역사적 사건에서 소재를 취하고 있음을 그 특징으로 한다. 릴라 간디(Leela Gandi)는 진정한 탈식민주의는 식민주의의 기억들을 억압하고 망각하려는 시도가 아니라 과거로 되돌아가서 숨겨지거나 잊혀진(혹은 잊고 싶은) 장면들을 들추어내고 따져 묻는 작업이 되어야 한다고 말한다.16)

황석영이 굳이 과거의 역사를 가져온 이유는 분명하다. 오늘날 우리 민족이 처한 신식민지적 상황이 이러한 역사와 무관치 않다는 것을 극적인 방법을 통해 제시하려고 한 것이다.

황석영은 남한의 역사적 상황을 신식민지적 상황으로 인식하고 있으며,17) 분단된 우리의 입장에서 탈현대(포스트모더니즘)에 대응하는 '탈식민주의'의 명제야 말로 타당한 논리라고 명시적으로 밝히고 있다.18)

---

16) 이경원, 「프란츠 파농과 정신의 탈식민화」, 『실천문학』, 2000년 여름, 329~330면.

17) "우리는 항일 투쟁 시기를 거쳐서 그대로 신식민주의의 침탈 아래 전 민족적 자주성을 지금도 위협받고 있는 형편입니다."(황석영, 『가자 북으로 오라 남으로』, 이룸, 2000, 252면), "지난 30년 동안 번개처럼 진행되어온 남한 자본주의를 '천민자본주의'로 인식하고 남한의 문화를 '신식민지적 문화'로 규정했던 조건은 조금은 세련되었을지언정 지금도 거의 변하지 않고 있습니다."(황석영, 『아들을 위하여』, 이룸, 2000, 81면)

18) "탈현대에 대응한 탈식민지라는 명제는 우리 입장에서 매우 타당한 논리라고 봅니다."(황석영, 『가자 북으로 오라 남으로』, 이룸, 2000, 262면).

　따라서 황석영의 희곡은 외형적으로는 해방이 되었지만, 여전히 식민지적 흔적과 새롭게 변형된 종속으로부터 자유롭지 못하다는 역사 인식을 전제하고 있다. 황석영의 희곡은 탈식민주의적 미학의 실천으로 (신)식민지적 근대성에 대해 도전과 해체를 지향한다. 이때 탈식민주의적 서사 및 미학적 실천이란, 식민지시기에 강압적, 자발적으로 내면화한 제국주의적 인식 틀과 담론 체계를 과감하게 해체하고, 상실 당한 민족적 서사를 복원하거나 제3의 담론을 창출해내는 것을 의미한다고 할 것이다.19)

　역사 소재에 바탕을 둔 황석영의 희곡과 마당극은 여느 작가의 희곡 작품들보다 진보적 변화를 연극행위의 중요한 목표 중의 하나로 삼고 있을 정도로 정치적 성격이 강하다. 황석영의 희곡에는 현대 한국이 처해 있는 (신)식민지적 상황에 대한 반성과 비판, 그리고 이를 초래한 역사적 원인인 식민지 강점과 분단과 전쟁 등에 대한 비판적 형상화가 풍부하게 녹아 있으며, 이를 극복하기 위한 다양한 탈식민화 전략이 제시되어 있다.

2) 마당극의 탈식민성

　황석영 희곡의 근간을 이루는 것은 마당극이다. 마당극은 어떤 극 양식보다도 탈식민성을 강하게 갖는다. 그 내용에서 (신)식민주의의 극복을 강하게 표방하는 것을 중요한 특징으로 할 뿐만 아니라, 마당극 양식 자체가 서구 연극의 한계를 극복하고자 하는 대항예술 양식으로서 의미를 갖기 때문이다. 당시 연극 토양은 서구 연극의 번역극이 주가 되었고,20) 서구에서 들여온 연극적 기법이 주를 이루고 있었다. 특히 셰익

---

19) 박명진, 「1970년대 희곡의 탈식민성」, 『한국극예술연구 제12집』, 2000.10., 315
　　면.

스피어의 희곡을 정전으로 하는 서구 연극은 이러한 신식민적 상황을 지지하거나 적어도 공모하는 관계에 있다는 사실을 황석영은 간파하고 있었다. 주지하다시피 서구 연극은 한국을 비롯한 제3국가의 연희양식을 결여의 양식으로 인식하도록 했으며 그만큼 타자화하였다.

월남전 체험 이후 황석영은 여느 작가보다 외세의 역할과 대외의존적일 수밖에 없었던 한국적 상황을 민감하게 인식하였다. 황석영은 『장길산』을 집필하고 얼마 안 되어 가진 한 인터뷰에서 세제르의 『귀향수첩』의 다음과 같은 대목을 인용하고 있음을 주목할 필요가 있다.

"구라파는 여러 세기 동안 우리들에게 거짓말을 퍼붓고 우리들을 사설로써 그득차게 해왔"으며, 따라서 이러한 구라파를 향하여 경의를 나타나내는 자를 향하여 세제르는 "흑인다운 춤을, 흑인답게 아름답고 옳은 춤, 나에게 맞는 내 춤을 추라고, 그럴 때 비로소 내 손의 리듬에서 태양이 뛴다."는 메시지를 소개하고 있다. 황석영은 이에 대해 깊은 동감을 보이고 있다.[21] 세제르는 『식민주의에 관한 담론』(Discourse on Colonialism) 등을 통해 공식적 제국주의가 여전히 세력을 떨치던 1950년대에, 서구의 '문명의 담론'이 제국주의와 어떤 관계에 있었는지에 대해서, 서구가 인간의 진보와 문명의 척도를 대표한다는 전제에 대해 사이드의 『오리엔탈리즘』(1978)보다 앞서 문제를 제기한 인물이다.[22]

황석영은 1970, 80년대에 이러한 외세에 대항할 수 있는 전략으로서 '우리들만의 춤'에 대해서 깊이 고민했다.

---

20) 황석영의 「돼지꿈」이 실려 있는 『한국연극』, 1980년 7월호에 실려 있는 공연 일정표에는 총 13편의 작품이 소개되어 있다. 이중 8편이 번역극인데, 번역극이 창작극을 훨씬 웃돌고 있음을 알 수 있다.
21) 이병순 인터뷰, 「나에게 나의 춤을」, 『한국문학』, 1977.2., 275면.
22) 바트 무어-길버트, 이경원 역, 『탈식민주의! 저항에서 유희로』, 한길사, 2001, 388면.

그 동안 연극을 보아 오면서도 연극은 왜 상자 갑 같은 공간에서만 공연되어 하는가, 왜 관객은 어둠 속에 유폐되어 연극적 현실과는 격리되어야 하는가 하는 의문이 머릿속을 떠나지 않았었다. 왜 오늘의 연극은 우리의 전통 연극이 갖고 있던 대동놀음적인 활력을 잃고 있는가. 그 생생한 현장의 박진감이 간과되고 있는 이유는 무엇일까.[23]

그는 마당극이야말로 이러한 성격을 어느 예술 양식보다 잘 구현하고 있다고 인식했다. 초창기의 서구 연극의 무대극 [「환영의 돛」(1970), 「돼지꿈」(1974), 「산국」(1975)] 을 거치면서, 황석영은 그러한 서구적 연극 장르의 한계를 깨닫고, 우리 전통 연희에서 그 대안을 찾은 것이다. 그는 1979년의 「장산곶매」를 시작으로, 마당극 창작에 본격적으로 나선다. 그는 우리 전통놀이가 가지고 있는 대동놀이적인 활력과 현장성, 그리고 관객과 유리되지 않은 민중성을 적극적으로 받아들인다.

3) 외세비판

황석영의 희곡은 현재 우리의 삶을 억압하고 있는 것은 '외세'라고 본다. 따라서 억압되고 있는 민중의 삶을 복원하기 위해서는 외세의 실체를 인식하고 이에 적극적으로 저항해야 한다고 역설한다. 이를 위해 작가는 우리의 과거와 현재에서 외세와 민중 저항이 첨예하게 맞부딪친 상황을 가져온다.

ㄱ) 과거에서 소재를 취한 것-「장산곶매」(외세의 구체적 대상 : 중국, 일본), 「항파두리놀이」(몽고), 「나락놀이」(일본), 「안담살이 이야기」(일본), 「산국」(일본)
ㄴ) 당대에서 소재를 취한 것-「땅풀이」(일본), 「돼지풀이」(서양), 「호랑이놀

---

23) 황석영, 「장산곶매」, 『장산곶매』, 심설당, 1980, 5면.

이」(미국), 「한씨연대기」(미국)

ㄱ)유의 작품에서 주로 제국주의 국가들이 어떻게 식민지를 점령해 갔고, 이에 대해 민중들은 어떻게 저항했는가를 밝히는 데 초점을 맞추었다면, ㄴ)유의 작품에서는 식민지를 벗어난 상황에서도 제국주의의 여파가 우리의 삶을 어떻게 왜곡하고 또 억압하고 있는지를 문제 삼는다.

이러한 관점을 토대로 황석영 희곡의 대립구도를 정리해보면 다음과 같다.

> 호랑이 ↔ 팥죽할멈/코커국(미국) ↔ 만만국(우리나라), 「호랑이놀이」
> 백돼지(수입농산물) ↔ 흑돼지(토종), 「돼지풀이」
> 몽고군, 김방경 ↔ 제주도의 촌장과 민중 「항파두리놀이」
> 일본인, 마름 ↔ 암태도의 민중 「나락놀이」
> 장산곶매 ↔ 수리, 호구별성, 황사 「장산곶매」
> 왜인, 돈독, 재벌 ↔ 어진아범, 어진어멈 「땅풀이」
> 일본군 ↔ 민중, 소년의병 「산국」

대부분 작품들은 외세 혹은 외세에 기생하는 관료와 주체적이면서도 '어질고 착한'(「땅풀이」, 77면24)) 민중의 대립적 구도를 취하고 있음을 알 수 있다. "양키와 왜놈을 몰아낼 때까지 한마음으로 싸우자!"(「안담살이 이야기」, 268면)에서 극명하게 드러나듯이 외세의 구체적인 대상은 일본과 미국이다. 일본은 1960년대 중반 한·일 국교정상화 이후 가속화된 한국 진출을 꾀했으며, 황석영은 이에 대해 비록 일제 강점기는 끝났지만, '일본이 다시 왔다'25)는 인식을 하게 된다. 「산국」과 「안담살이이야기」, 「나

---

24) 내각주의 형식으로 작품과 페이지만 밝히는 경우, 2000년도 창작과비평사에서 나온 『장산곶매』를 그 기본텍스트로 했음을 밝혀둔다.
25) 황석영, 『장산곶매』, 심설당, 1980, 108면.

락놀이」는 역사 속에서 일제의 행악을 가져와 환기시키고 있으며, 「땅풀이」는 '왜인'으로 대표되는 당대의 일본 자본 유입을 정면으로 문제 삼고 있다.

따라서 황석영 희곡에는 일본제국주의와 맞서 싸웠던 한말의 '의병'들이 많이 등장한다. 작품 속에서는 이강년, 박여성, 신돌석, 민긍호와 16세의 소년 의병(「산국」), 전봉준, 안담살이(안규홍)(「안담살이 이야기」)등 의병장들이 망라되는데, 외세 앞에 굴하지 않은 민중 영웅의 모습을 제시함으로써 관객들에게 반외세에 대한 의지를 환기시키고자 전략적으로 선택한 것이었다고 할 수 있다.

초기 희곡에서 외세를 일본으로 설정했다면, 5·18항쟁을 겪고 난 뒤에는 미국을 보다 구체적으로 문제 삼는다. 광주항쟁을 전후하여 광주에 머무르던 황석영은 미국이 광주 참극에 명백히 책임이 있다는 사실을 잘 알고 있었다. 미국이 5·17 쿠데타를 용인했고 방조했으며, 학살을 제지하지 않았다는 사실은 미국의 존재에 대해 의문을 품게 한 결정적인 계기가 되었다.

분단 이데올로기에 희생된 월남민 의사 한영덕의 삶이 강조된 1972년의 원작 소설과 달리, 1985년의 연극 「한씨연대기」는 한영덕의 삶을 황폐하게 만든 분단의 책임이 미국에 있다는 것을 제1장 다큐멘터리 장에서부터 표 나게 강조하고 있다. 소련과의 마찰을 피하기 위해서 미국이 적당하게 그어놓은 경계선(317면)이 분단의 출발점이 되었다는 것이다. 뿐만 아니라 한영덕의 고문 장면에 소설 작품에는 없던 권위적이고 폭력적인 미군장교를 등장시킨 것도 이러한 작가의 의식과 관련이 있을 것이다.26) 따라서 이 작품 역시 당시에 일고 있던 '미국의 실체 드러내기' 나아가 '반미를 통한 반외세'를 주제로 하고 있다고 할 수 있다.

---

26) 미군장교 : Son of bitch!(세 명의 배우 엎드려뻗쳐 자세)(「한씨연대기」, 333면)

「호랑이 놀이」는 광주항쟁과 보다 밀접한 관련을 가진다. 민중들이 부패한 독재자 '망품'(이승만 비유)을 몰아내고, 민주화에 대한 열망이 달아오르자, 이타거(코커국, 즉 미국 대통령을 상징한다)는 '새로운 대리인'으로 인정한 '칼돌이'에게 그 실력을 보이라고 명한다. 이타거의 명에 따라 한국 민중을 대표하는 '포수'를 총으로 쏘아 죽이는 장면은, 5·18광주 항쟁당시 미국과 군사정권, 그리고 그 군사정권에 희생된 민중과의 관계를 압축적으로 형상화한 장면으로 보인다.

황석영은 또한 마당극을 통해, 신식민주의적 요소에는 단순히 정치적인 요소만 있는 것이 아니라 그 본질은 오히려 경제적 부분에 있으며, 이를 통해 문화적 식민화 나아가 우리들 삶의 토대까지 식민화될 수 있음을 경고한다.

① 일본인 1 : (흐느낌을 외면한 채) 자, 이제는 땅을 먹었으니, 우리 니쁜 장사꾼이노 들어오게 해서 아주 등골까지 빼먹게 해야 된다.
　　일본인 2 : 아, 이것이노 일본제 최신 유행의 양은요강이 되겠으무니다. 이것은 쌀 한가마 값인데 우리 마누라상이 쓰던 헌 것이니 닷말을 받아야 하무니다마는 단 선전기간을 통하여 여기서 현해탄 건너온 쪽바리상의 船費 빼고 너말 닷되, 이것을 다 받느냐.(「나락놀이」, 228면)
② 금귀 : 우리의 돈은 세계의 문화 그 자체이고 우리 돈의 힘은 네 것은 내 것, 내 것도 내 것이라는 철저한 경제적 질서 내지는 신용을 토대로 하고 있다.
　　분귀 : 우리는 지상의 곳곳에서 코커식 주거환경, 코커식 인사법, 코커식 노래, 코커식 사교, 코커식 춤, 코커식 연애, 코커식 실연, 코커식, 코커식, 코커식.(「호랑이 놀이」, 193면)
③ 당국자 : 현대 세계는 코스모폴리탄 어쩌구저쩌구 인터내쇼날 꼬부랑 씨부랑 국가라는 것도 국제사회 속에서 혼자서만 외로이 존재할 수 없습니다. 경제도 개방체제! 무역이닷! 수입

이닷! 해결책은 수입으로!(「돼지풀이」, 180면)

①은 일본의 근대적 상품이 미처 근대에 진입하지 못한 식민지 국가의 민중들을 세련된 상품에 어떻게 길들여나가는지, ②는 미국의 자본력이 제3국가의 문화와 삶을 어떻게 미국화 시켜나가는지 고발하고 있다.

③은 세계화와 국제경쟁력 강화라는 미명아래 실시된 수입개방정책이 미처 대응력을 갖지 못한 우리 국내 축산업을 어떻게 파괴시켜나가는지 효과적으로 보여준다. 이러한 대목은 자유무역협정(FTA)의 홍역을 치르고 있는 오늘날에 읽어도 그 가치를 바래지 않는, 그만큼 당시로서는 선구적인 현실인식이었다고 할 수 있다.

또한 황석영의 희곡은 사랑과 자비를 강조하고 있는 선진국의 종교가 실상은 제국주의 침탈과 깊은 관련이 있다는 사실을 드러내준다.

① 전귀 : 폐하 옛날에는 펜보다 대포가 먼저였습니다. 쏘고 나서 싸인입니다.
　분귀 : 으홍, 중요한 점을 잊고 있군 그래. 그전에 태초에 말, 말이 있었다는 유명한 말을 모르는가. 태초에 코커국의 포교사가 왔지.
　금귀 : 먼저 물건을 실은 배가 왔지.
　분귀 : 포교사가!
　전귀 : 대포가!
　금귀 : 상선이! (「호랑이놀이」, 194면)

② 부인 : 아, 부처님을 믿는 것은 너무너무 거룩하고 숭고한 일이에요. 조금 전에 조 아래서 여러분들이 굿을 하고 있는 걸 봤는데요, 그런 일은 너무너무 저급하고 속된 짓입니다. 그런 것은 뭐랄까. 오, 미신이에요. 문화생활을 하려면 우선 먼저 미신이 타파되어야 할 거예요. (「항파두리놀이」, 151면)

①은 신의 음성을 빙자한 제국주의의 종교가 오히려 무력보다 더욱 앞서 경제적 수탈을 위한 수단으로 기능하고 있음을 폭로한다. ②는 제주도 사람에게 외세일 따름인 삼별초 수장 김통정의 부인(이화선)이 제주도 토착민에게 한 말로써, '문화/미신'이라는 이분법적 인식을 가진 외지인의 눈에 원주민의 종교가 어떻게 타자화되어 인식되는지 잘 보여준다. 이러한 장면은 2003년의 장편소설 『심청』의 한 장면을 떠올리게 만든다. 류큐(오키나와)에 온 서양인들이 류큐 사람들이 천년 동안 받들어 모신 부처님을 버리고, 그리스도를 믿으라고 강요하자, 심청은 "물건을 사고팔면서도 서양 사람들은 늘 그 생각만 해요."라고 말하며, 심청의 마지막 정인이면서, 민란의 주모자인 센신은 "기독교의 선의는 저희끼리만 통용되고 아시아에서는 모두 등쳐먹는 수단일 뿐"(『심청』 하권, 270면)이라고 단언한다. 이때 종교는 사랑과 관용의 그것이 아니라 온 세상을 서구의 시장으로 만드는 하나의 도구로서 기능할 뿐이다. 제국주의가 식민지를 확장할 때에 겉으로 종교를 앞세우고 속으로 자본과 군사력을 통해서 지리적 확장을 꾀하여 온 것은 제국주의 침략사에서 공통적으로 보이는 사항이다.

타문화를 야만시하는 제국주의 혹은 중심부의 논리는 원주민의 종교를 미신이나 우상숭배로 간주하여 의식의 보편화를 위해 개종을 하도록 하여 식민통치의 편의성을 도모하였던 것이다.[27]

또한 황석영의 희곡에서는 '디스코, 나이또 구라부'(「땅풀이」), 코커식의 주거환경, 인사법과 노래, 사교, 춤, 연애, 실연(「호랑이놀이」), '브이자'를 그리는 행위[28]까지 모두 희화화된다. 이러한 장면을 제시함으로써

---

27) 고현철, 『탈식민주의와 생태주의 시학』, 새미, 2005, 56면.
28) '농민 4'가 브이자를 그리자, 농민 5 : 염병 지랄 딴스하고 자빠졌네. 시방 시국이 일제시대인디 이게 뭐여? 그것은 이 다음에 쪽바리 새끼들 쫓겨가고 양코배기들이 들어와서 유행한 거라고(『나락 놀이』, 218면).

부지불식간에 들어와 있는 무분별한 서구 문화의 유입을 돌아보게 하면서, 관객 자신도 일상에서 즐기고 향유하는 생활문화에도 식민주의적 요소가 있다는 사실을 제시해줌으로써 그 반성을 유도한다.

이처럼 황석영의 마당극은 정치, 경제, 문화에 이르는 (신)식민적 요소를 적극적으로 고발하고, 이에 대한 경계심을 고취시켰다는 점에서 탈식민주의의 모범사례로 볼 수 있다.

4) 내부식민화 비판

황석영의 희곡은 반외세에 대한 강조와 더불어, 급격한 산업화 이후 도시와 농촌, 도시 내부에서 발생한 중심과 주변부의 위계질서 속에서 '내국 식민지'로 전락한 농어촌민과 도시빈민의 피폐함을 증언하고 있다. 10편 작품 대부분이 전남, 제주, 황해, 충북의 농어촌을 배경으로 하고 있다. 그의 소설이 농어촌을 배경으로 한 것이 거의 없는 것과는 대조가 된다. 물론 이때 작가가 선택한 공간적 좌표는 가치중립적인 것이 아니라, 문화적 공간으로서 식민주의의 대표적 공간 좌표로서의 기능을 하게 된다.

한국 현대사에서 산업화 근대화의 명제는 절대적인 가치를 지니고 있었으며, 사회 구성원 각자의 삶의 조건 역시 이에 예속될 수밖에 없었다. 산업화 근대화가 초래한 중심(서울, 도시)과 주변(농촌, 시골)의 불균형 발전, 그 과정에서 지배층에 의한 피지배층의 억압과 수탈의 현상들은 전형적인 내부식민화의 과정[29]으로 이해할 수 있다.

특히 빠른 속도로 도시화가 진행되면서, 이제 한국의 농촌은 계몽화된 서구의 근대적 발전으로부터 멀리 뒤쳐져 과거에 갇힌 정체된 공간으

---

29) 고하영, 「황석영 소설의 탈식민주의적 연구」, 서울대학교 석사논문, 2003, 36면.

로 여겨졌다. 이제 시골과 농촌은 도시와 대등한 개념이 아니라 원시적이거나 후진적이라고 생각되었다. 이 같은 의식은 마치 서구인이 오리엔탈리즘 시각 안에서 동양이란 무시간의 장소로서 변화 없고 정적인, 서구 역사의 진보로부터 단절된 존재로 각인되는 것[30]과 같은 원리로 해석해 볼 수 있다. 이처럼 복수적 시간성이 존재하고 있는 우리와 같은 제3세계에서는 도시에 의한 농촌, 중심에 의한 주변의 내부식민화는 필연적인 과정이 된다.[31]

1960~70년대의 산업화 논리를 통해 되살아난 우리 내부의 오리엔탈리즘은 우리에게 '타자'로서의 서구를 우리의 이상적 모델로 설정하게 하고, 이러한 산업화 시대에 재빠르게 적응한, 근대의 동일성 담론에 동화한 지배층들은 자신들과 다른 이질적인 하위계층 사이의 명확한 경계선 긋기를 강요했다.

황석영은 이러한 위계적 질서 속에서 타자로 존재하는 농촌을 '내국식민지'[32]로, 농촌과 도시를 잇는 고속도로를 '조공로'로 규정하기도 하였다.[33]

외견상 외세(몽고, 일본의 자본)와 우리 민족이라는 대립적 구도를 보여주는 「항파두리놀이」나 「땅풀이」도 그 이면을 들여다보면 육지(외지)사람들과 제주도 민중이라는 또 다른 대립적 구조가 발견된다.

「돼지꿈」은 도시를 배경으로 하면서도 철거를 앞둔 '변두리'를 전경화함으로써, 도시 안에서 구획된 중심과 변두리의 위계적 삶을 고발하고 있다. 이 작품은 '강씨'가 도시 중심부에서 차에 치어 죽은 부잣집의 개

---

30) 존 맥클라우드, 박종성 외 번역, 『탈식민의 길잡이』, 도서출판 한울, 2003, 74면.
31) 임기현, 「황석영 소설 연구」, 충북대학교 박사논문, 2007, 90면.
32) 농지개혁의 실패 위에서 농촌은 이제 도시 노동자의 값싼 임금을 유지시키고 노동력을 제공하는 상품시장의 역할만이 남은 내국 식민지로 되고 있습니다(황석영, 「평야」, 『신동아』, 1989.1., 608면).
33) 황석영, 『객지에서 고향으로』, 형성사, 1985, 195면.

를 얻어와 마을 잔치를 벌이는 과정에서 철거에 대한 주민들이 불안이 반전되고, 오히려 한껏 고무되는 마지막 6장의 장면이 잘 말해주듯이, 도시와 농촌의 대립뿐만 아니라 엄연히 도시 안에서도 존재하고 있었던 중심부와 주변부의 이분법적 위계질서를 문제 삼고 있음을 알 수 있다.

무엇보다 제3세계 국가들의 내부에는 부유한 엘리트와 나머지 주민들 사이의 더욱 큰 수입 격차를 보이며, 근본적으로 부가 불평등하게 분배되어 있으며, 사회적 프로젝트를 위한 비용 지출을 정치적으로 꺼린다는 특징이 있다.34) 부익부를 누리는 사람 이면에 존재하던 수많은 타자들은 국가의 그 어떤 혜택도 받지 못한 채 방치되었다. 「돼지꿈」에서 하루의 고단한 일과를 끝내고 집으로 향하는 '트랜지스터 행상'에게 더 이상 돌아갈 곳은 없다. 그가 일 나간 낮 동안 그가 살던 동네는 당국에 의해 완전히 철거되었기 때문이다.

도시민에게 싼 값으로 돼지고기를 공급하기 위해, 당국의 축산장려정책만 믿고 너도 나도 돼지사육에 매달렸다가 '돼지홍수'로 게다가 수입돼지로 인해 사료 값도 못 건지게 된 농민들의 삶을 다루고 있는 「돼지풀이」, 외지인의 땅 투기장이 된 제주도를 다루고 있는 「땅풀이」는 이러한 내부식민화의 상황을 정확하게 그려내고 있다.

> 보고서 4 : 크고 작은 공사가 외부 자본이 들어와야 이루어지는 것처럼
> 되어 있는 제주도의 현실은 농사짓던 원주민들을 기업목장
> 이나 농장의 고용인, 소작인 그리고 날품팔이꾼으로 떨어뜨
> 리고 있습니다. 그밖에도 관광시설이나 위락시설의 막일꾼
> 신세로 변해가고 있습니다.(「땅풀이」, 84면)

보고서의 내용은 제주도 내부에까지 외부 자본이 침투하여 평화롭게

---

34) 로버트 J.C.영, 김택현 譯, 『포스트식민주의 또는 트리컨티넨탈리즘』, 박종철출판
   사, 2005, 107면.

살던 원주민들을 어떻게 타자화하는지 정확하게 들려주고 있다.

자본과 권력을 가진 외지인의 눈에 농어촌 민중들은 '똥돼지나 먹는 사람'(「돼지풀이」), '흙벌레'(「나락놀이」), '멍텅구리'·'토인'(「땅풀이」)으로, 또 원주민들이 사는 곳은 '남만보다 미개한 곳'(「항파두리」), '짐승의 굴혈'(「항 파두리놀이」) 등의 열등한 존재로 재현된다.

실재적이고 신빙성 있는 재현이 아니라 외부 시선에 의해 타자의 동 의 없이 일방적으로 규정된 재현들은, 제국주의가 식민지 피정복자에 대 한 1차적 재현을 널리 유통시키고, 이를 통해 정복한 영토에 대한 간섭 이나 식민화를 획책하던 것과 그 맥락을 같이 한다고 할 수 있다.

> 무 당 : 새마을이다 새마음이다 새것 참 좋아하더니 어쩌다가 그런 변을 당했단 말이냐.(「돼지풀이」, 172면)
> 농협직원 : 어허, 농부님네들 요새같이 바쁜 세상에 떡도 만들고 부채도 만들고 아 참 살기 좋은 세상인가 보오. 이것은 모두 우리의 믿음직스런 당국이 중단 없는 전진을 계속해온 덕분이 아니 겠소? 안 그렇소?(「돼지풀이」, 174면)

근대화라는 명분 아래 농촌의 실정을 고려하지 않은, 농민(타자)의 이 해와 협조 없이 일방적으로 시행된 농촌 재편성 작업이었던 새마을 운 동, 농민의 편에 서지 않고 오히려 정부 정책의 하수인으로 전락한 농협 역시 황석영의 마당극에서 공격과 조롱을 당한다.

이처럼, 내부 식민화의 위계적 질서 속에서 타자로 전락했던 민중들 에 대해 황석영 희곡은 과도할 정도의 애정을 보인다. 황석영은 "민중의 것은 민중의 손에 되돌려져야 한다는 믿음이 결국 나로 하여금 희곡에 손을 대게 한 것인지도 모른다"[35]라고 밝힌 바 있다. 희곡 창작의 근원

---

35) 황석영, 『장산곶매』, 심설당, 1980, 5면.

이 민중으로 말미암는다는 이 진술 속에 우리는 황석영 희곡의 중요한 특징을 발견하게 된다.

황석영 희곡은 민중과 반민중의 구도로 진행될 때가 많으며, 민중적 인물을 전면으로 내세운 작품이 많다. 제천에서 일어난 의병항쟁을 다루면서도 유림출신인 유인석 등을 후경화하고, 소년 의병과 의병을 돕는 소작농을 전경화한 「산국」, 담살이(머슴살이)면서도 의병장으로 용맹을 떨친 안담살이의 이야기를 전경화한 「안담살이 이야기」, 소작농민들의 단합된 힘을 통해 쟁의의 성공을 다루고 있는 「나락놀이」 등은 모두 민중들이 전경화되어 있다.

이때 반 민중은 직접 외세로 등장하거나 외세의 하수인으로 등장하는데, 민중들의 삶을 억압하는 탐관오리, 부정한 관리가 된다. 따라서 작가는 "민중들은 외세와도 싸워야 하지만, 이러한 양반(관리)과도 싸워야 한다."(「산국」, 18면)고 역설한다.

「장산곶매」의 관리나, 「항파두리놀이」의 김방경('몽고의 개'·'몽고의 종'으로 명명된다. 162면)이나, 「호랑이놀이」에 등장하는 '망품'과 '칼돌이'는 내국인에게 탄압하는 자로, 외세에 대해서는 한결같이 비주체적인 면모를 보여준다.36) 물론 왕도 예외가 아닌데, 「안담살이」(257면)에서는 허수아비를 상징하는 흰색 두건을 쓴 왕을 등장시켜 일본군의 말을 교과서 읽듯 따라하게 만든다.

작가는 민중들에 대해 각별한 애정을 드러내는 대신 비민중에 대해서는 혐오에 가까운 양상을 보인다. 황석영 마당극에서는 현실적 상황과 동떨어진 시대착오적인 유생들이 민중들로부터 조롱당하고37) 있으며,

---

36) "그런 것들(외세)에는 쩔쩔매면서… 그저 우리들만 꿈적 못하게 못살게 구는"(「장산곶매」, 53면) 존재로 드러난다.
37) 굿거리장단과 함께 유생이 거드름 피우며 등장하면 백성들 "샌님 나오셨습니까" 하며 인사를 차린다.(「안담살이 이야기」, 253면)

지식인(엘리트)계열에 속하는 인물들은 굳이 유생이 아니더라도 한결같이 '거드름을 피우며 등장'한다는 지문에서 잘 드러나듯이 작품 속의 민중 나아가 관객들로부터 희화화의 대상이 된다.38)

황석영의 마당극은 주변부에 있던 타자를 중심부에 올려놓으며 그들의 음성을 전경화한다. 일반적으로 지배계층의 재현에서 하위계층(subaltern)39)은 부정적인 대상이 되어 왔거나, 주변부의 음성으로 머물러야 했다. 작가는 이를 전복시킨다. 황석영은 민중을 전면에 내세우면서 비민중은 한결같이 희화적 인물로 그려낸다.

황석영은 (신)식민 엘리트들은 민중이 아니라 그를 불러준 서구의 세력, 혹은 권력과 지배계층을 더 밀접하게 생각하고 동일시한다고 보았다. 그들은 자신들의 유복한 생활 방식에 보답코자 지배 계층에 대한 착취 활동에 편의를 제공하는 존재로 그려진다. 황당선의 외국인으로부터 포도주를 얻기 위해 마을의 '몸주님'인 매를 잡아 바치게 만든 「장산곶매」의 관리나, 돼지출하량 급증으로 돼지파동을 겪으면서도 '와이로'를 받고 기꺼이 '향기로운 백돼지'를 수입하는 데 앞장서는 「돼지풀이」에서의 고위 농정당국자의 설정은 비민중에 대한 작가의 불신감을 극적으로 제시한 것이라 할 것이다.

---

38) 농민들 기운이 빠져 주저앉거나 서성거리고 있는데, 잔뜩 거드름 피우는 상인과 함께 농협직원이 들어온다.(「돼지풀이」, 174면) 백돼지가 승리하여, 고고나 디스코 장단에 따라 거드름을 피우며 놀다 나간다(180면).

39) 스피박이 즐겨 쓴 하위주체(subaltern)라는 용어는 그람시가 감옥에서 검열을 피하기 위해 프롤레타리아를 지칭했던 것에서 출발한다. 그람시는 『옥중수고』에서 "패권을 장악하지 못한 집단이나 계급"을 나타내는 말로 'subaltern'이라는 용어를 썼다. 스피박은 이 '하위주체'라는 말에 이론적 엄격함이 존재하지 않음을 강조하면서 인도의 빈민과 하층계급 및 소농계급을 이해하기 위해 이 용어를 적용한다. 오늘날 이 용어는 탈식민 이론가들의 연구과정 속에서 보다 폭넓게 확장되어 엄격한 계급분석으로는 분류되지 않는 모든 것을 지칭하는 말로 변형되었다. 즉, 하위주체란 생산위주의 자본주의 체계에서 중심으로 차지하던 프롤레타리아 계급을 포함하면서도 성, 인종, 문화적으로 주변부에 속하는 사람들로 확장될 수 있다.

인도 독립의 사례가 잘 보여주는 것처럼, 식민지 텍스트에 '전복적 질문'을 제기한 자는 오히려 문화적으로 지배 질서에 덜 동화된 농부들이었다. 서구식 교육을 받은 '인도신사' 즉 영국화된 '모방자'는 인도의 영국인들 사이에서 대체로 두려움보다는 경멸의 대상이 되었다. 소요가 발생하더라도 그것은 동화가 덜 된 다른 사회 구성원들이 주동할 것이라는 의미가 함축되어 있다.40) 황석영 역시 배부르고 편한 나으리들이 망친 세상을 바로잡을 수 있는 주체가 바로 민중이라는 사실에 동의하고 있다.

4. 탈식민화 전략

마당극 형식을 취하든 취하지 않았던 황석영 희곡은 그 내용적 측면에서 강한 탈식민적 성격을 담지하고 있음을 확인할 수 있었다. 그렇다면, 이러한 내용에 걸맞은 황석영 희곡의 극적 전략은 어떻게 드러나고 있는지 살펴보기로 하자.

1) 전통문화양식의 전유 - 굿의 차용

파농(Fanon)은 식민체제가 부과한 '동화'정책에서 벗어나 진정 탈식민화된 민족문화로 나아가기 위해서는 본질론적 형태의 '토착문화'의 정체성을 구성하는 단계를 거쳐야 하며 이는 정당하고도 필수적인 과정이라고 역설한다.41) 외래문화에 대항하기 위해서는 반서구적 민족주의가 필요하다는 것이다.

---

40) 바트 무어-길버트, 앞 책, 275면.
41) 이러한 태도를 스피박은 전략론적 본질주의(strategic essentialism)라고 불렀다.

개항 이후 백년이 지난 지금에, 개화 내지는 근대화의 의미를 되새겨 보게 됩니다. 실로 백여 년에 걸쳐서 타의에 의해 일방적으로 작용된 낯선 이념은, 반작용을 통해서만 바르게 용해 정착시킬 근거를 얻을 것입니다.[42]

황석영은 서구에서 들어온 이념이 자의에 의한 것이 아니었다는 것, 그 일방적인 서구 이념을 우리 것으로 용해 정착시키기 위해서는 전략적으로 '반작용'의 과정을 거쳐야 한다고 주장하고 있다. 이때 반작용은 물론 '우리의 것'이어야 한다.

따라서 황석영의 이 시기의 생각은 마치 케냐의 응구기와씨옹오(Ngugi Wa Thing′o)가 자국 내에서 영문학과를 폐지하고, 아프리카 자신의 구비문학을 인문학의 중심에 세워야 한다고 주장한 것과 맥이 닿아 있다고 할 수 있다.

우리는 우리의 것이 중심이 되기를 희망한다. 우리가 우리 스스로를 먼저 점검하고 난 이후라야 밖으로 나가 우리 주위의 사람들도, 우리 주위의 세계도 만나볼 수 있기 때문이다. 다시 말해 사물을 우리의 시각으로 바라보자는 결단이었다.[43]

'우리의 것'을 사고의 중심에 놓으려는 작가의 강한 의도만큼 마당극에는 전통에 대한 적극적인 전유로, 가능한 한 모든 영역의 우리 전통연희들이 수용된다. 설화, 전설, 민요, 사물놀이, 무속, 판소리, 굿, 춤, 놀이를 망라한다.

특히 황석영의 마당극은 '굿'을 적극적으로 전유하고 있다. 원래 마당극은 '마당굿'으로 불리워질 정도로 굿과 친연성이 깊다. 임진택이 펴낸

---

42) 이병순, 황석영 인터뷰, 「나에게 나의 춤을」, 『한국문학』, 1977.2., 274-275면.
43) 응구기와씨옹오, 이석호 역, 『탈식민주의와 아프리카 문학』, 인간사랑, 1999. 참조.

『한국의 민중극』(1985, 창작과비평사)에서도, 「진동아굿」, 「소리굿 아구」, 「진오귀굿」의 제목들이 발견된다. 하지만 이 때 굿은 극 양식을 대신하는 말로 사용된 굿이라고 할 수 있다. 굿은 사전적 의미로 첫째, 연극이나 여러 사람이 모이어 떠드는, 볼만한 구경거리44)로 해석되며, 또 하나는 무속의 종교제의를 뜻하는 개념으로 쓰인다. 황석영의 희곡텍스트들은 비록 '굿'이라는 제목을 사용하고 있지 않지만, 바로 이 두 번째 '굿'의 의미가 충실하게 반영되어 있다고 할 수 있다.

황석영은 기왕에 '굿'에 정통한 작가였다. 희곡을 쓰던 시기와 겹쳐 있던 소설 『장길산』에는 중요한 굿 장면이 다섯 차례나 등장45)한다. 길산의 양모 안무당은 '만신'으로, 길산의 아내 봉순 역시 만신 안무당으로부터 내림굿을 받은 '소무'로 등장한다. 또한 『장길산』의 대미 부분에서 모반의 거사를 담당하는 중요한 축으로서 무계(巫係) 등을 삼은 바 있다. 황석영은 자신이 정통했던 굿을 희곡 속에서도 적극적으로 차용한 것이다. 제주도의 수눌음을 창단한 뒤, 첫 작품에서부터 제주도 지역의 굿을 적극 차용한 것도 굿에 대한 각별한 이해와 애정이 있었기 때문이었다고 할 수 있다.

따라서 황석영 희곡의 상당 편에서 굿과 심방(무당)이 작품을 이끌어 가는 역할을 한다. 「땅풀이」, 「항파두리놀이」, 「장산곶매」, 「넋풀이」, 「돼지풀이」 등은 모두 '굿'의 실제적 상황을 등장시켜 극을 이끌어가는 중요한 형식으로 삼거나, 주제를 형상화하는 데 중요한 역할을 하도록 함을 알 수 있다.

「돼지풀이」에서는 억울하게 죽은 돼지의 혼령(돼지사령)이 나와 공수의 형식을 빌려 돼지파동의 전말을 들려주면서 시작된다.

「항파두리놀이」에서는 넋들임과 두린굿을 통해 같은 고려의 백성이면

---

44) 이희승, 『국어대사전』, 1987, 435면.
45) 정미애, 『장길산연구』, 한림대박사논문, 2004, 242면.

서 오랑캐 때문에 김통정과 김방경의 패로 나뉘어 싸우다가 서로를 죽고 죽인 고려군들의 혼백이 나와 "죽어서도 우리는 두 몸"이 되어 이승과 저승 사이에 떠돈다는 넋두리를 하게 한다. 외세를 앞두고 하나가 되지 못한 안타까운 상황을 '혼'들을 불러내어 경계하고 있는 것이다.

이 장면은 북한의 신천지역에서 학살당한 주민들의 원혼들을 한 자리에 불러들여, 학살 주범이 미군이 아니라 마르크시즘과 기독교라는 서구 이념을 주체적으로 수용하지 못한 채 좌와 우로 나뉘어 피비린내 나는 싸움을 벌였던 바로 '자신들'이었던 사실을 증언케 하는 소설 『손님』의 한 대목을 떠올리게 한다.

현실과 환상의 경계를 허무는 이러한 굿 장치를 통해, 작가는 비극적인 역사적 사실을 '리얼'하게 드러내는 방법으로서 활용하고 있다. 따라서 황석영의 빛나는 후기소설 『손님』, 『바리데기』 등에서 차용된 굿 형식은 2000년대 들어 별스럽게 시도된 것은 아니라 그가 쓴 1980년대의 마당극에 충분히 시도되고 있었던 것이다.

황석영의 마당극은 전설과 설화에 의지할 때가 많다. 「항파두리놀이」는 제주도에서 전해지는 항파두리성에 관한 전설을 이해하지 못하면, "아이업개 말도 들어사주"라는 대사는 전혀 귀에 들어오지 않으며, 작품 이해도 그만큼 어려워진다.

또한 「호랑이 놀이」는 단순히 전통을 전유하는 데 그치지 않고, 패러디화 한다.

막벗순 : 전부터 선생님의 덕을 사모해왔어용. 오늘밤 선생님의 원어로
　　　　읽는 발음 소리를 들려주었으면 해용.
망품 : (시를 읊는다) 죽 스틱에 헬메트 쓰고, 원디링 쓰리사운젠 마일,
　　　와잇 클라우드 뜬 힐을 넘어 고잉맨이 후냐?(「호랑이놀이」, 207
　　　면)

이 장면은 박지원의 「호질」에서 동리자가 북곽 선생에게 글 읽는 소리를 청하자, '시전'을 외는 장면을 패러디한 것이다. 막벗순이 본명을 '동리자'로 밝히는 순간, 망품은 「호질」에 등장하는 '북곽선생'이 된다. 그가 쏟아내는 엉터리 영어는, 망품(이승만)의 친미적이고 대외의존적인 성격('선생님의 원어'를 주목해보라)을 드러내는 역할을 하는 동시에, 유학대가의 위선과 정절부인의 가식을 폭로하는 「호질」의 주제와 겹쳐지는 순간, 이제까지 민중들에게 군림해왔던 망품과 막벗순의 말과 행동은 가식적인 행위였음이 폭로된다.

이 밖에도 황석영의 마당극에는 백중놀이, 씨름, 세경놀이, 축성놀이, 전상놀이, 기러기놀이, 영감놀이 등 다양한 전통유희(놀이)가 등장하고 있다. 특히 그 지역에 전해져 내려오는 전승 놀이가 적극적으로 반영된다. 이러한 전통놀이에 기반을 둠으로써 황석영의 마당극은 민중들의 고난과 거친 저항을 보여주면서도 놀이적인 속성을 갖게 하고, 극의 활력과 생기를 느끼게 해준다.

2) 반언술(counter-discourse)의 활용

대사가 생명이랄 수 있는 연극에서 구어체 활용은 당연한 것이다. 그러나 우리나라의 근대연극은 오랫동안 번역극이 상당수를 차지해 오던 관행 때문에 구어체 전통이 그다지 튼튼하지 못했다.[46] 그러나 황석영의 희곡은 초기 무대극에서부터 후기 마당극에까지 구어를 넘어서는 방언과 비속어가 자유롭게 펼쳐진다. 그의 작품 속에 드러나는 하위주체의 다양한 말들은 그 자체로 카니발적인 속성을 드러낸다. 이때 황석영 희곡에서 '말'은 의미전달을 넘어서는 전략이 된다.

---

46) 이영미, 『마당극 양식의 원리와 특성』, 시공사, 2001, 137면.

　주인이 노예를 가장 성공적으로 예속시키는 수단은 언어이며 노예가 가장 성공적으로 반역하는 수단도 언어의 이용 또는 오용이다. 탈식민을 주창하면서 말의 영역을 과소평가하는 것은 식민주의가 운용되는 복합적 과정을 단순화시키는 것이며, 또한 탈식민주의 이론이나 다른 종류의 탈식민주의 비평이 시도할 저항의 가능성을 은연중에 평가절하하는 것이 될 수 있다.

> 관객석 : 좆겉이. 신고해도 뗄구먼 이.(「안담살이 이야기」, 271면)
> 농민 2 : 니미 씨부럴 놈들이 우리를 매수할려고 안헌가?(「나락놀이」,
> 　　　　222면)

　황석영 마당극에는 이러한 거친 언어들이 도처에 난무한다. 거친 언어의 세계는 부당한 권력을 향할 때가 많으며, 육두문자들이 보다 나은 세계를 지향하는 이념과 결부될 때 폭발적인 저항력을 갖게 되고, 권력자를 위협하는 역할을 하게 된다. 황석영 희곡의 거친 언어는 탈일상적이며 금기의 사선들이 死線으로 작용하는 공간의 언어들이다. 이 은어의 문체에 지배되는 삶은 곧 삶의 본질과 가치를 박탈당한 또 다른 저편의 삶의 방식을 대변한다.

　바흐친에 의하면 언어는 이데올로기를 반영하고 있기 때문에,[47] 어떠한 언어를 쓰느냐에 따라 반영되는 계급의 이데올로기 역시 달리 드러난다. 성(性)의 언어는 하나의 중심만을 인정하려는 공식적이고 구심적 언어에서 벗어나 다양성과 특수성을 보여주는 원심적 언어이며, 따라서 그것은 사적이며 비공식적인 동시에 민중의 정서를 대변하는 언어가 될 수 있다. 따라서 황석영 희곡에 등장하는 성적 표현 역시 지배 계급에 대한 피지배 계급의 대타의식을 보여주고 더 나아가 지배 계급에 대한

---

47) 미하일 바흐친, 김근식 역, 『도스또예프스키 시학』, 정음사, 1988. 참조.

저항의 의식을 포함하고 있다고 하겠다.

　무엇보다 언술의 사용에서 강조될 점은 '방언'의 능수능란한 사용이다. 황석영의 희곡에는 충청, 전라, 제주, 황해도의 말이 역동적으로 살아 움직인다.

> ① 방포소리만 나두 제 식구나 살겠다구 도망치다가 뒈어진들 우리가
>   알 바 없지유. 왜놈덜 오거들랑 버릇 갈친다구 발 아래 꿇어앉혀서
>   훈계나 좀 해보시쥬.(「산국」, 25면)
> ② 팥죽할멈 : 저놈이 죽든지 우리가 다 한구뎅이에서 잡아먹히든지 해
>   　　　　　야 판이 끝나게 생겼는디. 우리 모두 저놈의 코 큰 호랑
>   　　　　　이를 몰아내야 안되겠소? 그라요, 안그라요? (「호랑이 놀
>   　　　　　이」, 197면)
> ③ 과부댁 : 경말앙, 모몰 ㄱ루른 되나 허영 마을놈들 궁성이나 허여 멕
>   　　　　　입셍 허영 강보라.(「땅풀이」, 90면)
> ④ 한영덕 : 에미나이, 거 정말 말 안 듣네기래. 며칠 후면 돌아올 거인
>   　　　　　데 괘난히 나가 고생할 거야 없디 않갔어(「한씨연대기」,
>   　　　　　330-331면)

　①은 충북 제천 지역, ②는 전라도 지역, ③은 제주도 지역 ④는 북한 지역 평양의 사투리들이 거의 완벽하게 구사되어 있다. 특히 제주도의 사투리는 타지사람들은 알아듣기가 불가능할 정도이다.

　황석영 마당극의 언어들은 서울중심의 가치, 역사, 지식체계로 흡수하지 말고 대신 그들(타자)의 방식대로 인식하고 경청할 것을 역설한다. 그러기 위해서는 그야말로 그들의 언어를 배워야 한다는 것이다. 각 지역 방언의 거의 완벽한 재현은 극의 현장감을 높이는 동시에 주변부의 삶을 우리 문화의 한 공간으로 불러내는 역할을 한다. 이러한 사투리를 통해, 작가는 표준어에 침묵당하고 있던 타자의 말을 복원시킨다. 이는 외지인

과 반민중적인 계열에 서는 등장인물들이 '점잖은 표준어'를 쓰는 것과 좋은 대조를 보인다.48) 이때 황석영 희곡의 거친 말투와 사투리는 중앙언어에 대한 대항 언어로서, 외세(외지)에 대한 저항언어로서 기능한다.

진정한 탈식민주의 문화들은 식민주의자들과 동일한 상투적 책략과는 다른 반언술(counter-discourse)의 전술을 구성할 필요가 있으며, 지배 언술행위에 대한 반언술 전략의 장(field)을 보여줄 필요가 있다.49) 황석영의 희곡들은 이러한 반언술의 담론들이 펼쳐내는 역동적인 에너지로 폭발적인 힘을 갖게 된다.

3) 지역성 강조를 통한 심상지리(Imaginative Geography)의 전복

황석영 희곡은 전라도와 제주도, 황해도 등 한국의 역사에서 중심부에 들지 못한 '변방' 지역들을 무대로 하고 있다. 그만큼 그의 희곡에는 '붉은오름', '무등산', '유달산', '영산강', '장산곶', '몽금포', '박달재', '달래강', '삼방산', '금수산' 등과 같이 각 지역을 상징하는 기표들이 차고 넘친다. 도시를 무대로 한 「돼지꿈」도 그 변두리가 중요한 공간적 배경으로 활용되고 있다. 실제 공연 역시 그 지역의 배우들을 통해, 그 지역민들에게 사랑받으며 공연되었다는 특징이 있다.

목포지역에서 벌어진 암태도 소작쟁의를 그 지역 민중의 시각에서 다룬 「나락놀이」, 대몽항쟁군과 삼별초의 관계를 철저히 제주민의 입장에서 재해석한 「항파두리놀이」, "호남의 폭도노 전국에서 가장 악질적이고 그 횡포노 극심하다"는 전제 위에서 진행되는 보성지역 의병장 「안담살

---

48) "여자 1(양반가의 마님) : 내 작은년의 노적을 빼어주고 제천 사거리에다 충복비를 세워줘야겠다. 애비두 얘길 들으면 쾌히 허락할 게다.
　　소년(의병) : 충복비유? 그냥 썩어져서 달래강 맑은 물에 섞일 게유"(「산국」, 30면)
49) Helen Tiffin, 「탈식민주의 문학과 반언술행위」, 『외국문학』, 1992년 여름, 33면.

이 이야기」, 광주 5·18항쟁을 다룬 「호랑이 놀이」, 제주도 특별 개발법으로 외지의 자본에 휘둘리는 제주도를 다룬 「땅풀이」, 안으로는 탐관오리 밖으로는 외세에 수탈당하는 황해도 장산곶을 배경으로 하고 있는 「장산곶매」 등 황석영의 마당극은 강한 지역성을 내포하고 있다.

작가는 제주와 전라도, 황해도를 우리 역사에서 가장 타자화된 지역이라고 인식하고 있었다. 1980년 제주에서의 극단 '수눌음' 창단은 제주가 '문화적 변방이며, 행정적 벽지'라는 사실에 기초하고 있으며,50) 또한 전라도는 1973년 구로 공단 위장 취업 시에 공원 대부분이 전라도 출신인 것을 보고 난 뒤부터는,51) 늘 타자와 함께 하려는 작가의 문학적 행선지가 되곤 했다. 그래서 그는 감히 "내 문학의 큰 가지의 하나는 전라도에서 형성되었다"라고 주장한다.52) 황해도 역시 작가의 원적이 있는 곳으로, 역사적으로 인재등용 차별에서부터 왕실의 궁토가 많아 관리의 수탈이 어느 지역보다 심했던 곳이다. 그의 대표작 『장길산』에서 장길산이 이곳을 모반의 주요 근거지로 삼은 것도 이러한 사실과 관련 있다. 그의 희곡에서 장산곶을 비롯한 황해도의 해안가 지역은 탐학한 내부 관리뿐만 아니라 황당선이 수시로 출몰하는, 외세로부터도 수탈이 심했던 곳으로도 그려진다.

이들 지역은 모두 '심상 지리'53)에 의해 타자화된 지역이라고 할 수

---

50) 황석영, 「수눌음의 문화선언」, 『장산곶매』, 심설당, 1980, 42면.
51) 김언호, 「황석영의 장길산」, 『책의 탄생Ⅱ』, 한길사, 1997, 88면.
52) 황석영 인터뷰, 「임꺽정, 장길산, 우리식의 리얼리즘」, 『월간 사회평론』, 1991. 10., 143면.
53) 실제지리와는 달리 제국이 '다른 여러 집단, 국가, 문화에 대한 동등한 정체성의 거절 또는 억압'을 행사하면서 담론화된 지정학적 표상을 일컫는다. 오리엔탈리즘은 분명히 지리적 폭력이다. 그곳은 '이쪽'·'우리'와 '저쪽'·'그들' 사이에 '인식론적이자 존재론적인' 지리학상의 경계를 설정하고, 전자의 특권적인 장으로부터 후자를 일정한 담론 질서 속에 가두려고 하는 것이다. 둘 사이에는 '내적 경계'의 단층이 가로지르고 있고 제국주의적인 심상지리가 형성된다.(강상중, 이경덕·임성모 역, 『오리엔탈리즘을 넘어서』, 이산, 1997, 192면)

있다. 강상중은 이와 같은 심상지리가 현실 권력에 뒷받침될 때, 따라서 오리엔트 쪽에서 보면 외래자에 의해 자기 정체성이 귀속될 토지가 상실되었을 때, 피식민자의 굴종의 역사가 시작되고 그때부터 '구체적인 지리에 뿌리를 둔 정체성을 찾아 그 회복을 도모하는' 민족주의가 대두된다고 보았다. 이때 민족주의는 제국주의에 의한 지리 공간의 계통적인 서열화와 차이화에 의해 만들어진 생활공간에 대해 자신의 '본래적인 것'을 발견하고 창조하려고 애쓴다.

황석영에게 있어, 내국 식민지의 위치로 전락한 도시 변두리와 제주도와 전라도의 모습은 탈식민에서 말하는 피식민국가의 모습으로 대치되며, 작가는 이러한 심상지리의 적극적인 전복을 꾀하게 된다.

   ① 이곳은 중앙에 비교하여 변방이 아니라 사실은 스러져 가는 우리의 전통문화에 새로운 활력을 공급한 전위의 자리인 것이다. 이제는 이곳에서 파문을 던져 외래문화가 범람하는 저 한복판에까지 전파시켜야만 할 것이다.54)

   ② 근호 : 여기서 또 어디까지 밀려가우? 변두리하구두 최하 변두린데.
     강씨 : 아니, 어째 여기가 변두리야. 까짓 관청 있는 데면 전부 중심인가. 우리 사는 데가 중심이지.
   일수 영감 : 딴은 그래. 우리네한테는 궁궐이지.(「돼지꿈」, 36면)

이제 제주는 변방이 아니라, 도시 중심부의 외래문화까지 막아내는 새로운 활력을 공급하는 전위의 자리로 전복된다. 심상지리 속에 타자화된 지역을 황석영의 희곡은 그 중심부에 올려놓고자 한다. 언제 철거가 될지 모르는 도시의 변두리에 살지만, 그들은 당당히 '중심'이라고 생각한다.

---

54) 황석영, 「수눌음의 문화 선언」, 『장산곶매』, 심설당, 1980, 42면.

그리하여 황석영은 마당극을 쓰면서 중앙 중심의 국사가 아닌 향토사를 다시 살핀다. 이러한 과정에서 그들은 항파두리성 전설과 같은 지역민의 아픔이 담긴 설화를 찾기도 하고, '전라도 개땅쇠55)'(「호랑이 놀이」, 195면)를 발견하기도 한다.

이러한 관심은 결국 역사 다시쓰기(Writhing Back)로 이어진다. 「항파두리놀이」에서는 '삼별초'의 장수 김통정이 되었던 이를 진압하러 온 여몽 연합군의 김방경, 혹은 몽고군이 되었던 모두 제주의 민중들에게는 착취자라는 점, 진정한 제주도 사람들의 편은 아니었다는 시각을 보여준다. 황석영은 철저히 지역민의 눈으로 역사 다시쓰기를 통해, 지배층 혹은 중앙 중심의 역사쓰기에서 존재론적으로 타자화된 지역에 대해 사심 없고, 진정한 지식을 가질 수 있는가라는 충격적인 질문을 제기한다.

5. 탈식민성의 한계

최근의 탈식민적 담론이론들은 민족주의적인 정통성을 지향하는 본질주의에 강한 회의를 보인다. 부분적 진실이나 상투성을 지나치게 강조하고 그 정통성을 수직 상승시키려는 민족주의는 아주 협소한 민족주의적 개념에 기초한 문학생산이라는 위험을 내포할 수 있기 때문이다.

황석영의 희곡은 촌장의 "내 땅에서 나가라. 모두 나가라. 고려의 '백성'들만 남곡 몬딱 가불라!"(「항파두리놀이」, 168면)에서 선명하게 드러나듯, 배타적 민족주의와 지역주의적 속성을 드러낸다. 이러한 배타주의는 민족과 지역을 넘어선 민중 간의 유대를 어렵게 한다. 전라도의 '개땅쇠'와 제

---

55) 전라도 개땅쇠란 '못쓰는 땅에 사는 천한 놈'이라는 의미를 갖는 말로 지배 권력에 의해서 비하적인 뜻으로 사용되어 왔다(박영정, 「광주·전남지역의 마당굿운동에 대하여」, 『전라도 마당굿 대본집』(신명 편), 들불, 24면).

주의 '아이업개' 이야기, 전라도와 제주도 방언의 충실한 재현은 그 맥락을 이해할 수 없는 다른 지역의 사람들을 타자화할 수 있으며, 심지어 연대가 필요한 타지역의 민중들까지 소외시키는 배타성을 가지게 된다.

또한 작가는 민중들에 대해 각별한 애정을 드러내는 대신 비민중에 대해서는 혐오에 가까운 양상을 보인다. 하위계층의 목소리를 복원하려는 작가의 태도가 무조건 옳다고는 할 수 없다. 하위계층은 식민지의 사회구성체나 토착 엘리트 같은 다른 계층들과 어떤 식으로든 연결되어 '관계적 개념'임에도 불구하고, 이들은 하위계층만의 독립된 목소리를 고집하기 때문이다.

또한 배타적 민족주의가 강조하는 '순수성'은 오히려 외세나 지배 권력이 바라는 바일 수도 있다는 점이 간과되고 있다. 제주도와 전라도가 '원초적이고 오염되지 않은 상태로' 지켜지길 바라는 사람은 오히려 서구나 도회지의 지배계층일 수도 있기 때문이다.

이러한 민족주의는 일련의 경쟁적이고 적대적인 사회·문화 구성체들로 파편화되는 상황을 불가피한 것으로 받아들일 위험이 있다. 일단 상이한 탈식민적 구성체들 간의 본질론적 차이를 전제하고 나면, 계급, 젠더, 종교 등을 중심으로 구성되는 여타 집단들과의 제휴 가능성도 생각해볼 수 없게 된다. 적어도 황석영의 어떤 희곡에서도 외세라는 분명한 적 앞에서 지식인과 민중이 연대할 가능성은 발견되지 않는다. 「호랑이놀이」에서처럼 '종돌이'를 희화화해버리면, 종교인은 탈식민의 연대에 동참할 명분을 잃게 된다. 배타적 민족주의 담론에서 여성은 이차적이고 종속적인 역할을 하는 것처럼, 황석영 희곡에서도 '여성'은 없다. 다만 여성은 수탈당하고 희생당하는 식민지의 비유로서만 고착된다.

전 귀 : 여대생이라는 메뉴가 있습니다. (「호랑이놀이」, 200면)
일본인 : 조선 국토노 삶은 계란이노 같소다. 껍질만 벗기면 알맹이노

한입에 낼름 한다데쓰.

마 름 : 그야말로 싱싱한 숫처녀와 같지요.(「나락놀이」, 224면)

위에서처럼 황석영의 희곡에서는 남성에 대한 타자로서 여성을 표현할 때가 많으며, 드디어 여성을 먹는 것(메뉴)에 비유하기까지 한다. 피식민지인을 상징하는 희생물로서 여성을 설정했다는 명분에도 불구하고, 이러한 담론들은 부지불식간에 여성들을 (신)식민지인이면서, 남성이 아닌 여성으로 살아야 했던 이들을 이중으로 타자화시키게 되고, 부지불식간에 여성의 이미지를 고착시키는 역할을 하게 되는 것이다.

6. 결론

황석영은 소설뿐 아니라 10편의 희곡을 남긴 희곡작가였다. 그가 쓴 모든 작품이 상연되어 관객들로 좋은 반영을 얻었던 만큼 희곡작가로서의 자리매김 또한 분명하다고 할 것이다. 황석영의 문학적 행보에서 1980년을 전후한 소설적 공백은 희곡으로 충분히 메울 수 있게 된다.

주로 마당극 양식에 기인한, 진부한 줄거리와 선명한 선악구도, 상투적인 현실상황의 반영 등을 이유로 연극의 예술성에 전념하지 않았다는 비판을 가할 수도 있을 것이다. 하지만 이러한 관점은 1970, 80년대의 한국현실을 고려치 않은 단견이라고 할 수 있다.

황석영이 희곡을 쓴 1970년 중반부터 1980년 중반까지는, 졸속 산업화가 가져온 농촌 붕괴와 5·18 광주항쟁으로 대변되는 신식민적 모순이 그 정점에 달해 있을 때였다. 황석영은 희곡(마당극)으로 이러한 식민지적 모순을 타파하려고 했다. 이 시기에 발표된 희곡작품은 그만큼 목적성을 띠고 있으며, 민중의 의식화를 위한 강한 전파성을 담지하고 있다. 그만큼 예술성을 기대하기는 어려웠던 것이다.[56] 그의 작품은 무대극이 되었던 마당극이 되었던 탈식민적 속성을 강하게 가지고 있으며, 그 전략으로서 반언술과 전통 담론의 적극적 활용을 표방하고 있음을 확인할 수 있었다.

황석영 마당극 대부분은 전라도와 제주도로 대변되는 지역성을 기반으로 하고 있다. 심상지리 속에 타자화된 지역을 황석영의 희곡은 그 중심부에 올려놓고자 하였다. 이 시기에 발표된 황석영의 희곡작품은 텍스트 중심주의의 비정치성을 넘어선다.

하지만 그가 희곡에서 보여준 배타적 민족주의가 만들어낸 이분법적 구도는 강한 대결을 보여준 만큼 현실을 단순화하였고, 근대성이 만들어낸 위계질서를 되풀이하는 문제점을 내포하고 있다. 하지만 이러한 저항은 스피박(Spivak)의 개념처럼, 반드시 거쳐야 했을 전략론적 본질주의(strategic essentialism)에 가까웠다고 할 수 있다.

『오래된 정원』을 비롯하여 2000년을 전후하여 발표된 황석영 소설은 이러한 이분법의 세계를 지양하고, '소통'과 다성성'(polyphony)을 지향해 나가고 있다. 이러한 소설 양식에 걸맞은 황석영의 희곡작품을 기대해본다. 이는 작가 스스로 표방한 희곡작가로서의[57] 황석영의 면모를 실천해 보이는 길이기도 할 것이다.

(『韓民族語文學』第51輯, 한민족어문학회, 2007년 12월 全載)

---

56) 황석영도 이러한 사실을 잘 알고 있었다. "희곡을 쓰면서 나는 그것이 형상화 되었을 때의 양식적인 효과를 염두에 두지는 않았다. 따라서 어쩌면 나 스스로의 의도는 반감됐을지도 모른다. 하지만 그들의 의도나 내가 추구하는 길이 근본적으로 같은 방향이며 같은 톤일진대, 그것이 무어 그리 문제가 될 것인가 싶었다."(황석영, 『장산곶매』, 심설당, 1980, 5면)

57) 황석영 자신도 일간지에 글을 기고하면서 자신을 '소설가 겸 극작가'로 밝히고 있다 (황석영, 이시미타령, 『중앙일보』, 2001.1.1., 55면).

▌참고문헌

1. 기본자료

황석영 원작·연우무대 각색, 「한씨연대기」, 원정출판사, 1985.
황석영 희곡전집『장산곶매』, 창작과과비평사, 2000.
황석영 희곡집, 『장산곶매』, 심설당, 1980.

2. 단행본

강상중, 이경덕·임성모 역, 『오리엔탈리즘을 넘어서』, 1997.
고부응 외, 『탈식민주의 이론과 쟁점』, 문학과지성사, 2003.
놀이패 신명 편, 『전라도 마당굿 대본집』, 들불, 1989.
박인배 편, 『문학예술운동』3, 1989 봄, 풀빛, 1989.
서연호, 『한국현대희곡사』, 고려대학교출판부, 2004
서연호·이상우, 『우리연극 100년』, 현암사, 2000.
이영미, 『마당극 양식의 원리와 특성』, 시공사, 2001.
차범석, 『한국소극장 운동사』, 연극과 인간, 2004.
한옥근, 『광주·전남 연극사』, 도서출판 민, 1994.
Alenshcroft, Bill, Gareth Griffiths, and Helen Tiffin, The Empire Writers
    Back, 『포스트콜로니올 문학이론』, 이석호 역, 민음사, 1996.
Bhabha, Homi, 나병철 역, 『문화의 위치』, 소명출판, 2002.
Childs, Peter·Williams Patrick, 김문환 역, 『탈식민주의 이론』, 문예출판사,
    2004.
Eagleton, Terry, Fredric Jameson, Edward w. Said, Nationalism, Colonia-
    lism and Literature, Minneapolis: University of minnesota Press,
    1990
Fanon, Frantz, 박종렬 역, 『대지의 저주받은 자들』, 광민사, 1979.
Fanon, Frantz, 이석호 역, 『검은 피부, 하얀 가면』, 인간사랑, 1998.
Gandi, Leela, 이영욱 역, 『포스트 식민주의란 무엇인가』, 현실문화연구, 2000.
Mcleod, John, 박종성 외 역, 『탈식민주의 길잡이』, 도서출판 한울, 2003.
Moore-Gilbert, Bart, 이경원 역, 『탈식민주의! 저항에서 유희로』, 한길사, 2001.
Ong, Walter J, 이기우·임명진 역, 『구술문화와 문자문화』, 문예출판사, 1995.
Said, Edward W, 박홍규 역, 『오리엔탈리즘』, 교보문고, 1991.

3. 논문

고하영, 「황석영 소설의 탈식민주의적 연구」, 서울대석사논문, 2003.
김윤정, 「1970년대 희곡의 전통활용 양상과 극적 형상화 연구」, 서울대박사논문,
    2005.
박명진, 「1970년대 희곡의 탈식민성」, 『한국극예술연구 제12집』, 2000.10.
임기현, 「황석영 소설연구」, 충북대학교 박사논문, 2007.
임회숙, 「황석영 소설 「돼지꿈」에 나타나는 극적요소」, 동아대석사논문, 2002.
정미숙, 「황석영 희곡연구」, 경상대박사논문, 2007.

제7장

황석영 소설과 희곡의 장르교섭

1. 문제제기

우리 소설사에 한 획을 그은 황석영의 본격적인 작품 활동은, 월남전 참전 직후인 1970년 『조선일보』 신춘문예에 「탑」이 당선되면서부터였다. 심사위원 안수길과 전광용은 "전장의 생생한 모습을 보여주었을 뿐만 아니라, 끝마무리가 박력 있게 짜여진" 점을 당선이유로 들었다.[1] 하지만 그가 소설이상으로 공을 들인 것이 희곡이었다. 그는 이 해의 신춘문예에 희곡, 「환영의 돛」을 동시 출품하여 가작으로 입선했다.[2] 황석영의 본명은 '황수영'으로 소설을 응모하면서 '황석영'으로, 희곡부문에서

---

1) 조선일보, 1970.1.6., 5면.
2) 두 작품, 소설 「탑」과 희곡 「환영의 돛」에서도 이미 상호텍스트성이 감지된다. 대단위 적으로부터 사면초가에 놓인 소규모 부대원들의 긴박한 상황 설정에서 공통적이다. 다만 「탑」에서는 고립상태에 놓여 있는 부대원들의 사투의 현장이 전경화되고, 희곡에서는 이러한 부대원들을 바라보는 지휘소의 입장에서 이야기가 전개된다. "높은 놈들은 지도만 들여다보고 있을 거다."(「탑」, 83면)라는 소설 속의 한 표현이 이를 뒷받침한다. 황석영은 월남전을 통해 극적인 상황을 얻었고, 이를 두 개의 장르로 실험해보였다고 할 수 있다.

는 '황범(黃凡)'이란 필명을 썼다. 만약 희곡에서 당선의 영광을 차지했다면 그는 '황범'이란 이름으로 우리에게 더 친숙한 인물이 되었을 것이다. 희곡부문 심사를 맡았던 오화섭과 여석기는 다음과 같이 평했다.

> 「환영의 돛」은 전통적인 극작술에 의해서 담담하게 이야기를 전개시키는 가운데 한 장군의 냉철한 인간성을 묘사하고 있으나 단조로움을 면치 못하고 있다.[3]

가작을 신문에 싣지 않아 텍스트 전모를 확인키는 어렵지만, 심사평을 통해 그 대강을 짐작할 수 있다. 전통적인 극작술에 익숙하다는 것, 극의 중요한 특징인 성격(character)을 잘 그려낸 점, 하지만 당선작이 되기에는 단조로웠다는 것이다. 이 작품은 상호텍스트성이 두드러지는 그의 소설 「돛」(1977)으로 미루어 짐작컨대 단막극의 형태로 단일플롯[4]의 성격을 띠었을 것으로 짐작된다.

여기서 우리는 그가 본격적인 작품 활동 의지를 소설과 희곡 양 장르를 통해 드러냈다는 점, 특히 문학적 출발선에서 극작술(dramaturgy)에 익숙해 있었다는 점을 주목할 필요가 있다. 주지하다시피 희곡은 다른 문학양식에 비해 기본 학습이 전제되어야 하는 장르이기 때문이다.

그의 희곡 공모가 뜬금없는 일이 아니었음은 그가 남긴 회고의 글에서 쉽게 드러난다. 어린 시절부터 유난히 극과의 친연성이 깊었음을 확인할 수 있기 때문이다.

> ① 어머니는 주말이면 일제시대부터 있던 중심가의 극장에 나를 데리고 갔는데, 해방직후였던 당시에는 연극이나 악극이 인기리에 공연되고 있었지요. 이것은 책과는 또 다른 세계였습니다. 나는 유년시절부터 혼자

---

3) 조선일보, 1970.1.6., 5면.
4) 이상호, 『희곡원론』, 둥지, 1995. 191면.

서 거울 앞에서 누나들의 그림물감으로 얼굴에 수염이나 광대칠을 하고,
보자기를 쓰거나 어른의 옷을 갈아입기도 하면서, 혼자서 연극을 하며 놀
았지요.5)

　② 찌꾸형은 신파극 대사를 많이 알고 있어서 혼자서 무성영화의 변사
흉내를 내거나 대사를 읊곤 했다. 그리고 언젠가는 동네 꼬마들을 모아 자
기가 만든 대본으로 연극을 했는데 장소는 우리 동네 뒷골목 안쪽의 펌프
집이었다.6)

①에서 우리는 그가 어린 시절부터 연극을 접했으며, 혼자 있는 시간
에 연극배우 흉내를 내면서 책이 주는 감동과는 또 다른 세계가 있다는
것을 깨달았음을 확인할 수 있다. 일치감치 연극의 놀이성에 눈떴던 것
이다. ②에서는 또래집단의 놀이에서도 의젓이 대본이 있는 연극행위를
했다는 것인데, 본격적인 소설 창작을 하면서도 연극(희곡)에 꾸준히 관
심을 보이게 된 것은 이러한 유년시절의 장르 체험과 무관치 않다고 할
것이다.

그는 경복중·고를 거치면서 제도교육에 대한 불만으로 우등생에서
열등생으로의 급격한 변모를 겪게 된다. 자신의 존재감을 드러내기 위해
서 마치 배우처럼 과장된 제스처를 취하는 일이 일상화되었음은 "내부에
지닌 것과 외부의 것이 조화되게 해주소서"7)라는 당시의 언술 속에 명
확히 드러난다. 그는 성장기를 겪으면서 보다 더 광대체질에 익숙해져
갔다고 할 수 있다. 그를 아는 동료문인들의 평도 주목할 수 있는데, 김
정환은 그를 '즉흥 연행형 광대'로,8) 이문구는 그가 온갖 연행 장르에서
배우를 뺨치는 연기수준을 가졌다고 평가9)한 바 있다. 황석영 자신도

---

5) 작가 인터뷰, 『작가세계』, 2004년 봄호, 20면.
6) 황석영 자전소설, 「들판에 서서 마을을 보네」, 46회, 2004.12.3., 25면.
7) 황석영, 「탑을 쌓는 일과 소설을 쓰는 일」, 『문학사상』, 1975.2., 111면.
8) 김정환, 「황석영 문학 환갑 유감－쾌감」, 『작가세계』, 2004년 봄, 38면.
9) 이문구, 「수호의 사나이」, 『글밭을 일구는 사람들』, 1994, 220면.

체질적으로 소설(산문)보다는 연극이 소설가보다는 광대가 더 맞다고 했다.10)

　이러한 태도는 그의 창작론으로까지 이어지고 있다. 그는 자신의 작품이 모두 체험에 의존한 것이며, 무엇보다 현장감을 갖기 위해 그 계층에 알맞은 복장과 말씨와 태도를 가지고서 뚫고 들어가 자기 체질 속에서 공통점을 찾으려 노력해본다11)고 했다. 작품의 현장감을 위해서 작가는 그 상황과 역할에 걸맞은 '배우'의 자세를 갖추고 현장 속으로 뛰어들어야 한다고 역설하고 있는 것이다.

　그가 희곡장르를 가까이 한 데는 이러한 기질적 요인 외에 시대적 배경도 한몫하고 있음을 알 수 있다. 1970년대는 주지하다시피 산업화 시대의 많은 부작용이 사회문제로 대두한 시기였다. 당시의 많은 지식인들은 성장제일주의 뒤편에서 소외된 채 열악한 삶을 살아가고 있는 민중에게 관심을 가졌다. 때마침 1970년대 학계와 대학가에서는 우리 전통 문화에 대한 자각과 반성이 일어났고, 이를 토대로 민중문화에 바탕을 둔 민속연희를 부활하고자 하는 붐이 조성되고 있었다.12) 황석영 역시 이러한 상황 속에서 소설을 쓰는 일만 가지고는 시대적 책무를 다할 수 없다고 생각했다. 황석영은 무엇보다 '대중'을 만나는 일이 급선무라고 생각했다.13) 대중을 직접 만나는 일로 그는 연극을 염두에 두고 있었던 것이다. 고민 끝에 황석영은 '민주화 운동'의 전선이 형성되어야 하며 거기서 문화예술인이 감당해야 할 바는 '문화운동'이 되어야 한다는 생각에 이른다. 그는 「산국」과 「장산곶매」, 「돼지꿈」을 거쳐 마당극을 가지고 문화운동의 전면에 나선다. 민중과 소통하기 위해 서구연극의 한계를 극

---

10) 이문재, 「문학을 찾아서—황석영」, 『문학 동네』, 1999년 봄, 27면.
11) 황석영, 앞글, 114면.
12) 서연호, 『한국현대희곡사』, 고려대출판부, 2004, 222면.
13) 황석영, 앞글, 115면.

복하는 자리에 마당극을 올려놓고, 보다 적극적으로 '현실'을 문제 삼기 시작한 것이다. 특히 그는 1980년 5·18 항쟁을 경계로 본령인 소설에서 이탈하여 연극(마당극)운동으로 깊이 경사된다.

실제로 그는 두 권의 희곡집을 남길 만큼 많은 희곡 작품을 남겼다. 첫 희곡집인 1980년 심설당 판 ≪장산곶매≫에 5편, 20년 만에 다시 펴낸 창비 희곡집 ≪장산곶매≫에는 12편의 작품이 포함되어 있다. 중복된 작품과 노래극, 시나리오 한 편을 제외하면 다음과 같다. 「산국」(1975), 「장산곶매」(1979), 「돼지꿈」(1980), 「땅풀이」(1980), 「항파두리놀이」(1980), 「돼지풀이」(1980), 「호랑이놀이」(1981), 「나락놀이」(1981), 「안담살이이야기」(1982), 「한씨연대기」(1985) 등으로, 앞에서 밝힌 대로 그가 「환영의 돛」으로 신춘문예에 가작 입선한 사실을 포함하면 모두 11편의 희곡작품을 남겼음을 알 수 있다. 그는 자신의 이름으로 11편의 희곡을 남겼으며, 현재 10편의 희곡작품이 실재하고 있는 희곡작가의 측면이 강조되어야 한다. 황석영은 가장 많은 희곡을 남긴 소설가로 기록될 수 있다.

그리고 우리는 그가 남긴 소설 중에서 극작가에 의해 희곡으로 전환된 경우를 보게 된다. 「돼지꿈」은 1970년대 황석영 희곡과 별개인 작품인 마당극으로, 「가객」은 1976년 임진택에 의해 음악극(김영동 작곡)으로, 「어둠의 자식들」은 1981년 연우무대에 의해서, 특히 「장사의 꿈」은 1981년에는 연우무대에서, 1987년에는 김명곤을 일약 최고의 배우로 만든 극단 '아리랑'에서 앙코르 공연하여 큰 반향을 얻었다.14) 황석영 서서문학의 연극화는 최근까지도 이어지고 있으니, 2005년 연우무대의 「손님」의 성공이 바로 그것이다. 한 작가의 서사물이 희곡텍스트로 쉽게 전이되고, 연극으로서도 성공을 거둘 수 있었던 것은 그만큼 서사텍스트에 극성이 풍부하다는 사실을 보여주는 좋은 예증이 될 것이다.

---

14) 『중앙일보』, 1987.8.29., 11면.

우리 문학사에 소설가이면서도 희곡작품을 남긴 작가가 더러 있다. 채만식, 이무영, 최인훈이 대표적인 경우다. 하지만 이들은 희곡사에서 주목할 만한 성과를 남겼음에도 그 본령은 소설(서사) 쪽이었다고 할 수 있다. 그들의 문학적 출발점은 소설이었다. 따라서 그들의 희곡작품은 소설적 발상 뒤에 머릿속에서 희곡으로 다시 각색하는 과정을 거친 연후에 탄생한 것이라 할 수 있다. 하지만 황석영은 어린 시절부터 연극에 눈떴고, 극작술을 갖춘 상태에서 작가로 출발했다는 점에서 차별성을 가진다. 이러한 점에서, 역설적으로 황석영 소설에서도 불가피 극성이 드리울 수밖에 없었다고 할 수 있다.

우선 그의 소설과 희곡에 명시적으로 드러나고 있는 상호텍스트성을 살펴보기로 한다. 나아가 그의 본령인 소설에서 깊이 투영되어 있는 극성을 살펴봄으로써, 우리는 황석영의 소설을 좀 더 다른 시각으로 읽게 될 것이다. 또한 서사와 극이라는 두 개의 장르 교섭이 갖는 의미에 대해서도 우리는 보다 깊이 있는 시선을 확보하게 될 것이다.

2. 소설과 희곡의 상호텍스트성

1) 희곡의 소설화 - 「돛」, 「산국」

황석영의 희곡집에는 『조선일보』 신춘문예에서 가작으로 입선한 「환영의 돛」이 실려 있지 않다. 그런데 이 작품은 7년이나 지난 시점인 1977년 소설집(≪심판의 집≫)에서부터 소설로 개작되어 정착된다. 심사평에 나와 있는 "「환영의 돛」은 한 장군의 냉철한 인간성을 묘사하고 있으나 단조로움을 면치 못하고 있다"15)라는 내용을 환기하면서 소설 「돛」을 살펴보기로 하자.

소설 「돛」은 적진에 투입시킨 수색중대를 희생양으로 삼아 자신이 지휘하는 사단의 승리, 이를 통해 자신의 명예욕을 추구하고자 하는 비정한 성격의 사단장과, 이와는 대조적으로 자신의 부하들을 어떻게든 구하고 싶어 하는 연대장을 등장시켜 서사를 전개하고 있다. 두 인물은 적진에 방치된 아군 수색중대의 절박한 구원요청을 받고 첨예한 갈등 단계로 들어선다. 작품 공간이 사단지휘본부로 제한된 장소(벙커)를 벗어나지 않으며, 단 몇 시간의 서사진행을 그것도 대화와 행동으로만 진행하고 있다는 점에서, 무엇보다 사단장이 꾸민 구원군에 대한 환상을 본문에서 "수평선 너머로 사라지는 돛대의 끝이 드디어는 표류자체보다 더 무섭게 변한 표적이 아니랴"16)라고 표현함으로써 희곡 제목인 '환영의 돛'을 정확하게 설명하고 있다는 점에서, 「돛」은 희곡 「환영의 돛」을 소설화한 것이 틀림없다고 할 것이다.

> "단장님 도대체 어떻게 된 겁니까? 아이들은 전멸 직전에 있는데 구원대는 아직도 도착하지 않았습니다."
> "몇 번 말해야 알겠나, 지휘자가 먼저 초조해하면 되겠는가?"
> "제 부하들입니다."
> "내 병사들이지. 방금 들었나? 대형 폭격기들이 날아갔어. 곧 호전 될 거야."
> <u>중령은 쳐들었던 종이쪽지를 아래로 늘어뜨렸다.</u>
> "너무 늦었습니다."(223면)17)

심사평에서 언급한 대로 이 짧은 인용문에서도 '초조해하는 연대장과 냉철한 사단장의 면모'가 쉽게 드러난다. 행동지문에 해당하는, 밑줄 그

---

15) 『조선일보』, 1970.1.6. 5면.
16) 황석영, 「돛」, 『심판의 집』, 열화당, 1977, 185면.
17) 각주로 밝히지 않는, 본문의 면수는 2000년 창비에서 발간한 ≪황석영중단편전집≫을 기본으로 한다.

은 서술부분을 제외하고는 모두 대화로만 진행되고 있는데, 이 소설은 18쪽이 안 되는 분량에 인용대화가 151회를 차지할 정도로 극화되어 있다. 작가는 희곡에는 없었을 인물 '나'를 등장시켜 1인칭 소설로 전환시킴으로써 마치 관객 입장에서 연극을 보는 장면을 중계하고 있는 듯하다. 희곡을 소설화하는 과정에서, 제한된 공간에서 벌어지는 상황을 옮기는 데는 당번병인 '나'를 서술자로 설정하는 것이 유리하다고 판단했을 것이다. 하지만 이 소설에서 '나'의 역할은 대단히 제한적이다. 도입부분에서 연대장과의 대화나, 사단장에 대한 과거 정보를 들려줌으로써 극 전개에 일정부분 역할을 하지만, 후반부로 올수록 '나'는 불필요한 존재로 전락한다. 인용에서처럼 '나'는 생각하기를 멈추고 대화나 행동을 중계하고 있다. 이는 서술자의 개입을 최소화하려는 작가의 창작태도가 반영되었다고도 할 수 있다. 하지만 만약 대립적인 갈등을 둘러싼 두 인물 내면심리에 서술자인 '나'가 좀 더 깊이 개입하여 해석하고 자신의 입장을 드러냈다면, 희곡 심사평에서 언급한 "단순성을 면치 못했다"는 평을 소설에서는 벗어날 수도 있었을 것이다.

『한국문학』 1975년 7월호에 발표된 3막으로 된 희곡 「山菊」은 1978년도 작품집 《가객》(백제, 34-69면)에 동명소설 「산국」으로도 발표된다. 희곡 「환영의 돛」을 소설 「돛」으로 개작한 것처럼, 기존 희곡 작품을 소설로도 발표한 것이다.

소설 「산국」은 희곡 「산국」에 있던 지문을 서술자의 음성으로 교체하고, '막'을 없앤 것을 제외하고는 거의 일치한다. 소설로 옮겨온 「산국」 역시 서술자의 말이 억제되고, 행동과 대화적 요소가 전경화 된다. 그 전이과정을 좀 더 구체적으로 살펴보도록 하자.

① 희곡 무대 지문 : 고사목 몇 그루가 섰는 헐벗은 야산. 딩굴어 있는 돌덩이 몇 개. 장면이 바뀔 때마다 나무와 돌의 위치가 적당히 바뀐다.(211-212면)	①′ 소설 첫머리 : 박달재 쪽에는 놀이 짙어가고 <u>있었다.</u> 등성이 위에 고사목들이 뒹굴어 있었고, 사태난 언덕의 속흙은 벌겋게 드러나 있었다. 잔솔밭이 밋밋한 산허리로 끝없이 계속되었다.(34면)

일반적으로 희곡에서 무대지문은 소설에서 서술자의 음성에 해당하는 해설의 성격을 지닌다. 하지만 ①에서 보듯 애초부터 희곡 「산국」의 무대지문은 간단하다. 그는 소설에서 객관적 기법을 즐겨 쓴 것처럼 희곡의 무대지시문도 단순하게 처리하고 있다. 또한 작가는 무대지시문을 소설에서 서술자의 음성으로 가져오면서도 주관적 태도를 반영하지 않는다. 밑줄 친 시간적 상황을 묘사한 부분을 제외하고는 객관적인 배경묘사에 치중하고 있다.

다음으로 소설과 극양식이 보다 구체적으로 갈라서는 지점이라고 할 수 있는 서술자의 음성 부분을 작가가 어떻게 인식하고 있는가를 보기 위해 희곡의 행동지문과 대사를 소설 본문으로 옮겨오는 과정을 살펴보자.

① (잠시 후에 봇짐을 든 여자3 등장, 몽당치마 차림. 그 뒤로 여자4, 5 등장한다. 여자4는 억세 보이는 중년, 환자인 듯한 여자5를 부축하고 있다)(218면)	①′ 총각은 방금 여종과 함께 올라온 허름한 차림의 두 여자를 바라보았다. 하나는 머리 수건을 쓴 중년의 아낙네였고, 다른 하나는 그 여자의 딸인 듯, 몽당치마에 머리를 땋아 늘인 처녀였다.(50면)
② **여자2** 충주로 가는 길이라우. **소년** 추, 충주?(고개를 흔든다) **여자2** 왜 충주가 어떻게 되었나요. **소년** 아이구 충주에 가신다면 큰 낭패 보셨네유. 시방 왜병들이 충주를 점령하구 불을 싸질러대구 난린데유. 우리 부대는 마구 싸우다가 모두들 달래강을 건너서 금곡산으로 피했유. **여자2** 아이 저를 어째(215면)	② "충주로 가는 길이라우" "추, 충주?" 총각이 고개를 저었다. <u>말도 안된다는 양이었다.</u> "왜.. 충주가 어떻게 되었나요?" "아이구, 충주에 가신다면 큰 낭패보셨네요. 시방 왜병들이 충주를 점령하구 불을 싸질러대구 난린데유. 우리 부대는 싸우다가 모두들 달래강을 건너서 금곡산으로 피했유." <u>며느리가 발을 동동 굴렀고, 노파는 머리를 짚었다.</u> "아이 저를 어째…"(43면)

①은 희곡에서 행동지문이며 ②는 연극의 대사다. 이를 작가는 소설에서 각각 ①'과 ②'로 바꾸어 놓고 있다. 희곡은 서사에 비해 일반적인 묘사가 불가능하다. 작가는 소설로 전환하면서, 희곡에서 할 수 없었던 인물묘사를 ①'에서처럼 비교적 자세히 하고 있다. 소설 ②'에서는 희곡 ②의 대사를 그대로 옮겨 오고 있는데, 3인칭 서술자는 행동지문을 풀어내거나 등장인물의 행위를 중계하는 정도에 그치고 있다. 밑줄 친 정도의 서술자개입은 불가피한 것으로, 소설은 대화로만 서사를 진행할 수 없기 때문이다. 이 작품은 전반적으로 서술자가 등장인물의 내면으로 들어가지 않는 목격자 시점을 취하고 있다. 대사와 지문으로 인물의 성격을 전달하는 희곡처럼 소설에서도 등장인물의 행동과 대사로 상황을 전달하고 있는 것이다. 1970년대 소설작법의 중요한 원리로 강조했던 객관적 묘사가 희곡을 소설화하는 과정에서도 그대로 반영되었다고 할 수 있다. 특히 희곡에서 출발한 작품들은 그 정도가 심하다고 할 수 있다. 그러다 보니 '사색으로서의 서사문학'으로서는 한계를 노정할 수밖에 없게 된다. 결국 이 작품은 소설이 아닌 희곡 「산국」으로 정착되어, 소설사보다는 희곡사에서 의미를 남긴 작품으로 기록된다. 「산국」은 서사와 극의 전개가 일치하는, 동명의 작품으로 우리 문학사에서 그 유례를 찾기 드문 예라고 할 수 있다. 비록 희곡정착으로 귀결되었지만, 이 같은 장르 교섭을 적극적으로 실험할 수 있었던 것은 그만큼 황석영이 희곡과 소설 모두에 익숙했기 때문이라고 할 수 있다.

2) 소설의 희곡화 -「돼지꿈」, 「장산곶매」, 「한씨연대기」

소설에서 희곡으로 옮겨가는 과정에는 극이 가지는 제한성으로 말미암아 상당부분 각색이 일어날 수밖에 없다. 특히 이 과정에서 서술자는 사라지거나 크게 약화된다. 하지만 「돼지꿈」은 등장인물에서 공간설정에까지 소설의 요소를 충분히 재현해내고 있다.

> 무대를 삼등분하여 우측은 평상 하나로 실내를 좌측은 실외 공간으로, 그리고 무대 전면은 노상으로 설정한다. 특별한 무대장치는 물론, 소도구도 전혀 쓰지 않는다. 모든 것은 무대 공간과 배우의 동작으로 처리된다.[18]

이러한 재현이 가능한 것은 위의 무대지문에서 드러나듯 희곡 「돼지꿈」이 서구의 연극(무대극)을 표방하고 있지만, 우리의 마당극적 특성을 반영하고 있기 때문으로 보인다. 무대장치와 연극적 **소도구를 쓰지** 않고, 공간과 배우의 동작으로 처리함으로써, 연극적 **상황의 제약을** 받지 않으면서 서사적 상황을 쉽게 구현해 낼 수 있기 때문이다.

실제로 희곡 「돼지꿈」은 소설의 장면전환에 따른 장 구분을 그대로 따르고 있다. 소설 「돼지꿈」의 경우, 1) 동네입구 2) 강씨 집 안 3) 빈터 4) 덕배의 포장마차 5) 여공의 자취방/노상(근호와 외판원의 동행) 6) 노상(강씨 처와 삼촌이 근호를 맞음) 7) 빈터 순으로 서사가 진행되고 있다. 5)에서는 덕배가 음식 값을 떼어먹고 달아난 여공의 자취방을 따라가 성행위를 치르는 장면과 포장마차를 나온 근호와 외판원이 동행하는 이야기가 동시간대에 병렬로 펼쳐지고 있다.

모두 6장으로 구성된 희곡 역시 이러한 소설의 장면구성을 그대로 옮겨오고 있다. 1) 동네입구 2) 강씨의 집 방안 3) 덕배의 포장마차 4) 동네로 가는 노상(근호, 외판원) 5) 노상(강씨처, 삼촌) 6) 빈터로 장 구분이 되어 있다. 소설에 중첩되어 있던 빈터 장면을 작품의 결말에서 한꺼번에 처리한 것을 제외하고는 동일한 흐름을 따르고 있다. 소설 「돼지꿈」 (1973)과 희곡 「돼지꿈」(1980)은 모두 엿장수 '강씨'가 퇴근하는 늦은 오

---

18) 황석영, 「돼지꿈」, 『한국연극』, 1980.7., 85-86면.

후부터 늦은 밤까지의 이야기시간(story-time)을 가지고 있다. 희곡은 소설적 흐름을 충실하게 재현하고 있지만, 소설 속에 등장하던 일부 모티브를 삭제했다. 경찰이 덕배의 포장마차에 들러 돈을 뜯어가는 장면, 덕배가 포장마차에서 음식 값을 떼먹고 도망가는 여공의 자취방에 따라가서 성행위를 치르는 장면도 희곡에서는 빠졌다. 직접 무대에서 재현하기 어렵다고 판단했기 때문일 것이다.

이 희곡작품은 전술했듯이 마당극적 요소를 차용하고 있다. 이러한 희곡의 성격은 그 원형인 소설에서도 이미 발견되고 있다. 양 작품의 결말을 보자.

소설 「돼지꿈」의 결말	희곡 「돼지꿈」의 결말
빈터에는 묘한 활기가 가득 차 있는 것 같았다. 불이 모두 꺼져서 쇠솥이 차갑게 식을 때까지 그들은 노래하고 춤을 추고 주정을 했으며 핏대 올려 말다툼도 하였다.(270면)	활기의 절정, 일렁이는 모닥불 중심으로 농무를 추기 시작한다. 차츰차츰 그들의 춤은 고조 된다. 농악, 모여들기 시작한 군중, 무대를 가득 채운다.(102면)

무엇보다 마당극에서는 관객과 배우의 문제의식 공유에서 비롯되는 공동체성이 강조된다. 희곡에서뿐만 아니라 소설의 결말에서도 강씨가 얻어온 개를 동네주민들과 함께 끓여먹으며, 모닥불 주위로 동네잔치가 벌어진다. 강씨네의 난제였던 임신한 미순이의 혼사 문제가 해결되고, 무엇보다 동네사람들의 가장 큰 근심거리였던 철거문제가 해결됨으로써 한껏 고무된 축제분위기가 연출된다. 마치 전통연희의 '뒤풀이'를 연상시킨다. 장면단위의 사건 진행과, 이야기시간과 서술시간(discourse-time)의 일치, 다소 과장된 인물설정(특히 왕씨), 등장인물의 걸쭉한 입담 등 여러 가지 측면에서 소설 「돼지꿈」은 처음부터 희곡(마당극) 장르를 인식한 채

작품구상이 이루어졌다고 할 수 있다. 작품이 발표된 1973년은 우리문단에 문화운동으로서의 마당극 붐이 일던 시기로, 주지하다시피 황석영은 김지하와 더불어 이 운동에서 중요한 역할을 했던 것이다.

희곡 「장산곶매」는 소설 「장길산」의 에필로그에 해당하는 '장산곶매' 설화를 가져오고, 이를 바탕으로 「장길산」의 본문에 등장하는 민중 저항의 에피소드를 빌려왔다. 소설에서는 설화를 직접 차용하면서 장산곶의 '매'가 전경화 되었지만, 연극은 매의 비극적 행로에 대응하는 난민 우두머리 '바우'라는 인물을 함께 등장시키고 있다. 소설과 달리 연극은 '매'의 상징성만으로 주제전달을 하기가 어렵다. 설화의 결말에서 몸주님 표시를 해두려고 묶어놓은 끈 매듭이 장수매를 죽게 만든 것처럼, 바우는 상금이 탐이 난 친구 억보에 의해 죽음을 맞게 된다. 이때 환곡 때문에 난동을 일으키고 장산곶에 숨어들어 왔다가 비운의 생을 마감한 '바우'의 삶은 소설 「장길산」에 등장하는 최흥복의 이야기에서 차용하고 있다. 소설과 희곡을 비교해보도록 하자.

① 우리 호적이 안에 오른 지 하루이틀이 아닌데 무엇 때문에 호적을 다시 정리하고 그럽니까?
　그냥 별게 아니라네. 부사나리께서 갈려가시고 새로 오신다네.
　갈려가실 적마다 호적이 정리되는가요.
　신관 쇄마비가 나올 것이라네.
　그게 무어요.
　허허, 이 사람 송곳 항렬인가. 왜 자꾸 파고들어…. 우리 고을을 위해서 부임하시느라고 사비를 축내어 노자를 하시니 마땅히 우리가 물어야지.
(소설 「장길산」, 6권, 창비사, 2004, p.203)
①' 당골네 : 우리 호적이 안에 오른 지가 한 두 해가 아닌데 무엇 때문에 호적을 다시 정리하고 그럽니까.
　바우 : 그냥 별게 아니라네. 사또께서 갈려 가시구 새로 오신다네.
　당골네 : 갈려 가실 적마다 호적이 정리되는가요.

> 억보 : 신관 쇄마비가 나올 것이라네.
> 당골네 : 우리는 문자속이 캄캄해서... 쇠도깨바라니, 그게 또 뭐요?
> 억보 : 허허 이 사람 송곳 항렬인가, 왜 자꾸 파고들어. 우리 고을을 위
>   해서 부임하시느라구 자비를 축내어 노자로 쓰셨으니 마땅히 자
>   네들이 물어야지.(희곡 「장산곶매」, 심설당, 78면)

희곡에서 바우가 장산곶으로 쫓겨 온 내력을 소개하는, 극중극(역할놀이) 형태로 제시되는 이 삽화는 소설 「장길산」에서 토씨하나 다르지 않게 가져왔다. 기근 속에서 관리들의 횡포를 참다못해 관문을 어지럽히고, 관리를 타살하고 도주해 온 바우는 최흥복과 겹쳐있는 인물이라 할 수 있다. 소설 「장길산」의 에필로그 '장산곶매' 결말부분에 몇 줄로 간단하게 언급된, 동료의 밀고로 일을 그르치게 된 비극적인 민중 영웅 이야기를 희곡 「장산곶매」를 통해 구체화시켰다고 할 수 있다. 다만, 1980년대 황석영 마당극의 공통된 화두였던 '반외세'를 강조하는 과정에서 소설의 시간적 배경인 숙종 조를 희곡에서는 구한말로 옮겨온 것이 다르다고 할 것이다.

소설 「장길산」에 빈번하게 등장하는 장시 풍경은 마당극 「돼지풀이」의 장거리 풍경 등에 활용되어, 궁핍하지만 활기찬 시골 장터의 모습을 재현하는 역할을 하게 된다. 소설 「장길산」과 황석영의 희곡이 갖는 이러한 디테일의 공유는, 소설 「장길산」을 쓴 시기(1974~1984)와 희곡을 쓴 시기가 겹쳐 있다는 사실과 관련 있으며, 무엇보다 황석영의 소설에는 극에서 쉽게 차용할 수 있는 극화된 장면을 많이 포함하고 있기 때문이라고 할 것이다. 특히 소설 「장길산」에서 적극적으로 전유하기도 했던, '굿'에 관한 작가의 해박한 지식은 그의 마당극(굿)의 창작에서도 십분 활용되었다고 할 수 있다.

희곡 「한씨연대기」는 소설에서 소화하고 있는 20여년이 넘는 긴 이

야기시간과 중편분량의 서술시간을 희곡화하기 위하여, 16장이나 되는 장막극으로 각색되었다. 소설은 한영덕의 죽음, 한영덕이 생전에 좌우 이데올로기의 틈바구니 속에 겪은 고난, 한씨의 죽음을 바라본 딸 혜자의 시점 등 모두 세 개의 시간층위로, 역행적 구성방식을 가지고 있었다.

희곡 「한씨연대기」는 선조적 시간을 따르기 위해 맨 앞에 등장하던 한영덕의 죽음을 맨 뒤로 배치한다. 대신 남북 분단과 6·25의 비극이 미국으로 비롯되었다는 사실을 강조하기 위해 미국 마샬 육군참모총장을 등장시킨 다큐멘터리의 장으로 시작한다. 평양 체류 시 한영덕이 서학준의 도주 건으로, 소설 「한씨연대기」의 최초 발표작(1972)에는 있다가 이후 소설 텍스트에서는 사라진, 취조를 받는 장면을 다시 복원·삽입시켰다. 제13장 세 번째 다큐멘터리 장에서는 1952년 전시 중에 있었던 제2대 대통령 선거를 다루면서, 정치깡패들이 직선을 바라거나 이승만에 반대하는 국민과 국회의원들을 '빨갱이'로 몰아 탄압하는 매카시즘 상황을 삽입시켜 곧 이어지는 한영덕의 체포와 '빨갱이' 누명이 부당한 것임을 인과적으로 드러낸다. 특히 마지막 16장은 한 무대에 염장이로 비참한 말년을 보내는 한영덕과, 1950년 이후부터 1972년까지의 한영덕의 삶을 요약하면서 한영덕 죽음에 대한 입장을 밝히는 딸 한혜자를 동시에 등장시킨 실험적 장면을 연출하여 느슨해 보이는 극 진행을 입체적으로 또 압축적으로 보여준다.

전형적인 서사양식인 「한씨연대기」가 희곡화 되는 과정을 통해 또 우리는 전진적 모티브가 주가 되는 극과 후퇴적·억압적 모티브를 적극 활용하는 서사 장르의 성격을 토대로 두 작품을 보다 체계적으로 이해할 수 있다. 소설 「한씨연대기」는 주인공 한영덕이 관념적인 지식인데다가 6·25에서 1972년에 이르는 22년의 서사시간과 함께 후퇴적 모티브를 많이 가지고 있는 전형적인 서사양식이라 할 수 있다. 이를 두 시간의 무대 위에서 펼친다는 것은 불가능하다. 이 때문에 소설 「한씨연대기」에 등장하는 후퇴적 모티브, 예컨대 한영덕 노인의 죽음을 둘러싼 이웃들의 다양한 반응, 빈번히 일어나는 회상 장면(회고적 모티브) 등은 과감히 생략되고 있으며, 불요불급한 서사적 요소들은 서사극적 요소를 차용하여 처리하고 있음을 알 수 있다.

주지하다시피 서사극은 브레히트(Bertolt Brecht)에서 촉발된 것으로 다양한 서사적 장치를 통해 관객의 극적 몰입을 차단하고, 현실에 대해 고민하게 하는 극양식이다. 이 작품에는 관객에게 극중 상황을 전달하는 해설자가 등장하고, 또 다큐멘터리, 차트 등의 다양한 기제가 동원된다. 갓등의 무대조명으로 암전 없이 장면전환을 하며, 많은 인물들을 소화하기 위해 한명의 배우가 다역을 맡아 배우들이 극중 인물이 아니라 연극 배우라는 사실을 그대로 드러낸다. 특히 극중 상황을 비판하고 해설하는 '극중 인물'을 등장시킨 것은 일반 무대극과의 큰 차이점이라고 할 수 있다. 연극에서 기피되는 서술자를 복원시킴으로써 전형적인 서사물 「한씨연대기」를 훌륭한 한 편의 희곡으로 탈바꿈시켰다고 할 수 있다.

3. 소설에 나타난 劇性

1) 구술적 담론 활용을 통한 극성 확보 – 1인칭 소설

서서문학과 극문학은 모두 그 중심에 변화·발전하는 시간성을 지닌 '사건'을 두며, 사건에는 인물과 갈등이 수반된다. 다만 서사문학은 서술자가 지나간 어떤 사건을 서술한다는 점에서 차이를 보인다. 일반적으로 1인칭은 체험적 자아와 시간적 거리를 둔 서술적 자아가 체험적 자아를 평가하면서 써 나가는 자기 고백양식으로 서술자의 내면을 드러내기 좋은 시점이라 할 수 있다. 하지만 황석영은 1인칭 소설에서 적극적인 구술 태도를 취함으로써 화자를 극화시킨다.

> 그때에 나는 낙원탕의 시다바리로 <u>있었지</u>. 누가 보더라도 누워 있는 살찐 녀석이랑 때를 밀고 있는 나는 묘하게 대조가 <u>됐을 걸</u>. 녀석은 살아서 눈도 껌벅이고 코도 찡그리고 하지만, 내 쪽은 살아서 움직이는 게 아니라 기계로서 움직이는 것처럼 보일 테니깐 말야. 내 희망은 일찍이 <u>레슬러였지</u>. 내 별명은 몸집이 우람하다고 모두들 껵새라고 <u>부르지</u>.(9면)

이처럼 황석영 1인칭 소설들에서 서술자인 '나'는 과도한 구술을 행사함으로써, 서술자라기보다는 극화된 인물로 기능한다. 일반적으로 서사문학의 서술자는 지나간 과거를 다 알고 있다는 전제하에서 독자를 향해 글을 쓴다. 당연히 문어체의 과거형 시제를 띠게 된다. 그러나 황석영의 이 일인칭 소설은 대화체(구어체)의 종결어미 '-걸, -지'를 적극적으로 활용한다. 이러한 구어체의 활용은, 비록 자신의 과거 이야기를 펼친다 할지라도 이미 현장에 있는 청자를 의식할 수밖에 없는 담론의 성격을 띠게 된다. 서술자의 과거이야기는 모두 현재화되며, 과거 이야기 속의 나는 그만큼 극화된 인물로 비춰진다. 이 극화된 인물은 서사적 독백을 마음껏 행사함으로써, 무대 위에서 행위화할 수 없는 다양한 사건을 손쉽게 관객에게 전달한다.

또한 작가는 청자에게 과거사를 들려주는 1인극적 상황에서 다시 극화된 상황을 연출함으로써, 평면적인 구술 담론을 보다 입체화한다.

> ① 영감은 수저를 들 생각은 않고, 안경 너머로 나를 지그시 노려본단 말이렷다.
> "뭘보슈?
> 허허. 아깝다 아까워."

"뭐가 아까워요?"

"인물은 난 인물인데 개천에서 썩는 용이로구나."(13면)

② 가을 하늘은 차갑도록 푸르고, 곡식은 누렇게 익었는데, 확성기에서
는 우리가 늘 사모해왔던 열아홉 애송이 여선생님께서 치는 풍금소리가
들려오지. 넝넝 너구리의 불알은 바람도 안 부는데 흔들흔들 아버지 그것
이 무엇인가요. 그것은 느이 아버지 밑천이란다.(12면)

③ "에 시끄럽고 말 많고 골치 아프고 근심걱정 불안 많은 세상살이에
얼마나 노고가 많으십니까. 금번 명랑당출판사에서 나온 단돈 오십원짜리
만담집을 여러분 앞에 소개합니다."(23면)

①에서 우리는 서술자의 음성을 따라가다가 흥미로운 또 하나의 현재
화된 에피소드를 만나게 되고, ②에서는 돌연 노래가 삽입되기도 하고,
③에서는 버스 안 외판원의 입담이 재현된다. 자칫 지루할 수 있는 과거
사의 진술 속에 이 같은 다양한 장면의 유희를 삽입하여 입체화하고 있
다. 구술자의 음성은 각각의 상황에 맞게 재조정 된다. 구체적 행동과
사물들의 역동적 나열로 인해 독자들은 서술자의 존재를 잊고, 사건의
빠른 현재적 상황 속으로 몰입하게 된다.

실제로 연극 「장사의 꿈」의 성공도 극적인 사건전개와 플롯에 충실하
기보다는 공연상황에서의 연극놀이적 흐름을 중시하는 방법을 십분 활용
한 데 있었다고 할 수 있다. 드라마틱한 특성이 아닌 공연예술적 특성,
즉 사건의 일관된 흐름을 강화하는 것이 아니라, 극적 유희성을 최대한
살린 삽화의 나열 방법으로 극을 진행시켜 나간 것이다.[19]

황석영의 1970년대 또 다른 대표작이라고 할 수 있는 「이웃사람」 역
시 구술적 담론이 전경화되어 있음을 알 수 있다.

아닌 이건 누굴 놀리는 거요? 당신이 부드러운 얼굴로 제법 가까운 척

---

19) 이영미, 「서사와 극의 사이」, 『연극의 이론과 비평』, 2000. 119-120면.

<u>해 보이지만 내가 믿을 줄 아십니까</u>. 나야 기왕 도마에 오른 고기요. 댁 같
은 나리님이야 맘 탁 놓구 내 신세타령을 듣는다는 거지. 뭐 별수 있습니
까. 나두 머리가 꽤는 돌아가는 사람이고 그런 눈치쯤야 어깨 너머로 배웠
지요.(2권, 161면)

취조실에서 형사로부터 심문을 당하는 '나'가 구술하는 내용으로 되어
있는 「이웃사람」은, 형사의 등장(대사) 없이 살인자의 일방적인 진술로
진행된다. 굳이 형사를 등장시키지 않음으로써, 오히려 '나'의 역할을 하
는 배우가 관객과의 직접 소통을 시도하는 1인극적 상황을 연출하게 된
다. 조금만 양식 있는 독자라면, 살인자인 '나'가 수시로 형사에게 건네는
말이나 형사의 말을 받아내는 말, 예컨대 "당신이 부드러운 얼굴로 제법
가까운 척해 보이지만 내가 믿을 줄 아십니까" 등은 결국 지식인인 독자,
관객을 향해 던지는 말임을 눈치 챌 수 있기 때문이다. 황석영의 이러한
계열의 1인칭 소설들은 서술자인 '나'를 극화시키면서 극적 생동감으로
서사를 진행시켜 나간다.

2) 서술자의 절제를 통한 극화양상 - 3인칭 소설

서사문학은 현재가 강조되는 극과 달리 서술자가 지난 시점의 어떤
사건을 서술하는 데에 특징이 있다. 서술자가 사건과 따로 존재할 뿐만
아니라, 사건 못지않게 서술자의 역할이 중요하다. 특히 3인칭 서술은
서술자가 좀 더 용이하게 사건을 서술할 수 있는 위치에 선다. 그러나
황석영의 소설들은 서술자의 역할이 제한되어 있다. 물론 이러한 결과는
작자의 창작태도와도 밀접한 관련이 있다.

나는 기술 방법에 있어서 객관성과 구체성을 가장 중요하게 생각하고
있다.… <중략> …내면적이거나 추상적인 생각의 잔상들을 모두 삭제해

버리고 밖으로 드러난 현상만을 구체적으로 그리려고 애를 쓴다. 짧은 서술, 건조한 문체, 설명 없는 사물묘사, <u>대화 속에 감춰진 사건 전개 같은 것들을 써 보니까 내 체질에 알맞다고 생각되었다.</u>[20]

서사문학이 표방하는 대상의 총체성을 위해서 서술자는 여러 다양한 사건을 진행하고, 그 사건에 의미를 부여하는 관점을 갖게 된다. 서술자는 자신의 주도하에 사건과 그 속의 인물, 인물과 사건을 둘러싼 환경, 그 가운데서 생겨나는 여러 생각과 느낌들을 다채롭게 펼칠 권한을 갖는다. 그런데, 작가는 서술자의 서술을 통해서가 아니라 '대화'를 통해서 사건을 전개하는 것이 자기체질에 맞다고 한다. 서술자의 역할을 최소화하겠다는 것이다. 작가 스스로가 명명한 '카메라의 눈 기법'은 그의 소설이 극적인 성향을 띠는 데도 영향을 끼쳤다고 할 수 있다. 이러한 창작기법은 소설의 결말에서 선명하게 드러난다.

"좀 거들어요."
그가 여자 대신에 끼어들었다. 아무도 말을 하지 않았다. 그들은 관을 메고 아직도 가랑비가 내리고 있는 마당을 지나갔다.(「야근」, 2권, 292면)
하사는 열쇠를 꺼내어 수갑을 풀고, 시체로부터 병장을 떼어냈다.
(「철길」, 3권, 174면)

작품의 여운을 위해서 결말에서 서술자는 자신의 관점을 노출시키기 쉽다. 하지만 황석영은 하나의 인상적인 장면(행위)을 제시하는 것으로 마무리한다. 독자는 서술자가 남긴 빈 공간을 상상으로 채워나갈 수밖에 없다. 작가는 이러한 장면제시(showing)를 활용한 극화된 장면을 적극 활용하고 있다. 초기 소설 중에 「줄자」(1971)를 살펴보도록 하자.

---

20) 황석영, 앞글, 114면.

이전무는 초저녁부터 파자마 바람이었다. 그는 백과사전 같아 보이는 두툼한 책을 무릎 위에 펼쳐 놓고 뒤적이다가 한참 만에 방 선생이 담배 한 대를 붙여 물자 그제서야 고개를 들었다.

<중략>

집안이 소란스러워지고 짜증난 여자의 날카로운 목소리가 들려오는 통에 이전무의 말은 끊겨졌다.

"없다는데두 부득부득 지랄야, 지랄이. 너 줄 찬밥이 어딨니? 못가 냉큼?"

"에, 밥 없으면 돈이라두 줘요, 씨"

이전무가 미닫이를 열고 시끄러워, 하며 고함을 쳤다. 투정하는 소리도 더욱 커졌다.

"씨, 안주면 가나봐라, 좀 줘요."

"시끄럽다니까, 아, 빨리 못 쫓아내?"

이전무가 미닫이를 힘껏 닫고 나서 하던 얘기를 계속했다.(「줄자」, ≪객지≫, 290-291면)

서술자는 앞 사건을 요약하고 뒤 사건을 암시하는 서술을 통해, 독자에게 극에서와 달리 사건의 의미를 보다 구체적으로 전달하게 된다. 하지만 서술자의 언술 어디에서도 속물근성을 가진 '이 전무'에 대한 평가나 인식을 드러내는 서술적 개입을 찾아볼 수 없다. 등장인물의 행동과 대사를 통해서만 사건의 의미와 인물의 성격을 파악할 수밖에 없다. 마치 연극의 한 장면을 그대로 옮겨놓은 듯하다. 단 몇 줄의 요약 서술로 끝내도 될 일을 작가는 등장인물의 외모와 행동, 대화를 아주 구체적으로 그려내고 있는 것이다.

황석영 소설에서는 이처럼 대화와 서술의 분리가 엄격하다. 화자는 사건의 진전을 서술하기보다 특정한 장면을 재현하는 데 진력하고 있다. 대화를 화자의 진술 속으로 끌어들이지 않음으로써, 그만큼 인물 사이의 대화를 독립적으로 제시하게 된다. 이로써 작중 상황의 현재감을 강화시킬 뿐만 아니라 인물의 독자적 개성에 주목하는 결과를 낳게 한다.

「삼포가는 길」의 극화된 한 장면을 살펴보자.

> 그들은 어느 읍내에나 있는 서술식당이란 주점으로 들어갔다. 한 뚱뚱한 여자가 큰 솥에다 우거짓국을 끓이고 있었고 주인인 듯한 사내와 동네 청년 둘이 떠들어대고 있었다.
>
> "나는 전연 눈치를 못 챘다구, 옷을 한 가지씩 빼어다 따루 보따리를 싸놨던 모양이라."
>
> "새벽에 동네를 빠져나간 게 틀림없습니다."
>
> …〈중략〉…
>
> "머리가 길구 외눈 쌍까풀이에요. 잊지 마슈."(207-211면)

영달과 정씨가 서울식당에 들렀다 나오는 장면이다. 대화를 통해 우리는 이 소설의 가장 중요한 사건, 백화가 달아난 사건과 함께 '서울집' 여주인의 비인간적인 면모며, 예기적 모티브라 불러도 좋을 영달이네와 백화의 만남을 암시받게 된다. 작가는 이 하나의 장면에 4쪽 이상(전체 26쪽 분량의 15%)의 분량을 할애해가면서 극화된 장면을 연출하고 있다.

「삼포가는 길」은 주요한 사건들을 이처럼 서술자가 아닌 등장인물의 대화나 행동으로 드러낸다. 노인으로부터 삼포가 상전벽해로 변했다는 사실을 듣게 되는 장면, 영달이 백화를 업어주는 장면, 개찰구에서 백화가 되돌아 나와 영달이네에게 '이점례'라고 본명을 밝히는 장면들은 소설의 주제에 크게 기여하는 부분이라 할 수 있다.

필자가 최근에 발굴한 「동행」(『기독교사상』1972.4.)은 소설의 전반부에서 주도적인 역할(요약, 평가)을 하던 서술자가 후반부에서 그 역할을 포기함으로써 완전히 극화된 양상으로 나아가는 작품이다.

> "어라 벌써 죽으면 안되는데. 야야, 여보쇼, 여보…."

  "조용해요."

  나즉하게 여자가 대답했다. 남자는 머리를 싸쥐고 무릎을 꿇어앉더니, 토악질을 했다. 그는 울컥 넘쳐나온 토사물들을 가슴팍에 흘리며 욕실 쪽으로 엉금엉금 기어갔다. 여자가 어느 틈에 가까이 와서 남자를 부축했다. 남자는 간신히 세면대 앞에 버티어 세워졌고, 여자의 한 손이 더럽혀진 옷과 얼굴을 닦았다. (「동행」, 154면)

  「동행」의 후반부는 이 같은 극화된 상황을 연출함으로써 작품의 질적인 밀도를 고양시키는 서사전략을 쓰고 있다. 고아 출신의 두 남녀가 기지촌 여성과 전과자의 신분으로 만나 서로 연민을 느끼게 되는 장면을 감동적으로 그리고 있다. 1970년대에 작가가 즐겨 주제로 삼았던 '타자 간의 유대감'을 등장인물의 이 같은 대화와 행위를 통해서 형상화하고 있다. 특히 토악질을 한 남성의 얼굴을 닦아주는 행위를 경계로 이들은 친근감과 함께 평등하고, 배려하는 사이로 발전하게 된다.

  황석영 소설의 인물들은 이처럼 대화와 행동을 통해 변화·발전한다. 서술자가 등장인물이나 자신의 사유를 관념화하거나 시대적 문맥을 직접 설명하기보다는 등장인물을 통해 구체적으로 보여준다. 이는 1970년대 황석영 소설이 하위계층(subaltern)의 인물을 즐겨 다룬 것과도 관련이 있을 것이다. 실제로 그의 소설에는 고뇌하고 사유하는 지식인이 드물다. "만약에 읽기 지루하고 현학적이며 복잡한 문체와 내용과 사건을 '서술'하는 것이 이른바 '문학'이라면, 나는 차라리 중세의 음유시인이나 우리 이조 후기의 사랑방 전기수 같은 옛날 애기꾼을 택할 것"[21]이라는 작가의 소신을 반영한 것이기도 할 것이다. 극이 행동하는 자를 중심으로 하는 예술임에 비해 현대소설은 관찰하고 생각하는 자를 중심으로 하는 예술이라는 점[22]에서도 그의 소설은 극문학에 가까운 조건을 지녔다

---

21) 이병순, 「황석영 인터뷰, 나에게 나의 춤을」, 『한국문학』, 1977.2., 273-274면.
22) 스탄젤, 김정신 옮김, 『소설의 이론』, 탑출판사, 1990, 29-44면.

고 할 수 있다.

3) 시공간의 제한을 통한 극화 양상

황석영의 소설들은 강한 대화지향성을 보인다. 작가는 자신의 목소리를 최대한 낮춘 대신, 개성이 살아 있는 여러 인물들이 말하게 하는 다원적인 경향을 지향한다. 서술자의 역할이 절제되고 극화된 장면이 두드러진 황석영의 소설에서는 불가피 시공간이 제한적일 수밖에 없다. 시공간을 자유롭게 부릴 수 있는 서술자의 특권을 포기하고 있는 것이다. 이렇게 보면 전통적으로 '3인칭 작가'로 알려져 있는 황석영의 소설에서 의외로 한정된 시공간을 활용하고 있음을 확인하고 놀라게 된다.

작품명	서사시간	작품명	작품의 (주)공간
「탑」	저녁부터 익일 새벽	「배운사람」	하숙방
「가화」	밤부터 익일 하루	「동행」	호텔
「밀살」	늦은 저녁에서 익일 새벽	「밀살」	밀도살이 행해지는 야산
「야근」	늦은 저녁에서 익일 새벽	「야근」	공장 창고
「낙타누깔」	늦저녁에서 늦은 밤	「심판의 집」	산장
「돼지꿈」	오후부터 늦은 밤	「철길」	驛숨 창고
「산국」	오후부터 늦은 밤	「돛」	지하 벙커
「철길」	늦은 밤의 몇 시간	「산국」	야산
「돛」	몇 시간	「돼지꿈」	공단주변 철거지역
「삼포가는 길」	이른 아침부터 늦은 저녁	「맨드라미 피고지고」	노상, 이씨宗家, 홋집, 동네길목
「기념사진」	친구를 찾아가는 몇 시간		
「맨드라미 피고 지고」	오후에서 늦은 밤		

1970년대에 남긴 30편의 작품 중에 10여 편 이상이 극히 제한된 시공간을 배경으로 하고 있다. 공간이동이 최소화 되어 한 곳으로 집중된 작품이 많으며, 비록 제한적인 공간 이동이 있다 하더라도 분절되어 있어 장면단위로 서사가 진행된다.

대화가 전경화됨으로써 서술시간과 서사시간이 거의 일치하는 황석영의 소설에서 요약서술을 좀처럼 찾아 볼 수 없다. 또한 황석영의 서술에서는 서술된 사건의 선후관계나 인과관계를 분명하게 해주는 시간부사가 거의 사용되지 않는다. 서사시간이 짧은데다가 선조적 시간관을 따르고 있기 때문이다. 그가 1970년대 남긴 30여 편의 작품 중에 절반 가까이가 하루 이틀 정도의 서사시간을 가지고 있으며, 대부분 소설들이 순차적 플롯진행을 따르고 있다. 이러한 성격은, 무대 상연을 전제로 한다는 점에서 시간의 제한을 강하게 받는 극문학을 연상케 한다.

일반적으로 등장인물의 활동공간이 협소해지면 내면화 성향을 띠게 되지만, 황석영 소설의 인물들은 끊임없이 대화를 주고받고 행동한다. 연극을 일컫는 '드라마'의 어원이 '드란(dran, 움직이다)'이라는 사실도 새삼 음미해볼만 하다. 말과 행동이 강조되는 황석영 소설은 그만큼 극화된 양상을 띤다. 하지만 제한된 시공간에서 등장인물들은 환경과 적극적인 교섭을 꾀할 수 없는 한계를 갖게 된다. 헤겔이 말한 대상의 총체성보다는 행위의 갈등이 전경화 되는 운동의 총체성이 전면에 드러난다.

「야근」은 21쪽 분량으로, 노동쟁의를 성공하기 위해 감전사를 택한 인물의 시신이 보관되어 있는 창고를 배경으로 밤부터 그 다음날 새벽까지의 서사시간을 가지고 있으며, 무려 190회의 인용대화를 가지고 있다. 「배운 사람」역시 좁은 방안에서 꼽추와 '배운사람'의 대화와 행동을 통한 심리적 갈등이 팽팽한 갈등을 형성하다가 결말에 가서야 나이트클럽이 위치하고 있는 행길로 이동하는 특성을 보인다.

일상에서 '극적'이라는 말은 예기치 못한 상황이 발생했을 때 흔히 사용되며, 그것은 논리적이기보다는 '운명적인 것'일 때 더욱 적절하게 사용된다. 공장노동자의 파업을 다룬 「야근」의 경우, 사내가 동력선을 차단하려고 돌발적인 감전사를 선택하고, 이 사내의 주검을 둘러싸고 갈등은 전개된다. 「철길」의 경우 군 죄수의 '자살'이라는 극적 상황을 향해 서사가 진행된다. 대상의 총체성이 아닌 운동의 총체성이 극명하게 드러날 수밖에 없다. 우리는 군 죄수가 어떤 동기로 상관을 살해하고, 또 탈영해야 하며, 결국 자살에 이를 수밖에 없었는지 알 수 없다. 서술자가 인물의 대화와 행동만을 전달하기 때문이다. 이 소설 역시 21쪽 서술 분량의 대화인용문이 무려 263회나 등장하며, 한 페이지에 인용된 대사만 10회가 넘는다.

서사문학은 서술자의 주도로 시간과 그 속의 인물, 인물과 사건을 둘러싸고 있는 세상, 그것 속에서 생겨나는 여러 생각과 느낌들을 다채롭게 펼칠 수 있다. 그래서 서사문학은 사건 이외에도 백화점처럼 다채롭게 펼쳐져 있는 각각의 인물들, 그들을 둘러싼 세계의 구석구석에 서술자의 눈이 머물며 다양한 사유와 정서들을 덧붙인다.[23] 이에 반해 극 양식은 인물들의 갈등의 행동, 사건 자체의 동력으로 작품이 전개된다. 따라서 줄거리의 각 단계나 성격 발전이나 사건을 동시에 이해하고 체험케 하지 않으면 안 되기 때문에 회고나 사색의 여지가 없는 '엄격한' 형식이 되지 않을 수 없다. 이러한 두 장르의 성격을 염두에 둘 때 황석영의 소설 상당수는 극적 성격이 오히려 두드러진다고 할 수 있다.

---

23) 이영미, 앞글, 114면.

4. 맺음말

근대 이후 소설은 장면 중심적인 극적 표현 방식을 적극적으로 수용해 왔다. 더욱이 현대 서사 장르에서 영상과 같은 감각 매체의 발달이 현저해짐에 따라 그 요구는 증가하고 있다. 그리고 연극 역시 해설자의 도입이나 조명을 비롯한 다양한 문명의 이기를 무대에 적용하는 서사적 방식을 적극적으로 차용해왔다. 이러한 장르교섭은 독자(관객)의 요구에 부응하기 위한 불가피한 선택이었다고 할 수 있다. 이러한 측면에서 우리는 장르교섭 실험을 활발히 진행해온 작가 황석영을 주목해볼 필요가 있다. 황석영은 작품의 첫 출발점에서부터 극작술에 익숙했다는 점에서, 희곡과 소설을 동시에 쓴 작가라는 점에 착안하여 그가 쓴 소설과 희곡 속에 드러나는 상호텍스트성과 함께, 그의 본령인 소설에 드러나는 극적인 요소를 살펴보았다. 결과적으로 극과 서사의 교섭은 황석영 문학의 한 특징적인 면모라고 해도 무방할 것이다. 양 장르에 익숙했던 그는 동일한 제목의 작품을 장르를 달리해서 발표하거나 자신이 쓴 소설의 삽화를 차용하여 새로운 희곡작품을 창작하기도 했다. 소설 「돼지꿈」과 같은 경우, 작품 구상단계에서 이미 희곡(마당극)적 요소가 반영되어 있음도 확인할 수 있었다.

황석영은 대사회적 발언을 즐겨하는 '3인칭 작가'로 알려져 있지만, 그가 남긴 1970년대의 중단편소설 상당수는 '대상의 총체성'을 드러내는 서사양식보다는 오히려 극 양식에 경사되었다고 할 수 있다. 특히 1인칭의 구술적 담론의 전경화와 3인칭에서의 서술자의 역할 제한은 그의 소설을 극화된 장면을 연출하도록 하였다. 서술자의 음성이 아닌 등장인물의 대화와 행동을 중심으로 한 사건 전개와 주제 전달은 그가 민중 편향적 세계관을 가졌으면서도, 그의 소설이 관념화하지 않고 구체성과 객관성을 담보하도록 만들었다고 할 수 있다. 하지만 제한된 시공간에서 등장인물들은 환경과 적극적인 교섭을 꾀할 수 없고, 그만큼 서사의 본령인 대상의 총체성을 드러내는 데는 한계를 지니게 된다.

　　황석영은 1980년대를 경계로 더 이상 중단편을 쓰지 않았다. 의미 있는 단 하나의 단편도 남기지 못했다. 「장길산」과 「무기의 그늘」을 경계로 그는 대서사(장편)로 나간 것이다. 향후 장편과 관련된 희곡성 연구를 보다 면밀하게 진행한다면 황석영 문학에서 서사와 극의 상호관계가 보다 분명한 모습을 드러낼 것이다.

(『현대소설연구』 제42호, 한국현대소설학회, 2009년 12월 全載)

▮ 참고문헌

1. 기본자료

  황석영 중단편전집 1,『객지』, 창작과비평사, 2000
  황석영 중단편전집 2,『삼포가는 길』, 창작과비평사, 2000.
  황석영 중단편전집 3,『몰개월의 새』, 창작과비평사, 2000.
  황석영,『장산곶매』, 심설당, 1980.
  황석영,『장산곶매』, 창작과비평사, 2000.
  황석영,『동행』, 기독교사상, 1972.4.

2. 단행본

  김윤식,『한국근대문학양식논고』, 아세아문화사, 1980.
  김창현,『한국적 장르론과 장르보편성』, 지식산업사, 2005.
  이상호,『희곡원론』, 둥지, 1995.
  이영미,『연극의 이론과 비평』, 한국예술종합학교 연극원 연극학과, 2000.
  조정래·나병철,『소설이란 무엇인가』, 평민사, 1995.
  스탄젤, 김정신 옮김,『소설의 이론』, 탑출판사, 1990

3. 논문

  임기현,「황석영 소설 연구」, 충북대학교 박사논문, 2007.
  임기현,「황석영 희곡의 창작배경과 기원」,『현대문학연구』24, 2008.